UN VISAGE D'ANGE

LISA BALLANTYNE

UN VISAGE D'ANGE

Traduit de l'anglais
par Anne-Sylvie Homassel

belfond

Titre original :
THE GUILTY ONE
publié par Piatkus, une marque de Little, Brown Book Group, Londres

Tous les personnages et les événements de ce livre autres que ceux appartenant explicitement au domaine public sont fictifs, et toute ressemblance avec des personnes réelles, vivantes ou mortes, serait pure coïncidence.

Retrouvez-nous sur
www.belfond.fr
ou www.facebook.com/belfond

Éditions Belfond,
12, avenue d'Italie, 75013 Paris.
Pour le Canada,
Interforum Canada, Inc.,
1055, bd René-Lévesque-Est,
Bureau 1100,
Montréal, Québec, H2L 4S5.

ISBN 978-2-7144-5307-5

Belfond | un département **place des éditeurs**

place
des
éditeurs

À ma famille

Cette âme est pleine d'ombre, le péché s'y commet. Le coupable n'est pas celui qui fait le péché, mais celui qui fait l'ombre.

Victor HUGO, *Les Misérables*

CRIMES

1

Le corps sans vie d'un enfant avait été retrouvé dans Barnard Park.

LORSQUE DANIEL SORTIT DE LA STATION ANGEL pour se diriger vers le commissariat d'Islington, l'air sentait la poudre. On était en plein été, il n'y avait pas un souffle de vent. La lune, invisible, sombrait dans un ciel aveuglant et trouble. L'atmosphère lourde annonçait un orage imminent.

À peine avait-il atteint Liverpool Road que le tonnerre se fit entendre. La pluie suivit presque aussitôt, en gouttes épaisses ; une vraie punition. Il remonta le col de son veston et dépassa au pas de course les devantures du Waitrose et du Sainsbury, évitant de justesse les clients de la dernière heure. Daniel, coureur aguerri, soutenait sans mal le rythme que lui imposait l'averse, s'abattant, de plus en plus féroce, sur ses épaules et son dos.

Dans le vestibule du commissariat, il s'ébroua brièvement et s'essuya le front d'un revers de la main, avant de faire subir le même traitement à son porte-document. Quand il se pencha vers l'hygiaphone pour annoncer son nom à la réceptionniste, la vitre s'embua.

L'officier de garde, le sergent Turner, l'attendait dans son bureau. Sa poignée de main était sèche. Daniel ôta son veston et le disposa sur le dossier de la chaise.

— Vous n'avez pas perdu de temps, déclara le policier.

Sans réfléchir, Daniel, du bout du doigt, fit glisser sa carte de l'autre côté de la table. S'il fréquentait assidûment les commissariats de Londres, celui d'Islington était une première.

— Le cabinet Harvey, Hunter & Steele ? Vous êtes associé ? demanda le sergent, avec le sourire.

— J'ai cru comprendre qu'il s'agissait d'un mineur ?

— Sebastian n'a que onze ans.

Comme pour recueillir une réaction, le policier fouilla Daniel du regard. Mais le jeune homme cultivait l'art du reflet. Depuis toujours. Le policier ne lirait rien dans ces yeux brun sombre.

Avocat non plaidant [1], Daniel avait défendu nombre de mineurs. Des garçons de quinze ans qui avaient tiré sur des membres d'autres gangs, des gamins qui volaient pour se procurer de la drogue. Jamais si jeune, cependant. Onze ans... Du reste, Daniel n'avait que très peu de contacts avec des garçons de cet âge. Sa seule référence en la matière était sa propre enfance.

— Est-il en état d'arrestation ?

— Pas encore, mais il y a quelque chose de pas net dans son comportement. Vous verrez. Il sait très bien ce qui est arrivé à l'autre gosse, j'en suis certain. Nous n'avons pu mettre la main sur la mère qu'après vous avoir appelé. Elle est là depuis une vingtaine de minutes. Elle nous a expliqué qu'elle était chez elle, alitée, et qu'elle venait seulement d'écouter son répondeur. J'ai demandé un mandat de perquisition pour leur domicile.

Le policier arbora une grimace résolue, qui fit se creuser ses joues rougeaudes.

— Vous le considérez donc comme suspect ?

— Comme vous dites. Et pas qu'un peu.

Daniel laissa échapper un soupir, avant de tirer un carnet de sa serviette. Frissonnant légèrement dans son costume trempé, il commença à prendre des notes. Le sergent Turner s'était lancé dans un bref exposé du crime, des quelques témoins et de ce qu'avait donné jusqu'ici l'interrogatoire du jeune Sebastian.

Interrogatoire rendu nécessaire par la découverte du corps sans vie d'un enfant. Un petit garçon du nom de Ben Stokes. Il avait apparemment été battu à mort sous un buisson de l'aire de jeu de Barnard Park, dans l'après-midi du dimanche. On lui avait écrasé une brique sur le visage, lui fracturant l'orbite. Le meurtrier s'était servi de cette arme et de quelques branches et de feuilles pour masquer les blessures de sa victime. Le corps avait été dissimulé sous la cabane de bois de l'aire de jeu, au coin du parc. C'était là

1. Daniel est *sollicitor*, ce qui signifie en droit anglais qu'il ne peut plaider, bien qu'avocat. Cette prérogative est réservée aux *barristers*. *(Toutes les notes sont de la traductrice.)*

qu'il avait été découvert le lundi matin par l'un des animateurs qui s'occupaient du lieu.

— La mère de Ben a signalé sa disparition en début de soirée, le dimanche, poursuivit Turner. Elle a expliqué que le garçon était sorti faire du vélo dans Richmond Crescent dans l'après-midi. Il n'avait pas le droit de quitter la rue, mais lorsqu'elle a regardé par la fenêtre, son fils n'était plus là.

— Et si vous avez décidé d'interroger le jeune Sebastian, c'est que…

— Après la découverte du corps, nous avons posté une camionnette de police Barnsbury Road, pour recueillir les témoignages. Un voisin a déclaré avoir vu deux gamins se battre dans Barnard Park. La description de l'un de ces deux garçons correspondait à celle de Ben. Le témoin, selon ses dires, leur a crié d'arrêter de se battre. L'autre garçon lui a répondu, avec le sourire, que ce n'était pas pour de vrai, qu'ils jouaient. Quand nous avons décrit le gosse à la mère de Ben, elle nous a donné un nom - Sebastian Croll, le garçon que vous venez voir. Il habite tout près de chez les Stokes.

Quand deux policiers ont sonné à sa porte, aujourd'hui, à quatre heures, Sebastian était tout seul chez lui - c'est du moins ce que nous pensions. Le garçon a dit aux enquêteurs que sa mère était sortie et que son père était en voyage d'affaires à l'étranger. On a dû trouver un autre adulte référent pour conduire le jeune Sebastian au commissariat. Ce qui paraît évident depuis que nous avons commencé à l'interroger, c'est qu'il cache quelque chose. L'assistante sociale a donc jugé nécessaire la présence d'un avocat.

Daniel acquiesça tout en fermant son bloc-notes.

— Je vais vous montrer le chemin, conclut Turner.

Durant le trajet jusqu'à la salle d'interrogatoire, Daniel se sentit envahi par le sentiment de claustrophobie que les commissariats de police provoquaient toujours en lui. Les murs étaient tapissés d'annonces officielles sur l'alcool au volant, la drogue, les violences familiales. Les stores, crasseux, étaient tous baissés.

Il n'y avait carrément pas de fenêtres dans la salle d'interrogatoire. Les murs, nus, étaient vert pâle. Sebastian était assis face à la porte. Ses vêtements lui avaient été retirés par le personnel du commissariat et il avait dû revêtir une combinaison jetable en papier blanc qui crissait à chaque fois qu'il faisait un mouvement. Le vêtement, trop grand, le faisait paraître plus menu, plus fragile

– et plus jeune que ses onze ans. Il était incroyablement beau et son visage en forme de cœur – pommettes larges, menton pointu – aurait presque pu passer pour celui d'une fillette. Il avait une petite bouche très rouge, de grands yeux verts pétillant d'intelligence, le teint translucide et des taches de rousseur sur le nez. Ses cheveux bruns étaient impeccablement coupés. Il sourit à Daniel, qui fit de même en guise de réponse, tout en prenant sur lui-même pour dissimuler sa surprise. Sebastian semblait si jeune que Daniel se demanda un bref instant comment engager la conversation.

Le sergent Turner était grand – encore plus grand que Daniel – et sa haute taille le faisait paraître trop massif pour la pièce exiguë. Il courba les épaules pour faire les présentations.

— La mère de Sebastian, Charlotte.

— C'est si aimable d'être venu, dit cette dernière. Nous vous en sommes très reconnaissants.

Daniel lui adressa un signe de la tête, avant de tourner les yeux vers le garçon.

— C'est donc toi, Sebastian ? demanda-t-il en prenant un siège.

Il ouvrit sa serviette.

— Oui, tout juste. Vous pouvez m'appeler Seb, si vous voulez.

Le garçon semblait franc et ouvert, ce qui soulagea Daniel.

— Très bien, Seb. Ravi de te rencontrer.

— C'est réciproque. Vous êtes mon avocat, c'est bien cela ?

Le garçon eut un large sourire. Daniel haussa le sourcil. Sebastian allait devenir son plus jeune client et, cependant, la façon dont il s'exprimait lui donnait plus d'assurance que la plupart des adolescents défendus par Daniel. Ses yeux verts au regard insistant, sa voix musicale et posée avaient quelque chose de désarmant. Quant à la mère... elle paraissait plus légère que les bijoux dont elle était couverte. Ses vêtements étaient de bonne coupe. Elle caressa la jambe de son fils d'une main dont les os frêles se mouvaient à la manière d'un oiseau.

Ce petit garçon ne peut qu'être innocent, songea Daniel en ouvrant son dossier.

Un employé du commissariat leur apporta du café, du thé et des biscuits au chocolat. Après quoi, le sergent Turner les laissa seul, pour que Daniel puisse s'entretenir en toute tranquillité avec son jeune client et la mère de celui-ci.

— S'il vous plaît, puis-je me servir ? demanda Sebastian, la main tendue vers les gâteaux secs, les doigts effilés et propres si semblables à ceux de sa mère.

Daniel hocha la tête. La politesse du petit garçon le fit sourire. Il se souvint de sa propre enfance, difficile - une navigation à vue dans un monde d'adultes. Soudain, il se sentit responsable de Sebastian, puis suspendit son veston encore humide au dossier de la chaise, avant de desserrer son nœud de cravate.

Charlotte passa sa main dans ses cheveux. Puis elle examina ses ongles soigneusement manucurés et croisa les doigts. La mère de Daniel avait eu elle aussi les ongles très longs. Ce souvenir égara le jeune homme un moment.

— Veuillez m'excuser, dit-elle en levant les yeux.

Elle baissa aussitôt ses paupières lourdement maquillées.

— En avons-nous pour longtemps ? Il faudrait que je sorte un moment pour prévenir le père de Seb de votre arrivée. Il est à Hong Kong, mais il voulait que je le tienne au courant. Je ne vais pas tarder à filer à la maison. Ils m'ont dit que je pouvais rapporter quelques vêtements à Seb avant que l'interrogatoire reprenne. Je trouve incroyable qu'ils lui aient tout pris. Tout ! Et ils ont même fait un prélèvement d'ADN sans attendre que je sois là...

L'atmosphère était lourde de l'odeur de cuir mouillé de l'attaché-case et du parfum musqué de Charlotte. Sebastian se frotta les mains en se redressant sur sa chaise, comme si la présence de Daniel lui procurait une étrange excitation. Il tira l'une des cartes de visite du jeune avocat qui dépassait du dossier et se rassit plus à son aise, le regard brillant d'admiration.

— Elle est bien, votre carte. Vous travaillez dans ce cabinet ?

— C'est exact.

— Vous allez pouvoir me sortir d'ici, alors ?

— Tu n'es pas inculpé, Sebastian. Pour le moment, toi et moi, nous allons discuter rapidement de ce qui s'est passé, après quoi la police procédera à un nouvel interrogatoire.

— Ils croient que c'est moi qui a fait du mal à ce garçon. Mais c'est faux.

— « Moi qui ai fait du mal », tu veux dire, chuchota Charlotte. Je t'ai déjà expliqué que...

Daniel plissa le front en signe d'approbation discrète, même si le reproche de Charlotte était déplacé.

— Bien. Voudrais-tu me raconter ce qui s'est vraiment passé dimanche après-midi, dans ce cas-là ? fit Daniel.

Tandis que le garçon se lançait dans sa version des faits, il commença à prendre des notes.

— Les Stokes habitent à quelques maisons de chez nous, s'interposa Charlotte. Les deux garçons jouent ensemble de temps en temps. Ben est un gosse charmant, très intelligent, mais il est un peu jeune pour Sebastian.

— Il n'a que huit ans, ajouta Sebastian en hochant la tête.

Il décocha un grand sourire à Daniel et le regarda droit dans les yeux, avant de porter la main à ses lèvres, comme pour étouffer un rire.

— Mais je devrais peut-être dire : « il n'avait que huit ans ». Parce qu'il est mort, en fait.

Daniel réprima à grand-peine un sursaut.

— Tu trouves ça drôle ? demanda-t-il en jetant un regard à la mère de l'enfant, laquelle, absorbée dans la contemplation de ses ongles, semblait ne rien avoir entendu. Sais-tu ce qui lui est arrivé ?

Sebastian détourna la tête.

— Je crois qu'il a été attaqué par quelqu'un. Un pédophile, peut-être.

— Qu'est-ce qui te fait dire ça ?

— C'est qu'on m'a déjà posé toutes ces questions. Ils pensent qu'il lui est arrivé quelque chose après qu'on se quitte et je me dis que s'il est mort, c'est qu'il a été tué par un pédophile, ou un tueur en série, ou quelqu'un de ce genre.

Soucieux, Daniel considéra le garçon. Cependant, Sebastian semblait imperturbable, comme si la mort de Ben Stokes n'était qu'une question purement intellectuelle. Il se fit alors plus insistant, questionnant son jeune client sur ses faits et gestes de la veille, avant et après son retour chez lui. Les réponses tombèrent, claires et cohérentes.

— Très bien, conclut Daniel.

Le garçon semblait lui faire confiance. Lui, en tout cas, le croyait sincère.

— Madame Croll ?

— Je vous en prie, appelez-moi Charlotte. Je n'ai jamais aimé mon nom de femme mariée.

— Bon, très bien, Charlotte. Je voulais juste vous poser deux ou trois questions. Ça vous va ?

— Bien sûr.

Elle avait une tache de rouge à lèvres sur les dents, constata Daniel quand il se tourna vers elle. La tension avait déjà imprimé sa marque sur ce corps menu. Malgré les boucles soigneusement permanentées et le trait parfait de l'eye-liner, la peau sous ses yeux était fripée. Son sourire était forcé. Lorsqu'elle se rendrait compte de la tache sur ses dents, elle serait mortifiée, songea-t-il.

— Quand les policiers sont venus chercher Sebastian, il était seul à la maison ?

— Non, j'étais là aussi, mais je dormais. J'avais pris quelques comprimés pour une migraine qui m'avait prise. J'étais complètement morte.

— Mais selon le rapport de police, Sebastian leur a dit qu'il ne savait pas où vous étiez.

— Oh, je pense qu'il plaisantait. Ça lui arrive. Il aime bien raconter des histoires aux gens, vous savez.

— Oui, c'était une plaisanterie, insista Sebastian en écho. Les policiers ne savaient pas où tu étais passée. Et c'est pour ça qu'ils ont appelé l'assistante sociale.

— Comme je viens de l'expliquer, murmura Charlotte d'une voix calme, j'étais allée m'étendre dans ma chambre.

Daniel serra les dents. Charlotte avait quelque chose à cacher, mais quoi ? Le garçon lui semblait plus digne de confiance que la mère.

— Et dimanche, où étiez-vous quand Sebastian est rentré ? Chez vous ?

— Oui, quand il est revenu après avoir joué avec Ben, j'étais à la maison. Je ne sors pas souvent…

— Et vous n'avez rien remarqué de curieux lorsqu'il est rentré ?

— Non, rien du tout. Il est rentré et… il a regardé la télé un moment, je crois.

— Quelle heure était-il quand il a réapparu ?

— Trois heures, à peu près.

— Bon, reprit Daniel. Comment te sens-tu, Seb ? D'attaque pour affronter un autre interrogatoire de la part des policiers ?

Charlotte posa le bras sur les épaules de son fils.

— Il se fait tard. Nous sommes ravis de leur venir en aide, mais cela peut sans doute attendre demain matin.

— Je vais leur demander, Charlotte. Je vais leur dire qu'il a besoin d'un peu de tranquillité, mais ils peuvent ne pas être d'accord. Et s'ils nous accordent ce répit, ils peuvent aussi choisir de ne pas le libérer sous caution [1].

— Sous caution ? Qu'est-ce que vous voulez dire ? s'exclama Charlotte.

— Je vais la réclamer, mais elle est très rarement accordée lorsqu'il s'agit de meurtre.

— Sebastian n'a rien à voir avec cette affaire. Absolument rien, dit-elle, les tendons de son cou saillant tandis que sa voix se faisait plus stridente.

— Ne vous inquiétez pas. Je reviens.

Il était presque neuf heures du soir, mais la police n'avait pas l'intention de lever le pied. Charlotte fila à Richmond Crescent chercher des vêtements pour son fils - un pantalon de survêtement bleu et un sweat-shirt gris qu'il put enfiler en lieu et place de la combinaison jetable. Après quoi, il fut reconduit dans la salle d'interrogatoire.

Sebastian s'installa à un bout de la table, entre Daniel et sa mère. Le sergent Turner s'assit de l'autre côté, face à Daniel. Il était flanqué d'un autre policier, un inspecteur au visage chevalin du nom de Black, qui prit place en face de Sebastian.

— Sebastian, tu peux, si tu le souhaites, ne pas nous répondre. Cependant, si tu omets maintenant de mentionner quelque chose dont tu parleras au moment du procès, cela peut affaiblir ta défense. Tout ce que tu vas dire peut avoir valeur de preuve devant la cour.

Le garçon reniflait, les yeux levés vers Daniel, tirant sur les manches de son pull tandis que le sergent lui adressait ce discours officiel.

— Tu te sens mieux dans ces jolis vêtements tout propres, hein ? poursuivit le policier. Tu sais pourquoi nous avons pris tes vêtements, Seb, je pense ?

1. En droit anglais, les mineurs sont susceptibles de comparaître devant une cour de justice criminelle ordinaire à partir de l'âge de dix ans.

— Oui. Vous cherchez des indices matériels.

Sebastian s'exprimait d'une voix claire, tranquille, détachée.

— Exactement. Et quel genre d'indice penses-tu que nous allons trouver ?

— Je ne sais pas trop.

— Cet après-midi, quand nous sommes venus te chercher, il y avait des taches sur tes baskets. C'était du sang, Seb. Tu sais d'où il venait ?

— Non, pas vraiment. Je me suis peut-être fait mal en jouant. Je ne me souviens pas. Ou alors c'était de la boue, non ?...

Le sergent Turner se racla la gorge.

— Tu ne crois pas que si tu t'étais fait mal au point d'avoir du sang sur tes chaussures, tu t'en rappellerais ?

— Eh bien, ça dépend.

— Donc, tu penses que c'est du sang que tu as sur tes chaussures, Seb, mais tu crois que c'est le tien ? reprit l'inspecteur, d'une voix usée par le tabac.

— Non, je ne sais pas d'où viennent ces taches. Quand je joue dehors, ça arrive souvent que je me salisse un peu. Tout ce que je voulais dire, c'est que si c'est du sang, ça doit être que je me suis fait une coupure en jouant.

— Tu as une idée de la façon dont ça aurait pu se passer ?

— Oh, peut-être que je suis tombé sur une pierre, ou que j'ai sauté d'un arbre. Ou que je me suis égratigné avec une branche.

— Hier et avant-hier, tu as beaucoup joué dans les arbres ?

— Non, j'ai passé le plus clair de mon temps à regarder la télévision.

— Et tu n'es pas allé à l'école aujourd'hui ?

— Non. Je ne me sentais pas très bien ce matin. J'avais mal au ventre, en fait. Je suis resté à la maison.

— Et ton instituteur savait que tu étais souffrant ?

— Non, en général, ce qui se passe, c'est qu'on lui apporte un mot quand on revient en cours...

— Sebastian, si tu es resté toute la journée à la maison, comment se fait-il que tes baskets soient toutes sales ? D'où viennent ces taches de sang ?

Le sergent Turner s'était penché en posant cette dernière question. Si bien que l'odeur aigre de café que dégageait son haleine n'échappa pas à Daniel.

— Elles datent peut-être d'hier, ces taches de sang ?

— Sergent, personne ne sait si c'est vraiment du sang. Pourriez-vous reformuler votre question ?

Daniel avait les yeux fixés sur le sergent, le sourcil froncé. Bien sûr, ils essayaient de coincer le garçon.

— Tu portais les mêmes chaussures dimanche, Sebastian ? poursuivit Turner, hargneux.

— C'est possible. Je les ai peut-être remises. Je ne me rappelle pas. Des chaussures, j'en ai des tas. Je crois qu'il va falloir qu'on patiente un peu.

Daniel jeta un coup d'œil à son jeune client et essaya de se souvenir de ses onze ans. Il n'aimait pas regarder les adultes dans les yeux, se souvint-il. Comme il n'aimait pas les piqûres d'orties ou les vêtements qui ne vous vont pas. Il n'avait pas oublié la colère qui l'habitait alors. Sebastian, lui, avait de l'assurance ; il s'exprimait très bien. Au vu de la petite lueur qui brillait dans ses yeux, on avait l'impression qu'il prenait plaisir à cet interrogatoire, en dépit de la brusquerie de l'inspecteur.

— Très juste, Seb. Nous saurons bientôt à quoi correspondent ces taches sur tes baskets. Et à qui appartient le sang – si c'est du sang.

— Avez-vous prélevé le sang de Ben ?

Le nom de l'enfant mort résonna dans la pièce sans fenêtre, syllabe primitive, sacrée, bulle éphémère aux contours huileux et irisés qui flotta devant tous ceux qui s'y trouvaient. Daniel retint sa respiration – ce qui n'empêcha pas la bulle d'exploser.

— Si c'est son sang que tu avais sur tes chaussures, nous l'apprendrons bien assez vite, chuchota Turner en guise de réponse.

— Quand on est mort, fit Sebastian d'une voix claire, interrogative, est-ce que notre sang continue à couler ? Est-ce qu'il est encore liquide ? Je me suis toujours dit qu'il devenait solide.

Daniel sentit les poils se hérisser sur son bras. Devant le tour macabre que prenait la conversation, les regards des policiers s'étaient durcis – cela ne lui avait pas échappé. Ce qu'ils pensaient, il le sentait bien. Et cependant, il gardait confiance en Sebastian. Il se souvint du jugement injuste que les adultes avaient prématurément porté sur lui lorsqu'il n'était qu'un enfant. Sebastian semblait de toute évidence un garçon brillant, curieux ; Daniel, d'une certaine façon, comprenait bien le fonctionnement de son esprit.

L'interrogatoire s'acheva bien après dix heures. En regardant l'enfant se coucher dans le petit lit de sa cellule, Daniel se sentit vidé. Charlotte, penchée sur son fils, lui caressait les cheveux.

— Je ne veux pas dormir ici, dit Sebastian en levant les yeux vers son avocat. Vous ne pouvez pas leur demander de me relâcher ?

— Seb, ne t'inquiète pas, ça va aller, répondit Daniel d'un ton qui se voulait rassurant. Tu as affronté tout cela avec beaucoup de courage. C'est simplement qu'ils veulent se remettre à l'interrogatoire tôt demain matin. Autant rester dormir ici. Au moins, tu ne risques rien.

Sebastian eut un sourire.

— Et maintenant, vous allez voir le corps ? demanda-t-il.

Daniel secoua rapidement la tête. Pourvu que le policier de garde n'ait rien entendu. Bien sûr, se dit-il, les enfants n'ont pas la même vision du monde que les adultes. Il avait défendu des adolescents plus âgés que Sebastian : et même ceux-là parlaient parfois sans réfléchir. Il fallait toujours que Daniel leur rappelle de ne rien dire ni ne rien faire à la légère. Il remit son veston, frissonna sous le tissu encore humide. Les mâchoires crispées, il prit congé de Sebastian et de Charlotte. Ils se reverraient le lendemain matin, leur assura-t-il.

Lorsqu'il sortit du métro, à Mile End, il était plus de vingt-trois heures trente ; le ciel était bleu marine. Par chance, il y avait encore des métros. La pluie avait cessé mais l'air semblait toujours aussi lourd.

Il prit une longue inspiration et se mit en route, la cravate fourrée dans sa poche de poitrine, les manches remontées, le veston à l'épaule. En temps normal, il aurait pris le bus, le 339, s'il avait pu l'attraper. Ce soir-là, il descendit Grove Road, passa devant les vieux salons de coiffure pour hommes et les échoppes à sandwichs, l'église baptiste et les pubs où il ne mettait jamais les pieds, les résidences neuves bâties en retrait de la rue. Enfin, droit devant lui, surgit Victoria Park : il était pratiquement rentré.

La journée lui pesait. Pourvu que le garçon ne soit pas inculpé, pourvu que les résultats des analyses l'innocentent ! Le système judiciaire était déjà assez dur pour les adultes. Alors, pour les enfants... Daniel avait besoin de tranquillité – besoin de réfléchir en paix. Sa précédente petite amie avait déménagé deux mois plus tôt, ce dont il se félicita.

Une fois chez lui, il prit une bière dans le frigo, qu'il but lentement en ouvrant son courrier. La dernière enveloppe de la pile était une vraie lettre. Écrite sur du papier bleu pâle – et l'adresse rédigée à la main, au stylo à plume. La pluie avait fait son œuvre : le nom de Daniel et son adresse s'étaient un peu dilués. Et, cependant, il reconnut l'écriture.

Il but une longue gorgée de bière avant de glisser le petit doigt sous le rabat de l'enveloppe, et de le déchirer.

Très cher Danny,

Ce qui va suivre n'est pas simple à écrire.

J'ai été souffrante ces derniers temps ; je sais maintenant que je n'ai que peu de temps à vivre. Comme je ne sais pas combien de temps je garderai des forces, je préfère t'écrire maintenant. J'ai demandé à l'infirmière de mettre la lettre à la boîte quand le temps serait venu. Non que je sois pressée d'arriver au bout du chemin, mais je n'ai pas peur de mourir. Je ne veux pas que tu t'inquiètes.

J'aurais bien aimé te voir une dernière fois, voilà tout. J'aurais bien aimé que tu sois là. Je me sens loin de chez moi – et loin de toi.

J'ai tellement de regrets ! Mon chéri, tu en fais partie – tu es peut-être même le plus lourd d'entre eux. J'aurais voulu en faire davantage pour toi. J'aurais voulu me battre un peu plus.

Je te l'ai dit souvent déjà et je le répète – je n'ai jamais voulu qu'une seule chose, te protéger. Je voulais que tu sois indépendant, heureux, plein de force. Et, sais-tu ? Je crois que c'est le cas.

Même si je sais que j'ai mal agi, je pense à toi, maintenant, à ton travail à Londres, et cette idée m'apporte une paix curieuse. Tu me manques, mais c'est que je suis égoïste. Au fond de mon cœur, je sais que tu fais de grandes choses. Parfois, quand je pense à ta carrière, à ton métier d'avocat, j'ai des sursauts de fierté ; mais de surprise, jamais.

Je t'ai légué la ferme, pour ce qu'elle vaut. Tu pourrais sans doute te l'offrir avec ce que tu gagnes en une semaine. Enfin, pendant quelque temps, ça a peut-être été ta vraie maison. Du moins, je le souhaite.

J'ai toujours su que tu réussirais. Tout ce que j'espère, c'est que tu es heureux. Ça, c'est plus dur. Je sais que tu as certainement encore du mal à le comprendre, mais c'est la seule chose qui m'ait jamais importé. Ton bonheur. Je t'aime. Tu es mon fils, que ça te plaise ou non. Cesse de me haïr pour ce que j'ai fait, si tu le peux. Libère-moi de ce fardeau, et je pourrai reposer en paix.

Avec tout mon amour,

Mam.

Il replia la lettre et la glissa dans l'enveloppe. Il finit sa bière et resta un moment immobile, le dos de la main pressé contre ses lèvres. Ses doigts tremblaient.

2

— C'EST UN FUGUEUR, dit l'assistante sociale à Minnie.

Daniel était resté debout, le sac de voyage qui contenait ses quelques affaires à ses pieds. La cuisine de Minnie avait une drôle d'odeur – fruits, poil mouillé, bois brûlé. Il n'avait aucune envie de rester dans cette maison sombre aux pièces encombrées.

Minnie le toisa, les mains sur les hanches. Elle n'était pas méchante, ça se voyait au premier coup d'œil. Les joues rouges, le regard vif et mobile, elle portait une jupe longue, de gros souliers d'homme et une veste grise en tricot dont elle serrait les pans sur sa poitrine. De gros seins, un gros ventre et une tignasse bouclée poivre et sel, massée sur le haut du crâne.

— Dès qu'il peut, il prend la poudre d'escampette, ajouta l'assistante d'une voix lasse.

Puis, se retournant vers Daniel, d'un ton plus ferme :

— Mais maintenant, ce n'est plus la peine de te sauver, hein, mon petit ? Ta mère ne va pas bien du tout.

Tricia lui donna une pression amicale sur l'épaule. Le jeune garçon se dégagea d'un geste brusque avant de s'asseoir, les mains sous la table.

Le chien berger de Minnie, Blitz, se mit à lui lécher les doigts.

— Une overdose, chuchota l'assistante sociale à l'oreille de Minnie, pas assez bas cependant pour que Daniel ne puisse la comprendre.

Minnie lança un regard complice au garçon, comme pour lui dire : Je sais bien que tu as entendu.

Il glissa la main dans sa poche, caressa du bout des doigts le collier de sa mère. Elle le lui avait donné trois ans auparavant. Elle était alors entre deux amants, avait arrêté de se droguer. Ça avait été leur dernière entrevue *autorisée* et sans témoins. Après quoi, ils n'avaient plus eu le droit de se voir seuls, ordre des services sociaux. Ce qui n'empêchait pas Daniel de fuguer dès que l'occasion s'en présentait. Où qu'elle soit, il retrouvait toujours sa trace. Elle avait besoin de lui.

Tout au fond de sa poche, ses doigts palpèrent doucement l'initiale de son prénom, un S.

— Daniel, je t'emmène à Brampton, lui avait dit l'assistante sociale dans la voiture. À Newcastle, personne ne veut plus de toi. C'est un peu loin de tout, mais je crois que Minnie te plaira, avait-elle ajouté.

Il avait détourné la tête. Tricia ressemblait à toutes les assistantes sociales qui s'étaient occupées de lui au fil des ans : mal fagotée et les cheveux d'un blond pisseux. Daniel les haïssait toutes, elle et celles qui l'avaient précédée.

— Elle vit seule dans sa ferme. Pas d'homme. Ça devrait te convenir, ça, mon petit. Tu n'auras pas besoin de faire ton cirque. Tu as de la chance, elle a bien voulu de toi. C'est que tu n'es plus vraiment facile à placer, maintenant. Personne n'a envie de se retrouver avec un cas comme toi sur les bras. On va voir comment ça se passe avec elle. Je reviendrai à la fin du mois.

— Je veux voir ma mère.

— Tu sais bien qu'elle est malade, mon petit. C'est pour ça que tu ne peux pas la voir. Ça vaut mieux pour toi. Il faut lui laisser le temps de se remettre. Tu veux qu'elle aille mieux, hein ?

Une fois Tricia repartie, Minnie montra sa chambre au garçon. Dans l'escalier, devant lui, elle montait en balançant les hanches. Une vision traversa l'esprit de Daniel : le tambour fixé à la poitrine d'un musicien de fanfare, les baguettes feutrées battant la mesure en rythme. La chambre mansardée, meublée d'un lit à une personne, donnait sur la basse-cour, où vivaient les poules et le bouc, Hector. C'était là toute la ménagerie de la ferme Flynn.

La chambre lui donna la même impression que toutes celles qui l'avaient précédée. Un grand froid, le sentiment de ne pas être à sa place. Il eut envie de repartir sur-le-champ, posa malgré tout son sac sur le lit. Le papier peint était orné de minuscules boutons de rose, la courtepointe était d'une teinte assortie.

— Désolée pour la décoration. D'habitude, ils m'envoient des filles.

Ils échangèrent un regard. Minnie écarquilla les yeux et sourit à Daniel.

— Si ça se passe bien, tu sais, on pourra le changer. Tu pourras choisir la couleur que tu veux.

Daniel se plongea dans la contemplation de ses ongles.

— Tu peux ranger tes sous-vêtements ici, mon loup. Et tu as quelques cintres dans l'armoire, ajouta-t-elle.

Dans cette chambre exiguë, elle semblait plus ample encore. Un pigeon roucoulait à la fenêtre. Elle tapa sur le carreau pour le chasser.

— Je les déteste, expliqua-t-elle. De vraies pestes, ces bestioles.

Elle lui demanda ce qu'il voulait manger pour son dîner et n'obtint pour toute réponse qu'un haussement d'épaules. Elle lui laissa le choix entre le hachis et le corned-beef ; il opta pour le hachis. Elle lui demanda d'aller se laver les mains avant de descendre à la cuisine.

Une fois seul dans la chambre, il sortit son couteau à cran d'arrêt de son blouson et le glissa sous l'oreiller, gardant son autre canif dans sa poche de pantalon. Il rangea ses sous-vêtements sur l'étagère que lui avait indiquée Minnie : une paire de chaussettes et un tee-shirt propre, qu'il posa côte à côte pour leur donner meilleure allure. Les planches étaient recouvertes d'un papier à fleurs qui dégageait une curieuse odeur. Ses vêtements allaient se mettre à puer, c'était certain.

Dans la salle de bains, étroite et longue, il tira le verrou avant de s'asseoir sur le rebord de la baignoire, en céramique jaune vif. Les murs étaient couverts de papier peint bleu, les pourtours des robinets encrassés, noirs de moisissure, le carrelage jonché de poils de chien. Il alla au lavabo et se dressa sur la pointe des pieds pour se regarder dans la glace.

Petite engeance du diable.

Ces mots lui revinrent à la vue de son visage – cheveux noirs et courts, yeux bruns, menton carré. C'était Brian, son dernier père d'accueil en date, qui les avait prononcés. Daniel avait crevé les pneus de sa voiture et vidé une bouteille de vodka dans l'aquarium. Le poisson n'avait pas survécu

Il y avait un petit papillon de porcelaine sur l'une des étagères, un vieux bibelot à trois sous. Les ailes étaient peintes de couleurs vives, jaune et bleu, comme la salle de bains. Daniel l'empocha et s'essuya les mains sur son pantalon avant d'aller retrouver Minnie.

La cuisine n'était pas plus propre que la salle de bains : miettes et traces de boue sur le carrelage ; table, plans de travail et réfrigérateur encombrés d'ustensiles et de stocks de nourriture. Daniel se mordit la lèvre. Du regard, il eut bientôt fait le tour de la pièce. Les pots de fleurs, les stylos, le sarcloir. Le sac de biscuits pour chien, les piles de grosses boîtes en fer-blanc, les livres de cuisine, les bocaux remplis de spaghettis, les trois théières de taille différente, les pots de confiture vides, les maniques noires de graisse, les torchons, les produits ménagers. Au pied de la poubelle pleine, gisaient deux bouteilles de gin, vides. Dehors, les poules caquetaient.

— Tu n'es pas très bavard, l'interpella-t-elle, par-dessus son épaule, tout en effeuillant une laitue. Tu viens m'aider à préparer la salade ?

— J'aime pas la salade.

— Pas grave. On en fera une petite, juste pour moi. C'est celle de mon jardin, tu sais ? Les tomates aussi. Franchement, il n'y a que les produits du potager qui vaillent. Allez, viens me donner un coup de main.

Il la rejoignit près du plan de travail. Il lui arrivait à peu près aux épaules, se trouva grand à côté d'elle. Elle lui donna une planche à découper et un couteau, lava trois tomates et les déposa sur la planche, à côté du saladier. Puis elle lui montra comment couper les tomates en fins quartiers.

— Tiens, goûte, dit-elle en tendant une tranche juteuse à hauteur des lèvres du garçon.

Il secoua la tête. Elle avala le morceau de tomate.

Il prit le couteau et se mit au travail, tout en la regardant glisser deux glaçons dans un grand verre, y presser un citron avant d'y verser un fond de bouteille de gin. Les glaçons crépitèrent avec un petit chuintement quand elle ajouta le tonic. Elle déposa la bouteille vide près de la poubelle puis revint vers Daniel.

— Tu t'en es bien tiré. Les quartiers sont parfaits.

L'idée trottait dans la tête du garçon depuis qu'elle lui avait donné le couteau. Il n'avait pas l'intention de la blesser, non, il voulait lui faire peur. Il voulait qu'elle sache tout de suite à quoi s'en tenir. Il se retourna, pointant le couteau droit sur le visage de Minnie – le bout de la lame, qu'ensanglantaient quelques pépins de tomate, à deux ou trois centimètres de son nez. Et maintenant, que sa bouche se torde de peur ! Qu'elle se mette à hurler ! Ce n'était pas la première fois qu'il se livrait à ce petit jeu. Lorsque l'adversaire reculait, surpris, Daniel se sentait envahi d'un sentiment de toute-puissance.

Il se fichait de savoir que la ferme était sa dernière chance. Il n'avait aucune envie de rester dans ce trou puant.

Le chien s'assit dans son panier et poussa un aboiement, qui fit tressauter Daniel. Minnie, elle, ne broncha pas. Les lèvres pincées, elle poussa un long soupir.

— Mon gars, et les deux autres tomates ?

L'expression de son regard avait changé ; elle n'était plus si amicale.

— Vous n'avez pas peur ?

Il serra les doigts sur le manche du couteau, qui trembla légèrement sous le nez de Minnie.

— Non, mon loup, et si tu avais vécu ce que j'ai vécu, tu comprendrais pourquoi. Bon, tu finis le travail ?

— Je pourrais vous poignarder.

— Ah, vraiment ?

Daniel planta le couteau dans la planche à découper – une fois, deux fois. Puis, le dos tourné, il s'attaqua à la deuxième tomate. Son avant-bras lui faisait un peu mal. Il s'était froissé un tendon en enfonçant le couteau. Minnie s'écarta du plan de travail pour avaler une gorgée de gin-tonic. Le chien trotta jusqu'à ses pieds. Elle baissa la main pour qu'il lui lèche les doigts.

Lorsqu'ils passèrent à table, il était mort de faim, ce qu'il prit soin de ne pas montrer. Le coude sur la table, il se tenait la tête en mangeant.

Elle ne cessait de bavarder, parlant de la ferme et de son potager.

— Vous venez d'où ? lui demanda-t-il, la bouche pleine.

— Eh bien, à l'origine, de Cork, mais j'y ai vécu moins longtemps qu'ici. Pendant un moment, j'ai habité à Londres.

— C'est où, Cork ?

— C'est où ? Bon Dieu, tu ne sais pas ? En Irlande, voyons !

Daniel baissa les yeux.

— C'est la vraie capitale de l'Irlande, Cork. Même si la ville est deux fois plus petite que Newcastle.

Le regard baissé, elle ajouta, tout en coupant sa salade :

— Je suis désolée pour ta maman. Si j'ai bien compris, elle ne va pas très bien ces temps-ci.

Daniel s'arrêta de manger une minute ou deux. Il empoigna sa fourchette et la planta d'un geste lent dans la table. Minnie portait une croix en or au cou. Le garçon, immobile, s'émerveilla un bref instant de la minuscule silhouette du supplicié.

— Et qu'est-ce qui vous a fait choisir cet endroit ?

Il pointa la fourchette vers Minnie.

— Pourquoi vous avez quitté la ville ? C'est loin de tout, ici.

— C'est mon mari qui s'y trouvait bien. Nous nous sommes rencontrés à Londres. J'étais infirmière psychiatrique. Lui était électricien, entre autres. Il était de Brampton, il a grandi par ici. Pour moi, ça n'était pas plus mal qu'autre chose à l'époque. C'était ce qu'il voulait, et pour moi, c'était l'essentiel.

Elle finit son gin-tonic et les glaçons s'entrechoquèrent. Dans son regard réapparut la lueur avec laquelle elle avait considéré le couteau de Daniel.

— C'est quoi, une infirmière psychiatrique ?

— Eh bien, c'est une infirmière qui s'occupe de malades mentaux.

Daniel regarda Minnie dans les yeux puis détourna la tête.

— Vous êtes divorcée ?

— Non, j'ai perdu mon mari.

Elle alla rincer son assiette dans l'évier. Les yeux fixés sur le dos de Minnie, il finit son dîner, racla soigneusement son assiette.

— Si tu en reveux un peu, il y en a encore, tu sais, dit-elle sans se retourner.

— Non, ça ira, répondit-il, bien qu'il eût aimé se resservir.

Il lui apporta son assiette. Elle le remercia, l'enveloppant d'un regard qui avait retrouvé toute sa chaleur.

Quand elle eut fini la vaisselle, elle lui apporta deux ou trois serviettes dans sa chambre et lui demanda s'il avait besoin de quoi que ce soit, du dentifrice, par exemple, ou une brosse à dents.

Assis sur le lit, il regardait les spirales rouges de la moquette.

— Je t'en laisserai une dans la salle de bains. J'en ai deux ou trois toutes neuves. Rien d'autre ?

Il secoua la tête.

— Tu n'avais pas grand-chose dans ton sac, hein ? Il faudra peut-être qu'on t'achète des vêtements pour l'école.

Elle avait ouvert le placard et frôlait, du bout des doigts, le bas de l'unique pantalon qu'il y avait suspendu.

Daniel se laissa retomber sur le dessus-de-lit. Il glissa ses mains dans ses poches, en sortit le petit papillon de porcelaine. Couché sur le lit, il l'examina longuement. Elle continuait à parler, occupée qu'elle était à ramasser des affaires qui traînaient sur le plancher, à fermer des fenêtres. Quand elle se penchait, elle émettait des petits grognements, des soupirs.

— Qu'est-ce que tu as dans les mains ? lui demanda-t-elle soudain.

Daniel fourra le papillon dans sa poche. Trop tard, elle l'avait vu. Il sourit. Il aimait bien l'expression qui venait d'apparaître sur le visage de Minnie. Le souci faisait tressauter ses joues. Les lèvres pincées, les sourcils froncés, elle le toisait du pied du lit.

— Cet objet ne t'appartient pas.

Il leva les yeux sur elle. Curieux : le couteau n'avait pas fait ciller Minnie, alors que ce stupide papillon de porcelaine la mettait en colère. Elle parlait d'une voix très calme. Daniel dut se redresser un peu et retenir sa respiration pour l'entendre.

— Daniel, je sais que nous n'avons pas encore eu le temps de vraiment faire connaissance. Je sais que tu n'as pas eu la vie facile et je vais faire ce que je peux pour que ça aille mieux. J'imagine que tout ne sera pas rose. Si tel était le cas, je ne ferais pas ce boulot. Mais il y a un certain nombre de règles que tu dois respecter. Sans quoi, ça ne marchera pas. Tu ne peux pas t'approprier ce bibelot. Il a une signification particulière pour moi. Quand tu iras te brosser les dents, je veux que tu le remettes à sa place.

— Non, répondit Daniel. J'ai envie de le garder. Je l'aime bien.

— Bon, ça, je comprends. Je veux bien que tu le gardes deux ou trois jours, si tu en prends soin. Après quoi, il faudra que tu le remettes à sa place, sur l'étagère de la salle de bains, de manière à ce que nous puissions en profiter tous les deux. Attention : deux jours, pas plus. C'est une faveur que je te fais, parce que tu viens juste d'arriver et que je veux que tu prennes tes marques. Mais dans deux jours, si tu ne l'as pas remis à sa place, je te le redemanderai.

C'était la première fois qu'on s'adressait à lui sur ce ton. Était-elle fâchée ou avait-elle cédé à son caprice ? Daniel aurait été incapable de le dire. Ses coudes lui faisaient mal, à force de rester dans la même position assise.

Elle s'emmitoufla dans sa longue veste en laine avant de sortir de la chambre. L'odeur de jus de citron s'en fut dans son sillage.

3

DANIEL SE LEVA À CINQ HEURES ET DEMIE DU MATIN et courut quinze bons kilomètres dans Victoria Park et South Hackney. Il réservait habituellement ce genre de parcours aux fins de semaine, mais, ce jour-là, il avait besoin de se dépenser. Autrefois, il lui fallait une heure cinq pour boucler le circuit : en se forçant un peu, il pouvait à présent descendre en dessous des soixante minutes. Son objectif était de gagner une minute par an. Il y avait dans ce projet quelque chose d'un jeu avec la mort.

Courir lui était plus naturel que bien des activités. La fuite lui semblait souvent la plus logique des solutions.

Il venait de passer une nuit blanche, ce qui ne l'empêcha pas de tout tenter pour rester dans les temps. Il se concentrait tour à tour sur l'un ou l'autre de ses muscles. Il raidit le torse, le fit pivoter dans un sens puis dans l'autre. L'allée montait : il pensa très fort à ses cuisses, leur imprima un effort supplémentaire tout en maintenant la cadence. Il vivait dans cette partie des quartiers Est depuis presque huit ans et connaissait désormais le parc comme sa poche. La fenêtre de sa chambre donnait sur Victoria Park. Il pouvait situer le moindre des arbres dont les racines saillaient sur le chemin, comme les doigts soudain alertes d'un mort. Il savait où trouver la fraîcheur en plein été. Il savait où l'on risquait de grelotter en hiver. Il savait quelles zones du parc étaient inondées au moment des pluies.

De temps à autre, des pensées lui venaient. En les chassant, Daniel se rendait compte qu'elles lui faisaient perdre de la vitesse.

Il reprit le chemin du retour et la lettre lui revint à l'esprit. Il n'arrivait pas à croire qu'elle soit vraiment morte.

Morte. Il trébucha sur un caillou et plongea vers l'avant. Complètement déséquilibré, il tomba de tout son long, s'écorcha le genou, l'avant-bras et le bas de la paume. Il saignait.

— Merde, s'écria-t-il en se remettant sur pied.

Un vieil homme qui promenait son labrador obèse le salua d'un geste.

— Ça va, jeune homme ? Vous ne vous êtes pas raté. L'éclairage est toujours bizarre à cette heure de la matinée.

Daniel était trop essoufflé pour répondre ; il se contenta d'essayer de sourire à l'homme, la main levée pour le rassurer sur son état. Puis il voulut se remettre à courir, mais le sang lui coulait de la paume de la main jusqu'au coude. Il trotta à regret sur Old Ford Road et monta sur le même rythme les marches de pierre beige qui conduisaient à son appartement.

Daniel prit une douche et banda sa main, avant d'enfiler une chemise rose dont le col et les manchettes étaient blancs. En boutonnant les poignets, il sentit la plaie palpiter. Il respira profondément. Depuis la rencontre avec Sebastian et la lecture de la lettre, il se sentait pris à la gorge par le passé. Il jeta un coup d'œil au miroir, redressa les épaules, pour s'éclaircir les idées. Il ne voulait pas s'encombrer l'esprit avec la lettre ce jour-là. Il retrouvait ses impressions d'enfance : confusion, distraction, difficulté à comprendre comment les choses s'étaient gâtées, pourquoi tout avait fini par voler en éclats.

Daniel avait convenu avec Charlotte de la retrouver chez elle avant de l'accompagner au commissariat. Il trouvait curieux qu'elle ne se soit pas réveillée lorsque les policiers avaient interpellé son garçon sous son propre toit, et voulait profiter de l'occasion pour discuter avec elle.

Richmond Crescent resplendissait sous le soleil d'août : les belles fenêtres à guillotine étincelaient au-dessus de leurs appuis d'un blanc aveuglant. Daniel monta le perron et desserra le nœud de sa cravate. Le bouton de la sonnette était enchâssé dans une coque de porcelaine, ornée de fleurs peintes. Daniel sonna une seule fois, se racla la gorge et jeta un coup d'œil à la vénérable Bentley garée le long du trottoir. Il était sur le point de réitérer son geste lorsque la porte s'ouvrit sur une dame d'un certain âge vêtue d'un tablier, un chiffon à la main.

— Entrez, je vous prie, dit-elle avec un accent qui pouvait être polonais.

Elle baissa la tête, esquissa quelques pas vers l'intérieur de la maison et la salle à manger, le chiffon pointé vers l'escalier.

— Mme Croll, elle est dans la cuisine.

Abandonné à lui-même dans le vestibule, Daniel eut le temps d'admirer les grandes hampes d'iris, les vases et les soieries chinoises, les meubles anciens de bois sombre. Mais où était donc la cuisine ? Il enfonça la main dans la poche de son veston. Puis se fia à l'odeur du pain grillé, qui lui fit emprunter une volée de marches couvertes d'une épaisse moquette beige tout en veillant à ce que ses chaussures n'y laissent aucune trace.

Charlotte, qui portait des lunettes de soleil, était à demi vautrée sur son café, le journal étalé sur la table. Le soleil illuminait la cuisine en entresol, réverbéré par les panneaux blancs des meubles.

— Daniel ! s'écria Charlotte en tournant la tête. Faites comme chez vous, prenez un café. Je suis à vous dans une seconde. Vous m'excuserez, j'ai mal au crâne. Avec cette lumière, c'est l'enfer ici, à cette heure de la journée !

— Ça va être une vraie fournaise aujourd'hui, approuva Daniel, planté au milieu de la cuisine, tenant son attaché-case à deux mains.

— Asseyez-vous, prenez un café.

— C'est gentil, mais je viens juste d'en boire un.

— Mon mari a appelé au petit matin. Il était deux heures de l'après-midi à Hong Kong.

Tout en buvant son jus d'orange à petites gorgées, elle se posa deux doigts sur ses tempes.

— Il voulait savoir si Sebastian était vraiment inculpé de quoi que ce soit. Il était horriblement fâché contre moi. Je lui ai dit que je n'en savais rien. Qu'en dites-vous ? C'est-à-dire... Bon, Sebastian et Ben étaient copains, c'est sûr... mais ils ont l'air si sérieux, ces policiers...

— Votre fils a été arrêté, mais il n'est pas inculpé. Il est en garde à vue, il y a une suspicion de meurtre... une situation qui va peut-être perdurer quelques jours. Mieux vaut vous y préparer. À l'heure qu'il est, il n'y a pas grand-chose d'autre à faire que de lui venir en aide, comme vous le faites. On va voir la tournure que ça prend aujourd'hui.

Le visage de Charlotte se figea l'espace d'une seconde. Le soleil était si vif que Daniel remarqua les amas de fond de teint dans les rides qui encerclaient la bouche de son interlocutrice.

— Notre rôle à nous, c'est de l'aider du mieux que nous le pouvons. Nous ne voulons pas qu'il se compromette, c'est clair, mais nous devons veiller à ce qu'il réponde de façon aussi complète que possible aux questions qui lui sont posées. S'il omet un fait d'importance, cela pourra lui être reproché lors de l'audience, expliqua Daniel.

— Mon Dieu, cela me paraît si absurde... Soumettre un enfant à tout ce cirque. Vous pensez que l'affaire ira jusqu'au procès ?

— Oui, si la police arrive à réunir suffisamment de preuves pour l'inculper. Pour l'heure, il ne s'agit que de soupçons. Ils n'ont aucune preuve. Cela dit, l'expertise légale va s'avérer capitale. Il est possible que le rapport nous soit communiqué aujourd'hui et qu'il suffise - du moins je l'espère - à disculper Sebastian.

Daniel se racla la gorge. Des paroles rassurantes auxquelles il avait lui-même envie de croire.

— C'est la première fois que Sebastian se trouve dans ce genre de situation ? demanda-t-il.

— Mais oui, absolument. C'est une affreuse méprise.

— Tout va bien à l'école ? Pas de souci avec les autres élèves, pas de problème d'ordre... éducatif ?

— Écoutez, c'est vrai qu'il n'y va pas forcément de bon cœur. Mon mari dit que c'est parce que Seb est trop doué. Il n'est pas assez stimulé par les enseignants. Vous voyez ce que je veux dire ?

— Donc, cela ne se passe pas sans difficulté, reprit Daniel, en lançant un regard intrigué à Charlotte.

Tandis qu'elle prenait la défense de son fils, les tendons de son cou s'étaient raidis.

— Il éprouve une certaine frustration. Il est très doué, c'est indéniable. Comme son père - c'est ce que Ken n'arrête pas de me répéter. Simplement, à l'école, ils ne savent pas trop quoi faire de lui, comment lui permettre de... de s'épanouir pleinement. Est-ce que... ?

Elle s'interrompit et ôta ses lunettes de soleil. Dans ses yeux brillait maintenant une lueur d'espoir.

— Est-ce que je peux vous montrer quelques-uns de ses devoirs ? C'est un enfant vraiment extraordinaire, vous savez. Oh, ce n'est pas de moi qu'il tient ça.

Elle s'essuya les mains sur son pantalon et se rua dans l'escalier, Daniel la suivit jusqu'à la chambre du garçon. Elle brûla les étapes jusqu'à la chambre de son fils.

À l'étage, la main sur la poignée de bronze, elle poussa la porte. Daniel, sur le seuil, hésita ; Charlotte lui fit signe d'entrer.

La chambre de Sebastian était petite. Le regard de Daniel se posa sur le dessus-de-lit Spider-Man, les murs bleu pâle. La pièce semblait plus tranquille que la cuisine, plus sombre aussi. La fenêtre donnait plein nord. Daniel eut le sentiment de violer une sphère privée et se sentit de trop.

— Regardez, dit Charlotte en désignant un dessin au fusain, punaisé au mur.

Daniel distingua les traits d'une vieille femme au nez crochu. Le fusain n'avait pas été bien fixé ; les yeux de la vieille semblaient luire d'un éclat menaçant.

— Vous avez peut-être reconnu le modèle… c'est moi. Il me l'a fait pour Noël. Un de nos amis, lui-même artiste, nous a dit que Sebastian faisait preuve d'un talent très précoce. À mon avis, ce n'est pas très ressemblant, mais de toute évidence l'expression est assez réussie…

Daniel hocha la tête. Des peluches étaient alignées sur le lit. Charlotte ramassa le cartable de Sebastian, en sortit une série de cahiers, les feuilleta à la recherche d'annotations favorables, avant de les tendre à Daniel, qui les parcourut à son tour puis les déposa sur l'étagère.

Charlotte se baissa de nouveau, récupéra quelques crayons de couleur qui traînaient sur le plancher. Daniel, qui la suivait du regard, remarqua les pantoufles du garçon, bien rangées à côté du lit et la façon dont les livres étaient empilés sur leur étagère, les plus grands en bas, les plus petits au sommet de la pyramide.

— C'est un enfant exceptionnel, dit Charlotte. Il ne fait pratiquement aucune faute en mathématiques, et il est déjà très doué au piano. Le seul problème, c'est qu'il a les doigts encore trop petits.

Daniel soupira et se souvint de sa propre enfance et du jour où quelqu'un lui avait montré un clavier. Il se rappela la tension presque douloureuse de ses petites mains d'enfant, l'effort qu'il avait fallu faire pour plaquer les accords.

Dans le vestibule, alors qu'ils étaient sur le point de sortir, Charlotte prit le temps de nouer un foulard de soie à son cou. De nouveau, Daniel s'émut malgré lui de sa fragilité. Sous son chemisier, ses vertèbres saillirent tandis qu'elle se baissait pour ramasser son sac.

Il pensa au garçon qui les attendait dans une cellule de prison. Lui revinrent des souvenirs de sa propre mère : il l'avait attendue si souvent dans les locaux des assistantes sociales, des commissariats, se demandant quand elle ferait sa réapparition. Ce n'était qu'à l'âge adulte qu'il en avait conçu une certaine amertume : enfant, sa seule présence le comblait.

Ils allèrent à pied au commissariat d'Islington. De l'autre côté de la rue s'étendait Barnard Park. Des allées, un terrain de football : le parc était exposé aux regards. Le seul endroit où l'on pouvait y commettre un acte de violence sans être vu était l'aire de jeu qui longeait Copenhagen Street, bordée de buissons et d'arbres. La police, Daniel l'avait appris, avait déjà obtenu de la municipalité les cassettes de la surveillance vidéo. Que révéleraient-elles ? Au coin de Copenhagen Street, juste après la camionnette où les policiers recueillaient des témoignages, les bouquets de fleurs à la mémoire de Ben s'amoncelaient. En se rendant chez les Croll, Daniel s'était arrêté pour lire quelques-uns des messages.

Le soleil et la tiédeur du matin ne s'étaient pas frayé un chemin jusque dans la salle d'interrogatoire. Sebastian était assis à une extrémité de la table. Sa mère et Daniel faisaient face aux policiers. Cette fois-ci, le sergent Turner était accompagné de l'agent Brown, un homme mince, attentif, dont les genoux heurtaient la table chaque fois qu'il faisait un mouvement. Dans une autre pièce, cependant, Daniel en était parfaitement conscient, d'autres officiers de police écoutaient la conversation, rediffusée en direct.

— Très bien, Sebastian, dit le sergent Turner. Peux-tu me dire quelle heure il était selon toi lorsque tu as vu Ben jouer dehors sur son vélo ?

— Je ne sais pas.

— Tu te souviens peut-être si c'était avant ou après le déjeuner ?

— C'était après.

— Oui, ça, j'en suis sûre, commenta Charlotte. Je l'ai fait manger avant qu'il sorte.

Le sergent fronça les sourcils. L'interruption n'était pas la bienvenue. Il griffonna quelque chose sur son bloc-notes.

— Qui, de toi ou de Ben, a eu l'idée d'aller au parc ?

Sebastian fourra quatre doigts dans sa bouche. Il leva ses yeux vert menthe au plafond et les fit rouler dans leurs orbites.

— Je ne me rappelle pas.

— Vraiment ? Ça va te revenir, à mon avis. Il était à vélo ; toi, tu n'en avais pas. L'idée est venue de toi ?

— Je viens de vous dire que je ne m'en souvenais pas.

Daniel vit les lèvres du garçon se tordre presque imperceptiblement sous l'effet d'une convulsion rageuse. Il se demanda si ce n'était pas cela qui le touchait lorsqu'il l'observait. La colère : c'était ce dont Daniel se souvenait le plus clairement quand il pensait à son enfance. La colère et la peur. Lui n'avait jamais eu autant d'assurance que Sebastian, mais il y avait chez ce garçon quelque chose qui lui rappelait l'enfant qu'il avait été.

— Vous vous êtes fait mal à la main ? lui demanda soudain Sebastian.

Daniel se demanda si le garçon n'essayait pas de se protéger des questions du policier – ou alors de se distraire de son accès de mauvaise humeur. Après avoir lancé un regard à Turner, il finit par répondre.

— Je suis tombé… en faisant mon jogging.

— Ça vous a fait mal ?

— Pas vraiment.

— Très bien, Seb. Et si on revenait à tes déclarations ? fit le sergent. Donc, l'un de vous deux a proposé d'aller au parc. Et ensuite ? Que s'est-il passé ?

Sebastian s'affaissa sur sa chaise, le menton posé sur la poitrine. Charlotte se mit à lui caresser la cuisse.

— Sergent, il est vraiment désolé. Il est si fatigué ! C'est tellement brutal, ce qui lui arrive, n'est-ce pas, mon chéri ? Je crois que c'est cette insistance sur le moindre détail qui l'use un peu…

— Vous m'excuserez, madame Croll, mais c'est justement dans le détail qu'est le travail de l'enquêteur. Puis-je vous demander de vous calmer et de ne pas essayer de répondre à la place de votre fils ?

Elle acquiesça d'un signe de tête.

— Alors, Seb. Comment êtes-vous entré dans le parc, Ben et toi ?

— Par l'entrée principale...

— Je vois. Et une fois dans le parc, vous êtes-vous disputés ?

Sebastian secoua violemment la tête, comme pour se débarrasser d'une mouche.

— Tu fais non de la tête, mais un témoin déclare avoir vu deux garçons de ton âge se battre près de l'entrée principale du parc. Tu te souviens si quelqu'un vous a adressé la parole à ce moment-là ? Si quelqu'un vous a demandé de cesser de vous chamailler ?

— Sergent, je suis navrée, interrompit Mme Croll. Il vient juste de vous dire qu'il ne s'était rien passé entre Ben et lui. Seb n'est vraiment pas du genre à en venir aux mains - pas vrai, Seb ?

Le sergent, après avoir pris une profonde inspiration, demanda au garçon s'il voulait aller aux toilettes ou boire quelque chose. Lorsque Sebastian, flanqué de l'agent Brown, se fut éclipsé, le sergent croisa les bras sur le bord de la table. Daniel remarqua ses mains, charnues et molles.

— Madame Croll, je sais que ce n'est pas facile, mais si vous pouviez vraiment vous abstenir de répondre à sa place...

— Je sais, je vais essayer - j'en suis parfaitement capable, en fait - mais c'est plus fort que moi. Je me rends compte que Seb n'est pas aussi clair dans ses propos qu'il devrait l'être et j'essaie simplement de mettre un peu d'ordre dans tout ça.

— C'est ce que nous cherchons tous à faire, madame Croll - clarifier les choses. Ça ne vous ennuierait pas de nous laisser un moment, je ne sais pas, d'aller prendre un café par exemple... pendant que je finis cet interrogatoire ?

Charlotte se redressa sur sa chaise, les yeux tournés vers Daniel.

— C'est à vous de voir, dit celui-ci. Vous pouvez aussi demander à rester, mais vous devrez vous abstenir de toute intervention. En tout cas, vous avez le droit de ne pas sortir.

— Vous veillerez sur lui - qu'il ne lui arrive rien ? demanda Charlotte.

— Bien sûr.

Lorsque l'agent ramena le garçon, celui-ci préféra, en l'absence de sa mère, s'asseoir près de Daniel. Sebastian semblait nerveux

– de temps à autre, l'avocat sentait un bras frôler le sien, un pied heurter légèrement sa jambe.

— Donc, tu me disais que Ben et toi ne vous étiez pas disputés ?

— Non, on a juste fait semblant pendant un petit moment. On jouait à cache-cache et on se courait l'un après l'autre ; il m'a attrapé et on s'est roulés dans l'herbe, en faisant comme si on se battait.

— Tu sais que parfois, ça tourne à la vraie bagarre. C'est ce qui s'est passé ? Tu as dépassé la limite ?

De nouveau, le garçon s'empourpra sous l'effet de la colère.

— Non, répondit-il. Moi, non, mais Ben m'a donné deux ou trois coups et j'ai eu mal – peut-être qu'il ne l'a pas fait exprès, en fait. À ce moment-là, je l'ai repoussé.

— Je vois. Tu as repoussé Ben. Qu'est-ce que tu faisais quand l'homme qui promenait son chien vous a crié d'arrêter de vous battre ? Tu donnais des coups à Ben ?

— Non.

Une expression de douleur avait fait son apparition sur le visage du garçon.

— Sergent, vous vous répétez un peu, il me semble, intervint Daniel. Il a déjà répondu à ces questions, vous n'allez pas tarder à vous en rendre compte. On passe à la suite ?

Sebastian laissa échapper un lourd soupir ; Daniel chercha son regard et lui fit un clin d'œil. Le garçon eut un large sourire, avant d'essayer de lui rendre son signe complice en plissant les deux paupières.

— Regardez, je n'y arrive pas, dit-il, les yeux fermés. Il faut que je m'entraîne.

— Ce n'est pas le moment, coupa le sergent. Après votre bagarre, êtes-vous allé sur l'aire de jeu ?

Les yeux toujours clos, Sebastian arborait une grimace joyeuse. Le sergent lança un regard exaspéré à Daniel, qui toussota en tapotant le bras du petit garçon.

— Je sais que c'est dur, mais il faut tenir encore un petit moment, Seb, d'accord ?

— Vous avez encore mal à la main ?

— Plus maintenant, non, merci. Ça va mieux.

— Ça a saigné ?

— Oui, mais c'est fini.

— Ça pissait le sang ?

Les yeux vert menthe à l'eau étaient de nouveau écarquillés.

Daniel sentit non sans surprise son cœur s'emballer. Il secoua la tête une fois, une seule, redressa les épaules et vit les policiers se passer la langue sur les lèvres, les yeux rivés sur le jeune garçon.

— Que s'est-il passé quand vous êtes arrivés à l'aire de jeu ?

— Nous sommes montés sur l'arbre à singe, nous avons joué avec les pneus... puis j'ai dit à Ben que je voulais rentrer à la maison parce que j'avais faim.

— Je vais te montrer une photo de l'aire de jeu. Tu peux me dire où vous êtes montés ?

— Je veux que maman revienne, fit Sebastian.

— Encore un peu de patience, Sebastian. Nous avons demandé à ta maman d'attendre à l'extérieur. Dès que tu nous auras raconté ce qui s'est passé, tu pourras la retrouver, répondit le sergent.

Daniel comprenait mieux que quiconque l'état d'esprit d'un garçon de onze ans auquel on interdit de voir sa mère, le désespoir qui pouvait le saisir à l'idée de la distance qui les séparait. Sebastian lui aussi devait ressentir ces émotions-là.

— Si possible, montre-moi l'endroit où vous avez grimpé, insista le sergent.

— Je ne sais pas, geignit Sebastian. Je veux voir ma maman...

Daniel laissa échapper un soupir et posa la main à plat sur la table, sans bruit.

— Il est clair, je pense, que mon client demande à ce que l'on fasse revenir sa mère.

— Elle a bien voulu sortir pour que nous nous entretenions en tête à tête avec son fils.

— Il a le droit d'avoir sa maman auprès de lui si tel est son désir. Faites-la revenir, sans quoi il cessera de répondre à vos questions.

L'interrogatoire fut suspendu pour permettre à un policier d'aller chercher la mère de Sebastian. Comme Daniel sortait de la salle pour se rendre aux toilettes, le sergent le rattrapa dans le couloir.

— Bon, jeune homme, je sais que vous avez un boulot à faire, mais nous connaissons très bien la partition qui se joue ici, vous et moi. Je n'ai pas à vous dicter votre travail. Je sais que vous voulez que votre client paraisse sous son meilleur jour et qu'on puisse interpréter ses faits et gestes de la manière la plus avantageuse pour lui, mais voilà, le gosse, lui, veut dire la vérité. Ce n'est qu'un gamin et il veut nous dire ce qu'il a vraiment fait. Et il faut que vous le laissiez parler. Il est coupable, c'est clair ; il faut juste que ça sorte. Vous n'avez pas vu ce petit corps réduit en bouillie - contrairement à moi. Vous n'avez pas eu à consoler la…

— Puis-je vous demander d'en rester là ? Faites revenir sa mère et nous pourrons continuer l'interrogatoire. Si cela doit rallonger la procédure, eh bien tant pis. Ça prendra le temps qu'il faut.

— Le commissaire vient de nous accorder douze heures de plus.

Daniel hocha la tête, les mains dans les poches.

— Ce qui nous laisse jusqu'à quatre heures du matin, mardi, mais nous avons demandé une autre prolongation auprès du tribunal. Croyez-moi, monsieur Hunter : nous avons tout le temps devant nous.

Daniel retourna dans la salle d'interrogatoire et inaugura une page vierge de son bloc-notes. Depuis l'angle du plafond, l'œil de la caméra les fixait.

— Ils sont allés chercher ta maman.

— Vous les avez grondés ? Vous avez l'air drôlement fort comme avocat.

— Tu as le droit de voir ta maman si tu en as envie. Mon rôle à moi, c'est d'être certain que tu es bien informé de tes droits.

Le parfum de Charlotte la précéda dans la pièce. Elle prit place au côté du sergent Turner. Sans doute lui a-t-on recommandé de ne pas s'asseoir près de son fils et de ne pas intervenir, pensa Daniel.

Le sergent poursuivit son interrogatoire sans qu'elle prononce un seul mot - ce fut à peine si elle regarda Sebastian. Elle garda les yeux fixés sur son bracelet, puis sur sa jupe, puis sur ses ongles, enfin sur Daniel. Lequel sentit le poids de son regard tout en notant les questions du sergent et les réponses laconiques du petit garçon.

Le sergent barra quelques mots sur son propre bloc-notes, en souligna d'autres.

— Bien. Revenons là où nous en étions restés. L'aire de jeu. Peux-tu me reparler de la dispute que vous avez eue, avec Ben ?

— Je vous l'ai déjà dit, répondit Sebastian, sa lèvre inférieure découvrant de nouveau ses dents, ce n'était pas une dispute. C'était une *discussion*. J'ai dit que je voulais rentrer, mais lui, il voulait que je reste.

— Reparle-moi de cette *discussion*, alors.

Daniel fit un signe de la tête au garçon, pour l'encourager à répondre. Il fallait que l'enfant retrouve son calme. La colère était une émotion suspecte : Daniel n'avait aucune envie de voir Sebastian prêter le flanc à ce genre d'accusation. Tout comme les policiers, il était intrigué par les accès de colère du garçon ; mais il lui fallait veiller à ce que celui-ci ne se contredise pas. Daniel n'hésiterait pas à demander une suspension de l'interrogatoire si Seb s'avérait incapable de garder son calme.

— On est monté sur les pneus, jusqu'en haut de l'arbre à singe, reprit Sebastian. Ça fait des mètres et des mètres. Je commençais à me sentir fatigué et je pensais à maman qui avait mal à la tête. J'ai dit à Ben que je voulais rentrer, mais il m'a demandé de rester. Il a voulu me retenir. Après, il s'est énervé, il m'a poussé et je lui ai dit d'arrêter.

— C'est lui qui t'a poussé ?

— Oui. Il voulait que je reste jouer avec lui.

— Ça t'a énervé qu'il te pousse ? Est-ce que tu l'as bousculé à ton tour ?

— Non.

— Est-ce que tu ne l'aurais pas fait tomber de l'arbre à singe, par hasard ?

— Sergent, il vous a répondu, l'interrompit Daniel d'une voix qui résonna exagérément dans la pièce minuscule.

— Mais je ne l'ai pas poussé ! C'est Ben qui a dit qu'il allait sauter. Il voulait m'impressionner, vous comprenez ? Moi, je voulais rentrer, et lui, il préférait que je reste là à le regarder sauter.

— Ben était un petit garçon, pas un grand comme toi. Vous étiez vraiment très haut dans les agrès. Tu es sûr qu'il avait envie de sauter ?

— Où voulez-vous en venir, sergent, avec ce genre de questions ? demanda Daniel.

Avec une petite toux, Turner posa son stylo.

— C'est vraiment comme ça que les choses se sont passées, Sebastian ?

— Oui, c'est comme ça.

Le garçon, furieux, s'était tassé sur sa chaise.

— Tu es certain que tu ne l'as pas poussé ? Est-ce que tu ne l'aurais pas poussé et est-ce que vous n'auriez pas commencé à vous battre ?

— Non !

Et de nouveau, les lèvres et les joues de l'enfant, cramoisies, semblaient proclamer sa colère.

— Ça te met en colère, Seb ?

Sebastian croisa les bras. Ses yeux se rétrécirent.

— Et tu m'en veux parce que j'ai deviné ce qui s'est passé ? C'est toi qui as poussé Ben ?

— Non, c'est pas moi qui l'a poussé. C'est pas moi.

— Parfois, quand les gens se mettent en colère, c'est qu'ils ont quelque chose à cacher. Tu comprends ?

Soudain, Sebastian glissa de la chaise, se laissa tomber de tout son long sur le sol et se mit à hurler. Daniel sursauta violemment. L'enfant pleurait, gémissait ; le visage qu'il tourna vers lui était déformé par le chagrin, barbouillé de larmes.

— Je ne l'ai pas poussé, je ne l'ai pas poussé.

— Comment penses-tu qu'il est descendu des agrès, en ce cas ?

— Je ne sais pas, je ne lui ai pas fait mal. Je... je ne lui ai pas...

Les hurlements de Sebastian étaient si stridents que Turner porta une main à son oreille.

Il fallut à Daniel un certain temps avant de prendre conscience qu'il avait la bouche grande ouverte et fixait, stupéfait, le garçon. Dans cette pièce sans aération, il se sentit soudain transi – désemparé, en dépit de toute son expérience.

Turner suspendit l'interrogatoire, le temps que Sebastian retrouve son calme. Charlotte s'était approchée de son fils. Le visage de l'enfant était encore empourpré par la colère et luisant de larmes.

— Mon chéri, je t'en prie, fit Charlotte. Ses mains aux ongles manucurés semblaient survoler le corps de son fils.

La peau de ses mains était rouge, les veines gonflées ; ses doigts tremblaient.

— Mais qu'est-ce qui te prend, mon chéri ? Je t'en prie, calme-toi. Maman n'aime pas te voir dans cet état. S'il te plaît, essaie de te reprendre.

Daniel n'avait qu'une envie : courir, étirer ses muscles, chasser de son esprit les cris perçants du garçon et l'étouffante solennité de la salle d'interrogatoire. Il retourna aux toilettes passer son visage à l'eau froide. Penché sur le lavabo, il scruta le petit miroir.

Il lui était venu l'envie de renoncer à l'affaire, non pour ce qu'elle était, mais pour ce en quoi elle menaçait de se transformer. Les policiers essayaient de pousser Sebastian à bout : sans doute avaient-ils reçu des résultats positifs du laboratoire. Si le garçon était inculpé, la presse se ruerait sur l'affaire. Daniel ne se sentait pas de taille. Un an plus tôt, il avait eu un mineur pour client - un garçon suspecté d'avoir tué un membre du gang adverse. Daniel n'avait pu éviter les assises au jeune homme, lequel avait été condamné. C'était un garçon fragile, à la voix douce, aux ongles rongés jusqu'au sang. Daniel ne s'était toujours pas habitué à la pensée haïssable de le savoir en prison. Et se retrouver avec cet autre garçon sur le point d'être happé par le système - et, cette fois-ci, encore plus jeune...

Daniel se tenait devant le comptoir de la réception lorsque le commissaire adjoint fit son apparition et le prit par le bras. Grand, solidement bâti, il avait des cheveux gris coupés ras, des yeux brun clair au regard impuissant.

— Ne vous en faites pas trop, dit-il en donnant une tape sur l'épaule de Daniel. On est tous dans le même bateau.

— Mmh, ça va aller.

Son souffle palpitait dans sa gorge comme une nuée de papillons. Ils s'envolèrent, il toussa.

— Vous êtes un gars du Nord, vous.

Daniel hocha la tête.

— Et vous ?

— Pareil, de Hull. Avec vous, ça s'entend pas tout le temps ; vous avez pas mal chopé l'accent de Londres, hein ?

— Ça fait un moment que j'y suis.

Le commissaire McCrum voulait voir Daniel, expliqua le sergent Turner. On le fit entrer dans un bureau exigu et sombre - la lumière du jour ne s'y déversait que par une petite fenêtre près du plafond.

— C'est un peu tendu là-bas, hein, fit le commissaire en guise de bienvenue.

Daniel eut un soupir involontaire, auquel McCrum répondit par un petit rire compréhensif.

— Ah, les horreurs qu'on voit dans ce métier. Et pourtant, on n'arrive jamais à s'y faire.

Daniel toussa en hochant la tête. Pour la première fois, il se sentait en phase avec le commissaire.

— C'est la pire corvée qui me soit jamais tombée dessus. Garder l'œil sur cette pauvre femme pendant qu'elle identifiait l'enfant - massacré comme il l'était. Dur, vraiment. Vous avez des enfants, Daniel ?

Il secoua la tête.

— J'en ai deux. Bon Dieu, ça fait du mal rien que d'y penser, n'est-ce pas ?

— La situation…

— Elle a changé, Daniel. Nous allons certainement l'inculper du meurtre du petit Ben.

— Qu'est-ce qui vous y autorise ? D'après mes…

— Il a été vu en train de se battre avec Ben, retrouvé mort le lendemain. Le labo vient de nous communiquer par oral ses premières conclusions. C'est bien le sang du petit Ben qui figurait sur les chaussures et les vêtements de Sebastian, ceux que les policiers ont retrouvés chez lui. Nous allons l'interroger à ce sujet dans les heures qui viennent. Si, à deux heures, nous n'avons pas recueilli ses aveux, nous demanderons une prolongation de la garde à vue aux autorités judiciaires. Ce matin, nous avons obtenu un mandat de perquisition pour le domicile des Croll. Les techniciens sont encore là-bas. Dieu sait ce qu'ils y trouveront.

— Et les vidéos des caméras de surveillance ?

— Nous sommes encore en train de les analyser.

4

LE LENDEMAIN DE SON ARRIVÉE, Daniel se leva, s'habilla et descendit. Minnie n'était pas là ; il traîna dans la cuisine un moment. Que faire ? Il n'avait pas vraiment fermé l'œil de la nuit. Lorsqu'il était allé se brosser les dents, il n'avait pas rendu le papillon de porcelaine. Il l'avait caché dans sa chambre, bien décidé à ne jamais s'en séparer. S'il voulait le garder, c'était simplement parce qu'elle lui avait demandé de le remettre à sa place. Il ne savait même pas pourquoi il l'avait empoché : désormais, cependant, la babiole avait de la valeur à ses yeux.

— Te voici, mon lapin. Tu as faim ?

Elle traînait un seau de nourriture pour animaux dans le vestibule.

— Je vais nous préparer du porridge. Après quoi, je te ferai faire un tour du propriétaire. Pour te montrer les petits boulots que je vais te confier. Nous avons tous un rôle, ici.

Daniel la regarda d'un air mauvais. À entendre parler Minnie, on aurait cru qu'elle avait une grande famille, alors qu'elle vivait seule avec ses animaux.

Minnie prépara du porridge et débarrassa un coin de la table, pour qu'ils puissent prendre leur petit déjeuner. Elle faisait un curieux bruit en mangeant, comme si elle inspirait la nourriture. Après avoir avalé sa bouchée, elle émettait un petit sifflement pour exprimer son contentement. Manifestations sonores qui troublaient Daniel, si bien qu'elle finit avant lui.

— Si tu veux, mon lapin, il en reste.

Tout comme la veille, il répondit qu'il avait le ventre plein.

— Très bien. On y va ? Tu n'as pas de bottes, je pense ?

Il secoua la tête.

— Ce n'est pas grave, j'en ai à peu près de toutes les tailles. Tu viens ?

Ils sortirent. Elle ouvrit la porte de l'établi et le fit entrer. Ça sentait la terre humide. Le long de la cloison, il y avait une rangée de bottes en caoutchouc, des petites et des grandes, exactement comme elle l'avait dit. Dix ou douze paires, en tout. Des tailles bébé côtoyaient deux spécimens géants, verts, pour homme.

— Ce sont tous les gamins dont vous vous êtes occupée ? demanda-t-il en faisant un premier essayage.

— Oh, loin s'en faut, répondit-elle.

Elle s'était penchée pour remettre sur pied deux ou trois bottes. Quand elle se baissait, sa jupe se retroussait, dénudant ses mollets blancs.

— Depuis combien de temps vous prenez des enfants chez vous ?

— Oh, je n'en sais trop rien, mon loup. Ça fait plus de dix ans, maintenant.

— Et vous avez de la peine quand ils s'en vont ?

— Non, pas lorsqu'ils vont dans des endroits où ils sont heureux. Il y en a un ou deux qui ont été adoptés par des chouettes familles.

— Mais parfois ils reviennent chez leur mère, en fait…

— Très juste. Parfois, oui, quand c'est la meilleure solution.

Les bottes étaient un peu grandes pour lui, mais il s'en contenta. Il suivit Minnie dans la basse-cour puis dans le poulailler. À l'intérieur, ça sentait le pipi. Les volatiles lui caquetaient aux chevilles ; l'espace d'un instant il songea à les chasser à coups de pied, comme les pigeons au parc. Il se retint à temps.

— Je m'occupe d'Hector, expliqua-t-elle. Il est vieux et ça lui arrive d'être de mauvaise humeur. Dès que je me lève, je descends le voir. Ton travail à toi, c'est de nourrir les poules et de chercher les œufs. C'est le boulot le plus important chez nous. Hector, je le garde parce que je l'aime, mais ce qui me rapporte de l'argent, c'est le poulailler. Je vais te montrer comment on nourrit les poules ; après quoi, on cherchera les œufs. C'est pas bien difficile ; tu vas vite t'y faire. Tu pourras t'en occuper tous les matins avant d'aller à l'école. Ça sera ton travail, en somme.

La basse-cour faisait une cinquantaine de mètres de long. Il y avait quelques parties couvertes, mais le reste était en plein air. Daniel regarda Minnie ramasser les grains à pleines poignées dans le seau et les semer sur la terre battue. Essaie, lui dit-elle, et il se mit à l'imiter.

— C'est du blé, reprit-elle. À deux fermes d'ici, ils m'en donnent en échange d'une douzaine d'œufs. N'en mets pas trop, attention, hein. Une ou deux poignées, ça suffit. Je leur donne aussi les déchets de cuisine et puis il y a l'herbe et le chiendent. Elles aiment bien. À ton avis, on en a combien, de poules, ici ?

— Pas loin de quarante, estima le garçon.

Elle se retourna pour dévisager Daniel, une drôle d'expression dans le regard, la bouche entrouverte.

— Bien joué, Einstein. On en a trente-neuf. Comment as-tu deviné ?

— C'était l'impression que ça donnait.

— Très bien. Maintenant qu'elles sont occupées à picorer, on va pouvoir chercher les œufs. Tiens-moi ça...

Elle tendit un cageot en carton au garçon et ils retournèrent sous l'abri.

— Tiens, tu peux voir où elles étaient assises. Tu vois, là ? En voilà un. Oh, il est bien gros, bien appétissant.

Daniel n'aimait ni la ferme, ni la maison, mais le travail, en revanche, ne lui déplut pas. Chaque fois qu'il repérait un œuf, il était saisi d'un bref éclair de joie. Ils étaient sales, constellés de fiente et de bouts de plumes, mais il les aimait bien. Il n'avait aucune envie de les écraser, comme il avait voulu casser le papillon de porcelaine et donner des coups de pied aux poules. Il en garda un, bien caché dans l'une de ses poches. L'œuf était petit et brun, encore chaud contre la main de Daniel.

Quand ils eurent fini leur tournée, ils comptèrent les œufs. Ils en avaient ramassé vingt-six. Puis Minnie s'affaira dans la basse-cour, préparant l'auge d'Hector et parlant aux poules qui se précipitaient, caquetantes, à ses pieds. Il y avait une fourche contre le mur et Daniel l'empoigna. L'ustensile était presque trop lourd pour lui, mais il parvint à le lever au-dessus de sa tête, comme une paire d'haltères. La fourche glissa sur le côté.

— Fais attention, mon petit, dit Minnie.

Daniel ramassa la fourche. La fermière lui tournait le dos, penchée, son vaste postérieur recouvert de sa jupe levé vers le ciel. L'ustensile levé à hauteur du menton, il fit un pas ; les dents de la fourche rencontrèrent le dos de Minnie.

— Allons, fit-elle en se redressant brusquement. Pose donc ça !

Elle avait un drôle d'accent, surtout quand elle prononçait les « a ».

Daniel lui renvoya sa grimace sans cesser sa progression, la fourche pointée vers le visage de Minnie. Elle ne bougea pas d'un pouce.

Soudain le garçon fut parcouru d'une violente secousse qui remonta son épine dorsale. Il lâcha son arme improvisée – de nouveau, ce choc dans le bas du dos... Le bouc venait de lui heurter le bas du dos une deuxième fois. Le garçon tomba de tout son long sur le manche de la fourche, face contre terre. Il se releva immédiatement et fit volte-face, les poings serrés, prêt à la bagarre. Le bouc baissa la tête. Daniel aperçut ses fines cornes brunes.

— Non, Danny, dit Minnie en prenant le garçon par le bras pour l'éloigner d'Hector, ne fais pas ça. Tu te retrouverais encorné plus vite que tu ne le penses. Le vieux bouc a un faible pour moi. Il n'a pas dû apprécier ton comportement. Fiche-lui la paix, maintenant. S'il te plante la corne dans le ventre, tu risques d'y rester.

Daniel n'insista pas. Il se dirigea vers la maison, marchant de côté pour ne pas perdre l'animal de vue. Quand il eut atteint le perron, il tira la langue à Hector. Le bouc se remit à charger et le garçon se rua dans le vestibule.

Minnie demanda à Daniel de faire un brin de toilette et de se préparer à sortir. Il obéit sans protester tandis qu'elle restait dans la cuisine pour nettoyer les œufs et les ranger dans leur carton.

Il se lava la figure au robinet de la salle de bains, puis les dents avant de retourner dans sa chambre sur la pointe des pieds. L'œuf marron était toujours dans sa poche, intact. Il le rangea dans la commode, près de son lit. Il l'installa sur un gant, avant d'enrouler trois chaussettes autour, comme un nid, pour le tenir au chaud. Puis il referma le tiroir et allait sortir lorsqu'il se ravisa. Il revint vers le lit, prit le collier de sa mère qu'il avait glissé sous son oreiller et le déposa dans le nid, juste à côté de l'œuf. Il se tâta le dos et les fesses : les cornes du bouc avaient-elles laissé des traces ? Dans sa chute, il s'était égratigné les paumes.

Dans la cuisine, il retrouva Minnie qui était en train de nouer une écharpe de laine rose autour de son cou. Elle portait la même jupe grise et les mêmes bottes que la veille. Le manteau vert qu'elle avait revêtu sur sa longue veste était trop ajusté pour qu'elle puisse le boutonner - si bien qu'elle sortit le manteau ouvert et l'écharpe au vent.

Minnie expliqua au garçon qu'ils allaient au village l'inscrire à l'école et lui acheter son uniforme.

— On va y aller à pied, dit-elle tandis qu'ils passaient devant sa voiture, une Renault rouge foncé dont le rétroviseur de droite était constellé de toiles d'araignée. De toute façon, il faut bien que je te montre le chemin de l'école, pas vrai ?

Daniel lui emboîta le pas avec un haussement d'épaules.

— Je déteste l'école, lui dit-il. Je vais sûrement me faire renvoyer. Ça finit toujours comme ça.

— Eh bien, ça n'a rien de surprenant si tu te comportes de cette manière.

— Hein ?

— Essaie d'avoir des pensées positives. Tu verras, ça peut donner des résultats surprenants.

— Ah oui, comme si je pensais que ma mère allait se remettre et qu'elle guérisse en vrai ?

Minnie ne répondit pas. Il marchait un pas derrière elle.

— J'l'ai fait pendant des années et ça n'a jamais marché.

— Les souhaits et les pensées positives, ce n'est pas la même chose. Ce dont tu parles, ce sont des souhaits.

De la maison, il leur fallut marcher quinze bons mètres dans l'herbe avant d'atteindre un vrai sentier. Minnie lui expliqua que l'école se trouvait à vingt minutes de marche.

Ils traversèrent d'abord des propriétés, puis un parc, puis un champ avec des vaches en pâture. Minnie parla de Brampton, même si, lui fit remarquer Daniel, ça n'avait aucun intérêt puisqu'il n'y resterait pas longtemps.

Brampton se trouvait à trois kilomètres au sud du Mur d'Hadrien, ajouta-t-elle. Daniel n'avait jamais entendu parler du Mur. Minnie promit de l'y emmener un de ces jours. De Brampton à Carlisle, il y avait quinze kilomètres. Et plus de soixante-dix entre le village et Newcastle.

Soixante-dix, se répéta Daniel en marchant derrière Minnie.

— Ça va aujourd'hui, mon loup ? demanda-t-elle. Tu n'as pas l'air guilleret.

— Non, ça va.

— Qu'est-ce que tu aimes faire ? Il faut dire que je ne connais rien aux garçons. Il faudra que tu me tiennes au courant. Qu'est-ce que tu aimes, hein ? Le foot ?

— J'sais pas, répondit-il.

Quand ils eurent dépassé le parc, Daniel se retourna sur les balançoires. Seule l'une d'elles était occupée - par un homme corpulent, qui se balançait doucement du bout du pied.

— Tu veux y aller ? On a le temps, tu sais.

— Ce type, là, fit-il, les yeux plissés à cause du soleil, à présent haut dans le ciel.

— Ah, ce n'est que Billy Harper. Il ne te fera rien. Il adore les balançoires. Depuis toujours. C'est un bon gars. Il ne ferait pas de mal à une mouche. Par ici, mon petit, tout le monde se connaît. C'est le pire défaut de l'endroit, tu verras. Mais le positif dans tout ça, c'est qu'une fois que tu as mesuré les uns et les autres à leur juste valeur, tu n'as plus rien à craindre. À Brampton, personne n'a de secret.

Ça lui tourna dans la tête un moment : rien de secret, tout le monde connaît ta juste valeur. Les petits villages, il connaissait. Il en avait déjà visité un certain nombre, quand sa mère était malade. Il n'aimait pas ça. Il préférait Newcastle. Il voulait partir pour Londres. Il n'aimait pas que les gens puissent le juger à sa juste valeur.

— Ah, tu aimes bien Newcastle, alors, lui demanda-t-elle, comme si elle avait pu lire dans ses pensées.

— Ouais.

— Et tu voudrais retourner y vivre, un jour ?

— Je veux habiter à Londres.

— Londres, vraiment ? Oui, c'est une bonne idée. J'ai adoré y vivre. Quand tu seras plus vieux et que tu habiteras à Londres, qu'est-ce que tu y feras comme travail ?

— Je serai pickpocket.

Daniel était sûr qu'elle allait le reprendre, mais elle se retourna pour lui donner un petit coup de coude.

— Comme Fagin, tu veux dire ?

— C'est qui ?

— Tu n'as jamais vu *Oliver Twist ?*

— Peut-être. Ah oui, j'crois.

— Il y a un vieux type dans le film - un pickpocket. Il finit mal.

Le garçon donnait des coups de pied dans les cailloux du chemin. Mais lorsqu'une vache fit volte-face, Daniel sursauta et se cacha derrière Minnie.

— Bah, mon gars, dit-elle en riant, les vaches ne font de mal à personne. Ce sont les taureaux qu'il faut surveiller. Tu vas apprendre tout ça.

— Comment on fait la différence entre une vache et un taureau ?

— Tu en as de la chance. Te voilà à Brampton. Il y a plein de fermiers chez nous. Tu pourras trouver la réponse à ta question.

— Mais ça, c'est une vache, hein ?

— Oui.

— Une vieille vache, comme vous.

Elle se retourna vers lui sans quitter le chemin, s'immobilisa et le regarda. Elle avait le souffle un peu court et ses joues étaient rouges. Comme la veille, ses yeux avaient perdu leur éclat. Le cœur de Daniel s'emballa, comme lorsqu'il rentrait chez lui et retrouvait sa mère après une séparation. Son cœur battait très fort dans sa poitrine lorsqu'il posait la main sur la poignée, ne sachant ce qui l'attendait de l'autre côté de la porte

— T'ai-je insulté de quelque manière que ce soit depuis ton arrivée ?

Il la fixa, les lèvres légèrement entrouvertes.

— Réponds.

Il secoua la tête.

— Tu as perdu ta langue ?

— Non, vous ne m'avez pas insulté.

— Tout ce que je te demande, c'est de me traiter de la même façon. Ni plus ni moins. C'est compris ?

Il acquiesça d'un geste de la tête.

— Et puisqu'on en parle, sache qu'il ne te reste plus beaucoup de temps avec le papillon.

— Qu'est-ce que vous voulez dire ?

— Je t'ai dit que tu pouvais le garder deux ou trois jours, mais j'en ai besoin maintenant. Ce soir, au moment de faire ta toilette et de te laver les dents, je veux que tu me le rendes. Est-ce compris ?

Il hocha de nouveau la tête, mais elle avait déjà fait volte-face.

— Je t'ai demandé si tu avais compris.

— Oui, répondit-il, plus fort qu'il ne l'aurait souhaité.

— Bien, dit-elle. Je suis ravie que nous arrivions à nous entendre. Maintenant, n'y pensons plus.

Il la suivit le long du chemin, les yeux fixés sur ses bottes qui écrasaient l'herbe. Le bas de la jupe de Minnie était maculé de boue. Il avait une curieuse sensation dans les bras et les remua en tous sens pour s'en débarrasser.

— Oh, regarde, lui dit-elle soudain en s'immobilisant, le bras tendu vers le ciel. Tu as vu ?

— Quoi ?

— Un faucon crécerelle ! Tu as vu ses longues ailes, sa queue pointue ?

L'oiseau traça une longue courbe dans le ciel avant de se poser tout en haut d'un arbre. Daniel le repéra et leva la main pour le voir plus clairement.

— Ce sont des splendeurs, ces oiseaux. Il faut les empêcher de chasser les poussins, évidemment, mais qu'ils sont élégants. Tu ne trouves pas ?

Le garçon haussa les épaules.

L'école était une vieille bâtisse entourée de cahutes en mauvais état. Cela n'inspirait guère confiance à Daniel, qui grimpa cependant le perron à la suite de Minnie. Comme elle n'avait pas pris rendez-vous, ils durent attendre un moment. Il n'aimait pas les écoles. Il avait l'impression de sentir le plafond de celle-ci lui peser sur la tête. Une fois de plus, Minnie parut lire dans ses pensées.

— Ne t'en fais pas, mon lapin. Tu ne vas pas commencer les cours aujourd'hui. Simplement, il faut que je te fasse inscrire. Et quand ce sera fait, nous irons t'acheter quelques frusques. Tu pourras choisir ce que tu veux. Sans faire de folies, hein : je ne suis pas Crésus.

Et ce disant, elle s'était penchée sur lui.

Elle avait une odeur presque florale. Certes, il y avait encore l'amertume du gin absorbé la veille au soir, mais aussi le citron, le fumet humide de la laine, les poules, et d'une certaine façon aussi le souffle de l'herbe d'été qu'ils avaient foulée sous leurs pieds pour venir ici. L'espace d'un moment, la flairant, il se sentit proche d'elle.

Le directeur était prêt à les recevoir. Daniel s'attendait à ce que Minnie lui demande de patienter dans le couloir, mais elle le prit par le bras et ils entrèrent ensemble dans le bureau du directeur, un homme d'âge mûr qui portait des lunettes aux verres épais. Daniel le détesta avant même d'être assis.

Il fallut à Minnie un temps infini avant de prendre place sur sa chaise à côté de celle de Daniel, en face du directeur. Elle se débarrassa de son écharpe, puis de son manteau, avant de rajuster sa veste et sa jupe. Daniel remarqua les traces de pas boueux qu'elle avait laissées, entre la salle d'attente et le bureau.

— Minnie, fit le directeur. C'est toujours un plaisir.

Une plaque posée sur la table portait son nom : M. F. V. Hart.

Minnie toussota et tourna la tête vers le garçon.

— Oui, dit Hart. Qui nous amenez-vous, aujourd'hui ?

— Je vous présente Daniel, répondit Minnie. Daniel Hunter.

— Je vois ; et quel âge as-tu, Daniel ?

— Onze ans.

Sa voix sonna curieusement dans le bureau, comme celle d'une fille. Daniel s'absorba de nouveau dans la contemplation de la moquette et des semelles crottées de Minnie.

Le principal scrutait le garçon. Ses yeux se plissèrent. Minnie tira de son sac une feuille qu'elle posa sur le bureau. Une lettre des services sociaux. M. Hart la saisit tout en allumant sa pipe, serrant les dents sur le tuyau, inspirant tant et plus qu'une fumée sale et lourde enveloppa bientôt Daniel et Minnie.

— Il me semble que nous n'avons pas les bulletins de la dernière école qu'il a fréquentée. Quelle était-elle, du reste ?

— Vous pourriez peut-être lui poser la question ? Il est là, devant vous.

— Eh bien, Daniel ?

— Graves School, à Newcastle, monsieur.

— Je vois. Nous leur enverrons une demande. Quel genre d'élève étais-tu dans cet établissement, Daniel ? Comment te décrirais-tu ?

— J'sais pas, marmonna le garçon.

Il perçut la respiration de Minnie à côté de lui. Peut-être lui souriait-elle, se dit-il. Il lui jeta un coup d'œil : non, elle avait le regard ailleurs. Hart haussa les sourcils, si bien que Daniel dut préciser :

— Pas dans les meilleurs.

— Pourquoi cela me semble-t-il un euphémisme ? fit Hart en rallumant sa pipe, sur laquelle il tira jusqu'à ce que la fumée lui sorte du nez.

— C'est ton nouveau départ, dit Minnie en se tournant vers le garçon. Pas vrai ? À compter de maintenant, tu as décidé de te montrer vraiment exemplaire.

Il lui rendit son regard avec un sourire, puis adressa un hochement de tête au directeur

Le lendemain matin, Daniel se réveilla avec le sentiment pesant de la nouvelle école, plus lourd que ses couvertures. Il y en avait eu tellement, de ces nouvelles écoles. Il écouta les poules dans la basse-cour, à l'extérieur, les pigeons qui roucoulaient, perchés sur les gouttières. Il avait encore rêvé de sa mère. Elle était couchée sur le canapé de leur ancien appartement ; il ne parvenait pas à la réveiller. Il avait appelé une ambulance qui n'arrivait toujours pas, si bien qu'il essayait de la réveiller en lui faisant du bouche à bouche, comme il avait vu faire à la télévision.

Le rêve ressemblait fort à la réalité. Gary, le petit ami de sa mère, leur avait fichu une raclée à tous les deux avant de partir avec presque tout l'argent de la maison et une bouteille de vodka. La mère de Daniel avait dépensé ce qu'il restait de ses indemnités de chômage en came : elle voulait se sentir mieux, lui avait-elle expliqué. Daniel s'était réveillé en pleine nuit : sa mère était vautrée de travers dans le canapé, les yeux entrouverts. Comme Daniel n'arrivait pas à lui faire reprendre conscience, il avait appelé une ambulance. Dans la vraie vie, les secours étaient arrivés rapidement et sa mère avait été ranimée. Daniel avait cinq ans à l'époque.

Il n'avait plus de ce jour cessé de faire le même cauchemar : il n'arrivait jamais à la sauver.

Daniel se retourna sur le côté et tendit le bras vers la commode. Ses doigts se refermèrent sur l'œuf, à présent froid comme une pierre. Il le réchauffa dans sa paume. Sa main replongea dans le tiroir, à la recherche du collier d'or, une babiole à deux sous qu'elle portait autour du cou et qu'elle lui avait donnée un jour qu'il avait été gentil.

Un jour qu'il avait été gentil.

Le collier avait disparu.

Daniel se redressa sur son séant et délogea le tiroir. Il posa l'œuf sur son oreiller et se mit à fouiller dans le contenu du tiroir, qu'il finit par renverser sur le dessus-de-lit : les chaussettes et les livres d'enfants, les stylos-bille et les timbres arrachés à leurs enveloppes, reliques des autres enfants qu'elle avait accueillis chez elle. Le collier n'était pas du nombre.

— Je ne peux pas aller à l'école, lui dit-il.

Il avait revêtu les vêtements qu'elle lui avait préparés : un maillot de corps et un caleçon blanc, un pantalon gris, une chemise blanche, qu'il avait boutonnée en hâte, et de travers. Campé devant elle, les cheveux hérissés, il fronçait les sourcils.

Minnie lui servait du porridge. Elle s'était préparé un verre d'eau avec de l'aspirine.

— Mais bien sûr que tu peux, mon loup. Je t'ai préparé ton déjeuner.

Elle posa un paquet de sandwichs sur la table, pour lui.

Tremblant de tous ses membres, l'œuf dans la main droite, il resta devant elle. Ses chaussettes propres se poissaient au contact du carrelage de sa cuisine.

— C'est vous qui m'avez volé mon collier ?

Sa voix restait coincée dans sa gorge.

Minnie haussa les sourcils.

— Je l'avais mis dans un tiroir, avec l'œuf, et il n'y est plus. Rendez-le-moi, maintenant.

Daniel jeta l'œuf sur le carrelage : il s'y écrasa avec un bruit mou. Blitz, surpris, réintégra immédiatement son panier.

Minnie se pencha pour glisser les sandwichs dans le cartable du garçon. Il le lui arracha des mains et l'envoya rejoindre l'œuf écrasé. Elle se redressa, droite comme un i, les mains jointes sur sa poitrine.

— Il faut que tu ailles à l'école. Si tu remets le papillon à sa place, je te rendrai le collier.

— Votre foutu papillon, j'vais l'casser si vous m'rendez pas mon collier, espèce de vieille vache, voleuse !

Elle lui tourna le dos. Il lui vint l'idée de sortir son canif : mais le couteau ne l'avait guère impressionnée, la dernière fois. Il fila dans sa chambre. Il avait caché le papillon sous son matelas.

— Le voilà, fit-il en posant le bibelot sur le plan de travail. Le voilà, votre sale papillon ! Maintenant, rendez-moi mon collier.

Elle avait passé le collier à son cou. Il n'en croyait pas ses yeux. Elle le retira et le lui tendit, avant de glisser le papillon dans sa poche.

— Bien. Et qu'est-ce que cette petite histoire nous apprend, Danny ? lui demanda-t-elle, tandis qu'il reprenait sa respiration.

— Que vous êtes une grosse salope et une voleuse.

— Je crois qu'elle nous enseigne que nous avons tous deux des choses auxquelles nous tenons. Si tu respectes ce qui m'appartient, j'en ferai de même avec toi. Tu te rappelles le chemin de l'école ?

— Allez vous faire foutre.

Il sauta dans ses chaussures et fit claquer la porte, traînant son cartable derrière lui. Sur le chemin, il donna des coups de pied aux orties et aux pissenlits qui poussaient sur les bords. Il ramassa des pierres et les jeta aux vaches, sans en atteindre aucune : elles étaient trop loin. Billy Harper avait déserté le terrain de jeu : Daniel prit le temps d'enrouler les cordes des balançoires pour que les enfants ne puissent pas y jouer. Il était en retard pour les cours, mais il s'en fichait éperdument.

Les dernières chances, les nouveaux départs, ça lui était bien égal. Que tout le monde aille se faire foutre et qu'on le laisse tranquille.

Ce retard dès son premier jour de classe lui valut des lignes de punition.

L'institutrice s'appelait Mlle Pringle ; elle lui rappela le papillon de porcelaine. Elle portait un chandail bleu pâle ; ses cheveux blonds lui arrivaient au milieu du dos. La poche de son jean très ajusté était ornée d'une rose en broderie. C'était la première fois qu'il avait une institutrice aussi jeune.

— Daniel, tu veux t'asseoir à la table bleue ?

Mlle Pringle, les mains serrées entre les genoux, s'était légèrement penchée pour lui parler.

Il acquiesça avant d'aller s'asseoir à la place désignée, juste à côté du bureau de l'institutrice. Étaient déjà installés là deux autres garçons et deux filles. Un morceau de papier bleu était scotché sur la table. Daniel prit place, les mains sur les genoux, les yeux fixés sur l'espace qui séparait les élèves du bureau de la maîtresse.

— Les enfants, nous sommes heureux aujourd'hui d'accueillir Daniel. Vous lui souhaitez la bienvenue dans notre classe ?

Bienvenue dans notre classe, Daniel.

À sentir leurs yeux sur lui, il eut l'impression que ses épaules se courbaient.

— Daniel arrive de Newcastle. On aime bien Newcastle, dans cette classe, n'est-ce pas ?

Suivit un brouhaha de commentaires et de chaises qui grinçaient. Daniel leva les yeux vers la maîtresse. Elle parut sur le point de lui poser une question, puis se ravisa. Il lui en fut reconnaissant.

Pendant toute la matinée, Mlle Pringle ne cessa de lui frotter le dos et de se pencher sur lui pour savoir si tout allait bien quand elle s'aperçut qu'il ne faisait pas les exercices demandés. Elle crut qu'il n'avait pas compris les énoncés.

Les garçons assis à la table bleue s'appelaient Gordon et Brian. Gordon dit qu'il aimait bien la trousse que Minnie avait achetée à Daniel. Il y avait une moto dessus. Daniel, penché vers le garçon, lui rétorqua dans un souffle qu'il donnerait un coup de couteau à quiconque y toucherait. Il avait un canif, précisa-t-il. Les filles de la table éclatèrent de rire. Daniel promit de le leur montrer.

Elles s'appelaient Sylvia et Beth.

— Ma mère a dit que c'était toi, le nouveau gamin placé chez Flynn, fit Sylvia.

Daniel se coucha sur sa page, qu'il avait couverte de dessins d'armes à feu, alors que Mlle Pringle avait demandé aux élèves de décrire leurs occupations préférées.

Beth se baissa pour lui arracher son cahier.

— Rends-le-moi, gronda-t-il.

— Ça fait combien de temps que t'habites chez elle ? demanda la fillette, les yeux écarquillés par l'excitation, gardant le cahier hors de portée de Daniel.

— Quatre jours. Rends-moi mon cahier ou je te tire les cheveux.

— Si tu lèves la main sur moi, je te fiche un coup de pied dans les couilles. Mon père m'a montré comment on fait. Tu sais que la vieille Flynn est une sorcière irlandaise ? T'as pas vu son balai ?

Daniel tira sur les cheveux de Beth, prenant soin cependant de ne pas la faire hurler. Puis il s'aplatit sur la table pour récupérer son cahier.

— Tu devrais faire attention. Elle fait passer tous les gamins à la marmite. Elle a mangé sa propre fille et elle a tué son mari à coups de tisonnier. Elle l'a laissé se vider de son sang dans le jardin derrière la maison. Y en avait plein sur l'herbe.

— Qu'est-ce qui se passe à cette table ?

Mlle Pringle était campée devant eux, les mains sur les hanches.

— Mademoiselle, Daniel m'a tiré les cheveux.

— On ne rapporte pas, Beth.

Dans la cour, à la récréation de midi, Daniel mangea les sandwichs au fromage et aux cornichons que Minnie lui avait préparés en regardant les garçons jouer au football. Il s'était installé sur le mur, nez au vent, en reniflant et en essayant de croiser le regard d'un des joueurs. Quand il eut fini son déjeuner, il jeta le sac en papier. Le vent le rattrapa et le poussa jusqu'au caniveau du terrain, près du grillage. Daniel glissa les mains dans ses poches et se recroquevilla. Il faisait froid, mais il ne savait pas où aller avant la reprise des cours. Il aimait bien regarder les garçons jouer.

— Eh, mec, tu veux venir ? Y nous manque un joueur.

Le gamin qui l'avait interpellé n'était pas plus grand que Daniel, les cheveux roux, le pantalon gris maculé de boue. Il se moucha dans sa manche, en attendant la réponse de Daniel, lequel sauta du mur et se dirigea vers le terrain, les mains dans les poches.

— Ah ouais, mec.

— Mais tu sais jouer ?

— Ouais.

Le football lui fit du bien. Depuis l'histoire du collier et la dispute avec Minnie, il avait dans l'estomac une sorte de boule sombre et lourde. Lorsqu'il se mit à courir sur l'herbe boueuse, il se sentit soulagé pendant un instant. Il voulait marquer un but, faire ses preuves, mais l'occasion ne se présenta pas. Il joua de tout son cœur : quand la sonnerie retentit, il était à bout de souffle.

Le garçon roux le rejoignit à la fin de la partie et marcha à son côté, le ballon sous le bras.

— Tu joues pas mal. Si Kev est toujours pas là demain, tu peux revenir.

— Ouais.

— C'est quoi, ton nom ?

— Danny.

— Moi, c'est Derek. T'es le nouveau ?

— Ouais.

Un garçon aux cheveux noirs essaya d'arracher la balle à Derek.

— Dégage. C'est le mien. Tiens, voilà Danny.

— Je sais, rétorqua le garçon brun. T'es le nouveau gamin placé à Flynn Farm, c'est ça ? J'habite dans la ferme à côté. Ma mère m'a dit que Minnie la sorcière avait un nouveau gosse.

— Pourquoi tu dis que c'est une sorcière ?

— Parce que c'est vrai, fit Derek. Tu devrais te méfier d'elle. D'abord, elle a tué sa fille et ensuite son mari, sur la pelouse, derrière la maison. Tout le monde le sait.

Pas de secrets, se souvint Daniel. Tout le monde te juge à ta juste valeur.

— Ma mère a vu le mari en train de mourir ; elle a appelé les secours, mais c'était trop tard, dit le garçon brun.

Il décocha un large sourire à Daniel, exposant une dentition ébréchée.

— Mais pourquoi ça serait une sorcière ? Elle a tué des gens, c'est pas la même chose.

— Alors pourquoi elle est pas allée en prison ? Mon père, il dit qu'il suffit de la regarder pour voir qu'il y a quelque chose qui va pas. Si ça se trouve, tu vas finir comme la précédente.

— Qu'est-ce que ça veut dire ?

— Elle est pas restée plus d'un mois à la ferme. À l'école, personne a jamais su comment elle s'appelait. Une gentille fille, toute tranquille. Elle a eu une crise de folie dans la cour et elle est morte.

Le garçon brun se laissa tomber de tout son long pour imiter les convulsions de la fillette. Les jambes écartées, il battait l'air de ses bras raidis, comme électrisés.

Daniel le regarda faire. Une envie de donner un coup de pied au garçon le prit ; il n'y céda pas. Il haussa les épaules et emboîta le pas aux deux autres garçons, qui retournaient en classe.

5

APRÈS SON JOGGING, Daniel eut un frisson glacé. Une sensation peu habituelle, mais qu'il apprécia : avec ce temps, le métro promettait d'être une vraie fournaise. En passant la cravate sous le col de sa chemise, il aperçut dans le miroir le reflet de la chambre, inondée par le soleil matinal. Il lui fallait être au commissariat à huit heures et demie : sans lui, l'interrogatoire ne pouvait pas recommencer. Malgré tout, il prit, comme toujours, le temps de nouer sa cravate à la perfection. Il étouffa un bâillement.

La veille au soir, après minuit, une bière à la main, il avait retrouvé le numéro de téléphone de l'hôpital de Carlisle et l'avait noté, même s'il ne voulait pas appeler. Si Minnie était vraiment souffrante, c'était là, il le savait, qu'elle avait été hospitalisée. La seule pensée de la savoir malade, mourante, lui fit venir une douleur au plexus. Il la contra d'une profonde inspiration. Puis vint la brûlure de la colère que Minnie provoquait encore en lui, boule sèche dans sa gorge. Toujours là, après tout ce temps. Non, il n'appellerait pas. Pour lui, de toute façon, elle était morte depuis des années.

De retour dans la salle d'interrogatoire, Daniel fut presque suffoqué par l'air confiné, encore lourd des questions de la veille, en attendant l'apparition de Sebastian. Le sergent Turner avait les yeux fripés. Il rajusta le col de sa chemise, tira sur ses manchettes. La police avait reçu, par oral, une confirmation du labo : le sang qui souillait les vêtements de Seb était bien celui de Ben Stokes. Les bandes des caméras de surveillance avaient été visionnées : pour l'heure, nulle trace des deux garçons.

On fit entrer Sebastian, visiblement fatigué. Charlotte le suivait : elle n'ôta ses lunettes de soleil qu'une fois assise. Ses doigts tremblaient.

Turner entama l'interrogatoire par la procédure habituelle, énonçant son nom, la date et l'heure. Daniel ôta le capuchon de son stylo, prêt à prendre des notes.

— Comment te sens-tu ce matin, Sebastian ? demanda le sergent.

— Bien, merci, répondit le garçon. J'ai eu du pain perdu au petit déjeuner. Mais il n'est pas aussi bon que celui d'Olga.

— Olga t'en préparera quand tu rentreras à la maison, dit Charlotte d'une voix rauque, presque éraillée.

— Sebastian, tu te rappelles sûrement que nous t'avons pris tes vêtements pour que le labo fasse des tests ?

— Bien sûr.

— Ils viennent de nous appeler. Ces taches rouges sur ta chemise, c'est bien du sang.

Sebastian eut une petite moue, comme s'il s'apprêtait à donner un baiser. Il se cala dans sa chaise, un sourcil haussé.

— Sebastian, de qui cela peut-il être le sang ? Tu as une idée ?

— C'est le sang d'un oiseau.

— Ah ? Tu as fait du mal à un oiseau ?

— Non, mais j'en ai vu un qui était mort et je l'ai ramassé. Il était encore chaud et son sang était tout collant.

— Cet oiseau, tu l'as ramassé le jour où Ben a été tué ?

— Je ne me souviens pas vraiment.

— Le fait est, Sebastian, que le sang que tu avais sur ta chemise n'était pas celui d'un oiseau. C'était du sang humain. C'était le sang de Ben Stokes.

Sebastian scruta les recoins de la pièce avec – Daniel l'aurait juré – un sourire. Rien de très manifeste, plutôt une légère inflexion des lèvres. Daniel sentit son cœur battre contre ses côtes.

— Tu as une explication, Sebastian ? Comment le sang de Ben a-t-il pu se retrouver sur ta chemise ?

— Il s'était peut-être égratigné et quand nous avons joué, il a pu se frotter contre moi.

— Sebastian, les médecins qui ont examiné ta chemise sont des spécialistes. Ils ont pris le sang qui s'y trouvait et ils ont pu en déduire des tas de choses. Par exemple, que ce sang était ce qu'on appelle projeté. C'est-à-dire qu'il venait directement de la bouche ou du nez de Ben.

Charlotte se couvrit le visage de ses deux mains. Ses ongles longs s'enfonçaient jusqu'à la racine de ses cheveux.

— Il y avait également de ce sang sur ton pantalon et sur tes chaussures. Ce qui signifie qu'il y a eu usage de la force...

Sebastian écarquillait les yeux et fixait la caméra. L'espace d'un instant, Daniel fut pétrifié. C'était la vue de ce joli petit garçon soutenant le regard de l'autorité - tous ces invisibles qui le surveillaient, à l'étage au-dessus, qui traquaient ses moues enfantines, qui cherchaient à le piéger. Daniel se souvint des saints devant lesquels Minnie s'agenouillait pour prier, ses doigts charnus et tendres égrenant les perles de son chapelet. Des flèches avaient transpercé saint Sébastien, mais il avait survécu. Comment avait-il péri, en fin de compte ? Une mort violente, sans doute, mais laquelle ? Les policiers avaient beau avancer de nouvelles preuves de la culpabilité de Sebastian, Daniel n'en éprouvait que plus fortement le besoin de le défendre. Le témoin au chien était venu certifier qu'il avait revu les garçons plus tard dans la journée, dans l'aire de jeu, et qu'ils se battaient encore, même si, selon la mère de Sebastian, celui-ci était déjà rentré à la maison. Cette seconde occurrence n'était pas confirmée par les caméras de surveillance. Mais rien de tout cela n'ébranlait Daniel : ni les analyses légales, ni les témoins. Il avait déjà démoli des preuves de ce genre.

Les policiers poursuivirent l'interrogatoire. Leur excitation était palpable. Daniel attendait qu'ils franchissent les limites - c'était tout juste s'il ne souhaitait pas qu'ils s'y risquent, afin de mettre un terme à tout ça.

— Seb, peux-tu nous expliquer comment le sang de Ben s'est retrouvé sur tes vêtements ? insista Turner, les bajoues affaissées. Les experts nous ont dit que les projections qu'ils ont relevées pourraient donner à penser que c'est toi qui as donné un coup à Ben, un coup qui l'a fait saigner de cette manière.

— *Pourraient donner à penser*, fit Sebastian.

— Pardon ?

— Les traces de sang *pourraient donner à penser* que je lui ai donné un coup. Donner à penser, ça veut dire que vous n'êtes pas sûr...

Le visage de Turner fut traversé par un frisson de rage, Daniel le vit très clairement. Ils voulaient casser le garçon – d'où cet interminable interrogatoire –, Sebastian cependant se montrait plus fort qu'eux.

— Mais toi, Sebastian, tu sais ce qui s'est passé. En toute certitude. Dis-nous ce que tu as fait à Ben.

— Je vous l'ai dit, répondit le garçon, la lèvre inférieure retroussée sur ses dents. Je ne lui ai pas fait mal. C'est lui qui s'est blessé tout seul.

— Comment a-t-il fait, Sebastian ?

— Comme il voulait m'impressionner, il a sauté des agrès et il s'est fait mal. Il s'est cogné la tête sur une des barres et il s'est mis à saigner du nez. Je me suis approché de lui pour voir si ça allait. Je pense que c'est à ce moment que j'ai reçu son sang sur moi.

Cette nouvelle révélation qu'il venait de donner sembla contenter Sebastian. Il se redressa et hocha la tête, comme pour en confirmer l'authenticité.

Le mercredi, à sept heures du soir, des plateaux furent apportés à Sebastian et à sa mère. Ils dînèrent dans la cellule du garçon, vision déprimante pour Daniel. Charlotte mangea du bout des lèvres. Lorsqu'elle sortit fumer une cigarette, le jeune homme la suivit. La pluie s'était remise à tomber. Il releva le col de son veston et enfonça les mains dans ses poches. L'odeur de la cigarette lui donnait mal au cœur.

— Ils viennent de me dire qu'ils allaient l'inculper, annonça Daniel.

— Il est innocent, vous savez.

Ses grands yeux avaient une expression suppliante.

— Oui, mais il va être inculpé.

Elle se détourna à demi ; ses épaules étaient secouées de tremblements. Quand elle se mit à renifler, il comprit enfin qu'elle était en larmes.

— Allons, murmura-t-il, se sentant presque protecteur. Vous voulez que nous allions le lui apprendre, vous et moi ? Il ne faut pas flancher, maintenant. Il a besoin de vous.

Pourquoi lui donner ces conseils ? D'ordinaire, il gardait une certaine distance vis-à-vis de ses clients. Mais pouvait-il oublier qu'il avait été un enfant en difficulté que sa mère avait été incapable de protéger ?

Charlotte n'avait pas encore retrouvé tout son calme ; malgré tout, Daniel la vit se redresser et respirer profondément. Ses os saillaient sous le décolleté en V de son haut. Elle lui sourit, les paupières encore humides de larmes.

— Quel âge avez-vous ? lui demanda-t-elle.

Elle avait soudain posé sa main aux longs ongles sur le bras de Daniel.

— Trente-cinq ans.

— Vous ne les faites pas. Je n'essaie pas de vous flatter. J'étais sûre que vous n'aviez pas la trentaine. Vous avez l'air très en forme ; je me suis demandé si vous étiez assez mûr pour ça... je veux dire, si vous connaissiez vraiment votre affaire.

Daniel haussa les épaules avec un rire et regarda le bout de ses chaussures. Lorsqu'il releva les yeux, il se rendit compte que la cigarette de Charlotte était trempée. La pluie constellait de gouttes tièdes les boucles stoïquement laquées de la jeune femme.

— J'apprécie les hommes qui prennent soin d'eux.

Elle plissa le nez sous l'averse.

— Donc ils vont l'inculper. Et ensuite ?

Elle tira sur sa cigarette, si fort que ses joues se creusèrent. La question était brusque, mais ses mains tremblaient encore. Que faisait-il à Hong Kong, le mari de cette femme, comment pouvait-il la laisser se débrouiller seule dans un moment pareil ?

— Demain matin à la première heure, il comparaîtra devant le tribunal pour enfants. Mais l'affaire ira sans doute devant le tribunal de la Couronne [1], si bien que d'ici deux semaines, nous devrions avoir une première audience, pour décider de ce que nous plaiderons...

— Décider de ce que nous plaiderons ? Mais... non coupable, bien sûr !

— Ce qu'il faut que vous sachiez, c'est qu'ils le maintiendront certainement en détention pendant tout ce temps, dans une unité pour mineurs, probablement. Le procès n'aura pas lieu avant quelques mois. Bien sûr, nous demanderons une libération sous caution, mais il y a soupçon d'homicide volontaire ; dans ces cas-là, en général, le juge refuse la libération, même pour les enfants.

1. Équivalent des assises en France.

— Meurtre. Ces cas-là... meurtre. Nous avons de l'argent, vous savez ? Peu importe le prix.

— Comme je vous l'ai déjà dit, je vous trouverai un bon avocat pour la plaidoirie [1], et il y aura débat. Mais il faut que nous nous préparions à l'éventualité d'un maintien en détention pour un certain temps, avant que le procès ait lieu.

— Et quand aura-t-il lieu, justement ?

— C'est difficile à dire. En novembre, j'imagine...

Charlotte hoqueta, la main sur les lèvres.

— Et... la défense ?

— Nous contacterons des témoins potentiels, nous consulterons des experts qui pourront également venir à la barre – dans le cas présent, des psychiatres, des psychologues...

— Pourquoi ce genre de gens, pour l'amour de Dieu ?

— Nous leur demanderons d'évaluer Sebastian. Le but est de savoir s'il est en état de comparaître, s'il est suffisamment sain d'esprit.

— Mais c'est absurde ! Il est parfaitement sain d'esprit.

— Charlotte, ils prendront également le crime en compte. Ce qu'il faut savoir, c'est si Sebastian est assez mûr pour comprendre la nature de l'acte dont on l'accuse.

Elle tira une dernière fois sur ce qui restait de sa cigarette, réduite à l'état de mégot écrasé entre deux de ses ongles parfaitement manucurés – et pourtant, elle continuait à en aspirer la fumée comme si sa vie en dépendait. Daniel remarqua les taches de rouge à lèvres sur le papier cigarette, les doigts jaunis par le tabac. Il se souvint de sa mère à lui : mêmes marques sur l'index et le majeur, et, lorsqu'elle inhalait, les os de son crâne saillaient sous sa peau. Il se souvint de la faim qui lui mordait le ventre quand il la voyait acheter pour dix livres de drogue. Il se souvint d'avoir dîné d'une ou deux sucettes, de les avoir croquées trop vite.

Les yeux fermés, il respira lentement. Ce n'était pas Charlotte qui faisait remonter ces souvenirs, mais la lettre. Il secoua la tête, comme pour les faire partir.

---

1. Un *barrister*, seul habilité à plaider. Les *barristers* sont regroupés en guildes, les *Chambers*. Un certain nombre d'entre eux sont, par mérite, promus au rang de *Queen's Counsellors* (conseillers de la reine), ce qui leur confère une certaine notoriété.

Sept heures du soir. Dans la salle d'interrogatoire, l'atmosphère était apaisée par la bonne odeur du chocolat chaud de Sebastian.

Le sergent Turner toussota. Il allait donner à Charlotte et à Daniel, représentants majeurs de Sebastian, la notification officielle de l'inculpation.

— Sebastian Croll, vous êtes inculpé du crime suivant : homicide volontaire sur la personne de Benjamin Tyler Stokes, à la date du dimanche 8 août 2010.

— Bien, répondit Sebastian, en retenant sa respiration, comme s'il allait plonger sous l'eau.

Le regard fixé sur le garçon, Daniel sentit sa gorge se serrer. D'un certain côté, il admirait l'aplomb de Sebastian, même s'il se demandait ce que cachait cette insolence. Il jeta un coup d'œil à Charlotte : bras croisés, elle enserrait ses coudes et elle se balançait doucement d'avant en arrière. Comme si l'inculpation la concernait directement, et non son fils.

La réaction de Sebastian ébranla quelque peu Turner. Puis le petit garçon se retourna vers sa mère :

— Maman, je ne l'ai pas tué !

Charlotte lui posa la main sur la jambe, pour le rasséréner. Il se mordit les ongles, la lèvre inférieure retroussée.

— Vous pouvez vous taire si vous le souhaitez, mais si vous ne faites pas état dès à présent d'un fait que vous révélerez à la cour, cela peut affaiblir votre défense. Tout ce que vous allez dire peut être mentionné comme preuve.

— Je ne l'ai pas tué, tu sais. Maman, je ne l'ai pas tué, répéta Sebastian.

Il se mit à pleurer.

Le lendemain matin, Daniel se présenta au commissariat à huit heures cinquante-cinq pour assister à l'arrivée du fourgon de police qui devait emmener son jeune client. Les bras croisés, l'avocat assista au transfert de l'enfant, dont les frêles poignets étaient menottés, de la cellule à l'habitacle grillagé du véhicule. Lunettes de soleil sur le nez, Charlotte pleurait. Tandis que les policiers fermaient les portes de la camionnette à double tour, elle se cramponna au bras de Daniel.

— Maman, cria Sebastian, de l'intérieur du véhicule. Maman !

Ses cris déchiraient l'air comme un clou qu'on aurait fait courir sur la carrosserie du fourgon. Daniel retint son souffle. Cette scène, il l'avait vécue avec un si grand nombre de clients – des gens pour lesquels il était prêt à se battre, des gens qu'il admirait, des gens pour lesquels il n'avait que mépris. Pour lui, c'était un moment d'apaisement. Un commencement, celui de l'affaire à proprement parler, celui du travail de défense.

En regardant les portes se refermer sur Sebastian, Daniel entendit les pleurs de sa propre enfance dans la plainte désespérée du garçon. Il se rappela ses onze ans. Il avait été un enfant difficile. Un enfant capable de réactions violentes. Comment avait-il échappé à ce destin-là ?

À travers le fourgon clos, on percevait encore les sanglots de Sebastian. Était-il innocent, était-il coupable ? Daniel n'en savait rien. Quelque chose en lui croyait en la sincérité de l'enfant, mais le curieux intérêt de ce dernier pour le sang et ses accès de colère, inadaptés pour un garçon de son âge, troublaient le jeune homme. Quoi qu'il en soit, la question était sans conséquence. Daniel ne portait pas de jugement sur ses clients. Ils avaient tous le droit à une défense digne de ce nom, qu'il les apprécie humainement ou non. Mais avec les mineurs, c'était toujours difficile. Même lorsqu'ils étaient coupables, comme le jeune Tyrel, Daniel n'avait qu'une envie : leur épargner la prison. Il connaissait les effets du système carcéral – la toxicomanie, la récidive. Ces enfants, estimait Daniel, avaient besoin d'une assistance, trop onéreuse aux yeux de l'État : les politiciens n'utilisaient la justice pénale que pour marquer des points.

Dans son bureau qui donnait sur Liverpool Street, la radio allumée au minimum, Daniel travaillait sur l'affaire de Sebastian.

Il avait glissé la lettre dans un des compartiments de son attaché-case. Il l'avait relue un si grand nombre de fois que la feuille était toute froissée. Il la ressortit, la parcourut de nouveau. Il n'avait toujours pas contacté l'hôpital. Il se refusait à croire que Minnie puisse être morte, décortiquait le message comme si quelque chose lui avait échappé. C'était une ruse cruelle, finit-il par se dire. Tous ces coups de fil, pendant des années, le suppliant de lui pardonner... elle avait dû se lasser. D'où cette demande de le revoir encore une fois.

Daniel se demanda si ce message n'était pas une tentative de réconciliation. Elle était peut-être réellement malade, ce qui ne l'empêchait pas d'essayer de le manipuler. Il replia la lettre, la posa sur un coin du bureau, le plus loin possible. Il lui suffisait de penser à Minnie pour que son estomac se noue de colère.

Il faisait chaud dans son bureau. De délicats rayons de soleil perçaient les carreaux, illuminant la poussière en suspension. Daniel décrocha son téléphone.

Il avait beau lui avoir dit ce qu'il avait sur le cœur, elle continuait de l'appeler tous les ans le jour de son anniversaire ; parfois aussi, à Noël. S'il ne répondait jamais à ses appels, il passait les nuits suivantes en disputes imaginaires. Visiblement, le temps n'avait pas réussi à apaiser la rage qu'elle lui inspirait. Les deux ou trois fois où ils s'étaient parlé, Daniel était resté laconique, distant, refusant, lorsqu'elle lui demandait si son travail lui plaisait ou s'il avait une petite amie, de se laisser entraîner dans une conversation plus détaillée. Depuis longtemps, il savait manier le détachement : Minnie lui avait permis de pousser cet art jusqu'à la perfection. C'était à cause d'elle qu'il ne voulait personne à son côté. Elle lui parlait de la ferme, des bêtes, comme pour lui rappeler la maison. Lui ne se souvenait que d'une seule chose : elle l'avait trahi. Parfois, elle revenait sur ses remords : il l'interrompait. Il raccrochait. Il trouvait ses justifications encore plus haïssables que sa trahison. C'était pour ton bien, disait-elle. Il n'aimait pas se souvenir de cela – la plupart du temps, il parvenait à ne pas y penser. Mais quand la douleur revenait, elle le laissait à bout de souffle.

Il ne l'avait pas appelée depuis quinze ans.

Depuis le jour où ils s'étaient disputés ; il lui avait alors dit qu'il souhaitait sa mort.

Mais ce n'était pas suffisant, apparemment. Il se rappela avoir désiré lui faire encore plus mal.

Et cependant, il composa le numéro de Minnie sans regarder dans son carnet, sans un seul effort de mémoire. Le téléphone sonna ; Daniel inspira très profondément, se racla la gorge, et se pencha sur son bureau, l'œil fixé sur la porte.

Il l'imagina s'extrayant avec difficulté de son fauteuil du salon, tandis que son chien du moment – comme d'habitude, quelque corniaud trouvé dans un refuge – la considérait, l'oreille dressée.

C'était tout juste s'il ne percevait pas l'odeur du gin, les soupirs. *Pas d'impatience, j'arrive, j'arrive,* disait-elle. Le répondeur se déclencha. Il plaqua le combiné sur son menton, pensif. Il n'avait pas de temps à perdre à ce jeu-là. Il raccrocha.

De la fenêtre, il aperçut un coureur, mince, les muscles secs. Il le suivit des yeux tandis que l'homme se frayait un chemin entre les véhicules et les piétons. Ses mouvements et la longueur de sa foulée indiquaient un rythme assez rapide : à cette distance, cependant, l'homme semblait courir lentement. De l'autre côté de la vitre, les arbres scintillaient sous son regard. Il était au bureau depuis le début de la matinée et n'était pas sorti une seule fois sentir la caresse du soleil sur sa peau.

— Occupé ?

Veronica Steele, l'associée principale du cabinet, venait de passer la tête à la porte.

— Qu'est-ce qui se passe ?

Elle s'installa sur l'accoudoir du fauteuil, juste devant le bureau.

— Je me demandais si tu tenais le coup.

Daniel laissa tomber son crayon sur le bloc-notes, couvert de gribouillis. Il fit pivoter sa chaise de bureau, les mains jointes derrière la nuque.

— Ça va.

Il se carra contre le dossier.

— Tu as décidé de garder l'affaire ?

— Oui, dit-il en se passant la main dans les cheveux. Je ne suis pas certain que ce soit le meilleur des choix de carrière. Ça va certainement tourner au vinaigre. Je suis partagé entre un sentiment d'incompétence totale et un désir de… de faire tout ce que je peux pour sauver ce garçon.

— Il plaide non coupable ?

— Oui, il reste arc-bouté sur ses premières déclarations. La mère le soutient mordicus.

— Jeudi, tu étais au tribunal de Highbury, c'est cela ?

— Oui. Comme prévu, ils ont refusé la libération sous caution. Il est incarcéré dans une unité pour mineurs à Parklands House.

— Mon Dieu, c'est affreux. Il va être le plus jeune là-bas.

Daniel hocha la tête en se passant la main sur le menton.

— Qui va être l'avocat de la défense… Irene ? Elle est bien conseillère de la reine, désormais ?

— Oui, elle a eu cet honneur. Elle est sur la liste depuis mars.

— Je me rappelle lui avoir envoyé un petit mot pour la féliciter.

— J'ai été surpris qu'elle accepte l'affaire. Mais elle est venue au tribunal pour enfants et je dois dire que j'en suis très heureux. Avec elle, tout n'est pas perdu.

Le téléphone sonna et Daniel décrocha avant de s'excuser, la main sur le combiné.

— Steph... Je t'avais demandé de ne me passer aucun appel.

— Je sais, Danny, désolée. Mais c'est un appel personnel. Urgent, apparemment. J'ai préféré te demander si tu voulais le prendre.

— Qui est-ce ?

— Un notaire. Il appelle du nord du pays. C'est pour quelqu'un de ta famille, d'après ce qu'il dit.

— Passe-le-moi.

Daniel soupira et adressa un haussement d'épaules à Veronica, qui sortit du bureau avec un sourire compréhensif.

Il s'éclaircit la voix. Soudain, tous ses muscles étaient tendus.

— Bonjour, vous êtes Daniel Hunter ? Je suis John Cunningham, le notaire de Mme Flynn. Daniel, je suis navré. J'ai une mauvaise nouvelle à vous annoncer. Votre mère n'est plus. Je ne sais pas si vous le savez... mais elle a laissé des instructions...

— Mme Flynn n'est pas ma mère.

Impossible de dissimuler la colère dans sa voix.

Il y eut un long silence à l'autre bout de la ligne. Daniel n'entendait plus que les battements de son cœur.

— J'ai cru comprendre que Minnie... vous avait adopté en 1988.

— Bon, que me voulez-vous, au juste ? J'ai une réunion dans quelques minutes.

— Je suis désolé de vous déranger de cette manière. Voulez-vous que je rappelle à un autre moment ? Je voulais seulement vous parler des obsèques. Et aussi du testament.

— Je ne veux rien qui lui ait appartenu.

— Elle vous a légué l'ensemble de ses propriétés.

— Ses *propriétés*.

Daniel se leva. Il aurait voulu en rire, mais ne réussit qu'à ouvrir la bouche.

— Elle sera enterrée mardi 17. Une cérémonie très simple. Si vous souhaitez être présent...

Son souffle avait du mal à porter ses mots.

— Je n'ai pas le temps, répondit-il cependant.

— Je comprends, mais votre héritage...

— Je vous l'ai dit. Je n'en veux pas.

— Bien, d'accord. De toute façon, rien ne presse. J'imagine qu'il faudra un moment pour régler ses affaires. Je vous recontacterai lorsque...

— Écoutez, je n'ai pas le temps, là.

— D'accord. Voulez-vous que je rappelle mercredi, après les obsèques ? J'ai donné mes coordonnées à votre collègue, si vous voulez me joindre.

— Parfait. Au revoir.

Daniel raccrocha. Il se frotta les yeux de l'index et du pouce, puis respira profondément.

Pour se rendre à Parklands House, Daniel dut changer à Whitechapel et prendre le London Overground. Devant la gare d'Anerley, la rue sentait les gaz d'échappement et l'asphalte mouillé. Daniel sentait la sueur s'accumuler à la racine de ses cheveux et entre ses omoplates. Le ciel était bas et pesait sur ses épaules. On était déjà vendredi. La première audience avait eu lieu la veille à Highbury Corner. Daniel avait rendez-vous avec Sebastian et ses parents. Le père du garçon venait de rentrer de Hong Kong, et Daniel ne l'avait toujours pas rencontré.

L'idée de revoir le garçon - et de le voir en compagnie de ses deux parents - mettait Daniel curieusement mal à l'aise. Il avait mal dormi. Il avait couru trop lentement le matin même, fatigué avant même de s'élancer. Deux nuits de suite, il avait rêvé de Brampton, s'était réveillé avec à l'esprit sa maison aux planchers crasseux, les poules dans la basse-cour.

Minnie allait bientôt être mise en terre, et cependant il ne ressentait pas encore son absence.

Lorsqu'il arriva dans l'unité spéciale, les Croll l'attendaient déjà. Il avait souhaité les voir avant de s'entretenir avec Sebastian. Ils s'installèrent autour d'une table dans une pièce qu'illuminaient de petites fenêtres près du plafond.

— Enchanté de faire votre connaissance, Daniel, déclara le père de Sebastian en marchant vers le jeune homme d'un bon pas, la main tendue.

Il faisait deux ou trois centimètres de plus que Daniel, qui se redressa, les épaules en arrière, pour lui serrer la main. Main sèche et chaude dont l'étreinte le contraignit à inspirer très brièvement.

Kenneth King Croll était un homme puissant. Lourd, aussi : du ventre, des bajoues, le teint rouge brique, les cheveux épais et noirs. Il avait les mains sur les hanches, le bassin projeté vers l'avant, comme pour prouver à Daniel sa supériorité. Les meilleurs whiskies et les meilleurs vins avaient entretenu sa couperose. Son arrogance, sa richesse étaient d'une ampleur sismique. Il attirait à lui la moindre particule d'énergie, comme une ventouse. Charlotte était assise à son côté : chaque fois qu'il parlait, chaque fois qu'il levait la main, elle se tournait vers lui et cherchait son regard. Daniel ôta le capuchon de son stylo-plume et fit glisser sa carte de visite vers Croll, qui la ramassa et l'étudia, ses lèvres charnues incurvées en une moue légère.

Charlotte leur rapporta du distributeur des cafés très allongés. Toujours aussi impeccable, et le vernis de ses ongles d'une couleur encore différente. Elle posa les gobelets sur la table d'une main qui tremblait un peu.

— J'ai vraiment *horreur* de le savoir enfermé ici, dit-elle. L'endroit est complètement ignoble. L'un des jeunes prisonniers s'est suicidé la semaine dernière. Vous avez su ? Il s'est pendu. Rien que d'y penser, j'en suis *malade*. Vous en avez entendu parler, Daniel ?

Le jeune homme hocha la tête. Son jeune client, Tyrel, avait tenté de se tuer quelques jours après avoir été condamné. Daniel craignait qu'il ne recommence : il avait dix-sept ans et venait d'être transféré dans une nouvelle prison pour mineurs. Même dans les sections spéciales, les adolescents ne bénéficiaient pas du suivi dont Daniel estimait qu'ils avaient besoin.

Charlotte, hantée par la pensée du drame, leva deux doigts tremblants à ses lèvres.

— Il n'en mourra pas, trancha Kenneth. Daniel, à vous. Quelle est la situation ?

— C'est juste que je ne veux pas qu'il reste ici, chuchota Charlotte tandis que Daniel parcourait ses notes.

Son mari la reprit d'un tss-tss réprobateur.

Face aux Croll, Daniel se sentait extrêmement tendu. En dépit du vernis de couleur, de la soie, de la pure laine vierge italienne, il y avait quelque chose qui clochait chez ces gens-là.

— Avant que nous n'allions voir Sebastian, je veux vérifier quelques points avec vous. Je veux... attirer votre attention, n'est-ce pas, sur le fait que les médias s'intéresseront sans doute de près à cette affaire. Il ne faut pas négliger cet élément, déterminer une stratégie et essayer de nous y tenir, de manière à ce que la presse reste à bonne distance des personnes concernées. Naturellement, l'identité de Sebastian ne sera pas révélée, conformément à la loi. Nous sommes encore en attente du dossier d'accusation en provenance du Ministère public. Une fois que nous l'aurons, nous pourrons en discuter avec la personne chargée de la défense. Vous aurez la possibilité, Sebastian et vous deux, de rencontrer l'avocat qui va plaider, Irene Clarke. Elle est conseillère de la reine. Elle était présente lors de l'audience devant le tribunal des mineurs, mais je ne crois pas que vous l'ayez rencontrée.

— Jeune homme, quel âge avez-vous ? demanda Kenneth Croll.

La carte de Daniel entre les doigts, il tapotait la table.

— Quel est le rapport ?

— Vous m'excuserez, mais vous avez l'air à peine sorti de la fac.

— Je suis l'un des associés du cabinet pour lequel je travaille. Je fréquente les tribunaux criminels depuis quinze ans.

Croll cligna des yeux, pour indiquer qu'il avait bien compris. De nouveau, la carte s'en vint frapper en rythme la table.

— Nous devrions recevoir le dossier dans les jours qui viennent. D'après nos informations, l'accusation repose sur les analyses des traces de sang retrouvées sur les vêtements de Sebastian, et sur le témoignage de l'homme qui, selon ses propres dires, a vu les garçons se battre à deux reprises dans la journée – l'un des problèmes étant que la seconde fois, c'était à un moment où selon Charlotte, Seb était déjà rentré. Nous savons aussi qu'ils ont recueilli des témoignages de voisins et d'enseignants... bien moins importants. Il y a également le fait que le corps a été retrouvé dans le terrain de jeu où Sebastian reconnaît avoir joué avec Ben le jour du meurtre.

— Il n'a que onze ans, tonna Croll. Où voulez-vous qu'il aille jouer, sinon dans une aire de jeu ? C'est n'importe quoi.

— Je crois que nous avons quelques atouts du côté de la défense. Tout d'abord, la plupart des preuves sont indirectes. Elles reposent sur l'analyse médicolégale : mais Sebastian a donné une explication parfaitement légitime de la façon dont le sang du petit Ben avait pu se retrouver sur ses vêtements. Nous en saurons plus après nous être entretenus avec les experts légistes, mais il est très vraisemblable que les garçons se soient battus, que la victime ait saigné du nez et que ce sang soit venu souiller la chemise et le pantalon de Sebastian. Le garçon a un alibi - vous, Charlotte - à partir de trois heures de l'après-midi. Et il n'est pas certain que le témoin ait vraiment vu les enfants se battre une seconde fois. Aucune image vidéo n'est venue confirmer cet épisode. Le meurtre du petit Ben a causé une effusion de sang très importante, mais Sebastian n'est pas rentré à la maison maculé des pieds à la tête. Il est innocent.

— C'est une simple erreur, tu comprends, risqua Charlotte d'une voix chevrotante. Même avec les expertises, la police fait souvent des erreurs.

— Qu'est-ce que tu en sais, répliqua Croll dans un souffle. Il suffit que j'aie le dos tourné le dos pendant deux semaines et tu te débrouilles pour qu'il se fasse arrêter. Franchement, il vaut mieux que tu cesses de t'en mêler, tu ne crois pas ?

Charlotte souffla brusquement, et rentra la tête dans ses épaules. Elle avait rougi sous le fond de teint cuivré. Daniel croisa son regard.

— Daniel, reprit Croll d'une voix à présent si sonore que le jeune homme avait l'impression de sentir ses vibrations traverser le bois de la table. Vous avez fait du bon boulot, et nous vous remercions de vous être consacré impromptu à cette affaire. Merci d'avoir été présent au commissariat, merci de nous avoir accompagnés jusqu'ici, mais j'ai mes propres contacts. Je crois que nous préférons confier l'affaire à une autre équipe. Nous ne voulons prendre aucun risque. Ne prenez pas mon attitude pour un manque de savoir-vivre, mais le fait est que je préfère clarifier les choses d'emblée. À mon avis, vous manquez d'expérience… Vous comprenez ?

Daniel ouvrit la bouche pour expliquer à Croll que Harvey, Hunter & Steele était l'un des plus grands cabinets de Londres. Puis il se ravisa.

— Parfaitement, dit-il d'une voix calme, en se levant – il essaya même de sourire. Je m'incline. Vous avez le droit de choisir l'équipe qui vous convient le mieux. Bonne chance. Si vous avez besoin de quoi que ce soit, vous savez où me trouver.

Dehors, dans la rue, Daniel ôta son veston et remonta les manches de sa chemise, plissant les yeux dans le soleil. Il n'avait pas été dessaisi depuis des années. Et si vite – c'était peut-être une première. L'attitude de Croll le blessait, mais il ne savait pas ce qui le faisait vraiment souffrir : son orgueil meurtri, ou la tristesse d'avoir perdu la possibilité de défendre Sebastian ? Campé sur la chaussée, il leva les yeux vers Parklands House. Quelle cruauté d'avoir donné ce nom à une prison.

Sur le chemin de la gare, il se consola comme il put : l'affaire, avec le battage médiatique qu'elle ne manquerait pas de susciter, aurait été un vrai casse-tête. N'empêche : il avait l'impression d'un curieux vide intérieur. Ce n'était pas chose facile que d'abandonner. L'air était chaud, immobile, et cependant il avait l'impression de lutter contre le vent. Il se sentit malmené, dévié de sa course. Cela faisait longtemps qu'il n'avait plus eu cette sensation, pourtant familière – le départ, la perte.

6

APRÈS LES COURS, IL RENTRA CHEZ MINNIE. Il marchait d'un pas lent, le cartable ballottant sur ses épaules, la cravate desserrée. Il ramassa un bâton dont il se servit pour faucher les herbes folles, de part et d'autre du chemin. Il était fatigué et ne pensait qu'à sa mère. Il se souvint d'elle assise dans sa chambre, devant son miroir, se maquillant les yeux et lui demandant :

— Je ressemble à Debbie Harry comme ça, tu ne trouves pas ?

Sa mère était jolie, oui.

Puis il cligna des paupières, deux fois, se rappelant les traînées noires de l'eye-liner sur sa joue, le sourire de travers – ça, c'était quand elle se piquait. Elle n'avait plus rien de charmant alors.

Il leva les yeux : le crécerelle était toujours là, au-dessus de la lande. Daniel le regarda fondre sur un campagnol et l'emporter dans les airs.

Il n'avait rien entendu venir : soudain, pourtant, une main s'abattit sur son épaule droite, le poussa ; il trébucha. Puis il fit volte-face : trois garçons se tenaient devant lui.

— Eh, le nouveau !

— Cassez-vous, foutez-moi la paix.

Il se détourna ; ils le bousculèrent. Il serra le poing, même s'il savait qu'il aurait du mal à leur tenir tête. Ils étaient trop nombreux. Immobile, il laissa glisser son cartable jusqu'à terre.

— Alors comme ça, t'habites chez la sorcière, hein ?

Il haussa les épaules.

— Et comment ça s'fait ? T'es pédé ? Oooohhh !

Le plus grand des trois se trémoussa en se frottant les paumes sur le torse. Daniel pensa à son canif, rangé dans son cartable : il n'aurait pas le temps de le récupérer. Il préféra foncer sur le garçon, tête baissée.

Il le cueillit au ventre.

Tandis que le garçon toussait, comme s'il allait vomir, ses deux compagnons firent tomber Daniel et le rouèrent de coups de pied – dans le dos, les jambes, les bras, le visage. Il essaya de se protéger de ses coudes repliés mais celui qui l'avait traité de pédé le prit par les cheveux et tira vers l'arrière. Daniel sentit son menton se dresser, son cou s'étirer. Le poing du garçon s'écrasa sur son nez. Daniel entendit l'os craquer et le goût du sang lui vint aux lèvres.

Ils le laissèrent couché dans l'herbe, ensanglanté.

Il se roula en boule, attendit que le bruit de leurs voix s'atténue. Il avait du sang dans la bouche ; son corps lui faisait mal de partout, la peau de ses bras cuisait. Les yeux plissés, il vit ses poignets couverts de taches blanches. Il était couché sur un lit d'orties. Il se retourna, se mit à genoux. Ses yeux étaient emplis de larmes qui ne coulaient pas. Il s'essuya d'un revers de bras. L'eau des larmes sembla apaiser la démangeaison – qui revint au bout d'un moment.

Un homme d'un certain âge passa avec un chien, un rottweiler, qui gronda à la vue de Daniel, museau plissé, la bave à la gueule. Les aboiements et le claquement de la laisse firent sursauter Daniel, qui se releva.

— Ça va, petit ? demanda l'homme en tordant le cou.

Daniel lui tourna le dos et se mit à courir.

Il traversa la Dandy, courut jusqu'à la gare de Brampton. Certes, il ne pouvait se payer ni le train ni l'autocar, mais il connaissait le chemin de Newcastle. Il courut, les mains sur ses côtes endolories, ralentit un moment avant de tenter une nouvelle accélération.

Les voitures, tous moteurs hurlants, ne cessaient de le dépasser, si rapides qu'elles le faisaient vaciller. Il ne pensait plus à rien, envahi qu'il était par les douleurs : nez en miettes, côtes meurtries, goût du sang dans la gorge, piqûres d'orties, et se sentait tiré vers le haut comme du papier carbonisé dans un conduit de cheminée. Il avait du sang séché sur le menton, qu'il frotta d'un revers de la main. Il ne pouvait plus respirer par le nez, mais ne voulait pas y toucher, de peur de déclencher une nouvelle hémorragie. Il avait froid à présent. Il baissa les manches de sa chemise, les reboutonna. Le coton frottait sur sa peau enflée.

Rentrer à la maison. Il voulait être près d'elle, où qu'elle soit. L'assistante sociale l'avait dit, elle était sortie de l'hôpital. Quand elle l'accueillerait, quand elle le prendrait dans ses bras, il serait rentré. Il faillit rebrousser chemin, puis il la revit. Il oublia les voitures, le bitume, le sang dans sa bouche. Il se souvint de sa mère en train de se maquiller et du parfum léger comme un nuage de talc. Il en oublia le froid.

Il avait soif. La langue lui collait au palais. Il essaya de penser à autre chose, se remémora le doux picotement des doigts de sa mère contre son cuir chevelu. Depuis combien de temps ne lui avait-elle pas caressé la tête ? On lui avait coupé les cheveux plusieurs fois dans l'intervalle. Les cheveux qui lui poussaient sur le crâne à présent, les avait-elle jamais touchés ?

Il marchait sur le bord de la route, comptant les mois sur ses doigts, lorsqu'une camionnette s'arrêta à sa hauteur.

Daniel recula. L'homme au volant avait les cheveux longs et l'avant-bras tatoué. Il baissa la vitre et se pencha vers le garçon.

— Où tu vas, petit ? s'écria-t-il.

— À Newcastle.

— Monte.

Le type était peut-être un tordu, se dit Daniel, ce qui ne l'empêcha pas d'obtempérer. Il voulait revoir sa mère. L'autoradio était allumé, assez fort pour que Daniel ne se sente pas obligé de faire la conversation. L'homme conduisait les poignets posés sur le volant, les mains ballantes. Chaque fois qu'il tournait, les muscles de ses bras se tendaient. Il dégageait une odeur de sueur rance ; sa camionnette était crasseuse, jonchée de canettes de bière écrasées et de paquets de cigarettes vides.

— Eh, gars ! Oublie pas de boucler la ceinture, hein ?

Daniel s'exécuta.

Du bout des lèvres, l'homme tira une cigarette du paquet qui traînait sur son tableau de bord et demanda à Daniel de lui passer le briquet qu'il avait à ses pieds. Daniel regarda l'homme allumer sa cigarette. Son tatouage représentait une femme nue. Il avait une cicatrice sur le cou qui ressemblait à une brûlure.

L'homme baissa la vitre et exhala un nuage de fumée, aussitôt chassé dans les airs.

— T'en veux une ?

Daniel sortit une cigarette du paquet en se mordant les lèvres. Il l'alluma, baissa sa vitre, comme l'homme au tatouage. Le pied sur le bord du siège, il posa le bras gauche sur la portière, la clope aux lèvres, envahi par une sensation de liberté et d'amertume, de révolte et de solitude. La fumée le faisait pleurer. Il renversa la tête sur le siège, fouetté par le vent. La cigarette, comme toujours, lui donnait la nausée. Mais pas au point de le faire vomir, il le savait.

— Et pourquoi tu vas à Newcastle, en fait ?

— C'est juste pour voir ma mère.

— T'as eu des ennuis, toi, hein ?

Daniel haussa les épaules en tirant sur son mégot.

— Enfin, tu pourras te changer en rentrant chez toi.

— Ouais.

— T'aurais fait quoi si je m'étais pas arrêté ?

— J'aurais marché.

— Eh bien ! C'est pas la porte à côté. Ça t'aurait pris la nuit.

— Ça me gêne pas. Mais c'est gentil de m'avoir fait monter.

L'homme, qui avait les incisives cassées, se mit à rire et Daniel se demanda pourquoi. Puis il finit sa cigarette et la jeta par-dessus la vitre. Elle fut emportée dans un sillage d'étincelles rouges. Daniel aurait voulu imiter l'homme, mais il n'avait encore aspiré que quelques bouffées. L'autre allait peut-être lui reprocher ce gâchis. Le garçon tira deux ou trois fois sur le mégot avant de s'en débarrasser tandis que l'homme se raclait la gorge et crachait, penché à la portière.

— Alors, ta mère, elle t'aura préparé le dîner ?

— Pour sûr.

— Qu'est-ce qu'elle te fait, en général ?

— Elle me fait... du rosbif et du Yorkshire pudding.

De fait, elle n'avait jamais rien préparé d'autre que du pain grillé. Avec du fromage fondu : ça, elle le faisait bien.

— Du rosbif le mardi ? Mais c'est que je vais venir habiter chez vous. C'est vraiment chouette, ça. Où je te laisse ?

— Dans le centre. Ce qui vous arrange.

— Je peux te laisser devant chez toi, tu sais. Je dois passer la nuit à Newcastle. C'est qu'il faudrait pas que tu rates l'heure du rosbif. C'est quoi, ton adresse ?

— Dans Cowgate. C'est...

L'homme se remit à rire et Daniel se rembrunit.

— T'en fais pas, mon gars. Je connais, par là. Je t'emmène.

Quand Daniel descendit de la camionnette, il sentit le froid. L'homme au tatouage l'avait laissé au rond-point. En repartant, il le salua d'un coup d'avertisseur.

Daniel se raidit contre le froid, épaules tendues, et courut tout au long du chemin. Il descendit Ponteland Road, prit Chestnut Avenue et tourna dans Whitethorn Crescent. C'était là que sa mère vivait depuis deux ans. Quelques mois plus tôt, il avait eu le droit de passer une nuit chez elle. Au bout d'une rangée de maisons identiques, les deux maisons mitoyennes, en brique rouge, étaient murées. Il se rua vers la grille. Il s'était remis à saigner du nez et il avait mal quand il courait, si bien qu'il finit par ralentir le pas. Il effleura son appendice nasal du bout des doigts : il lui semblait énorme, presque étranger. Il avait beau avoir les narines bouchées, il sentait quand même l'odeur du tabac sur ses doigts. Son cartable lui ballottait dans le dos : il le récupéra d'une main, reprit sa course.

Il s'arrêta au début de l'allée qui montait à la maison. Toutes les vitres étaient cassées. À l'étage, il n'y avait même plus de fenêtre, et ce que l'on voyait de l'intérieur semblait noir. Il fronça les sourcils, scrutant le haut de la maison. La nuit commençait à tomber, mais il avait l'impression que la fenêtre de son appartement était plus noire que les autres. Dans le jardin, l'herbe lui arrivait au genou, mordant sur l'allée. Il traversa la pelouse à pas de géant jusqu'à la porte de la cuisine. Il dut contourner un cône de chantier écrasé, un landau renversé et une vieille chaussure. Un chien aboya. Daniel haletait.

La main sur la poignée, il s'immobilisa un moment. Son cœur battait la chamade. Il se mordit les lèvres. Il n'y aurait pas de rosbif. Mais si elle ouvrait la porte, si elle le prenait dans ses bras ? Peut-être qu'elle n'avait pas de copain en ce moment. Peut-être que ses amis n'étaient pas dans les environs. Peut-être qu'elle ne prenait plus rien. Peut-être qu'elle allait lui faire griller du pain de mie et qu'ils s'installeraient sur le canapé pour regarder *Crown Court*. Une curieuse sensation lui brûla la poitrine. Il retint sa respiration.

Lorsqu'il eut franchi le seuil, une odeur de cendres et d'humidité le prit à la gorge. Il passa la tête dans le salon : tout était noir. Il ne versa pas une larme et avança. Il n'y avait plus de cuisine. Il posa la main sur le mur puis regarda sa paume, charbonneuse. L'air était encore lourd de fumée ; il en avait la gorge prise. Il ne restait plus du canapé qu'un squelette hérissé de ressorts. Il monta à l'étage. La moquette trempée émettait des bruits de succion, la rampe était carbonisée, la baignoire et le lavabo noirs de suie. Il entra dans une des chambres. Le miroir de l'armoire était brisé mais il put faire coulisser la porte sur quelques centimètres. Les vêtements de sa mère étaient là, intacts. Il se faufila dans le réduit et enfouit son visage dans ses robes. Il se laissa glisser le long de la paroi, s'accroupit au milieu des escarpins, des sandales. Il pressa le front sur ses genoux.

Depuis combien de temps était-il caché dans le placard quand il entendit des pas dans l'escalier, il ne le savait pas. On marchait d'une pièce à l'autre, on criait.

— Il y a quelqu'un ?

Daniel voulait savoir ce qu'il était advenu de sa mère. Lorsqu'il sortit dans le couloir, un homme l'attrapa par le col de sa veste et le plaqua contre le mur. Guère plus grand que Daniel, le nouveau venu portait un maillot de corps blanc. L'odeur salée de sa transpiration noyait celle de l'appartement. Le garçon était coincé entre son gros ventre et le mur.

— Qu'est-ce que tu fous là ? Dégage, allez.

— Elle est où, ma mère ?

— Ta mère ? C'est qui, ta mère ?

— Elle habitait ici. Il y a encore tous ses vêtements.

— Les junkies ont fait cramer la baraque. Il n'y en a plus un seul. Ils ont même pas vu que ça brûlait. C'est moi qui ai appelé les pompiers. Ils auraient pu foutre le feu à toute la rangée de bicoques.

— Et ma mère ?

— Ta mère, je ne sais même pas qui c'est. Ils les ont tous sortis sur des civières. Elle doit toujours être là-bas. Il y en a un qui était complètement carbonisé. C'était pas joli joli. On n'arrivait même plus à voir si c'était un homme ou une femme.

Daniel s'arracha à son étreinte et descendit l'escalier en courant. L'homme lui criait de revenir. Daniel se mit à pleurer, glissa et franchit les dernières marches sur les fesses. Il s'égratigna le bras, sans vraiment sentir la douleur. Après s'être relevé, il fonça dans le jardin, non sans trébucher de nouveau sur le cône de chantier. Ses talons claquaient sur la chaussée. Où allait-il, il ne le savait pas vraiment, mais il courait de toutes ses forces. Il avait dû perdre son cartable dans l'armoire ou dans les escaliers ; sans ce poids inégal, il se sentait plus léger, plus rapide. Il ne s'arrêta pas avant Ponteland Road.

La nuit était tombée ; il était assis sur un trottoir de West Road lorsqu'une femme policier s'approcha de lui. Il ne broncha pas et la suivit lorsqu'elle lui en eut donné l'ordre. Il était mort de fatigue. Du commissariat, ils appelèrent son assistante sociale, qui le raccompagna en voiture chez Minnie.

Il était plus de dix heures quand ils atteignirent Brampton. Le bourg paraissait si sombre – les champs verts étaient noirs sous le ciel nocturne. Daniel, les paupières lourdes, essayait de garder les yeux ouverts, tout en regardant le paysage défiler par la fenêtre de la voiture. Tricia lui parlait de fugue et de l'internat surveillé où il finirait par se retrouver s'il ne se tenait pas tranquille. Il l'écouta sans la regarder. L'odeur de son parfum lui faisait mal aux narines et à la tête.

Minnie les attendait devant la porte d'entrée, les pans de sa longue veste en laine serrés sur sa poitrine. Quand Daniel descendit de voiture, le chien Blitz courut à sa rencontre. Minnie lui tendit les bras ; il la contourna avant de rentrer dans la maison, où le chien le suivit. Daniel s'assit sur les premières marches de l'escalier. En attendant les deux femmes, il joua avec les oreilles du chien, aussi douces que des carrés de velours. Blitz se coucha sur le dos pour que le garçon puisse lui gratter l'estomac et bien qu'il fût épuisé, Daniel s'agenouilla pour caresser l'animal à son aise. Les poils blancs de son ventre étaient couverts de la boue de la cour.

Minnie et Tricia discutaient devant la porte. À voix basse. *École. Mère. Police. Incendie. Décision.* Il eut beau tendre l'oreille, il n'entendit clairement que ces quelques mots. Des nouvelles de sa mère, il en avait demandé aux policiers et à l'assistante sociale. Les flics n'avaient fait aucun effort ; en revanche, Tricia lui avait promis, pendant le voyage de retour, qu'elle essaierait de se renseigner. Si elle apprenait quoi que ce soit, elle en parlerait à Minnie.

— Et pourquoi vous voulez en parler à Minnie ? Pourquoi pas seulement à moi ? avait hurlé Daniel.

— Si tu ne te conduis pas mieux que ça, tu vas te retrouver en internat surveillé l'an prochain et tu y resteras jusqu'à tes dix-huit ans.

Après avoir refermé la porte, Minnie se campa devant lui, les mains sur les hanches.

— Quoi ?

— Tu m'as l'air d'en avoir vu de belles aujourd'hui. Je vais te faire couler un bain.

Il crut qu'elle allait ajouter autre chose. Il s'était préparé à des reproches. Il entra dans la salle de bains, s'assit sur le siège des toilettes tandis qu'elle faisait mousser l'eau dans la baignoire. Le miroir se couvrit de buée. L'endroit sentait le propre.

Elle plongea un gant de toilette dans l'eau chaude.

— Ton nez est dans un triste état. Je vais enlever un peu de sang avant que tu n'ailles prendre ton bain. C'est un peu tard, mais on peut encore y mettre de la glace. On n'a aucune envie que tu te retrouves avec un nez de boxeur, hein, jeune homme ? Pas avec une jolie bouille comme la tienne. Ça serait dommage.

Il la laissa s'occuper de son appendice meurtri. Elle avait la main légère ; le gant était tiède. Elle ôta le sang séché avant de lui nettoyer le pourtour du nez.

— Je ne te fais pas mal, mon loup ?

— Pas vraiment.

— Tu n'es pas douillet, toi.

Quand elle se penchait vers lui, il percevait l'odeur de gin de son haleine.

Quand elle eut fini, elle lui passa la main dans les cheveux avant d'appliquer sa paume contre la joue du garçon.

— Tu veux me dire ce qui s'est passé ?

Il haussa les épaules.

— Tu voulais retrouver ta mère ?

— Elle était pas là, répondit-il d'une voix de plus en plus sourde.

Elle l'attira tendrement à elle ; il sentit la laine de sa veste lui gratter la peau. Il se remit à pleurer, sans savoir pourquoi cette fois-ci.

— Allons, murmura-t-elle en lui massant le dos. Vaut mieux que ça sorte. Tricia me dira dès qu'elle aura des nouvelles de ta maman. Tu vas t'en sortir. Je sais qu'il n'y paraît guère, mais dès le premier coup d'œil, j'ai su que tu n'étais pas un garçon très ordinaire. Tu es fort, et tu as l'esprit très vif. Tu vas grandir, tu sais. Quoi que les gens puissent te raconter, mieux vaut être adulte qu'enfant. Tu peux choisir ton chemin, habiter où tu veux et avec qui tu veux... tout ira bien.

La salle de bains était humide de vapeur. Daniel se sentait infiniment las. Il posa la tête sur le ventre de Minnie et laissa couler ses larmes, en enserrant les hanches de la femme de ses bras. Ses mains n'en faisaient pas le tour. Mais qu'il était bon de se reposer sur son estomac, qui se gonflait et s'abaissait au rythme de sa respiration.

Il se rassit et se moucha d'un revers de manchette.

— Allons, allons. Vite, dans la baignoire, réchauffe-toi bien pendant que je te fais à manger. Tu n'as qu'à laisser tes vêtements sales par terre. Je vais t'apporter ton pyjama.

Quand elle eut le dos tourné, il se déshabilla et se coucha dans la baignoire. L'eau était brûlante : il prit son temps pour s'immerger. Les bulles chuchotaient à son oreille. Il avait les bras dans un sale état. Couverts de bleus à cause des coups et d'égratignures à cause de l'escalier. Il avait d'autres hématomes sur les flancs et les côtes. Une fois dans la baignoire, il se sentit mieux. Il se coucha de tout son long, la tête sous l'eau, se demandant si c'était ce à quoi la mort ressemblait : la chaleur, le silence, le clapotis de l'eau. Ses poumons se crispèrent et il se redressa. Il était en train de se débarrasser des bulles de savon sur son visage lorsque Minnie rentra dans la salle de bains.

Elle mit le pyjama du garçon sur le couvercle des WC, et posa dessus une serviette propre. Il y avait un tabouret près de la baignoire. Elle s'y assit non sans mal en prenant appui sur le lavabo.

— L'eau est bonne ? Tu te sens mieux ?

Il répondit d'un hochement de tête.

— Je dois dire que tu as meilleure mine. Tu m'as fait drôlement peur, tout à l'heure, avec tout ce sang. Qu'est-ce qui t'est arrivé ? Regarde tes bras ! Tu es couvert de bleus.

— Je me suis battu à l'école.

— Avec qui ? Je connais tout le monde à Brampton. Ils m'achètent tous des œufs. Je parlerai à leurs mères.

Il inspira profondément, faillit lui dire qu'il s'était fait rosser à cause d'elle, avant de se raviser. Il était trop épuisé pour se disputer avec elle et, pour l'heure, il l'aimait bien. Un peu, en tout cas, pour avoir pris soin de son nez et lui avoir fait couler un bain.

— Tu dois avoir faim.

Il fit oui de la tête.

— J'avais préparé du ragoût pour ce soir. Ta part est au frigo. Si tu veux, je peux te la faire réchauffer.

Nouveau signe de tête affirmatif. Il se toucha le nez, pour savoir s'il saignait encore.

— Quoique… il se fait tard, tu préfères peut-être un toast au fromage ? Un chocolat chaud ?

— Le toast au fromage.

— Parfait. Je m'en occupe à l'instant. Ne tarde pas à sortir du bain. Si tu restes trop longtemps, tu vas t'enrhumer.

— Minnie ?

Il avait posé la main sur le rebord de la baignoire tandis qu'elle se redressait.

— Le papillon, vous savez… pourquoi vous y tenez à ce point ? Il vaut beaucoup d'argent ?

Elle se drapa dans sa veste en laine. La question n'avait rien d'insolent, pourtant. Daniel l'avait posée par simple curiosité. Il sentit Minnie se raidir.

— Il a une très grande valeur pour moi, dit-elle.

Sur le seuil de la salle de bains, elle se retourna.

— C'est un cadeau de ma fille.

Daniel se pencha contre la paroi de la baignoire pour épier son visage. Il avait revêtu une expression de tristesse. Bientôt, pourtant, elle eut disparu. Il l'entendit soupirer dans l'escalier.

Plus tard, couché dans sa chambre, écoutant les craquements de la maison qui sombrait dans le sommeil, il vérifia que le collier de sa mère était toujours à sa place, sous l'oreiller, avec le cran d'arrêt.

7

DANIEL PLAQUA LES OMOPLATES sur le tissu du siège auto. Il roulait sur la M6, la vitre baissée, le coude dépassant de la portière. Le bruit du vent couvrait presque le son de la radio, mais il avait besoin d'air. Il se sentait comme aimanté par le nord, le but de son voyage. Il n'avait pas prévu d'aller à l'enterrement de Minnie, mais son esprit l'avait tourmenté sans répit pendant tout le week-end. Sebastian, Minnie : ils ne lui laissaient aucun repos. Le lundi matin, il s'était levé à six heures avec mal à la tête, avait filé sous la douche, s'était habillé, avait sauté dans la voiture. Il conduisait comme une brute depuis presque quatre heures, impatient, hanté par les souvenirs, le pied sur l'accélérateur.

Il se vit arriver à Brampton, sa progression ralentie par le vert éclatant des champs, l'odeur de purin qui imprégnait l'air. Il se vit garer la voiture devant la maison et écouter les aboiements de son dernier chien en date, récupéré dans un refuge, comme ceux qui l'avaient précédé. L'animal – un boxer, un bâtard, un colley peut-être – se ruerait sur Daniel. La bête, en dépit de ses malheurs passés, obéirait à Minnie, et s'immobiliserait, silencieuse, quand elle le lui ordonnerait. Daniel est de la famille, lui expliquerait-elle. Pas besoin de faire tout ce boucan.

De la famille. Le carrelage de la cuisine serait sale. Les poules picoreraient le mastic des fenêtres. Minnie serait à demi ivre ; elle lui proposerait un verre, il ne le refuserait pas, ils boiraient du gin en plein après-midi jusqu'à ce qu'elle éclate en sanglots à le voir, lui qu'elle avait perdu. Elle l'embrasserait de ses lèvres qui sentaient le citron, lui dirait qu'elle l'aimait. *Qu'elle l'aimait.* Qu'éprouverait-il, lui ? Cela faisait des années qu'il ne l'avait pas serrée dans ses bras : son odeur pourtant lui serait familière. La colère lui donnerait encore l'idée de la battre, de la gifler : mais cette odeur le réconforterait. Il s'installerait avec elle dans le salon. Il serait heureux d'être à son côté, il scruterait son visage, les rougeurs qui l'envahissaient quand elle parlait. À se savoir près d'elle, il se sentirait soulagé, il l'écouterait parler de sa voix que l'accent irlandais faisait chanter. Ce serait un baptême : un sentiment de délivrance le submergerait, des pieds à la tête, comme la pluie du nord ; il retrouverait devant elle sa pureté, désormais prêt à reconnaître ce qu'il avait fait, et ce qu'elle avait fait. Il lui pardonnerait. Il se pardonnerait à lui-même.

Il se gara sur l'aire d'autoroute.

Je ne te pardonnerai jamais, lui avait-il hurlé, des années auparavant.

Me pardonner, mon garçon ? Moi-même, je n'en ai jamais été capable. Je ne m'attends pas à ce que tu le puisses, avait-elle soupiré des années plus tard, au téléphone, un jour qu'elle essayait de s'expliquer. Quand Daniel s'était installé à Londres, elle l'appelait souvent. Avec le temps, ses coups de fil s'étaient faits plus rares, comme si elle avait fini par désespérer du pardon de Daniel.

Tout ce que je voulais, c'était te protéger, disait-elle en guise d'explication. Il n'avait jamais voulu l'entendre. Il ne l'avait jamais laissée s'expliquer, en dépit de toutes ses tentatives. Il y a des choses que l'on ne peut excuser.

Daniel prit un café, fit quelques pas pour se dégourdir les jambes. Plus que trente kilomètres avant Brampton. L'air était plus frais que dans le Sud ; il avait l'impression de sentir l'odeur des fermes. Il posa le gobelet de café sur le toit de la voiture et fourra les mains dans ses poches, les épaules hautes. À force de se concentrer sur la route, ses yeux lui picotaient. L'heure du déjeuner approchait ; le café roulait dans son estomac comme une boule de mercure. Il avait traversé la moitié du pays, chose qui lui semblait à présent inexplicable. S'il n'avait pas été si près du but, il aurait rebroussé chemin.

Ces derniers kilomètres, il les parcourut lentement, collé à la file de gauche, écoutant l'air vibrer contre la vitre baissée. Au rond-point de Rosehill, il prit la troisième sortie, grimaçant à la vue du panneau qui signalait les directions de Hexham et de Newcastle.

Une fois qu'il eut dépassé l'élevage de truites, il vit surgir Brampton, enchâssé dans les champs labourés comme une gemme à l'état brut. Un faucon voleta au bord de la route, pour disparaître aussitôt. Comme il s'y était attendu, le chaud fumet du purin lui vint aux narines, rassérénant. Après l'étuve de Londres, l'air avait un goût si rafraîchissant. Les petits HLM en brique et leurs jardins proprets lui semblaient plus petits que dans son souvenir. Brampton avait un aspect primitif et placide ; il ralentit, traversa le bourg jusqu'à la ferme dans laquelle il avait passé sa jeunesse, au bout de Carlisle Road.

Il se gara près de la maison de Minnie et resta immobile un moment, les mains sur le volant, attentif au léger sifflement de sa respiration. Il aurait pu repartir – mais il finit par sortir de la voiture.

Il alla d'un pas lent jusqu'à la porte. Ses mains tremblaient, il avait la gorge sèche. Pas un chien miteux pour l'accueillir de ses aboiements, pas un coq au cri enroué, pas une poule gloussant dans la basse-cour. Pas un signe de vie dans la ferme, même s'il crut voir la trace de ses godillots d'homme dans la cour. Il leva les yeux vers la fenêtre de ce qui avait été sa chambre, serra les poings dans ses poches.

Il contourna la maison. La basse-cour était encore là, déserte. La porte du poulailler se balançait dans le vent, quelques plumes blanches étaient restées coincées dans le grillage. Les chèvres avaient également disparu, même s'il y avait encore des traces de sabots. Les vieilles chèvres avaient-elles survécu à Minnie ? Il soupira, se souvenant des animaux qui l'avaient quittée et qu'elle avait remplacés, comme les enfants qu'elle recueillait avant de les voir repartir, encore et toujours.

Daniel sortit ses clefs de sa poche. Celle de son appartement de Londres et celle de la maison de Minnie, la clef Yale en bronze qu'elle lui avait donnée quand il était petit.

Il ouvrit la porte. La maison était humide et silencieuse. De ses profondeurs, le froid surgit et le saisit telle une griffe de vieillard. Il entra, tirant les manches de son pull sur ses mains pour les réchauffer. L'odeur de Minnie imprégnait encore les lieux. Dans la cuisine, Daniel effleura du bout des doigts le plan de travail encombré, le nécessaire à couture, les boîtes de graines pour les poules, les bocaux remplis de pièces de monnaie, de boutons, de spaghettis. Il y avait des monceaux de journaux sur la table. Des araignées consciencieuses trottaient sur le plancher.

Il ouvrit le réfrigérateur, qui n'avait pas été vidé, même s'il ne contenait plus grand-chose. Les tomates étaient racornies, coiffées de moisissures grises et duveteuses. La bouteille de lait était à demi remplie d'un caillé jaunâtre. La laitue s'était transformée en un petit tas d'algues. Il referma la porte.

Au salon, le dernier journal qu'elle avait lu était encore étalé sur le canapé. Elle était partie un mardi, donc. Il la revit, les pieds surélevés, lisant le *Guardian*. Il effleura le journal, un frisson le traversa. Il se sentait proche d'elle et cependant distant, comme si elle n'avait été qu'un reflet aperçu dans une fenêtre, ou à la surface d'un lac.

Sous la fenêtre, le vieux piano droit était ouvert. Daniel tira le tabouret, s'y assit, perçut le gémissement du bois sous son poids. Il appuya doucement sur la pédale du bout du pied, plaqua ses doigts sur les touches, tirant du clavier un accord discordant. Il se souvint des nuits où, tout jeune, il descendait sans faire de bruit et s'asseyait sur les marches, les pieds l'un sur l'autre pour les tenir au chaud. Il l'écoutait jouer des morceaux lents et tristes, des compositions classiques qu'il ne pouvait identifier à l'époque, mais qu'il apprit, plus tard, à reconnaître : Rachmaninov, Elgar, Beethoven, Ravel, Chostakovitch. Plus elle était soûle, plus elle jouait fort, plus elle oubliait de notes.

Parfois, se souvint-il, il se levait dans le vestibule glacial et l'épiait par la porte du salon, entrouverte. Elle appuyait tant et si bien sur les touches que le piano semblait protester sous son poids. Ses pieds nus, calleux, pressaient sur les pédales ; sa chevelure retombait en boucles grises sur son visage.

Un sourire aux lèvres, il appuya sur une touche, puis une autre. Il ne savait pas jouer. Une fois ou deux, elle avait bien essayé de lui apprendre. De l'index, il essaya quelques notes, écouta le son qu'elles rendaient – froid, frémissant, solitaire. Il ferma les yeux, assailli par les souvenirs. L'air était encore lourd d'une odeur de chien. Qu'était-il advenu de l'animal après la mort de Minnie ?

Tous les 8 août qu'il avait vécus chez elle, Minnie buvait jusqu'à l'hébétude en écoutant le même disque en boucle. Un disque que

Daniel n'avait pas le droit de toucher. Le reste de l'année, elle le laissait dans sa pochette : mais ce jour-là, elle le posait sur la platine ; le saphir allait parcourir ses fins sillons. Assise dans la pénombre, qu'éclairait à peine le feu dans la cheminée, elle écoutait le *Concerto pour piano en sol majeur* de Ravel. Daniel n'en apprit pas le nom avant ses années d'université, bien qu'il en connaisse déjà la moindre des notes.

Un de ces 8 août, le garçon avait pu lui tenir compagnie. Il devait avoir treize ou quatorze ans, cherchait encore à la comprendre. Elle l'avait fait asseoir en silence devant la platine, lui tournant le dos. Le diamant grattait le vinyle en crachotant ; Minnie attendait, dodelinant du menton, la musique et l'émotion qui s'ensuivrait.

Quand les premières notes avaient retenti, il s'était retourné pour observer son visage, saisi par l'effet du concerto sur Minnie. Il s'était souvenu de sa mère, de ses injections d'héroïne. C'était le même ravissement, le même affolement qui s'ensuivaient, mais elle les recherchait sans relâche.

Au début, Minnie semblait suivre les notes des yeux, la respiration de plus en plus lourde, la poitrine se gonflant. Des larmes lui montaient aux yeux, que Daniel, à l'autre bout de la pièce, voyait luire. Elle ressemblait à un tableau - un Rembrandt - doucement lumineux, et rugueux en même temps, présent. Ses doigts jouaient le morceau sur l'accoudoir, bien qu'il ne l'ait jamais entendue le jouer au piano. Elle l'écoutait, le concerto, oui - mais jamais elle ne le joua.

Puis venaient les notes discordantes, les *la* dièse, les *si*. Elles se succédaient en cascade ; parfois une larme se formait qui coulait, fugitive, sur la joue de Minnie. Dissonante et cependant juste, faisant écho à ce que les notes exprimaient.

Minnie semblait chercher ces notes-là, comme le doigt s'enfonce dans la plaie.

Elles avaient été nombreuses, ces nuits d'août durant lesquelles il s'était éveillé au son de la musique, puis avait descendu l'escalier sur la pointe des pieds, avant de constater qu'elle pleurait. Des sanglots qu'on aurait dit arrachés sous la contrainte, comme si quelqu'un la frappait à l'estomac. Il se recroquevillait derrière la porte, aux aguets : il avait peur pour elle, incapable de comprendre ce qui la faisait souffrir, impuissant à la consoler, craignant même d'entrer dans le salon, d'affronter sa peine. À cette époque, il la considérait déjà comme une femme forte, inébranlable – plus courageuse et plus dure que sa propre mère. Enfant, il n'avait su mesurer la profondeur de son chagrin. Il n'avait jamais pu en comprendre la raison. Il avait fini par aimer ses jambes puissantes, ses mains musculeuses, son grand rire sonore. Il ne supportait pas de la voir brisée, égarée.

Et le lendemain, à coup sûr, elle était de nouveau vaillante. Deux aspirines, une omelette après le repas des poules : et c'était fini pour une année. L'été suivant, cela revenait. Sa souffrance semblait ne jamais s'atténuer. Elle attaquait Minnie avec la même sauvagerie que le gel saisonnier.

Daniel y réfléchit un moment. Elle avait dû mourir le 9 ou le 10 août. Était-ce le chagrin qui avait fini par la tuer ?

Son regard erra dans le salon. Il était surpris de sentir le poids de la maison. Les souvenirs qu'elle contenait l'effleuraient, le pressaient de toutes parts. Il se souvint de ses larmes et de son rire si plaisant, qui l'avait autrefois charmé. Puis il se rappela ce qu'elle avait commis. Elle n'était plus, mais il ne pouvait toujours pas lui pardonner. La comprendre était une chose – ce n'était pourtant pas suffisant.

Il rabattit le couvercle du piano, puis regarda le fauteuil de Minnie, la revoyant assise, les pieds en hauteur, qui racontait des histoires, la lueur du feu dansant dans ses yeux, les joues roses de gaieté. Près du fauteuil, il y avait une boîte pleine de papiers. Il la ramassa, s'installa pour en examiner le contenu. Des articles des *Brampton News* et du *Newcastle Evening Times*, qui frissonnèrent sur ses genoux comme des papillons de nuit effarés.

MORT TRAGIQUE D'UNE FILLETTE DE SIX ANS

Delia Flynn, six ans, originaire de Brampton, Cumbria, a perdu la vie dans un accident de voiture impliquant deux autres personnes, une adulte et une autre enfant. Celle-ci, légèrement blessée, a pu quitter l'hôpital de Carlisle jeudi soir, tandis que la petite Delia succombait à ses blessures deux jours après l'accident.

La conductrice, la mère de la fillette, légèrement blessée elle aussi, n'a pas souhaité réagir.

Deux autres coupures de presse mentionnaient l'accident. Le regard de Daniel fut attiré par un autre bout de papier, un article que l'on avait maladroitement déchiré le long de la pliure du journal.

MORT ACCIDENTELLE OU SUICIDE :
LE CORPS D'UN FERMIER RETROUVÉ À BRAMPTON.

Mardi soir, le corps d'un habitant de Brampton a été découvert sans vie. La mort est due à une arme à feu. Une enquête est en cours, même si, selon la police, il ne s'agit pas d'un homicide.

Daniel, silencieux, resta un moment immobile dans le salon glacial. Enfant, il avait essayé de la questionner sur les siens : en vain, car Minnie détournait toujours la conversation. Sous les coupures de presse, il trouva des dessins d'enfant : des peintures au doigt, des impressions de feuilles, des mosaïques de lentilles et de coquillettes. Sans trop savoir pourquoi, il replia les deux articles et les glissa dans la poche arrière de son pantalon.

Il faisait froid. Il se leva, tapa des pieds en faisant le tour de la pièce. Il décrocha le téléphone. La ligne était coupée. Le voyant du répondeur clignotait. Il écouta les messages.

Une voix de femme, essoufflée, murmura :

« Minnie, c'est Agnes. On m'a dit que tu ne pourrais pas venir dimanche. C'était juste pour te dire que ça ne me dérange pas de tenir le stand, au contraire. J'espère que ça ne va pas trop mal. On se rappelle, alors... »

Message suivant :

« Madame Flynn, c'est le Dr Hargreaves. J'espère que vous pourrez me rappeler. J'ai les résultats du spécialiste. Vous avez manqué le dernier rendez-vous. Il faut que nous discutions de ces analyses ; j'espère que vous pourrez reprendre date. Merci. »

Fin des messages, énonça le répondeur.

Près du téléphone, dans le vestibule, il y avait un tas de lettres. Daniel parcourut rapidement les enveloppes. Des factures d'électricité et de téléphone, des courriers de la RSPCA et du PDSA [1],

1. La RSPCA est l'équivalent de la SPA française. La PDSA est une association regroupant des dispensaires spécialisés dans les soins vétérinaires.

quelques numéros du *Farmers Weekly*. Daniel les laissa tomber sur le plancher et se rassit, la main sur les lèvres.

Les notes discordantes résonnaient dans sa tête, le glaçant jusqu'aux os. *Morte. Morte. Morte.*

Il lui était impossible de passer la nuit entre ces murs douloureux. Il prit une chambre dans un hôtel du bourg, dîna d'un steak à peine cuit et d'une bouteille de vin rouge. Il s'endormit tout habillé à même le couvre-lit en nylon. La pièce, humide, dégageait une odeur terrible : on eût dit que quelqu'un venait d'y mourir. En chemin, il avait appelé Cunningham, le notaire de Minnie. Comme il s'y attendait, les obsèques se dérouleraient dans la chapelle du crématorium, sur Crawhall.

C'était un mardi. Le soleil chassé par les nuages, il faisait moins chaud qu'à Londres. Les arbres parfumaient l'air ; leur verdeur invincible pesait à Daniel. Le silence était trop envahissant et il lui sembla que les gens, ayant entendu le bruit de ses pas, se retournaient pour le regarder. Londres lui manquait, avec son anonymat, sa fébrilité, son vacarme.

Les portes de la chapelle étaient ouvertes. On le fit entrer. Un peu plus de la moitié des bancs était occupée, par des hommes et des femmes de l'âge de Minnie. Daniel s'installa vers le fond, au milieu d'une rangée vide. Un homme en costume gris, grand, mince, chauve, vint à sa rencontre.

— Vous êtes… Danny ? fit l'homme à voix basse, bien que le service n'ait pas commencé.

Daniel fit un signe d'acquiescement.

— John Cunningham. Enchanté de faire votre connaissance.

Sa main était sèche et dure. Daniel sentit la sienne baignée de sueur.

— Je suis vraiment heureux que vous ayez décidé de faire le déplacement. Asseyez-vous devant. Ça fera meilleur effet.

Daniel aurait préféré se cacher près de la porte, mais il suivit le notaire vers l'autel. Des femmes qu'il avait connues dans son enfance, des fermières qui tenaient des stands au marché, comme Minnie, le saluèrent de petits signes de la tête tandis qu'il prenait place.

— Il n'y a pas de collation ou quoi que ce soit après la cérémonie, lui chuchota Cunningham à l'oreille.

Son haleine sentait le café au lait.

— Mais si vous avez un instant pour que nous discutions un peu… ?

Daniel opina du chef.

— Je vais dire quelques mots sur elle. Est-ce que vous voulez en faire autant ? Je peux en parler au prêtre ?

— Vous ferez ça très bien, répondit Daniel en détournant la tête.

Pendant la courte cérémonie, il garda les mâchoires si serrées que les muscles de sa joue droite se mirent à le faire souffrir. Après les hymnes, vinrent les habituelles paroles de consolation du prêtre, débitées avec l'accent moelleux de Carlisle. Daniel se surprit à fixer le cercueil, n'arrivant pas à se persuader que Minnie gisait à l'intérieur. Tandis que le prêtre demandait à John Cunningham de venir au lutrin, il déglutit péniblement.

Debout sur l'estrade, le notaire de Minnie s'éclaircit la voix et déplia une feuille de format A4.

— Je suis fier de compter au nombre de ceux qui se réunissent aujourd'hui pour honorer la mémoire d'une femme merveilleuse, qui a illuminé nos vies et celles de bien d'autres, au-delà de ces quatre murs. Minnie est un exemple pour nous tous et j'espère qu'elle s'est toujours sentie fière de ce qu'elle avait accompli. J'ai fait la connaissance de Minnie dans le cadre de mon activité professionnelle, après les morts tragiques de son mari, Norman Flynn et de sa petite fille, Cordelia Rae Flynn : qu'ils reposent en paix.

Daniel se redressa sur son banc, la poitrine gonflée. *Cordelia Rae.* Il n'avait jamais entendu le nom en entier. Les rares fois où Minnie parlait de sa fille, elle disait « Delia ».

— Au fil des ans, j'en suis venu à la considérer comme une amie précieuse, à respecter en elle celle qui aidait les autres avec une abnégation à laquelle nous devrions tous aspirer. Minnie était… une rebelle.

La remarque fut accueillie par quelques rires proches des larmes. Daniel fronça les sourcils. Sa respiration était courte et creuse.

— Elle ne se souciait pas du qu'en-dira-t-on. Elle s'habillait comme ça lui chantait, elle faisait ce qu'elle voulait, elle disait ce qui lui passait par la tête. C'était à prendre... ou à laisser.

Nouveau rire, comme un tapis qu'on dépoussière.

— Mais c'était une femme honnête et bonne, qualités qui la conduisirent à accueillir chez elle des dizaines d'enfants malmenés par la vie et à retrouver les joies de la maternité, dans les années quatre-vingt, en adoptant son très cher fils, Danny, qui, fort heureusement, a pu se joindre à nous aujourd'hui...

La femme assise à la droite de Daniel se retourna vers lui. Il sentit ses joues s'empourprer et se pencha vers l'avant, les coudes sur les cuisses.

— La plupart d'entre nous ont connu Minnie à la tête d'une petite exploitation agricole. Nous avons tous travaillé avec elle ou acheté les produits de sa ferme. Là encore, elle a montré toute l'attention, tout le soin dont elle était capable envers ses animaux. Cette petite ferme n'était pas seulement son gagne-pain : ses animaux étaient ses enfants, eux aussi, et elle les nourrissait comme elle nourrissait tous ceux qui avaient besoin d'elle. J'ai été son ami, et voici ce que je veux dire d'elle pour finir. Elle était libre, elle était rebelle, elle avait son quant-à-soi, mais plus encore, elle prenait soin des autres. Le monde a beaucoup perdu avec sa disparition. Dieu t'aime, Minnie Flynn. Puisses-tu reposer en paix.

Daniel vit les femmes qui l'entouraient courber la tête. Il en fit autant, les joues encore brûlantes. L'une des fermières pleurait.

Cunningham se rassit, tandis qu'une femme qui se tenait à sa droite lui tapotait l'épaule. Le prêtre posa les deux mains sur le lutrin.

— Minnie avait prévu que nous puissions écouter avant la crémation une œuvre qui avait une signification particulière pour elle. La vie terrestre de Minnie est arrivée à son terme et nous allons confier sa dépouille aux éléments. La terre redevient terre, les cendres cendres, la poussière poussière dans l'infinie miséricorde du Seigneur.

Daniel retint son souffle. Du regard, il fit le tour de la chapelle : d'où viendrait la musique ? Avant même d'entendre les premiers accords, il savait de quelle œuvre le prêtre voulait parler.

Et malgré lui, dès qu'il entendit l'orchestre, il sentit toute la tension qui l'avait habité disparaître. La progression dense, harmonique du concerto le fit se pencher en avant, tandis que les rideaux retombaient lentement sur le cercueil de Minnie. Le temps semblait traîner et renâcler : assis dans cette chapelle au milieu d'étrangers, écoutant ce morceau qui avait été si proche de son cœur à elle, si proche du sien aussi, il plongea dans ses souvenirs.

Les moments de son existence se bousculaient dans son esprit avant de disparaître, comme les notes elles-mêmes. Le *la* dièse puis le *si* : pétrifié, il ouvrit la bouche ; ses joues étaient cramoisies, sa gorge le brûlait.

Depuis combien de temps n'avait-il pas entendu le concerto en entier ? Des années ; il ne devait être qu'un adolescent, la dernière fois. Dans son souvenir, la musique était plus douloureuse, les dissonances plus marquées. À présent, la sérénité de l'œuvre le sidéra – la manière dont, dans la globalité et l'intégralité du morceau, harmonie et dissonance sonnaient aussi juste l'une que l'autre.

Les sentiments dans lesquels la musique le plongeait ne lui étaient pas familiers. Il garda les mâchoires serrées jusqu'au bout, refusant d'admettre son chagrin. Il se souvint de ses doigts, puissants et tièdes, de ses boucles, douces et grises, des cals de ses paumes, rugueux sur sa peau. C'était cela qui avait tendu ses muscles, cela qui lui avait fait venir le rouge aux joues. Il ne pleurerait pas, non : elle ne le méritait pas. Mais il y avait en lui-même quelque chose qui fléchissait et demandait à porter le deuil de Minnie.

Le soleil brillait désormais sur le parking. Daniel ôta sa veste en repartant vers sa voiture. Il se sentait brusquement épuisé, incapable d'affronter les sept heures d'autoroute jusqu'à Londres. Une main se posa sur son bras ; il se retourna. C'était une vieille femme, le visage émacié, les joues creuses. Au bout d'un moment, il finit par la reconnaître : c'était Harriet, la sœur de Minnie.

— Tu me reconnais ? demanda-t-elle, avec une grimace qui déformait son visage et affaissait le coin de ses lèvres.

— Bien sûr. Comment allez-vous ?

— Alors, qui suis-je ? Tu peux bien prononcer mon nom. Qui suis-je ?

Daniel inspira profondément. Puis :

— Harriet. Tante Harriet.

— Cette fois-ci, tu as pu te débrouiller, hein ? Tu as trouvé le temps, maintenant qu'elle est morte.

— Je... Je ne...

— J'espère que tu as honte de toi, mon garçon. J'espère que c'est la raison de ta venue. Que Dieu t'ait en Sa miséricorde...

Elle s'éloigna, marquant sa progression sur le parking à grands coups de canne. Daniel se retourna vers sa voiture et prit appui sur le toit de tôle. Les feuilles, les obsèques, la campagne si tranquille : tout cela lui donnait le vertige. Il souffla, essuya ses doigts, humides de transpiration. La voix de Cunningham le fit se retourner.

— Danny, on n'a pas eu une seule occasion. Auriez-vous le temps de déjeuner avec moi, ou de prendre un thé ?

Il aurait bien aimé pouvoir refuser et reprendre la route. Il n'avait qu'une envie cependant, se coucher. Il céda.

Au café, Cunningham avait commandé une théière pour deux et un bol de soupe. Daniel, lui, ne voulait rien manger et gardait la tête baissée.

— Ça doit être dur pour vous, fit Cunningham en croisant les bras.

Daniel se racla la gorge en détournant la tête, gêné par les sentiments confus qu'il éprouvait pour Minnie, humilié encore par les paroles cinglantes de Harriet. Pourquoi cet accès d'émotivité ? Il avait tourné le dos à Minnie des années plus tôt.

— C'était un joyau, cette femme. Un pur joyau. Elle a touché de si nombreux cœurs.

— C'était une vieille mule, vous voulez dire, répliqua Daniel. Elle s'était attiré autant d'ennemis que d'amis...

— Cela aurait pu se dérouler à l'église mais elle ne voulait pas d'office. Juste le prêtre, à la chapelle, et une crémation. Une crémation, vous vous rendez compte ?

— Elle avait renoncé à Dieu, fit Daniel.

— Je sais bien qu'elle ne pratiquait plus depuis des années. Moi-même, je n'en ai pas le temps, je dois le reconnaître, mais j'ai toujours pensé qu'elle accordait encore une certaine importance à la foi.

— Un jour, elle m'a dit que ce dont il était le plus difficile de se détacher, c'étaient les rituels, les sortilèges. Elle ne s'y fiait plus, mais c'était plus fort qu'elle-même. Elle m'a même dit que la religion n'était qu'une de ses mauvaises habitudes. Si vous l'avez vraiment connue, vous devez vous souvenir qu'elle disait toujours un rosaire lorsqu'elle était ivre. Les vices vont de pair... Votre petit discours était bien. Il était juste. Minnie était une rebelle.

— Je pense qu'elle aurait dû retourner à Cork après la mort de Norman. C'est ce que dit sa sœur en tout cas. Vous lui avez parlé ? Elle était assise au bout de votre rangée.

— Je la connais, sa sœur. Elle venait nous voir autrefois. Nous avons échangé quelques mots.

Daniel détourna de nouveau la tête mais Cunningham, qui ne l'avait pas remarqué, poursuivit.

— C'était une femme en avance sur son temps, Minnie. Vraiment. Elle aurait dû vivre en ville, dans un milieu cosmopolite...

— Non, elle adorait la campagne. Elle vivait pour la campagne.

— Mais elle avait des idées de citadine. Elle y aurait été plus heureuse.

— Peut-être. Mais elle a fait un autre choix. Et comme vous l'avez dit, elle adorait ses animaux.

Le potage de Cunningham fut servi, après quoi il se tut un moment, distrait par sa serviette et son petit pain beurré. Daniel but une ou deux gorgées de thé en fixant le notaire. Qu'avait-il de si urgent à communiquer ? Le silence faisait du bien à Daniel.

— Il va falloir un peu de temps pour régler ses affaires. Je vais prendre un prestataire pour vider la maison, que je ferai ensuite mettre en vente. Elle n'est pas en très bon état. Il faudra sans doute un moment pour vendre, mais qui sait ? Simplement, ne vous attendez pas à un règlement rapide.

— Comme je vous l'ai dit au téléphone, je ne veux rien.

Cunningham porta la cuiller à sa bouche d'un geste méfiant, avant de se tamponner les lèvres de la serviette.

— Je pensais que vous aviez changé d'avis, comme vous êtes venu aux obsèques.

— Je ne sais pas pourquoi je suis venu. Je crois qu'il fallait que...

Il se passa les mains sur le visage.

— ... que je constate sa mort de mes propres yeux. Nous n'avions plus de contact depuis un bon moment.

— Elle me l'avait dit... De toute façon, rien ne presse. Comme je vous l'ai dit, la vente prendra sans doute des mois. Quand la procédure s'approchera du terme, je vous appellerai. Vous aurez peut-être changé d'avis.

— Si vous voulez, mais je peux vous garantir que tel ne sera pas le cas. Pourquoi ne pas tout verser à un refuge canin ? Elle aurait apprécié.

— Bon, nous verrons ça en temps voulu.

Le silence s'installa entre eux, comme un chien quémandant une caresse.

Cunningham regarda par la fenêtre.

— Minnie était une crème, tout de même. Un vrai numéro. Un sens de l'humour incroyable, vous ne trouvez pas ?

— Je ne m'en souviens pas.

Le notaire plissa le front et Daniel se concentra sur l'assiette de potage.

— Elle est morte d'un cancer, alors ? demanda Daniel en prenant une profonde inspiration.

Cunningham déglutit en opinant du chef.

— Hélas, elle ne s'est pas battue. Elle aurait pu commencer une chimiothérapie - elle aurait pu être opérée. Elle a tout refusé.

— Bien sûr. Ça lui ressemble.

— Elle me disait qu'elle avait été malheureuse. Je sais que vous aviez eu une brouille quelques années plus tôt.

— Son chagrin a des racines plus anciennes, répondit Daniel.

La cuiller de Cunningham racla le fond du bol, qu'il était sur le point de vider.

— À l'origine, vous aviez été placé chez elle, c'est cela ?

Daniel hocha la tête, une seule fois. Soudain, ses épaules et la partie supérieure de ses bras lui semblaient rigides ; il se trémoussa sur son siège pour se défaire de cette tension.

— Vous lui étiez très cher. Elle me l'a dit. Vous étiez comme son propre fils.

Daniel dévisagea le notaire. Une goutte de potage perlait à sa moustache ; ses yeux avaient un regard franc et interrogateur. Daniel se surprit à le détester. Soudain, il faisait trop chaud dans ce café.

— Je suis navré, dit le notaire en levant la main pour réclamer l'addition, comme s'il était conscient d'avoir franchi les bornes. Elle m'a donné un carton pour vous. Des bibelots, des photographies - rien qui ait une grande valeur -, mais elle voulait que vous les récupériez. Il vaut mieux que je vous le remette maintenant. Je l'ai laissé dans ma voiture.

Cunningham finit son thé.

— Je sais à quel point ce doit être pénible pour vous. Vous étiez en désaccord, et cependant…

Daniel secoua la tête, ne sachant que répondre. La gorge lui brûlait de nouveau. Il se sentait aussi embarrassé qu'au crématorium, luttant contre les larmes, furieux contre lui-même d'éprouver tant de chagrin.

— Vous auriez voulu vous occuper de la maison, peut-être ? Vous en avez le droit, vous êtes de la famille…

— Non, non, trouvez quelqu'un, il n'y a rien que… Et puis je n'ai pas le temps.

Cette réponse le soulagea. Les mots étaient comme des goulées d'air frais. Ils le secouraient, le soutenaient.

— Si vous voulez aller à la ferme et choisir quelques bricoles tant que vous êtes ici, n'hésitez pas. Cela dit, comme je vous l'ai expliqué, elle avait mis des choses de côté.

Ils se levèrent. Cunningham régla l'addition.

— Elle n'a pas souffert, n'est-ce pas ? fit Daniel, la main sur la porte.

Ils sortirent sous un pâle soleil, presque automnal, dont l'extrême clarté fit plisser des yeux à Daniel.

— Oh que si, elle a souffert, mais elle savait bien que c'était inévitable. Je crois qu'elle était fatiguée de tout, qu'elle avait vraiment envie d'en finir.

Ils se serrèrent la main. La brève étreinte de Cunningham parut à Daniel pleine de contradictions, de paroles non dites. Comme les poignées de main dont il gratifiait ceux de ses clients qui venaient d'être condamnés. Une pression brutale, rapide, qui exprimait pourtant la sympathie.

Daniel fut sur le point de s'éloigner, absous, banni, lorsque Cunningham leva les mains au ciel.

— Ah ! Votre carton. Il est dans ma voiture. Un instant.

Il alla chercher le carton. L'odeur des champs et des fermes ne rasséréna pas Daniel, qui attendait le notaire devant le café. Elle semblait trop crue.

— Voilà, commenta Cunningham. Ça ne vaut pas grand-chose, mais elle avait mis tout ça de côté pour vous.

Pour couper court à une seconde poignée de main, Cunningham s'inclina devant le jeune homme dans le parking du crématorium. Un geste qui troubla Daniel, lequel y répondit par un hochement de tête.

Le carton n'était pas bien lourd. Il le déposa dans son coffre sans l'ouvrir.

8

IL GLISSA LES PIEDS DANS LES BOTTES TROP GRANDES. Le froid des parois de caoutchouc traversa ses chaussettes. Il sema quelques rebuts de cuisine sur la terre battue, comme elle le lui avait demandé. Il voulut éviter le contact des légumes froids sur sa peau nue, mais des bribes de détritus restèrent coincées sous ses ongles. Il s'en débarrassa d'une pichenette, comme d'une crotte de nez. Minnie craignait que son nez ne soit cassé. Il avait du mal à respirer alors qu'il nourrissait les poules. Ce qui était plutôt un bien : il détestait leur odeur piquante, mélange d'ammoniaque, de légumes pourris et de plumes humides.

C'était un samedi ; elle lui préparait du bacon et des œufs. Il la voyait s'affairer par la fenêtre de la cuisine. Le matin, elle était toujours silencieuse. C'était l'effet du gin. À onze ans, il savait tout des gueules de bois que procurent les drogues et l'alcool, même s'il n'en avait jamais fait l'expérience. Il avait déjà été soûl, cela dit. Un soir, il avait emporté deux canettes de bière au lit et les avait bues en regardant *Dallas* sur le petit téléviseur noir et blanc que sa mère avait dans sa chambre. Il avait tout vomi sur son pyjama.

Il nourrissait les poules avec autour du cou le collier de sa mère, et si ça lui donnait l'air d'une fille, il s'en fichait éperdument. Il lui fallait savoir à tout moment que le collier était en sécurité. Qu'elle était, elle aussi, en sécurité. Il se demanda ce que l'assistante sociale avait pu raconter à Minnie, la veille au soir. Dans la voiture, entre Newcastle et Brampton, Tricia lui avait dit qu'elle n'avait d'information ni sur sa mère ni sur l'incendie. Il avait eu l'impression qu'elle lui cachait quelque chose.

Daniel fit un bond de côté et rentra dans la maison tandis qu'Hector le bouc le considérait d'un œil mélancolique. Son long museau ressemblait à celui de l'assistante sociale. Le garçon ôta ses bottes dans le vestibule. Blitz était couché juste devant la porte. Lorsque Daniel entra, il leva la tête mais ne fit pas un seul effort pour bouger, si bien qu'il fallut l'enjamber. La cuisine embaumait la graisse, la viande de porc et les oignons.

Minnie servit le petit déjeuner. Les saucisses étaient si bien cuites qu'elles glissaient dans l'assiette. Il perça leur peau de la pointe de sa fourchette. C'était ce qu'il préférait : percer la peau des saucisses et regarder le jus couler.

— Tu te sens mieux ce matin ?

Il haussa les épaules, les yeux fixés sur son assiette.

— Comment va ton nez ? Tu as pu dormir, quand même ?

Il acquiesça d'un geste.

— Il faut que je te parle.

Il leva les yeux vers elle, la fourchette suspendue au-dessus de l'assiette. Les yeux de Minnie étaient plus écarquillés que de coutume. Daniel sentit son appétit se rétracter. La graisse des saucisses lui poissait la gorge.

— Parfois, quand les choses vont mal, on a l'impression que la fuite est le moyen le plus facile de régler les problèmes. Je voudrais que tu essaies de ne pas fuir, Daniel, que tu te confrontes à ce que tu n'aimes pas. C'est plus difficile, mais au bout du compte, on souffre moins. Fais-moi confiance.

— C'était pas une fugue.

— Ah bon ? Qu'est-ce que c'était, alors ?

— J'allais voir ma mère.

Minnie, avec un soupir, repoussa son assiette. Sous le regard de Daniel, elle se mordit les lèvres et se pencha pour lui prendre la main. Lentement, il recula, hors de sa portée, cependant qu'elle restait dans cette position, le bras tendu sur la table, vers lui.

— Ce qui est arrivé à ta maman, on va bientôt l'apprendre. Je veux que tu saches que je les appelle tous les jours pour qu'ils me tiennent au courant. Je te promets qu'on trouvera.

— Elle s'en est sûrement tirée. Elle s'en tire toujours…

— Oui, je suis du même avis. Je te demande simplement de me faire confiance. Je suis avec toi, petit loup. Maintenant, tu n'auras plus besoin de te débrouiller tout seul.

Je te promets. Me faire confiance. Tout seul. Les mots lui martelaient l'intérieur de la poitrine. C'était comme s'il ne l'avait pas entendue et que les mots, comme autant de pierres, le frappaient. *Petit loup. Confiance. Seul.* Pourquoi lui faisaient-ils mal, il ne le savait pas au juste.

— Me parlez plus de ça.

— Danny, je sais bien que tu veux revoir ta maman. Et je comprends ça. Je vais t'aider à retrouver sa trace, je vais voir si on peut raisonnablement demander un droit de visite à ton assistante sociale. Mais il faut que tu fasses attention, Danny. Tu ne peux pas continuer à me filer entre les mains comme ça. Ils finiront par te placer ailleurs, tu sais, et c'est la dernière chose que je souhaite.

Était-ce l'idée de ne pas voir sa mère ou celle d'être retiré de chez Minnie qui effrayait Daniel ? Il ne le savait pas vraiment. Il était las de ces changements incessants, même s'il ne s'attendait guère à rester à Brampton. La page allait se tourner, il en était bien conscient. Il valait mieux que l'initiative lui en revienne.

Ce fut d'abord sur ses doigts que son attention se concentra. Ils étaient encore poisseux du contact avec les graines, collés les uns aux autres comme s'il avait la main palmée. Puis son cœur se mit à battre la chamade, sa respiration se fit haletante. En se levant, il fit tomber sa chaise. Le fracas alerta Blitz, qui se redressa immédiatement. Daniel se rua dans l'escalier, droit dans sa chambre.

— Danny, cria Minnie.

Debout devant la fenêtre de sa chambre, il regardait la cour. Ses yeux le brûlaient, ses mains tremblaient. Elle montait l'escalier, la main sur la rampe qui grinçait sous son poids. Il fit volte-face. Les boutons de rose qui dansaient sur le papier peint fondirent sur lui.

Il se saisit les cheveux à pleines poignées et tira jusqu'à ce que les larmes lui viennent aux yeux. Hurla de toute la force de ses poumons, jusqu'à en perdre le souffle. Lorsqu'elle entra dans la chambre, il prit la boîte à bijoux sur la commode et l'envoya s'écraser sur le miroir de l'armoire. Minnie fit un pas vers lui : il renversa la commode pour lui barrer la voie. Tandis qu'elle grimpait sur le lit pour le rejoindre, il se mit à marteler la vitre de son poing, puis de son front. Il voulait partir, loin de cette femme. Il voulait sa mère.

Les lèvres de Minnie bougeaient, son regard atterré était fixé sur le sol. Que disait-elle ? Il ne l'entendait pas. Elle empoigna le garçon, et il pivota pour la frapper à la bouche. Aussitôt, il détourna les yeux. Il ne voulait pas voir son expression de reproche. De nouveau il martela le carreau, de la main, du front. Le verre se brisa, et il sentit les mains de Minnie sur ses épaules. Il fit volte-face, les poings serrés ; elle l'attira à lui et le fit tomber sur le plancher.

Elle l'étreignit. Le visage enfoui dans sa poitrine, il sentit les bras de Minnie se serrer autour de lui comme de la corde et éprouva l'infinie lourdeur de son corps. Il lutta. Il donna des coups de pieds essaya de se libérer : en vain. Il voulut crier ; elle se contenta de renforcer sa prise.

— C'est bon, petit gars, c'est bon. Ça va s'arranger. Ne t'accroche plus. Laisse-toi complètement aller. Tout va bien.

Il n'avait pas prévu ces larmes. Il n'essaya même pas de les arrêter. Simplement, il était épuisé. Tout sortit d'un coup : les sanglots, les halètements. Impossible de s'arrêter. Minnie se redressa, le dos contre le miroir brisé de l'armoire, sans cesser de le serrer contre elle. Si elle ne cherchait plus à lui immobiliser les bras, elle l'étreignait de plus en plus fort. Il sentit les lèvres de Minnie se poser sur son front. Il était parfaitement conscient des bruits qu'il émettait – son souffle entrecoupé, clandestin – et de son odeur à elle. Son odeur de laine mouillée qui soudain lui sembla si consolante – il la huma à plein nez.

Combien de temps restèrent-ils dans cette position, Daniel ne le sut jamais – longtemps, sans doute. Au-dehors, le temps changea : le matin pluvieux fit place à un soleil éclatant qui rayonnait sur la maison trempée et sa basse-cour. S'il ne sanglotait plus, il continuait de respirer de façon saccadée, comme s'il mangeait quelque chose de brûlant. Il était au bout du rouleau. Qu'allait-il advenir de lui ? Il n'en avait aucune idée.

— Chut, mon loup, chut, lui chuchota-t-elle tandis qu'il s'efforçait de retrouver son souffle. Ça va aller. Je ne suis pas ta maman, ça, c'est impossible, mais je suis là, avec toi. Et je serai toujours là quand tu auras besoin de moi.

Il était trop épuisé pour se redresser, pour lui répondre ; malgré tout, une partie de son être se réjouissait de sa présence : il se cramponna à sa taille. En guise de réponse, elle l'étreignit un peu plus fort.

Bientôt, la respiration du garçon revint à la normale. Minnie lâcha lentement prise. Plus tard, alors qu'il s'était couché tôt, il fouilla dans ses souvenirs : quelqu'un l'avait-il jamais embrassé de cette manière ? La plupart du temps, les gens se tenaient à bonne distance de lui. Sa mère l'embrassait. Oui, elle lui passait la main dans les cheveux. Et lorsqu'il avait mal, elle le prenait dans ses bras. Ça avait dû arriver une ou deux fois.

Daniel aida Minnie à se relever : ils essayèrent de remettre un peu d'ordre dans la chambre du garçon. La vitre était cassée, le miroir était en miettes. Ces déprédations arrachèrent un soupir à Minnie.

— Pardon, fit Daniel. J'voulais pas les casser. Je les ferai réparer.

— Ah bon ? Je ne savais pas que tu avais des sous de côté, dit-elle en riant.

— Je vais en trouver.

— Vraiment ? Toujours à vouloir faire carrière chez les pick-pockets ? Ça m'étonnerait.

Elle ramassa le coffret à bijoux. Cassée en deux, les fesses saillantes, la jupe retroussée, si bien que l'on voyait ses jambes toutes blanches et les chaussettes d'homme qui lui montaient jusqu'aux genoux. Daniel se rendit compte qu'il l'avait épuisée. Elle était cramoisie ; la transpiration perlait à ses lèvres.

— Ben, je pourrais distribuer des journaux.

— Ah, vraiment ? Et si tu me donnais un coup de main au marché, le samedi et le dimanche ? Pour les œufs. Je te donnerais de l'argent de poche, dans ce cas.

— D'accord.

— Très bien, mais attention, hein ! C'est un travail qui exige du soin. Tu t'en sens capable ?

— Oui. Je ferai attention, je vous le promets.

— Parfait. On verra. Il faudra bien, du reste.

9

DANIEL ROULAIT LA VITRE BAISSÉE, au-delà de la limite autorisée, jouissant de la fraîcheur de l'air qu'il avalait à profondes goulées, le diaphragme détendu. Le regard fixé sur la route, sourcils froncés, il essayait de comprendre ce qui l'avait tant troublé lors des obsèques, et pourquoi le notaire de Minnie, Cunningham, l'avait fait sortir de ses gonds. Il s'était montré infantile, émotif. Les mains sur le volant, il se traita doucement d'imbécile.

Conduire le soulageait : il se sentait mieux, même si la fatigue guettait. Brampton l'avait déprimé et les distractions du cabinet demeuraient lointaines. Il emplit ses poumons d'air : était-ce donc l'odeur du purin qui le stimulait ? Il aurait dû prendre la M6 et descendre droit sur Londres – il préférait rentrer avant la nuit ; au lieu de quoi, il avait suivi son instinct, la vitre baissée, le fumet des champs dans les narines, contemplant au passage les petites maisons et se souvenant d'endroits qu'il avait visités, enfant.

Sans y prendre garde, il se retrouva sur la A69, où la circulation le piégea. Newcastle n'était pas loin. Il n'avait pas prévu d'y faire un détour et cependant il y avait quelque chose qu'il voulait revoir. Oui, quelque chose à faire en ce jour si particulier.

Il passa devant l'université, bifurqua dans Jesmond Road. Il avait ralenti, presque réticent à l'approche du but.

Lorsqu'il sortit de la voiture, les nuages voilaient le soleil. La route était encore longue : mais il voulait la revoir avant de repartir.

Pour accéder au cimetière, on franchissait une arche de grès rouge et il se sentit aimanté par les profondeurs du lieu. Il savait où aller : adolescent, il avait suivi ce chemin pour trouver l'endroit où elle reposait.

Il fut surpris de la rapidité avec laquelle il trouva sa pierre tombale. Le marbre blanc était jauni, taché. La peinture des lettres s'était presque complètement écaillée, si bien qu'à quelques mètres, on ne lisait plus que Sam Gerald Hunt, au lieu de *Samantha Geraldine Hunter*. Les mains dans les poches, Daniel soupira.

Ce n'était qu'une simple croix de pierre, plantée dans un carré de gravier, comme pour abolir la nécessité d'y apporter des fleurs, des soins, des marques d'affection.

Daniel, en appui sur ses talons, imprima à tout son corps un mouvement de balancier tout en repensant aux mots des obsèques de Minnie. *Remettre. Corps. Éléments. Ici-bas. Poussière. Cendres. Confiance. Pitié.* Il se souvint de s'être tenu, plus jeune, devant cette tombe, de s'être senti blessé parce que son propre nom n'était pas gravé sur le marbre de second choix. Il aurait voulu qu'y soit inscrit : *Elle aima son fils, Daniel Hunter.* Vraiment, l'avait-elle aimé ? L'avait-elle jamais aimé ?

Pendant des années, cette mort avait suscité la colère en lui, ce qui à présent lui semblait incompréhensible. L'omission de son nom ne faisait plus naître aucune émotion. Il partageait des fragments d'ADN avec les ossements qu'il avait sous les pieds, mais de ces reliques il n'avait plus nul besoin.

Il songea à Minnie, incinérée, confiée au vent. En esprit, il respira son odeur, perçut le frottement de sa veste de laine sur sa joue, vit luire la joie dans ses yeux d'un bleu délavé. Il la poursuivrait, comme il poursuivrait le présent, l'éphémère, l'insaisissable *maintenant*. Pendant des années, il l'avait évitée, mais voilà qu'elle n'était plus : ni dans la vieille maison, ni dans la ferme, ni au cimetière, ni dans les yeux de sa sœur. Minnie avait disparu de la surface de la terre sans même laisser un stupide bout de marbre témoigner de son existence passée.

Daniel se souvint d'avoir pleuré devant cette tombe. Il s'en souvint, les yeux secs, les mains dans les poches. Il se rappelait plus facilement Minnie que sa propre mère. Il était si jeune lorsqu'il avait cessé de vivre avec cette dernière et, par la suite, leurs réunions avaient été si anxieuses et brèves. Il fuguait pour la retrouver et lui était invariablement arraché.

Il était resté auprès de Minnie. Elle avait été à son côté lorsqu'il n'était encore qu'un enfant, puis adolescent, puis jeune homme.

Maintenant qu'elle était partie, il se sentait étrangement calme, mais seul, plus seul encore qu'il l'était avant d'avoir appris sa mort. C'était cela qu'il ne comprenait pas. Il l'avait perdue des années plus tôt, et cependant, c'était maintenant qu'il ressentait sa perte.

Les deuils ne devraient pas être mesurés, se dit-il. Malgré tout, à jauger les disparitions de ses deux mères, c'était celle de Minnie qui le peinait le plus.

Sur la route de Londres, Daniel s'arrêta sur l'aire de Donnington Park. Il prit de l'essence, s'offrit un café et, pour la première fois depuis son départ, jeta un coup d'œil à son portable.

Le cabinet l'avait appelé à trois reprises. Après quelques gorgées d'un café tiède parfumé aux gaz d'échappement, Daniel rappela Veronica, assis au volant, la portière ouverte, les oreilles bourdonnant du murmure enroué de l'autoroute.

— Ça va ? demanda Veronica. On a essayé de te joindre plusieurs fois. Tu ne vas pas en croire tes oreilles... Au fait, comment se sont passées les obsèques ? Ce n'était pas un proche, non ?

Daniel se racla la gorge.

— Non... non. Qu'est-ce qui s'est passé ?

— Tu ne répondais pas au téléphone !

— Oui, je... je l'avais éteint. J'avais des trucs à régler.

— Voilà : tu peux récupérer l'affaire Croll si tu veux. Ça t'intéresse ?

— Je ne comprends pas.

— Kenneth King Croll a de très bons réseaux, en effet.

Daniel se passa la main sur la joue. Il ne s'était pas rasé ; la barbe naissante lui chatouilla la paume.

— Il avait donc confié le dossier à McMann Walkers mais... tu me croiras si tu veux, Sebastian a refusé *mordicus* de travailler avec eux. Il s'est mis dans tous ses états et il a dit qu'il te voulait comme avocat – toi, et personne d'autre.

— Et pourquoi n'a-t-il pas voulu leur parler ? Que lui ont-ils fait ?

— L'avocat de chez McMann Walkers est passé voir le garçon le lendemain du jour où tu as été congédié. Un type que je connais, Doug Brown. Apparemment, lui et Croll sont des copains de lycée.

Quoi qu'il en soit, je n'ai pas les détails, mais Sebastian a été extrêmement grossier avec lui. Les parents sont intervenus, mais le gamin s'est mis à hurler et à réclamer ton retour. Il t'a désigné en ces termes – Daniel, mon avocat.

Veronica hoquetait de rire.

— Ça s'est si mal passé que McMann Walkers a fini par renoncer au dossier. Et maintenant, cette espèce de King Kong ou King Croll ou je ne sais quoi me téléphone nuit et jour. Ils veulent que tu reprennes l'affaire, pour faire plaisir au petit.

Daniel finit son café et se mordit les lèvres. Oui, il avait voulu protéger l'enfant, le sauver. *Avait.* C'était à l'âge de Sebastian que Daniel était entré pour la première fois dans la cuisine de Minnie. À présent cependant Minnie n'était plus et il se sentait vidé. Il n'était pas certain d'être à la hauteur de ce dossier.

— Alors, c'est oui ou non ? (La voix limpide de Veronica s'était faite insistante.) J'ai regardé les attendus, ça me paraît solide.

— Bien sûr que je le reprends, répondit-il, du bout des lèvres.

La rumeur de l'autoroute enflait derrière lui ; il se détourna de ce vacarme brutal, absurde.

— Super. Tu appelles le cabinet d'Irene demain, pour savoir s'ils sont encore disponibles, elle et son assistant ? Je l'aurais bien fait à ta place, mais je voulais vérifier avec toi.

Daniel conduisit le pied au plancher, laissant le Nord loin derrière lui. Il fit un arrêt au bureau pour récupérer le dossier de Sebastian. Il était tard. Arpentant les pièces étrangement silencieuses du cabinet, il se sentit soulagé de n'y croiser aucun de ses collègues.

La nuit approchait lorsqu'il fut enfin de retour à Bow. Il s'acheta un plat à emporter dans un restaurant de South Hackney et trouva une place de parking libre sur Old Ford Road, à quelques pas de son appartement. Le soleil se couchait sur Victoria Park ; l'étang et son jet d'eau, pareils à un cadran solaire aquatique, reflétaient le ciel ensanglanté. Il flottait dans l'air des odeurs de fins de barbecues. Il reprit dans le coffre de l'auto le carton que Cunningham lui avait donné et monta jusqu'à son appartement le menton baissé, le carton sous un bras et, dans l'autre main, ses clefs et son plat à réchauffer.

Il se sentait curieusement épuisé ; la ferme désertée était encore présente à son esprit, gémissant sous le poids de l'absence de Minnie. Lui revinrent à la mémoire quelques notes de musique, aussi douloureuses qu'une plaie ouverte jusqu'à l'os. Elles tintaient, froides et dures.

Il posa le carton sur la table de la cuisine, sans l'ouvrir pour voir ce qu'il contenait. Il se hâta d'avaler son curry, voûté dans l'ombre du carton, avant de prendre une douche. Il s'immergea sous un jet trop brûlant, les deux mains sur le pommeau. Quand il s'essuya, sa peau cuisait. Nu dans la salle de bains, il fixa son visage dans le miroir tandis que la sensation du froid lui revenait, et pensa au faucon crécerelle qu'il avait vu planer au-dessus des landes de Brampton. Il se sentit seul et souverain, les ailes dépliées dans le courant ascendant.

Ces deux dernières journées l'avaient malmené : mais était-ce la crainte que lui inspirait l'affaire de Sebastian et tout ce qu'elle impliquait, ou l'angoisse d'avoir perdu Minnie ? L'angoisse d'avoir à vivre une vie dont elle était désormais absente ? Et sans qu'il ait pour cela besoin de l'ignorer.

Perdu Minnie. Il réfléchit en frottant sa barbe d'un jour, qu'il décida de ne pas raser. *Perte.* Il noua une serviette autour de ses hanches et respira profondément. *Perte.* C'était comme tout. Ça s'apprenait. D'ailleurs, il ne ressentait presque plus rien. Sa mère n'était plus, Minnie n'était plus ; lui, il survivrait.

Il se rhabilla et feuilleta le dossier de Sebastian. Pourvu qu'Irene soit encore libre et qu'elle veuille bien s'occuper de l'affaire. La première chose à faire le lendemain matin, ce serait d'appeler son secrétariat. Irene et lui avaient déjà collaboré étroitement sur plusieurs cas, dont celui du jeune Tyrel, l'année précédente. Lorsque le garçon avait été condamné, ils avaient ressenti la même détresse.

Il ne l'avait pas vue depuis la fête qu'elle avait organisée pour célébrer sa promotion au statut de conseillère de la reine – soirée à l'occasion de laquelle, du reste, il n'avait guère eu le temps de lui dire plus de deux mots. Elle était londonienne, native de Barnes, et avait quelques années de plus que Daniel, mais elle avait fait ses études de droit à Newcastle. Elle aimait l'impressionner en faisant étalage de son accent du Nord. Daniel n'aurait pu supporter l'idée que quelqu'un d'autre puisse défendre son jeune client.

Seul dans son appartement et s'étant bientôt rendu compte qu'il ne trouverait pas le sommeil, Daniel se mit au travail. Son clerc avait déjà regardé les bandes vidéo qui avaient été transmises à la défense par le Ministère public. Il les regarda à son tour, de peur d'avoir raté quelque chose. La journée durant, les caméras étaient, la plupart du temps, dirigées vers Copenhagen Street et Bransbury Road ; après sept heures du soir, elles se braquaient vers le parc. Daniel fit défiler la bande à toute vitesse, scruta les allées du parc : pas d'enfant non accompagné ni d'individu à l'allure suspecte.

Ce ne fut qu'après avoir écrit quelques notes pour le dossier de la défense – il était plus d'une heure du matin – qu'il se décida à ouvrir le carton que Minnie lui avait laissé. Il contenait ce que Daniel s'était attendu à y trouver : ses photos de classe, des instantanés pris pendant des pique-niques sur la plage de Tynemouth, ses médailles de l'école primaire, ses prix du lycée, des dessins et des gouaches qu'il avait faits pour elle lorsqu'il était petit, un vieux carnet d'adresses qui avait appartenu à Minnie.

Il y avait aussi le cadre qui trônait toujours sur la cheminée, montrant Minnie avec sa fille et son mari. Ce dernier tenait l'enfant dans ses bras, et la petite faisait des bulles qui flottaient vers le visage de Minnie. Daniel autrefois trouvait la photo merveilleuse : Minnie y était jeune. Plus mince, les cheveux courts et sombres, un grand sourire éclatant. Il fallait scruter soigneusement ce visage pour y retrouver les traits qu'il avait connus.

Au fond du carton, ses doigts effleurèrent un objet dur et froid. Il finit sa bière et remonta sa trouvaille à la surface.

C'était le papillon de porcelaine, le bleu et le jaune dont les ailes parées étaient plus éclatantes que dans son souvenir. Un bibelot de pacotille, intact cependant, hors l'aile un peu ébréchée. Daniel le posa sur sa paume.

Il imagina Minnie triant ces babioles, les mettant de côté pour lui ; il pensa à sa maladie, aux symptômes par lesquels elle s'était manifestée. Il la vit demander à l'infirmière de la redresser dans son lit, qu'elle puisse lui écrire. Oui, il la vit presque soupirer légèrement sous l'effort, ses yeux bleus luisant tandis qu'elle signait la lettre, Mam. Elle savait déjà qu'elle allait mourir, qu'elle ne le reverrait jamais.

Quand s'étaient-ils donc parlé pour la dernière fois ? Des années auparavant et, cependant, elle ne laissait jamais passer un seul anniversaire, un seul Noël sans lui envoyer une carte ni lui téléphoner. Le Noël précédent, il était parti faire du ski en France. Elle avait laissé deux messages et lui avait envoyé une carte et un chèque de vingt livres. Comme toujours, il avait effacé les messages, déchiré le chèque et jeté la carte à la poubelle. Se remémorant l'agressivité qu'impliquaient ces actes, il se sentit vaguement coupable.

Ils avaient dû se parler en avril, pour son anniversaire. Il était pressé, n'avait pas même pensé à regarder le numéro avant de décrocher. Il était rentré tard du bureau et était attendu dans une soirée.

— C'est moi, mon petit loup, avait-elle dit, sans se départir de sa familiarité, comme s'ils s'étaient quittés la semaine passée. Je voulais juste te souhaiter un bon anniversaire.

— Merci, lui avait-il répondu, un muscle tressautant dans sa joue. Je ne peux pas te parler, je dois ressortir.

— Bien sûr. Une soirée agréable, j'espère.

— Non, c'est pour le cabinet.

— Ah, je vois. Et ton travail ? Ça te plaît toujours autant ?

— Nom de Dieu, quand est-ce que tu vas arrêter ? avait-il hurlé.

Elle n'avait pas répondu.

— Je ne veux pas te parler.

Il se souvint d'avoir attendu qu'elle réponde avant d'interrompre la conversation. Se savait-elle malade alors ? Il avait raccroché, mais la pensée de Minnie ne l'avait pas quitté de la nuit, son estomac était resté noué de colère. Ou de culpabilité, peut-être ?

La musique du crématorium chantait encore dans sa tête. Il se souvint du ton accusateur de Harriet : comme s'il était le seul coupable, comme si Minnie n'avait rien à se reprocher. Sans doute ne s'était-elle pas confiée à sa sœur, songea Daniel. Harriet le prenait pour un ingrat, mais c'était lui qui avait été lésé.

Daniel avait pris le papillon dans sa main, pour mieux le regarder. Il se souvint de cette première journée dans la cuisine de

Minnie, du couteau qu'il avait pointé vers elle, du regard dur, inébranlable qu'elle avait eu. C'était la première chose qui avait séduit Daniel en elle – son intrépidité.

Il se mit à penser à Sebastian. Il se demandait ce que le garçon avait bien pu percevoir en lui. Pourquoi tenait-il tant à le garder comme avocat ? Du pouce, il donna une dernière caresse au papillon et le reposa délicatement sur la table basse.

10

— REGARDE, cria Daniel à Minnie en agitant la main, je lui donne à manger !

Les pieds joints, il tendit une carotte à Hector le bouc. Cela faisait presque un an qu'il vivait chez Minnie ; il se trouvait curieusement à son aise dans la basse-cour boueuse et la cuisine trop encombrée. Il aimait les petits travaux de la ferme, les animaux - même si Hector commençait à peine à le tolérer.

Elle tapa sur le carreau.

— Fais attention, hein ! Il est rusé, le gaillard !

La petite école de Brampton ne le faisait plus tant souffrir. Certes, il avait dû faire quelques pages de retenue ; une fois, même, il avait eu droit à la ceinture, pour avoir renversé un pupitre. Mais il avait gagné la médaille d'or en littérature et l'argent en mathématiques. Une matière dans laquelle Minnie excellait. Elle aimait bien l'aider à faire ses devoirs. Il avait les faveurs de la jolie Mlle Pringle, l'institutrice, et jouait dans l'équipe de football.

Minnie frappa de nouveau à la vitre.

— Attention à tes doigts !

Le téléphone sonna et Minnie disparut de l'embrasure de la fenêtre. On était en mai ; dans les herbes folles qui bordaient la maison, les boutons d'or et les marguerites étaient en fleurs. Des papillons ivres voletaient de corolle en corolle ; Danny les contemplait tandis que la carotte rétrécissait à vue d'œil. Répondant aux injonctions de Minnie, il écarta la main quand il n'en resta plus qu'un moignon. Hector, cornes baissées, avala ce qui restait, y compris la queue. Danny caressa doucement le poil chaud et court du bouc, retirant la main et se reculant chaque fois que l'animal courbait la tête.

— Je t'en donnerai une autre tout à l'heure, promit-il.

Désormais, le courant passait avec Minnie. Les week-ends, ils s'amusaient bien, tous les deux. Un jour, après le marché, ils avaient fabriqué une tente dans le salon, avec sa table pliante et quelques draps. La vieille boîte à bijoux de Minnie tenait lieu de trésor. Elle l'avait rejoint sous la tente et ils avaient joué à être de riches Bédouins. Elle avait préparé du poisson pané pour le dîner et ils l'avaient mangé dans leur nouvelle maison, avec du ketchup.

Une autre fois, ils avaient décidé d'être des pirates. Elle l'avait fait marcher sur la planche, les yeux bandés, en utilisant le repose-pieds du salon. Il aimait son rire, qui commençait toujours par trois grandes explosions, avant de se transformer en une série de hoquets et de gloussements qui pouvaient durer quelques bonnes minutes. Le seul spectacle de cette gaieté à présent faisait sourire Daniel.

Le week-end précédent, ils avaient redécoré la chambre du garçon. Minnie l'avait laissé choisir les couleurs qui lui plaisaient. Il avait opté pour le bleu : bleu clair pour les murs, bleu roi pour la porte et les plinthes. Il avait été autorisé à manier le pinceau ; ils avaient passé tout le samedi et tout le dimanche à arracher les boutons de roses et à repeindre les murs en écoutant la radio.

La porte d'entrée claqua ; Minnie était campée dans le vestibule, une main sur le front.

— Qu'est-ce qui se passe ? demanda Daniel.

Désormais, il savait déchiffrer les expressions de Minnie. Il lui arrivait souvent de froncer les sourcils tout en s'affairant joyeusement à ses tâches quotidiennes. Mais lorsqu'elle était inquiète ou irritée, le froncement laissait place à une petite moue des lèvres.

— Viens voir, mon petit. Viens voir. Tricia vient juste de raccrocher. Elle va venir te chercher.

Malgré la tiède brise d'été, malgré l'échauffement que lui avaient procuré ses corvées de l'après-midi, Daniel fut soudain traversé d'un frisson glacial. Le soleil était encore haut dans un ciel d'un outremer douloureux : et cependant, il sentit les ombres s'étendre sur les alentours, comme nées de son propre esprit, assombrissant les ailes des papillons qui voletaient de pétales en boutons.

Daniel posa la main sur l'encolure d'Hector, qui s'écarta d'un bond, sautillant au bout de sa corde sur la boue séchée de la cour.

— Non, j'irai pas. J'reste ici. J'vais…

— Ne te mets pas dans tous tes états. Je ne pense pas qu'elle veuille te changer de famille. Elle a organisé un entretien avec ta maman.

Minnie s'immobilisa sur le seuil, les bras croisés. Lèvres pincées, elle fixait Daniel.

Soudain l'air sembla bruire aux oreilles du garçon : les abeilles rugissaient, les poules piaillaient. Il se boucha les oreilles. Minnie fit un pas vers lui, mais, l'évitant, il fila dans la maison. Elle le retrouva roulé en boule derrière le piano, dans le salon : c'était toujours là qu'il allait se réfugier lorsqu'il avait ce genre de sensations. Ce qui ne lui arrivait plus très souvent.

Il regarda les pieds de Minnie approcher, épais, traînant dans des pantoufles sales et tandis qu'elle s'asseyait dans le fauteuil le plus proche du piano, il vit ses chevilles.

— Mon petit loup, tu n'es pas forcé d'y aller. C'est toi qui décides. Mais je crois que c'est mieux de dire oui. C'est un choc, je sais. Ça fait longtemps que tu ne l'as pas vue, hein ?

Daniel bougea légèrement la jambe, heurtant le piano au passage. L'instrument émit une plainte creuse, comme si le garçon lui avait fait du mal. Daniel reniflait. L'odeur de bois brut du piano avait envahi ses narines, réconfortante.

— Allez, viens, petit loup.

En général, Daniel ne sortait pas de sa cachette. Lorsqu'elle le sentait bouleversé, elle restait près de lui ; s'il était calme, elle allait l'attendre dans la cuisine. Ce jour-là, comme il n'avait pas envie qu'elle s'éloigne, il se percha sur l'accoudoir du fauteuil. Elle étreignit le garçon. Il aimait sa corpulence. Tout petit déjà, il trouvait sa propre mère trop frêle. Quand elle le prenait dans ses bras, le contact de ses os lui faisait mal, le malaxant de leur pression insatiable.

Daniel sentit le menton rond de Minnie tout contre son crâne.

— Je crois qu'ils veulent juste discuter avec toi. D'accord ? Après ça, tu rentreras à la maison et je te ferai du rosbif pour le dîner. J'irai spécialement à la boucherie, pendant que tu seras à Newcastle. On aura le rôti du dimanche un samedi, juste pour toi.

— Avec du Yorkshire pudding ?

— Mais naturellement, et de la bonne sauce, et les carottes que tu as fait pousser dans le potager. Ce sont les meilleures que la terre ait jamais portées. Tu as la main verte, c'est sûr.

Elle le fit descendre de l'accoudoir.

— Allez, mon loup, va faire un brin de toilette. Tricia ne va pas tarder.

Daniel jeta un coup d'œil à Minnie tandis que Tricia le conduisait vers sa voiture. Il portait une chemisette à carreaux et un jean. Lui était revenue une sensation familière à l'abdomen, comme si ses intestins avaient été remplacés par des boules de papier ou des feuilles mortes. Plein de quelque chose, mais pourtant vide, léger. Il avait enfilé le collier de sa mère et le caressa d'une main en prenant place près de Tricia.

— Tu t'es grandement amélioré, Danny. Continue sur ta lancée.

— Je vais pouvoir habiter chez ma mère ?

Il regardait par la vitre, comme si la réponse allait venir de quelque passant.

— Non.

— Vous allez me placer dans une autre famille ?

— Pas pour le moment. Ce soir, tu rentres chez Minnie.

Daniel, tête toujours détournée, se mordit les lèvres.

— Est-ce que je serai tout seul avec elle ?

— Avec ta mère ? Non, Danny, c'est un entretien surveillé, j'en ai bien peur. Tu veux que j'allume la radio ?

Le garçon répondit d'un haussement d'épaules. Tricia tourna le bouton jusqu'à ce qu'elle trouve une chanson qui lui plaise. Daniel s'efforça de penser au ramassage des œufs, au semis de carotte, à un match de football, mais son esprit restait noir et vide. Il se souvint du jour où il s'était assis dans l'armoire de la chambre de sa mère, aux murs maculés de suie.

— Pourquoi est-ce que tu tires la langue ? l'interrompit Tricia.

Le garçon se ressaisit. Il avait encore le goût du charbon dans la bouche.

— Oh ! là, là ! Mon petit homme ! Qu'est-ce que tu as grandi !

Les os pointus de sa mère lui faisaient toujours aussi mal. Chaque fois qu'elle le serrait contre lui, il se crispait, redoutant le contact d'une côte, d'un coude. Elle n'avait pas changé, même si ses yeux étaient lourdement cernés. Il fut horrifié de ne plus avoir envie de la toucher.

Tricia se leva, tenant son sac à deux mains.

— Je vais aller nous chercher quelque chose à boire. Ça vous laissera le temps de vous raconter vos vies. Je reviendrai vous donner un coup de pouce.

À qui s'adressait-elle, se demanda Daniel. Et à quoi pouvait-elle bien les aider ?

Sa mère était au bord des larmes. Il se leva, lui caressa les cheveux, comme elle aimait qu'il le fasse.

— Allez, maman, ne pleure pas.

— Ah, tu es encore mon petit héros. Dis-moi, comment ça se passe pour toi ? C'est bien, là où tu es ?

— Ça peut aller.

— Tu joues au football ?

— Un peu.

Elle s'essuya les yeux d'une main aux ongles rongés. Elle avait des bleus sur les bras. Il détourna les yeux.

Tricia revint avec deux cafés et une canette de jus de fruits pour Daniel. Elle s'installa sur le canapé, poussa l'un des gobelets vers la mère du garçon.

— Tenez. Bon, comment ça va, vous ?

— Ah, j'peux pas. Il faut que je fume. Vous avez une clope ?

Elle s'était levée, le regard fixé sur Tricia, les mains dans les cheveux. Un geste que Daniel détestait, parce qu'il faisait paraître son visage encore plus maigre.

— Danny, tu as une cigarette ? Faut que je fume.

— Je vais aller t'en chercher, dit le garçon.

— Non, non, l'interrompit Tricia en se relevant. Reste ici. Je… je vais en trouver quelque part.

L'entretien se déroulait dans les locaux des services sociaux, à Newcastle. Ce n'était pas la première fois que Daniel y mettait les pieds. Il détestait les fauteuils vert et orange au dossier trop incliné, le revêtement de linoléum gris. Vautré dans un des sièges, il regardait sa mère faire les cent pas. Elle portait un jean et un tee-shirt blanc et moulant, sous lesquels saillaient ses vertèbres et les os pointus de son bassin.

— Je ne voulais pas te dire ça devant elle, murmura-t-elle, le dos tourné, mais je suis navrée, Danny. Navrée d'être aussi nulle. Je sais que ça va s'arranger pour toi, mais je me sens vraiment merdeuse, vraiment...

— Tu n'es pas nulle, commença Daniel.

Il fut interrompu par le retour de Tricia.

— J'ai réussi à extorquer un demi-paquet de Silk Cut à un collègue, dit-elle en tendant les cigarettes et un briquet à la mère de Daniel. Il m'a dit que vous pouviez les garder.

La mère de Daniel se pencha sur la table pour allumer sa cigarette, la protégeant de ses doigts repliés comme si elle devait affronter le vent. Elle inspira profondément : la peau soudain lui collait au crâne. Le garçon la fixait.

— Danny, ta mère et moi, on est allées au tribunal cette semaine, annonça Tricia.

Danny braqua les yeux sur l'assistante sociale, qui dévisageait sa mère, les sourcils exagérément haussés. Sa mère regardait la table en balançant légèrement le corps. Elle avait la chair de poule.

— C'était ma dernière chance, Danny. On ne se reverra plus, toi et moi. Plus de visites. Tu vas pouvoir être adopté.

Daniel n'entendit pas ces mots dans le bon ordre. Ils l'assaillirent, comme des abeilles. Sa mère avait détourné les yeux. Tête baissée, les coudes posés sur ses genoux, elle respira à deux reprises avant de pouvoir finir sa phrase.

Daniel s'était affaissé dans son fauteuil. Les feuilles mortes qu'il avait dans le ventre frémissaient.

— Hum-hum, toussota Tricia. Quand tu seras majeur, tu pourras reprendre contact, si tu le souhaites...

Il lui sembla soudain que les étincelles de la cigarette venaient de mettre le feu aux feuilles mortes. Les muscles du ventre bandés, il bondit et, s'emparant du paquet de Silk Cut, le jeta à la figure de Tricia. Avant qu'il ait pu lui donner un coup de poing, elle l'attrapa par les poignets. Il parvint à lui envoyer son pied dans le tibia avant qu'elle ne le cloue au fond du fauteuil.

— Pas de ça, Danny, criait sa mère. Tu ne fais qu'aggraver la situation. C'est la meilleure solution, tu verras.

— Non, hurla-t-il, tandis qu'une rougeur lui envahissait les joues, jusqu'à la racine des cheveux. Non !

— Allez, ça suffit, clamait Tricia.

Il sentit les mains de sa mère dans ses cheveux, le doux contact de ses doigts sur son cuir chevelu. Il finit par se détendre sous le poids de Tricia, qui se leva pour l'aider à se redresser contre le dossier.

— C'est bon, dit Tricia. Tiens-toi un peu mieux que ça. Toi aussi, c'est ta dernière chance. Ne l'oublie pas.

La mère de Daniel écrasa son mégot dans le cendrier en papier d'aluminium.

— Viens par ici, murmura-t-elle.

Il se laissa tomber sur elle. Les doigts qui lui caressaient le visage sentaient le tabac. De nouveau, elle se plaqua contre lui, les os saillants, de nouveau il se sentit endolori à leur contact.

Sur le chemin du retour, Daniel, au fond du siège, laissa sa tête ballotter au gré du mouvement. Il sentait les pneus vibrer sur le bitume. Tricia avait éteint la radio ; de temps en temps, elle lui parlait, comme s'il lui demandait des explications.

— Pour l'instant, tu restes chez Minnie, mais nous allons pouvoir te faire adopter, désormais. C'est une vraie chance pour toi, tu sais. Plus de déménagement, un vrai foyer, des nouveaux parents, et peut-être même des frères et sœurs, tu te rends compte ? Bien sûr, il faut que tu apprennes à te tenir. Personne n'a envie d'adopter un gamin qui a des troubles du comportement, si tu vois ce que je veux dire. Dans ta nouvelle famille, ils n'auront pas envie de recevoir des coups de poing ou de pied… Comme ta mère le disait, c'est la meilleure solution. Ce n'est pas très facile de faire adopter un garçon quand il est déjà grand, mais si tu te tiens bien, on aura peut-être de la chance.

Lorsqu'ils tournèrent dans Carlisle Road, elle ne disait plus un mot. Daniel ferma les yeux et ne les rouvrit que quand la voiture freina brutalement. Il vit approcher Blitz, qui agitait la queue et tirait la langue.

— Si personne ne veut de moi, fit Daniel en déglutissant, est-ce que je peux rester ici ?

— Non, mon chéri… Minnie est un parent d'accueil. Il y a d'autres enfants qui attendent d'être placés chez elle. Mais ne t'en fais pas. Je vais te trouver une super nouvelle…

Daniel avait claqué la portière avant qu'elle ait eu le temps de prononcer le mot *maison*.

11

DÈS SON ARRIVÉE À PARKLANDS HOUSE, Daniel fut fouillé et dut passer sous un portique. Un chien renifleur de drogue flaira son costume et son attaché-case.

Puis un employé lui apporta un café et lui annonça que Sebastian serait bientôt disponible. Charlotte avait appelé le jeune avocat pour le prévenir de son léger retard et le prier de commencer sans elle. Daniel eut un accès d'anxiété dans le petit parloir lequel, lui avait-on annoncé, devait rester fermé à clef à tout moment. S'il avait besoin de quoi que ce soit, il pouvait déclencher le signal d'alarme. Une sensation familière lui remuait l'estomac, feuilles mortes et papier froissé ; cela le mettait mal à l'aise.

Sebastian apparut, accompagné par un gardien.

— Seb, ça fait plaisir de te revoir, dit Daniel. Ça va ?

— Pas vraiment. Je n'aime pas du tout cet endroit.

— Tu veux quelque chose à boire ?

— Non, ça va aller, merci. Je viens juste de prendre un jus d'orange. Est-ce que vous pouvez me sortir d'ici ? C'est un trou. Un horrible trou. Je veux rentrer à la maison.

— Ton papa et ta maman viennent souvent te voir ?

— Maman est déjà venue plusieurs fois, mais je veux rentrer… Vous pouvez leur demander ? Tout ce que je veux, c'est rentrer.

Soudain la tête du garçon s'abattit sur le creux de son coude. De son autre bras, il se fit un nid.

Daniel, debout, se pencha sur Sebastian, lui tapotant l'épaule, lui massant la nuque.

— Allez, Seb, ça va aller. Je suis de ton côté, rappelle-toi. Je sais que tu veux rentrer chez toi, mais il va falloir collaborer avec les autorités. Pour le moment, il faut que tu restes ici. Du point de vue des juges, c'est également pour que ta protection soit assurée.

— Je ne veux pas qu'on me protège. Je veux seulement rentrer à la maison.

Daniel, de nouveau, eut un frisson de compréhension pour le garçon. Aussi vif qu'une brûlure d'ortie : chaleur et démangeaison, le replongeant dans sa mémoire. Il se souvint de son premier jour chez Minnie, de l'assistante sociale qui lui avait expliqué qu'une séparation d'avec sa mère ne pouvait que lui être bénéfique.

— En revanche, mon travail, c'est de te ramener à la maison après le procès. Ça te va ? Tu es prêt à m'aider pour qu'on collabore, tous les deux ? J'ai besoin de ton aide. Seul, je n'en serais pas capable.

Sebastian renifla et s'essuya les yeux d'un revers de manche. Lorsqu'il leva les yeux, Daniel vit que ses cils étaient collés par les larmes.

— Maman est en retard, fit le garçon. Elle doit être encore couchée. Mon père a pris l'avion hier soir. Il vaudrait mieux que je sois à la maison. C'est pour ça qu'il faut que vous me fassiez sortir.

— Et pourquoi ça se passera mieux si tu es chez toi ?

Il était certain de la réponse, mais se demanda s'il n'était pas en train de projeter ses propres obsessions sur le garçon.

— Dites-moi, vous, vous l'aimez, votre père ? demanda ce dernier comme s'il n'avait pas entendu la question de l'avocat.

— Je n'ai pas de père.

— C'est idiot, tout le monde en a un. Vous savez ça, vous, quand même ?

— Je ne l'ai jamais connu, dit Daniel en souriant à son jeune client. C'est ce que je voulais dire. Il est parti avant ma naissance.

— Est-ce qu'il était gentil avec votre maman ?

Daniel croisa le regard du petit garçon. Il comprenait ce que Sebastian cherchait à lui expliquer. Il avait vu les parents - il avait vu la brutalité avec laquelle Kenneth Croll traitait sa femme. Daniel cligna des yeux, revit sa propre mère projetée si violemment sur un fauteuil que l'accoudoir s'était cassé. Il se souvint de s'être interposé entre elle et l'homme, qui n'en avait pas fini avec elle. Il se souvint de ses genoux qui tremblaient, de l'odeur d'urine.

— Bon, écoute, mon vieux, il faut qu'on se remette au travail. Dis-moi, maintenant qu'on se retrouve, est-ce que tu as quelque chose à me dire que tu te serais rappelé entre-temps ?

Le garçon, les yeux sur l'avocat, fit non de la tête.

— On est entre nous. Je suis ton avocat, tu es mon client. Tu peux tout me dire. Je ne suis pas là pour te juger. J'agis pour ton bien. Y a-t-il quelque chose que tu veuilles me dire sur ce fameux dimanche où tu as joué avec Ben ? Si tel est le cas, vas-y maintenant. Mieux vaut ne pas avoir de surprises par la suite.

— Je vous ai tout dit. Je ne vous ai rien caché du tout.

— Parfait. Maintenant, je vais essayer de faire le maximum pour te sortir de ce trou, comme tu dis.

La porte automatique s'ouvrit avec un bruit de pièces métalliques qui s'entrechoquent. Charlotte apparut dans un tourbillon d'excuses et de bracelets tintinnabulants. Elle saisit la tête de son fils, la fit délicatement pivoter et l'embrassa sur la tempe.

— Je suis navrée, mais la circulation était cauchemardesque, s'écria-t-elle en desserrant son foulard de soie mauve et en se débarrassant de sa veste. Et ces horribles chiens du poste de sécurité ! Ils me terrorisent. J'ai mis des heures à parvenir jusqu'ici.

— Maman n'aime pas les chiens, fit remarquer Sebastian.

— Ne vous en faites pas, dit Daniel. Je voulais juste faire un récapitulatif des événements à venir, pour que Seb sache à quoi s'attendre.

— Bien, allez-y, répliqua Charlotte avec une curieuse ardeur qui respirait l'anxiété.

Elle portait un pull à col roulé et ne cessait de tirer les manches sur ses poignets.

— Bien. Dans les quelques mois qui vont suivre, nous allons avoir pas mal de travail pour te préparer au procès. Il va falloir que tu rencontres un certain nombre de gens… Par exemple, nous allons prendre rendez-vous avec un psychologue. Et dans une semaine ou deux, tu vas pouvoir rencontrer de nouveau l'avocate qui plaidera devant la cour. Tu me suis, jusqu'ici ?

— Oui, je crois. Mais le psychologue, que vient-il faire là-dedans ?

— Ne te fais pas de souci à ce sujet. Il s'agit juste de savoir comment tu vas supporter le procès. Il témoignera en ta faveur, n'oublie pas. Par conséquent, ça ne doit pas t'inquiéter. D'accord ? Ce sur quoi je voulais revenir aujourd'hui, pour que tu comprennes bien, c'est le dossier de la partie adverse – les arguments qu'ils vont avancer pour essayer de démontrer que tu as tué Ben. Nous n'avons reçu ces documents que très récemment, et je suis en train de travailler à la façon dont nous allons construire ta défense, selon les éléments fournis par l'accusation... S'il y a quelque chose que tu ne comprends pas, dis-le-moi.

— C'est clair comme de l'eau de roche, répondit Sebastian.

Daniel regarda le garçon avant de poursuivre. Enfant, il aurait pu se retrouver dans la situation de son jeune client – mais jamais il n'aurait eu son aplomb.

— L'élément le plus grave qui va être retenu contre toi est le suivant : bien que tu affirmes que tu n'as fait que jouer avec Ben et qu'il s'est fait mal en tombant tandis qu'il était encore avec toi, il y a des traces de son sang sur tes chaussures et tes vêtements.

— Ce n'est pas si grave, dit le garçon, le regard soudain vif et alerte.

— Pourquoi ça ?

— Eh bien, parce que vous pouvez dire que son sang m'a éclaboussé quand il s'est fait mal...

Seb se tut, de même que Daniel. Le regard de ce dernier croisa celui du garçon, avant de hocher la tête à une seule reprise.

— Nous dirons que Ben s'est fait mal en tombant tout seul ; de plus, ta mère affirme que tu étais rentré dès trois heures de l'après-midi, ce qui contredit la déposition du témoin qui t'a vu te battre avec Ben une seconde fois dans l'après-midi. Cependant, l'avocat général répondra que le sang qui figure sur tes vêtements t'accuse formellement.

Daniel jeta un coup d'œil à Charlotte. Ses deux annulaires étaient agités du même frémissement. Elle semblait ailleurs, si bien que le jeune homme se demanda si elle l'avait entendu.

— Mais je n'ai pas fait mal à Ben comme ils le disent. J'ai joué avec lui, c'est tout...

— Je sais, mais le fait est que quelqu'un ensuite lui a fait très mal. Horriblement mal. Quelqu'un l'a tué, Seb.

— Tuer quelqu'un, ce n'est pas si affreux.

Dans le silence qui suivit, Daniel entendit Charlotte déglutir.

— On est tous mortels, vous savez, ajouta le garçon avec un vague sourire.

— Es-tu en train de me dire que tu sais comment Ben est mort ? Si tu veux, tu peux m'en parler, là, maintenant.

Daniel grimaça, appréhendant la réponse du garçon.

Qui pencha la tête sur le côté et se contenta de sourire de nouveau.

L'avocat haussa les sourcils, pour l'inciter à parler. Au bout de quelques secondes, le petit secoua la tête.

Daniel détailla par écrit sur une page de son bloc-notes le calendrier des événements qui allaient suivre, pour le garçon : de la première rencontre officielle avec l'avocat de la défense jusqu'à la préparation du procès à proprement parler.

— Après la comparution préparatoire, il y aura une période d'attente avant l'audience à proprement parler. Il faut que tu saches que durant cette période, tes parents et toi, vous pouvez continuer à me voir ou à me parler si vous avez la moindre question.

— Super, dit Sebastian. Et... le procès, il aura lieu quand ?

— Pas avant quelques mois, Seb. Nous avons du pain sur la planche, d'ici là, mais je te promets que nous t'emmènerons au tribunal pour que tu voies à quoi ça ressemble.

— Noooooon ! gémit le garçon en tapant sur la table du plat de la main. Je ne veux pas attendre ! Je ne veux pas rester ici.

Charlotte se redressa et inspira profondément, comme si quelqu'un venait de lui lancer un verre d'eau à la figure.

— Allons, mon chéri. Calme-toi, murmura-t-elle, sa main voletant vers les boucles de Sebastian.

Les yeux du garçon brillèrent, comme s'il était au bord des larmes.

— Écoute, Seb, j'ai une idée, fit Daniel. Si j'allais nous chercher quelques sandwichs en vitesse ? Ça te dit ?

— J'y vais, dit Charlotte en se levant aussitôt, le bras tendu vers son sac à main.

Elle avait une ecchymose violette sur le poignet.

— De toute façon, j'ai besoin de prendre l'air. Je reviens tout de suite.

La lourde porte se referma avec un claquement métallique. Sebastian se mit à faire les cent pas dans la pièce. L'enfant était fluet, les poignets fins, les coudes saillants. Toute autre considération mise à part, Seb semblait bien trop frêle pour avoir pu commettre un acte aussi brutal que le meurtre de Ben.

— Seb, à part l'homme qui vous a demandé de vous arrêter de vous battre, quelqu'un d'autre vous a-t-il adressé la parole quand vous étiez au parc, Ben et toi ?

Comme les chaises étaient vissées au sol, Daniel dut se lever pour faire face au garçon. La tête de Seb lui arrivait juste au-dessus de la taille. Ben Stokes avait trois ans de moins que le petit Croll, mais celui-ci ne mesurait que cinq centimètres de plus que la victime.

Seb haussa les épaules. Il secoua la tête, sans lever les yeux vers son avocat. Dos au mur, il examina ses ongles avant de se faire tourner l'index autour du pouce, comme s'il mimait une comptine.

— As-tu vu quelqu'un dans le parc dont le comportement te paraissait bizarre, ou quelqu'un qui vous regardait jouer ?

Nouveau haussement d'épaules.

— Vous savez pourquoi elle porte ce polo ?

Le petit garçon porta les mains à son visage, les pouces et les index joints, et fixa Daniel à travers le rectangle ainsi formé.

— Tu veux parler de ta mère ?

— Oui, quand elle porte ce polo-là, ça veut dire qu'elle a des marques d'étranglement sur le cou.

Le garçon était figé dans son étrange attitude.

— Des marques d'étranglement ?

Seb se posa les mains sur la gorge et serra jusqu'à ce que son visage s'empourpre.

— Arrête, dit Daniel en tirant doucement le garçon par le coude.

Le petit s'effondra contre le mur, hilare.

— Vous avez eu peur ?

Il souriait si largement que Daniel vit qu'il lui manquait une dent.

— Je ne veux pas que tu te fasses du mal, Seb.

— Mais je voulais juste vous montrer.

Il se rassit, le visage soudain las et pensif.

— Parfois, quand il n'est pas content, il la prend à la gorge. On peut mourir de cette façon, non ? Si on serre trop fort ?

— Tu me parles de tes parents, là ?

La porte émit un bruit métallique. Sebastian se pencha sur la table, une main devant la bouche.

— Si vous tirez sur le col de son polo, chuchota-t-il, vous verrez les marques.

Charlotte entra avec ses emplettes ; Daniel se surprit à la scruter attentivement tandis qu'elle sortait sandwichs et canettes de leur sachet. Puis son regard se posa sur le garçon, qui faisait son choix. *Il vaudrait mieux que je sois à la maison,* lui avait dit le garçon. Daniel se sentit de nouveau en empathie avec Sebastian. Il revit des mains d'homme se refermer sur le cou de sa mère. Il se souvint du désespoir qu'il avait ressenti, enfant, loin d'elle, incapable de la protéger. Une impuissance qui l'avait poussé au pire.

12

C'ÉTAIT LE PETIT MATIN et Daniel se trouvait déjà avec les poules.

Première gelée d'automne : ses doigts étaient raidis par le froid. Le jour s'ouvrit paresseusement à lui tandis qu'il respirait l'air du poulailler, entre frisson nocturne et chaleur des plumes et de la paille. Minnie dormait encore. En descendant l'escalier, il l'avait entendue ronfler plus fort que la sonnerie de son réveille-matin. Dans le salon, un verre avait été renversé sur le dessus du piano. Le contenu s'était évaporé, laissant une tache blanche, une énorme ampoule sur le bois.

Et tandis qu'elle gisait, inconsciente, le garçon était déjà dehors, accomplissant ses corvées du matin. Il se sentait bizarre : abandonné, seul et cruel – comme ce faucon qu'il avait vu en allant à l'école, un jour, posé sur un poteau, dépeçant méticuleusement un mulot.

Il ne savait pas ce que sa mère était devenue. C'était comme si elle avait été enlevée.

Il ramassa un œuf brun et tout chaud. Il allait le ranger dans le carton qu'elle lui avait laissé, comme d'habitude, sur le garde-manger. Il sentait l'œuf tout dur entre ses doigts. Sa paume en détecta toute la fragilité. Sa paume savait cela : la coquille de calcaire et le jaune liquide qu'elle contenait, poussin à l'état de promesse.

Sans le vouloir, et presque dans le seul but que ses doigts puissent ressentir le craquement sec de la coquille, la fuite visqueuse de l'albumen, Daniel serra la main, écrasant l'œuf. Le jaune lui coula entre les phalanges comme du sang.

Une bouffée de chaleur le saisit à la base du cou et au creux des reins. Il ramassa les œufs les uns après les autres, les écrasa. De ses doigts les gouttes claires de ces crimes infimes pleuvaient sur la paille.

Les poules s'écartèrent en courant, comme pour protester, gloussant de colère. Il donna un coup de pied à l'une d'elles qui lui sauta au visage, dans un battement furieux, rouge vif. Il se rua sur le volatile, les doigts encore poissés de jaune. Il la cloua au sol et se réjouit d'entendre l'os de l'aile craquer sous son poids. Il se remit à genoux. L'oiseau, caquetant, traça un cercle en trébuchant, traînant derrière lui son aile brisée. Puis son bec s'ouvrit et se ferma sur un cri muet.

Daniel attendit un instant, le souffle court. Les piaillements du volatile lui donnaient le frisson. Avec des gestes lents et méthodiques, comme s'il repliait des paires de chaussettes, il essaya d'arracher l'aile de la créature. Son bec ouvert sur une langue affolée le révulsa. Il brisa le cou de la poule. Puis il se baissa sur le petit corps et tira de toutes ses forces sur la tête.

Le volatile se raidit, ses petits yeux injectés de sang.

Daniel trébucha en sortant de la basse-cour. Il tomba sur ses coudes ; le sang de poulet dont ses mains étaient maculées lui toucha le visage. Il se releva, fit son entrée dans la maison la joue ensanglantée, les plumes de l'oiseau qu'il avait tué collées à ses baskets et à ses doigts.

Elle était dans la cuisine, remplissait la bouilloire, le dos tourné au garçon, sa robe de chambre crasseuse lui battant les mollets. La radio était allumée, diffusant une chanson pop qui la faisait fredonner. Il voulut monter à la salle de bains, mais se retrouva cloué sur le seuil de la cuisine. Oui, qu'elle se retourne, qu'elle le voie souillé des marques de sa brutalité.

— Diable, que se passe-t-il ? s'exclama-t-elle, le sourire aux lèvres, en faisant volte-face.

Est-ce que ce fut la plume fixée à sa chaussure ou le jaune vif de l'œuf mélangé sur sa joue au sang du poulet qui l'alerta ? Les lèvres de Minnie se pincèrent ; elle le bouscula pour se précipiter dans la cour. Il la regarda de la porte de la cuisine tandis qu'elle se tenait à l'entrée du poulailler, une main sur les lèvres.

Lorsqu'elle revint dans la maison, il scruta son visage, voulant y déchiffrer la fureur, l'horreur, la déception. Sans lui jeter un regard, elle monta à l'étage de son pas lourd pour réapparaître un instant plus tard, vêtue de sa jupe grise, de ses souliers d'homme et du vieux chandail qu'elle portait pour le ménage. Il n'avait pas bougé, vissé au pied de l'escalier, l'œuf et le sang lui séchant sur les mains, tiraillant sur sa peau. Il fit un pas vers elle, attendant son châtiment, le désirant même.

Au bas des marches, elle le regarda enfin.

— Va te laver.

Sans prononcer une parole de plus, elle passa devant lui et ressortit dans la cour.

De la fenêtre de la salle de bains, il la vit ramasser les coquilles brisées et les brins de paille couverts de jaune et de sang. Il se nettoya le visage et les mains et la regarda s'échiner. Il cueillit la plume collée à sa chaussure et se campa devant la fenêtre, son trophée entre le pouce et l'index. La plume s'envola, incertaine mais confiante, dans la brise, tandis que Minnie rentrait à la cuisine, tenant la poule morte par les pattes. À chacune de ses enjambées, le cou de l'oiseau effectuait un demi-cercle.

Il ne redescendit pas, se glissa sous ses couvertures, puis dans l'armoire, tandis qu'elle s'affairait dans la cuisine. La fièvre et l'animation du matin le quittèrent et son estomac se mit à grommeler. Il avait froid. Il tira les manches de sa chemise sur ses mains, puis sortit de l'armoire et se regarda dans la glace qu'il avait fendue, à peine une semaine plus tôt.

Petite engeance du diable, se souvint-il.

Il regarda son visage. Les morceaux ne collaient pas. Son cœur s'emballa. Il se tint un moment en haut de l'escalier, puis finit par s'asseoir sur la plus haute marche, l'oreille tendue, attentif aux bruits qu'elle faisait dans la cuisine. Blitz monta à sa rencontre et se campa devant lui, haletant. Daniel caressa les oreilles de velours du chien. Ce que l'animal toléra un moment, avant de redescendre. Daniel le suivit mais en faisant des étapes : d'abord au milieu de l'escalier, puis en bas des marches. Il s'y rassit, la main sur le pilier de la rampe. Il lui fallut dix bonnes minutes pour se donner le courage de se présenter sur le seuil de la cuisine.

— Mieux vaut que je ne pose pas le regard sur toi, dit-elle, le dos tourné.

— Tu es en colère ?

— Non, Danny.

Elle pivota, le fixa un moment, lèvres pincées et joues gonflées.

— Simplement, je me sens triste. Infiniment triste.

Ses yeux étaient d'un bleu intense, brûlant, aquatique, trop écarquillés. Son visage semblait flotter devant le garçon, bien qu'elle soit à l'autre bout de la pièce. Daniel soupira, tête basse.

Elle tira une chaise.

— Assieds-toi là. Tu vas me donner un coup de main.

Il obtempéra. Elle posa devant lui une planche à découper sur laquelle elle avait couché le poulet mort.

— Voilà ce qu'il faut que tu fasses, dit-elle en empoignant le volatile, auquel elle arracha quelques plumes.

Une fois, deux fois, trois fois. Bientôt, elle eut mis à nu une petite étendue de peau, hérissée et blanche.

— Cet oiseau assassiné sera notre dîner, annonça-t-elle. Mais il faut le plumer avant de le vider et de le faire rôtir.

Tandis qu'il serrait une douce touffe de plumes dans ses doigts, leurs pennes rouges virant au gris près des racines, elle se pencha sur lui, attentive.

— Allez, tire, n'hésite pas.

Il y mit tant de force qu'il arracha un peu de peau, scarifiant la chair du volatile.

— Non, comme ça, le reprit-elle.

Elle repoussa la main du garçon et tira sur quelques plumes, dénudant proprement la peau blanche.

— Tu vas pouvoir le faire ?

Daniel, à sa grande honte, sentit sa gorge se serrer et ses yeux s'emplir de larmes. Il hocha la tête, ouvrit la bouche.

— J'veux pas, balbutia-t-il.

— Cette poule ne voulait pas mourir, elle non plus, mais tu lui as cassé l'aile et tu l'as achevée. Alors débrouille-toi. Maintenant.

Elle lui tourna le dos. Il entendit un verre heurter le plan de travail en bois. Puis les glaçons qu'on sort du bac et qu'on verse dans le verre, le citron Jif qu'on fait gicler à petit jet de la bouteille en plastique - elle s'en servait quand elle n'avait pas assez d'argent ou qu'elle avait oublié d'acheter des vrais citrons. Enfin le bouchon de la bouteille de gin que l'on dévisse, et le sérieux et la pesanteur de ce son-là firent courir un frisson sur l'échine du garçon, qui finit par s'exécuter. D'un geste moins brutal, il saisit une poignée de plumes et tira. La nudité de l'oiseau avait quelque chose de sidérant.

Quand il eut fini sa corvée, Daniel resta devant la petite dépouille, des plumes mouchetant ses doigts. Il aurait voulu partir en courant, traverser la Dandy et tordre les cordes des balançoires, pour que les enfants ne puissent pas jouer. Ou remonter dans l'armoire, se recroqueviller entre ses parois étroites et sombres. L'odeur de l'oiseau plumé lui donnait la nausée.

Minnie prit la poule et lui trancha le croupion, entre les cuisses. Un coup de tranchoir sec, violent, lourd d'une force que ressentit Daniel. Sous les yeux du garçon, elle plongea sa grosse main rouge dans les entrailles du poulet.

— Il faut s'enfoncer le plus loin possible, jusqu'à ce que tu sentes quelque chose de dur. C'est le gésier. Il faut le prendre et tirer doucement, lentement. Tout vient avec, en fait. Allez. Tu essaies ? Je ne vais pas le faire à ta place.

— Moi non plus, je veux pas.

Il entendit sa propre voix, plaintive.

— Ne fais pas le bébé.

Jamais elle ne l'avait traité avec mépris, mais il y avait dans son ton ce jour-là quelque chose de dédaigneux.

Penché sur l'évier, qui tremblait sous lui, Daniel plongea la main dans les entrailles sanglantes du poulet.

— Ne t'en fais pas pour les poumons, dit-elle. La plupart du temps, ils restent collés aux os.

Daniel, défaillant, referma les doigts sur les organes encore chauds puis essaya de tirer. À chaque secousse, son ventre se nouait, la bile lui montait à la gorge. Quand il fut parvenu à sortir les tripes visqueuses, rouge sombre, il recula, laissa tomber les intestins sur le carrelage et y joignit le contenu de son propre estomac.

Plié en deux, il vomissait : un liquide jaune, aqueux – il n'avait rien mangé – qui éclaboussait les entrailles du poulet.

— Ça va aller, dit Minnie. Je vais nettoyer tout ça. Toi, monte te laver.

Une fois dans la salle de bains, Daniel vomit de la bile dans les toilettes, avant de s'asseoir à même le sol. De son étagère, le papillon de porcelaine lui souriait. Il se sentait misérable. Un escargot sans sa coquille. Il se rinça le visage à l'eau froide et s'essuya soigneusement, avant de se brosser les dents jusqu'à ce que le goût de la bile ait disparu.

Il attendit quelques minutes avant de redescendre dans la cuisine. Il avait une curieuse sensation, comme s'il avait voulu rester dans la salle de bains. À la maison, quand on faisait du mal à sa mère, il avait cette même impression. Dans la salle de bains. Le même sombre ragoût de trouille au ventre, le même tremblement dans les muscles.

Il tira doucement le verrou et s'aventura jusqu'à l'escalier. Puis il alla se coucher dans sa chambre, sans se déshabiller, ni dormir, du reste. Il écoutait les bruits qu'elle faisait dans la cuisine. Le four ouvert puis fermé, les pas sur le carrelage, les quelques mots adressés à Blitz, les croquettes du chien qui glissaient dans le bol.

— Tu en as passé du temps, là-haut, fit Minnie lorsqu'il réapparut. J'ai bien failli monter te chercher. Il est plus de deux heures et tu n'as même pas petit-déjeuné. Tu as faim ?

Il fit non de la tête.

— Mais tu vas manger. Assieds-toi.

Il obtempéra, les yeux fixés sur le set de table, avec son stupide poney.

Elle avait fait rôtir le poulet et l'avait découpé, lui avait servi quelques morceaux de blanc avec du maïs en conserve et des pommes de terre bouillies.

— Mange.

— J'en veux pas.

— Tu vas le manger.

— Je n'en veux pas.

Il repoussa l'assiette.

— Tu as pu le tuer, n'est-ce pas ? Donc, tu fais les choses jusqu'au bout. Tu vas le manger. Tu comprendras qu'il est mort et que toutes les bonnes choses qu'il représentait sont passées en toi.

— Je n'en mangerai pas.

— Toi et moi, on va rester à table jusqu'à ce que tu aies fini ton assiette.

Minnie posa son verre sur la table d'un geste brutal. La glace frémit en guise de protestation.

Ils ne bougèrent pas avant qu'elle ait fini son gin-tonic. Le garçon s'attendait à ce qu'elle se lève pour s'en préparer un autre, lui signifiant par là même qu'il pouvait quitter la table ; au lieu de quoi, elle laissa le verre à sa place, vide. Puis regarda le garçon et cligna lentement des paupières. Le temps semblait les envahir, comme la mousse envahissait les pierres, dans la cour. Daniel fixa le poulet froid et les légumes, se demanda s'il pourrait avaler sans mâcher, comme une pilule.

— Et si je mangeais les pommes de terre et le maïs ?

— Tu n'es pas idiot, comme garçon, alors pourquoi poses-tu cette question ? Tu sais très bien que ce ne sont pas les légumes qui m'importent. Cette poule que tu as tuée, tu ne vas pas en laisser un morceau. C'est grâce à ces volailles que je gagne ma vie : cela dit, ce n'est pas ça la raison de ma colère. Tu sais très bien que les poules passent à la casserole en temps et en heure. Je les chouchoute, je les aime – mais il est exact que nous finissons toujours par les manger. La différence, c'est que je les tue proprement. Je n'y mets ni brutalité, ni haine, ni colère. Puisque celle-là est morte, je ne vois pas pourquoi nous ne la mangerions pas. Mais je veux que tu comprennes bien qu'elle a perdu la vie par ta faute. Tu l'as tuée. Si tu t'étais abstenu, nous aurions pu ramasser ses œufs demain matin. Je sais que tu as vécu des moments difficiles, Danny. Et tu peux m'en parler quand tu veux, à tout moment. Je sais que tu es en colère, et que c'est parfaitement justifié. Je ferai tout ce que je peux pour t'aider, mais tu n'as pas le droit de massacrer mes poules chaque fois que tu te sens malheureux.

Les larmes coulaient sur le visage de Danny. Il pleurait comme le font les enfants plus jeunes, tassé sur sa chaise, vagissant tristement, la lèvre humide. Il se mit le bras devant les yeux, pour ne plus voir Minnie.

Quand son chagrin se fut calmé, il rouvrit les yeux et s'emplit les poumons d'air pur. Elle était restée à table, avec son verre vide, ses yeux bleu acier dardés sur le garçon.

— Calme-toi, voilà. Retrouve ton souffle et mange-moi ce poulet.

Vaincu, il se redressa sur sa chaise et prit ses couverts. Il coupa un petit morceau de blanc et le posa sur sa fourchette. Le bout de viande lui effleura la langue ; il ferma la bouche.

CULPABILITÉ

1

UN COUP D'ŒIL AU RÉVEIL apprit à Daniel qu'il était près de trois heures du matin. La pièce était nimbée d'une lumière froide et bleue. Était-ce de la lune ou des lampadaires qu'émanait cette lueur glaciale, austère ? Il avait travaillé jusqu'à dix heures, avait dîné dans son bureau et était passé à la Couronne prendre une bière, sur le chemin du retour. Les lanières d'un désir fortuit lui cinglaient le corps mais la tension du jour l'avait vidé ; et se retournant sans cesse dans le sillage de ces fatigues, il se sentait léger.

Dans la pénombre, il resta couché sur le dos, les mains croisées derrière la nuque. Il songea à ces années où Minnie ne lui avait inspiré que colère, puis à celles qui avaient suivi, marquées par le dédain. Oui, c'était ainsi qu'il s'en était défendu ; par la colère puis par le dédain. Maintenant qu'elle était morte, sa colère demeurait, mais comme détachée de son embarcation. À demi assoupi, il la vit flotter puis gîter.

Il avait choisi de la laisser seule ces années durant : à présent, le deuil était difficile. Pour la pleurer, il fallait s'en souvenir – et cet effort de mémoire n'était que chagrin. Il se rappela ses examens de fin d'études, ses premiers pas de jeune avocat à Londres. Tout cela sans Minnie. Il avait été fier de pouvoir subvenir à ses propres besoins. Après avoir rompu les ponts avec elle, il avait travaillé pour payer ses études, puis avait trouvé un poste dans un cabinet de Londres, trois mois seulement après l'obtention de son diplôme. Il s'en était attribué tout le mérite à l'époque, mais, dans la pénombre de la nuit, il fut assez franc avec lui-même pour se demander s'il aurait eu le courage d'aller à l'université sans Minnie.

Il sentit l'obscurité tracer des cercles autour de lui puis s'abattre sur sa poitrine, cagoulée, mauvaise, noire et luisante tel un corbeau. Daniel posa la main sur son torse nu, comme pour atténuer la brûlure de ses griffes.

C'était lui qui avait quitté Minnie et cependant son ultime départ, à elle, lui semblait plus pesant encore. Incapable de rester immobile dans ses draps, il sentit la mort rôder. Oui, sa mort à elle était plus accablante, sombre – un oiseau de proie se profilant sur le ciel nocturne.

Trois heures dix.

Les yeux et la bouche grands ouverts, il se souvint du meurtre de la poule. Il se rappela ses mains d'enfant démantibulant le cou de la bestiole qu'elle aimait tant. Il se redressa sur son séant, laissant pendre ses jambes sur le bord du lit. Il resta ainsi un long moment, le torse courbé sur les genoux. Et comme rien d'autre ne pouvait l'apaiser, il enfila un short et des tennis et sortit courir.

Quand il jeta un coup d'œil à sa montre, il était quatre heures. L'air presque automnal du petit matin glissait, tiède et rafraîchissant, sur la peau de son visage. Il sentit l'odeur aquatique des jets d'eau en passant devant l'étang, puis celle des feuilles couvertes de rosée. Le choc de ses pieds sur le chemin, le réchauffement de ses muscles le remplissaient d'énergie ; il courut plus vite que d'ordinaire, d'une foulée plus longue, le torse penché accélérant sa course. Et pourtant, même à cette allure, des images lui revinrent, troublant sa concentration. Il revit son cercueil puis Minnie, en bottes, les mains sur les hanches, les joues rosies par le vent, Blitz courbant la tête avec déférence lorsqu'elle entrait au salon, le stand au marché, couvert de boîtes d'œufs frais, sa chambre d'enfant, avec le papier aux boutons de roses.

Il avait été un sauvageon. Qui d'autre que Minnie aurait pu accueillir un tel garnement ? L'assistante sociale l'avait bien prévenu. Minnie était la seule à vouloir le prendre.

Bien qu'il soit déjà à bout de souffle, il accéléra le rythme. Les muscles de son abdomen et de ses cuisses étaient chauffés à blanc. Un point de côté lui brûla le flanc et s'il ralentit pour calmer la douleur, il ne s'arrêta pas. Il respira plus lentement, plus profondément, comme on le lui avait enseigné : le tiraillement ne disparut pas pour autant. Dans les ténèbres du parc, des SDF se pelotonnaient sur les bancs froids, des journaux étalés sur leurs visages.

Daniel était écartelé entre son point de côté et la douleur insidieuse qui s'emparait de lui chaque fois qu'il pensait à Minnie. C'était elle, la coupable, et cependant, depuis sa mise en accusation aux obsèques, il lui fallait considérer son propre rôle dans la mort de Minnie. Après tout, il l'avait fait souffrir en connaissance de cause. Il était parfaitement conscient de l'avoir punie. Elle le méritait.

Le méritait. Daniel trébucha, puis se mit à marcher. Il était à plus d'un kilomètre de son appartement. La nuit consentait à présent à rosir vers l'est, honteuse, réticente. Point du jour. Après son point de côté, le terme était curieusement approprié : petite violence de la venue du jour nouveau. Le ciel bleu marine s'ensanglantait petit à petit. Il marchait les mains sur les hanches, le souffle lourd, la sueur coulant entre ses omoplates. Il n'était guère prêt pour cette journée-là, épuisé avant même qu'elle ait commencé.

De retour chez lui, il transpirait à grosses gouttes. Il but un demi-litre d'eau, prit une douche plus longue que de coutume, le visage sous le jet d'eau. Grâce à la course, le sang battait lentement dans ses veines : mais pour une fois, l'exercice avait été impuissant à le rasséréner. Daniel avait toujours couru – toujours fui. Fui la maison de sa mère et les petits amis qui y habitaient. Fui ses familles d'accueil pour retrouver sa mère. Fui Minnie pour décamper à Londres, à l'université. Il avait toujours envie de courir, en ressentait encore le besoin, la faim rageuse qui tendait ses muscles, mais vers quoi courir désormais ? Que fuir ? Sa mère était morte, Minnie aussi, à présent. Celle qu'il avait aimée et celle qui l'avait aimé n'étaient plus, ni l'une ni l'autre – de même son amour et l'assurance de pouvoir être aimé.

Tout en s'habillant, il rouvrit le carton qu'elle lui avait légué et sortit la photographie qui représentait Minnie avec sa fille et son mari. Pourquoi lui avoir légué ce cliché ? Les instantanés sur la plage, avec lui et Minnie, le stand au marché, la basse-cour, ça, il comprenait. Le cadre sur la cheminée l'avait toujours fasciné, parce qu'il y voyait une Minnie jeune, une bonne mère et une famille idéale. Un phénomène qui avait obsédé le jeune Daniel. Enfant, il dévorait les familles du regard dans les bus, dans les parcs, étudiant les interactions entre enfants et parents, entre pères et mères. Il voulait comprendre ce à quoi il n'avait pas eu droit.

Les sourcils froncés, Daniel posa le cadre sur le dessus de sa cheminée, tout contre la chope de l'équipe de Newcastle.

Il boutonna sa chemise et avala son petit déjeuner. À cinq heures trente, il était prêt. Il serait au bureau à six heures. Une idée lui vint pendant qu'il se brossait les dents. Après avoir fourré quelques dossiers dans son attaché-case, il rouvrit le carton et en sortit le papillon. Sans savoir pourquoi, il le glissa entre deux dossiers.

À Liverpool Street, en sortant du métro, il acheta le journal. Il lui arrivait rarement d'être aussi matinal au bureau. Le journal lui-même semblait frais, chaud comme un croissant. À quelques pas de la station, il y avait un café déjà ouvert. Il s'offrit le luxe de traîner un moment au lieu de monter le gobelet au bureau et ouvrit le journal en sirotant son expresso.

Page quatre du *Daily Mail*, le gros titre lui sauta aux yeux. L'ANGE DE LA MORT. Il soupira.

> *Il y a une semaine, le corps sans vie du petit Ben Stoke, âgé de huit ans, était retrouvé dans Barnard Park, à Inslington. L'enfant avait été battu à mort. On apprend aujourd'hui qu'un garçon de onze ans, originaire, semble-t-il, du quartier, a été arrêté dans le cadre de l'enquête sur ce crime effroyable.*
>
> *Le Ministère public confirme avoir demandé au commissariat d'Islington l'inculpation de ce jeune suspect. Le corps du petit Ben Stokes avait été retrouvé sur une aire de jeu.*
>
> *« Nous avons donné l'autorisation à la police d'inculper un garçon de onze ans pour le meurtre de Ben Stokes, huit ans », a simplement déclaré Jim Smith, représentant du Ministère public.*
>
> *Le garçon, qui ne peut être nommé pour des raisons légales, a comparu vendredi dernier devant le juge pour enfants au tribunal de Highbury Corner, accompagné d'un officier de sécurité. En chemise, cravate et pull vert, il n'a manifesté aucune émotion pendant l'audience, et notamment lors de la lecture des motifs de l'accusation. Il restera en détention jusqu'à la prochaine audience, le 23 août.*
>
> *Cet enfant, qui habite avec ses parents dans une rue cossue d'Angel, était déjà connu du personnel de son école primaire d'Islington pour ses accès de violence. La mère de l'enfant n'a*

pas voulu répondre aux journalistes qui souhaitaient s'entretenir avec elle. Quant aux parents du petit Ben, ils étaient trop bouleversés pour recevoir la presse. « La mort de notre cher fils Ben nous accable de chagrin, mentionnent-ils dans un bref communiqué. Nous ne connaîtrons pas de répit tant que la personne qui a causé sa mort n'aura pas comparu devant la justice. »

Ce crime – qui rappelle par certains détails celui dont avait été victime en 1993 le petit James Bulger, assassiné par deux garçons de dix ans – a provoqué une onde de choc dans le pays. Le Premier ministre, David Cameron, et le ministre de l'Intérieur, Theresa May, l'ont tous deux jugé « effroyable ».

Daniel desserra son nœud de cravate et glissa le journal sous son bras. Le café était en train de refroidir ; il finit de le siroter en montant au bureau. Ce n'était pas la première apparition de l'affaire dans les médias : il y avait eu des entrefilets dans la presse locale au moment de l'audience de maintien en détention. Avec une différence de taille. Cette fois-ci, Sebastian faisait les gros titres.

Voilà, ça commence, se dit-il. *C'est déjà parti.* Le soleil brillait sur la ville et cependant la journée semblait à peine entamée. Son estomac était lourd de fatigue ; il aurait presque aimé se coucher sur le trottoir et s'endormir, la joue sur le bitume crasseux.

Il fut le premier arrivé au cabinet. Les femmes de ménage étaient encore là, à vider les corbeilles à papier, à nettoyer les plateaux des tables. Daniel finit son café dans son bureau tout en lisant le dossier de l'accusation, lequel contenait plusieurs clichés du cadavre supplicié du petit Ben. Le premier d'entre eux montrait la scène du crime : la tête de l'enfant ensevelie sous la brique et les bouts de bois dont le meurtrier s'était servi, comme si ce dernier avait voulu faire un autel autour de ce corps fluet. Les photographies prises lors de l'autopsie montraient clairement la gravité des blessures : le nez écrasé, l'orbite fracturée. Le visage ne ressemblait plus à celui d'un enfant, mais bien plutôt à celui d'une poupée, piétinée, déformée. Daniel fronça les sourcils.

Son téléphone sonna juste avant neuf heures.

— C'est Irene Clarke, annonça Stephanie.

— Parfait. Passe-la-moi.

Daniel dressa l'oreille. Hormis une brève rencontre lors de sa soirée de promotion, il ne l'avait pas vue depuis près d'un an. Ils avaient passé la soirée ensemble après la condamnation de Tyrel. Il se souvint de sa petite bouche à la moue sarcastique, de ses sourcils arqués.

— Salut, Danny. Ça va ?

— C'est plutôt à moi de te le demander. Alors, quelle impression ça donne de pouvoir plaider ? Félicitations pour cette belle promotion !

Elle éclata de rire.

— Bah !

— Tu m'accompagnes demain au labo ? fit le jeune homme. Je suis en train d'étudier les rapports.

— Absolument ! D'ailleurs, je t'appelais pour proposer qu'on se retrouve à Green Park, ou je ne sais où, histoire d'y aller ensemble.

— Très bien. Ensuite, je pourrais même aller jusqu'à t'offrir un verre, pour fêter ta réussite.

Il prit plaisir à exagérer son accent du Nord, le sourire aux lèvres, s'attendant à ce qu'elle le taquine d'un « Ben ouais, mec » du meilleur aloi.

— J'ai tellement bossé que je n'y pense même plus, répondit-elle. Mais je suis contente de te voir. Ça fait un bail.

— Je ne peux pas te dire à quel point je suis heureux que tu aies pris le dossier.

Sa franchise lui donna une brève bouffée de chaleur.

— Je ne pouvais pas faire autrement, Danny. Ça touche une corde sensible…

— Je sais. Moi aussi.

Quand il arriva à Green Park, en fin d'après-midi, elle l'attendait déjà. Elle était pâle, l'air fatigué, les cheveux étrangement aplatis, comme si elle venait juste d'ôter sa perruque. Pourtant, quand elle aperçut Daniel, son visage s'illumina. Il l'embrassa sur les deux joues et elle lui serra le haut du bras, laissant glisser sa main jusqu'au poignet du jeune homme, qu'elle étreignit avant de relâcher la pression de ses doigts.

— Mon petit Danny ! Tu rayonnes.

— Toi aussi, répliqua-t-il, ce qui n'était pas un mensonge.

En dépit de ses mèches blondes que la perruque lui avait plaquées sur le crâne et des cernes sous ses yeux, elle avait belle allure dans la rue, la tête penchée pour mieux le contempler. Avec Irene, il avait toujours envie de se tenir droit et de bomber le torse.

Ils descendirent Piccadilly, passèrent devant le Ritz et tournèrent dans Carlton House Terrace. C'était là que le médecin légiste, Jill Gault, avait son cabinet, juste au-dessus de St James's Park.

Le parfum d'Irene lui chatouillait les narines, même lorsque les bus qui les dépassaient crachaient leurs jets de fumée brûlante. Irene et Daniel marchaient au même rythme ; il fut un bref moment décontenancé par cette plaisante harmonie.

En dépit de l'heure déjà tardive, le soleil brillait haut dans le ciel, impitoyable – tel un œil réprobateur. Pénétrer dans les locaux du Dr Gault fut un soulagement : il n'y avait pas d'air conditionné, mais les murs de pierre, épais, y préservaient la fraîcheur. La praticienne les reçut derrière un immense bureau, ses lunettes à la monture épaisse plantées dans sa tignasse rousse et bouclée.

— Puis-je vous proposer du thé, du café ?

Ni l'un ni l'autre n'en voulurent.

Le Dr Gault ouvrit une chemise marron et ramena ses lunettes sur son nez, de manière à pouvoir commenter le rapport d'autopsie de Ben Stokes.

— Des conclusions très intéressantes, commenta Daniel. Vous n'avez aucun doute sur la cause de la mort ? C'est bien un hématome sous-dural aigu consécutif à un coup infligé à la tempe droite de l'enfant ?

La légiste poussa une radio sur le bureau, puis indiqua du bout du stylo la superficie de l'œdème causé par l'hémorragie.

— Vous êtes certaine que l'arme du crime est bien la brique que l'on a trouvée sur la scène du crime ? demanda Irene.

— Oui, les contours correspondent au millimètre près.

— Je vois. Dites-moi si je me trompe, poursuivit Irene. Vous avez pu déterminer l'heure de la mort – autour de dix-huit heures quarante-cinq, mais pas celle où la blessure a été infligée. Est-ce toujours le cas avec cette sorte d'hématome ?

— Tout à fait, fit le Dr Gault en laissant choir son stylo sur la radio.

Après quoi, elle se carra dans son fauteuil, les mains croisées sur le ventre.

— Avec un hématome sous-dural, il est pratiquement impossible de déterminer l'heure du traumatisme initial. Le saignement provoque une pression sur le cerveau, mais il peut se passer entre quelques minutes et dix heures – voire plus – avant que la mort survienne.

— Ce qui signifie que l'agression aurait pu se dérouler vers dix-huit heures ? fit Daniel, un sourcil levé.

— Oui. Ou quelques heures plus tôt.

Les deux avocats échangèrent un regard. Daniel entendait déjà Irene décortiquant cette information devant le jury.

Lorsqu'ils sortirent du cabinet du légiste, il faisait plus frais, même si les rues de la capitale étaient toujours aussi sales, bruyantes, étouffantes. La foule était dense : il était un peu plus de cinq heures et les passants se frôlaient, comme des poissons en bancs. Les voitures klaxonnaient au passage des vélos ; des gens s'égosillaient dans des portables invisibles. Les portes des taxis claquaient, les bus haletaient, inspirant en montée, exhalant en descente ; et dans le ciel bleu, là-haut, des avions se poursuivaient sans un bruit.

— Eh bien, c'était loin d'être inutile, commenta Irene en enfilant ses lunettes de soleil et en ôtant sa veste.

Elle avait les épaules puissantes, musclées, comme une joueuse de tennis, ce qui fit l'admiration de Daniel. Il dénoua sa cravate et la glissa dans sa poche.

— Et si j'offrais un verre à la conseillère de la reine ?

Il n'était pas trop tard pour avoir une table en terrasse. Ils s'installèrent l'un en face de l'autre, sirotant leur bière tandis que les ombres s'étiraient et que les guêpes de la fin d'été, lasses, survolaient paresseusement les verres vides.

— À ta santé, dit Daniel.

Leurs verres s'entrechoquèrent. Elle renversa légèrement la tête, sans le quitter des yeux.

— Alors, Daniel. À ton avis, Sebastian est-il coupable ?

Le jeune homme haussa les épaules. Le soleil lui chauffait le front.

— Il affirme qu'il n'a pas tué Ben et n'en démord pas. C'est un drôle de gamin, mais je crois qu'il dit vrai. Simplement, il n'est pas très clair dans sa tête.

— Je l'ai trouvé déstabilisant, mais le fait est que je… ne lui ai pas vraiment parlé.

— Il est très intelligent. Un enfant unique. Je crois… très seul, sans doute. Il m'a plus ou moins raconté que son père brutalisait sa mère. Ils sont riches, mais je ne pense pas qu'ils soient très heureux.

— Je veux bien te croire. Le père a tout du rustre misogyne. Il ne voulait pas de nous sur le dossier parce que je suis une femme.

— Mais non, protesta Daniel. C'était moi qui ne lui plaisais pas. Il me trouvait trop jeune et sans expérience.

Irene eut un lourd soupir, avant de retrouver plus de sérieux.

— Vu ce que nous a expliqué Gault, Ben aurait pu tout à fait être agressé par quelqu'un d'autre, tu sais. L'alibi de Sebastian…

— … débute à trois heures… et le témoignage de l'homme au chien, qui dit avoir vu Sebastian et Ben se battre bien après trois heures n'est pas très clair. Soit il se trompe, soit la police l'a incité à en rajouter. La description qu'il donne de Sebastian n'est pas très précise… et puis, à cette distance, et avec tous ces arbres… Je suis allé dans le parc. Je suis sûr que nous pouvons démonter son témoignage. Si seulement nous pouvions trouver quelque chose sur les bandes vidéo…

— J'ai tenu à les regarder, pour être sûre de ne rien rater. Et comme toujours, la police ne s'est intéressée qu'aux caméras municipales…

— Il y en avait d'autres ?

— Deux des pubs du quartier ont un système de surveillance. Nous nous sommes procuré les cassettes, pour voir si les garçons figurent sur les vidéos. Et voir également si elles confirment l'histoire de la deuxième bagarre…

— Je sais. Si seulement nous trouvions quelque chose… quelqu'un qui ne serait pas Sebastian sur l'aire de jeu, vers l'heure où…

Elle avait posé son menton sur la paume de sa main ; son regard s'était fait lointain, fixant la rue, les bus, les vélos. Daniel aimait bien son visage, à l'ovale pointu comme une graine de melon. Il la scruta tandis qu'elle se lissait les cheveux derrière les oreilles.

— Je ne suis toujours pas remise de l'an dernier, finit-elle par avouer. Tu y repenses parfois ?

Il hocha la tête avec un lourd soupir en passant sa main dans ses cheveux. Tous deux avaient été horrifiés par une condamnation qui replongeait leur client dans le système qui l'avait corrompu. Tous deux avaient vite succombé au charme de ce grand garçon à la peau tendue et brune comme une châtaigne, au sourire lumineux et vif comme une protestation d'innocence. Il était né en prison d'une mère droguée au crack, n'avait connu que des familles d'accueil. Daniel et Irene s'étaient battus bec et ongles pour lui, mais il était coupable et avait été condamné comme tel.

— Pour ne rien te cacher, j'ai en partie accepté le dossier Croll parce que j'avais perdu le procès de Tyrel, lui confia-t-elle. Je suis allée le voir, il y a un mois. Il attendait le résultat de la demande d'appel… Je lui ai appris qu'il n'y aurait pas de second procès. Il est si maigre…

Daniel détourna le regard.

— Et ce petit-là, poursuivit-elle. Je sais qu'il est censé avoir onze ans, mais il est minuscule… enfin, c'est peut-être le cas de tous les enfants de onze ans ? Je ne me tiens pas au courant… Je veux dire, Tyrel, lui, au moins, il avait déjà une allure de jeune homme.

Daniel avala une longue gorgée de bière.

— Mieux vaut ne pas y penser, dit-il. Les conseillers de la reine ne sont certainement pas censés se soucier de ce genre de détails.

Il cligna de l'œil, le sourire aux lèvres ; elle resta grave, les yeux perdus dans le lointain, hantée par le souvenir.

— Seigneur, on a bu comme des trous ce soir-là. Ma sœur n'arrivait pas à comprendre pourquoi j'étais si abattue. Elle n'arrêtait pas de me dire : Mais enfin, Irene, puisqu'il est coupable – comme si ça avait la moindre importance, comme si c'était contradictoire avec le fait de vouloir le sauver. Je me souviens de l'horrible expression de peur qui lui est passée dans le regard quand le verdict est tombé. Il avait l'air si jeune… À l'époque, je pensais qu'il avait besoin d'être aidé, non pas puni. Je n'ai pas changé d'avis.

Daniel se saisit les cheveux à pleines mains.

— Nous nous sommes peut-être trompés de métier, dit-il avec un petit rire. Nous devrions travailler dans le social.

— Ou faire de la politique et régler le problème une bonne fois pour toutes, répliqua-t-elle, le sourire aux lèvres.

— Tu es une splendide avocate, mais tu ferais une piètre politicienne. Personne ne pourrait te faire taire. Tu t'imagines invitée au *Vingt Heures* ? Tu passerais un quart d'heure à vitupérer. Ils ne t'inviteraient plus jamais.

Elle s'esclaffa, puis le sourire s'effaça de son visage.

— Si Sebastian est innocent, que Dieu le garde ! C'est déjà assez dur pour un adulte d'attendre son procès trois mois en prison.

— Et même s'il est coupable, ce n'est pas facile, répliqua Daniel en vidant sa chope.

— Rien que d'y penser m'est insupportable, remarqua Irene. La plupart du temps, j'apprécie notre système judiciaire. Quand on est avocat comme nous le sommes, c'est nécessaire. Mais le sort qu'il réserve aux enfants – même lorsqu'ils sont presque adultes comme Tyrel, et qu'ils connaissent les règles de la rue… La solution n'est pas là, c'est une évidence.

— Oui, mais voilà, l'Angleterre et le pays de Galles sont en retard sur le reste de l'Europe, loin s'en faut. Dans l'écrasante majorité des autres nations européennes, les enfants de moins de quatorze ans ne peuvent même pas comparaître devant un tribunal correctionnel ou une cour d'assises. (Daniel plaqua ses paumes sur la table.) Ils bénéficient d'un système spécifique, non pénal, et du huis clos. Je sais bien que lorsqu'ils ont commis des actes de violence, l'issue peut être similaire. Ils se retrouvent incarcérés dans des unités de détention pour mineurs. Mais c'est dans un souci de les protéger, et non de les punir par l'enfermement.

— Oui, nous en sommes restés au Moyen Âge, si l'on nous compare au reste de l'Europe.

— Je sais. Comparaître devant une cour criminelle à dix ans. Tu te rends compte… dix ans ! C'est grotesque. En Écosse, avant le début de cette année, c'était même huit ans. Bon Dieu, je me souviens du gamin que j'étais à huit ou dix ans… La confusion, le simple fait d'être encore si petit, encore si… immature. Comment peut-on vous juger responsable d'un crime à huit ou dix ans ?

Irene soupira en opinant du chef.

— Tu sais à partir de quel âge on peut être tenu pour pénalement responsable en Belgique ? demanda Daniel.

— Quatorze ans ?

— Dix-huit ans. *Dix-huit ans*. Et dans les pays scandinaves ?

— Quinze ans.

— Tout juste, quinze ans. Et chez nous, dix ! Mais ce qui me met dans une rage noire, c'est que ce n'est même pas une question d'argent, ou de déficit ou de je ne sais quelle excuse minable du même genre. Dis-moi, quel pourcentage de ta clientèle est issu d'un milieu difficile, marqué par la drogue, les violences conjugales, etc. ? Comme ça, à la louche ?

— Je ne sais pas. Sans doute quatre-vingts pour cent, au bas mot.

— C'est pareil en ce qui me concerne. La plupart des gens que je défends ont vécu une enfance vraiment problématique. Et tu sais combien un gamin perturbé coûte à l'État en frais d'incarcération, sur le long terme ?

Irene plissa les yeux puis haussa les épaules en signe d'ignorance.

— Plus d'un *demi-million* de livres. Une année de psychothérapie revient à dix fois moins que ça, au maximum. Non seulement la prison est un châtiment passé de mode, mais, en plus, elle coûte la peau des fesses. Ces chiffres, ça devrait les convaincre, non ?

— Et c'est moi qui suis une râleuse ! Danny, je passerai au *Vingt Heures* avant toi.

Irene l'enveloppa d'un regard chaleureux et but une gorgée de bière.

— Tu aimes être du côté de la défense, j'ai l'impression. C'est presque inné en toi.

— Oui, c'est ce que je préfère, répondit Daniel, les coudes sur la table. Même si je n'ai pas d'affection pour la personne que je défends, je me force à voir les choses à sa manière. Il faut qu'il y ait présomption d'innocence. C'est équitable, et c'est cela qui me plaît...

— Je sais. Cette équité, c'est la raison pour laquelle nous choisissons cette voie, tous autant que nous sommes. Quel dommage que les choses ne semblent pas toujours aussi justes.

Ils se turent un moment, contemplant la circulation et la foule des gens qui rentraient chez eux.

— Tu sais que les médias vont se déchaîner sur cette affaire. Ce sera bien pire que pour Tyrel. Tu en es conscient, je pense ? finit par demander Irene.

Daniel fit oui de la tête.

— On t'a déjà harcelé à ce sujet ?

— Non, et toi ?

Elle fit un geste évasif de la main, comme pour lui faire comprendre que la curée avait commencé mais qu'elle ne voulait pas en parler.

— C'est pour Sebastian que je m'inquiète. Même si son nom ne figure nulle part, la presse en a déjà fait un monstre... Où est la justice là-dedans ? Son vrai procès n'a même pas commencé !

— Mais c'est un point qui peut jouer en notre faveur, non ?

— Oui, répondit-elle avec un soupir. Nous pouvons demander un ajournement, expliquer que le jury a pu être influencé par ce qu'ils ont pu lire dans la presse avant le procès. Mais tu sais comme moi que ça ne sert à rien. Bien sûr que les médias ne sont pas objectifs, mais ce n'est pas vraiment nouveau. Et puis, au nom de Dieu, à quoi peut nous servir un ajournement alors que le gamin, de toute façon, est en prison.

Son regard se perdit dans le lointain. Peut-être était-elle en train de s'imaginer présentant ces arguments aux jurés. Daniel admira son regard bleu, détaché.

— Tu dois être une des plus jeunes conseillères de la reine désormais, non ?

— Ne dis pas de bêtises. La baronne Scotland a été promue à trente-cinq ans.

— Tu vas avoir quarante ans cette année, c'est ça ?

— Mais non, trente-neuf, espèce de mufle !

Daniel, rouge, détourna la tête. Elle le scruta, les yeux plissés.

— Irene, dit-il en fixant les véhicules qui passaient dans la rue. *Irene*. Ça ne te va pas vraiment, c'est vieux jeu.

— C'est mon père qui a choisi ce nom, répondit-elle, le menton baissé. En hommage à Irène de Rome. Incroyable, non ?

— Pas tant que ça.

— Dans la famille, ils m'appellent presque tous « Rene ». Ce sont les collègues qui disent Irene.

— Alors c'est ce que je suis ? Un collègue ?

Elle finit sa bière, le sourire aux lèvres.

— Non, répliqua-t-elle, les yeux pétillants, la moue faussement modeste. Toi, tu es mon adorable avocat venu du Nord-Est.

Avait-elle rosi ? Il l'espéra. Mais ce n'était peut-être que la bière.

— Comment va ton accent du Nord-Est, au fait ? demanda-t-il.

Elle parvint à se fendre en souriant d'un « Pô mal, genre » passable. Daniel était hilare : à forcer sur les consonnes, avec son accent du sud-ouest de l'Angleterre, elle finissait par sonner comme une native de Liverpool.

Il redevint sérieux.

— Je suis heureux de retravailler avec toi, reprit-il d'une voix douce.

— Moi aussi, dit-elle.

2

— C'EST QUE TU ES UN SACRÉ BONIMENTEUR, TOI. Bien, je t'en prends une douzaine.

Tandis qu'il rendait la monnaie à Jean Wilkes, qui travaillait à la confiserie, Daniel sentit Minnie lui sourire. Quelques semaines auparavant, Mme Wilkes avait réprimandé le garçon pour avoir juré dans la boutique. La bonne dame s'en fut avec ses œufs et Daniel fit le compte des billets et des pièces collectés dans une boîte en plastique, qui avait jadis contenu de la crème glacée. Trente-cinq livres cinquante.

Minnie lui sourit de nouveau et il en eut le souffle coupé. Il continuait de collectionner les signes de pardon.

— Tu es drôlement bon comme vendeur, toi, dit Minnie. Tu sais leur parler. En à peine trois heures, nous avons déjà fait un malheur. Je vais te dire : si nous sommes au-dessus de la moyenne à la fin de la journée, je te donnerai une commission.

— Qu'est-ce que ça veut dire ?

— Si nous avons disons plus de cent vingt-cinq livres dans la boîte, je te donnerai un petit quelque chose.

Daniel inspira profondément, le sourire aux lèvres.

— Oh, tu le vaux bien. La clientèle a l'air de t'apprécier. C'est parce que tu es un beau gars. Tiens, Jean, par exemple. Elle te dévorait des yeux. D'habitude, j'ai du mal à lui tirer un sourire.

Le vent renversa la pancarte qui proclamait : *Flynn Farm – Produits frais*. Daniel la redressa puis se retourna vers Minnie en se tirant le bout des manches sur les mains.

— Je ne l'aime pas.

— Pourquoi ça ?

Minnie notait la vente dans son carnet.

— La bonne vieille Jean, elle ne ferait pas de mal à une mouche.

— Elle raconte des choses horribles sur toi, dit Daniel, une main dans la poche, le regard levé vers Minnie. Tu devrais l'entendre quand elle parle de toi à ses clients.

— Bah, il n'y a qu'à la laisser faire, si ça l'amuse.

— Elle n'est pas la seule. C'est pareil chez les autres commerçants. Et à l'école. Tout le monde dit que tu es une sorcière et que tu as assassiné ton mari et ta fille…

Daniel vit le visage de Minnie s'affaisser, devenir pâteux, comme si elle était morte. Ses joues semblaient pendre plus lourdement que d'habitude. Elle avait pris dix ans.

— Jean dit même que tu as un balai, et tout ça, et que Blitz fait partie de tes amis.

À ces mots, elle éclata de rire, un gros rire de ventre qui lui fit renverser la tête. Elle posa une main sur son estomac et l'autre sur la planche du stand, pour reprendre son équilibre.

— Ils te taquinent. Tu n'avais pas compris ?

Daniel haussa les épaules et s'essuya le nez d'un revers de manche.

— J'sais pas. Alors c'est vrai, t'as pas tué ton mari d'un coup de tisonnier ?

— Mais non, mon petit loup. Tu sais, il y a des gens qui aiment tellement les grands drames qu'ils se mettent à inventer n'importe quoi, tout ça parce que la vraie vie les ennuie.

Daniel fixa Minnie, qui soufflait dans ses mains en tapant des pieds. Désormais l'odeur de son corps le rassérénait, même s'il ne savait pas pourquoi. Il y avait en lui des sortes de spores qui se fiaient à Minnie. Et puis, lorsque le vent soufflait, elles étaient emportées et le garçon ne savait plus que penser.

L'assistante sociale leur avait confirmé l'interdiction qu'il avait désormais d'entrer en contact avec sa mère. Malgré tout, par deux fois depuis qu'il avait tué la poule, il avait filé à Newcastle pour essayer de retrouver sa piste. L'appartement était à présent habité par d'autres gens. Il avait rencontré les voisins : personne ne savait où elle se trouvait. L'homme avec lequel il avait parlé après l'incendie pensait qu'elle était morte, sans doute.

Tricia avait également mentionné à Minnie que le garçon avait été ajouté au registre des enfants adoptables et qu'il pouvait donc partir à tout moment. Malgré cette épée de Damoclès, Daniel commençait à apprécier la ferme, essayait même de mieux se tenir. D'après Tricia, il pourrait, s'il le souhaitait, reprendre contact avec sa mère à sa majorité. En attendant, aucune information la concernant ne pourrait filtrer.

— Mais alors, ton mari et ta fille, comment sont-ils morts ? demanda le garçon en lançant un regard vers Minnie.

Il passa la langue sur ses lèvres que le froid séchait. Minnie, trop occupée à mettre de l'ordre sur le stand et à tirer sur les pans de son manteau, gardait obstinément la tête tournée. Puis leurs regards se croisèrent. Ses yeux, c'est ce que Minnie a de plus dur, songea le garçon. Des iris d'un bleu délavé, en contraste aigu avec les yeux brun foncé du garçon. Parfois, les regarder pouvait même vous blesser.

— Dans un accident.

— Tous les deux ?

Minnie fit oui de la tête.

— Comment ça s'est passé ?

— Danny, quel âge as-tu ?

— Douze ans.

— Je sais que tu n'as pas souvent ri pendant ces douze ans. Je ne veux pas broder sur les choses terribles que tu as vues, ou vécues, ou fait subir à d'autres pendant ce temps-là. Je veux que tu saches que tu peux me parler de tout ce qui t'est arrivé. Tout. Je ne te jugerai pas. Tu peux me parler de ce que tu veux. Mais quand tu seras plus vieux, tu comprendras peut-être qu'il y a quelques événements dont certaines personnes ne peuvent pas parler facilement. Ça leur ferait du bien, c'est possible, mais ça ne rend pas la parole plus aisée. Toi, par exemple, il se peut que tu n'aies pas envie de tout me raconter... des histoires qui se sont passées avec ta mère ou d'autres gens. Tu peux m'en parler, mais si tel n'est pas le cas, sache que je respecte ta décision. Danny, tu as beau n'être encore qu'un petit garçon, tu sais déjà ce que c'est de perdre quelqu'un. Tu le sais mieux que nombre d'autres, j'en suis sûre. Ta mère te manque, je sais. L'absence fait partie de la vie, mais ce n'est pas toujours facile à supporter. Mais sois bien conscient de ceci. Les jours où ta mère te manque le plus, les jours où tu te sens au fond du trou, sache que je connais cette douleur. Parfois, quand nous perdons des êtres qui nous sont chers, le monde devient obscur. Comme si ces gens-là étaient des petites lumières et que leur départ ne laissait que la nuit. N'oublie jamais que nous avons tous cette lumière et cette bonté en nous. Que notre tristesse ne doit pas nous empêcher de procurer du bonheur à d'autres. Et que donner du bonheur, c'est être heureux soi-même...

Elle inspira si profondément que sa poitrine se souleva.

— Quoi qu'il en soit, c'est ce que les morts de Norman et de Delia m'ont enseigné. Malgré tout, je ne suis toujours pas capable de parler de ces événements. J'espère que tu comprendras, mon petit loup. Ça n'a rien à voir avec toi. C'est comme ça que je sens les choses, c'est tout.

Norman et Delia. Daniel répéta ces deux noms en son for intérieur. Soudain, comme la poule qu'il avait tuée, ces vies lui apparurent sous les yeux, rares et tangibles. Delia était aussi pâle que le papillon de porcelaine ; Norman sombre comme le tisonnier avec lequel, disait la rumeur, il avait été frappé à mort.

Daniel hocha la tête et se mit à disposer les œufs dans les boîtes.

— Il était méchant avec toi ? demanda-t-il.

Un filet de morve, clair et salé, lui coula du nez que sa langue arrêta, avant de se courber pour l'avaler. Minnie le surprit à temps et le moucha prestement d'un vieux Kleenex qu'elle gardait dans la manche de sa veste.

— Tu veux dire, Norman ?

— Oui.

— Seigneur, non ! C'était le meilleur homme que cette terre ait porté. Un vrai gentleman. Le grand amour de ma vie.

Daniel, les sourcils froncés, se frotta le nez d'un revers de manche.

— Changeons de sujet. Ça ne fait du bien à personne de ressasser les vieux souvenirs.

À la fin de la journée, Daniel aida Minnie à charger les invendus dans la voiture, avec les pancartes et la boîte qui servait de caisse. Il s'installa sur le siège du mort tandis qu'elle se glissait non sans effort à côté de lui. Elle mit le contact, le souffle lourd, ses seins, moulés dans sa veste en grosse laine, pressant sur le volant. La voiture démarra à la troisième tentative, tandis que Daniel, à la recherche d'un air qui lui plaisait, tripotait le bouton de l'autoradio. La réception était mauvaise.

— Mets ta ceinture, dit Minnie.

— D'ac, répondit Daniel. Dis, est-ce que tu peux régler l'antenne comme la dernière fois, qu'on puisse écouter la radio en rentrant ?

Il aimait bien être en voiture avec Minnie, sans trop savoir pourquoi, cependant. Elle avait une façon de conduire nerveuse, brutale ; quant à la voiture, elle semblait plus vieille que sa propriétaire. Quand ses doigts se crispaient sur le volant et qu'elle accélérait, ça devenait presque excitant. S'insinuait même dans l'habitacle un vague parfum de danger. Minnie sortit du véhicule pour redresser l'antenne, fabriquée avec un cintre en fil de fer. Lorsque la réception fut revenue à la normale, Daniel leva le pouce à son attention.

Ils traversèrent la ville. Le pot d'échappement était troué, de sorte, constata Daniel, que le véhicule ne passait pas inaperçu. Repensant à la commission qui devait lui revenir, une fois les comptes faits, il se mit à chanter sur le morceau qui passait à la radio, une chanson de Frankie Goes to Hollywood. Le garçon se pencha en avant pour battre le rythme de ses index sur la boîte à gants.

Minnie lui jeta un coup d'œil, avant de donner un brutal coup de volant.

— Qu'est-ce que tu fiches ? Hein, mais qu'est-ce que tu fiches... Bon Dieu, qu'est-ce que je t'ai dit ?

Elle hurlait. Daniel se recula au fond du siège.

L'auto remonta la Grande Rue vers Carlisle Road, longeant les véhicules garés contre le trottoir. Minnie braqua de nouveau lorsqu'une camionnette démarra en face de chez Bertie, un des *Fish and Chips* du bourg, et fut réprimandée d'un violent coup d'avertisseur. Elle sursauta tant et si bien que la voiture se déporta de l'autre côté de la chaussée, près du croisement avec Longtown Road. Daniel posa la main sur la boîte à gants ; Minnie donna un coup au volant et l'auto dérapa, évitant la camionnette, avant de heurter la rambarde, de l'autre côté du carrefour. Daniel fut projeté tête la première sur le tableau de bord.

La main sur son front tuméfié, Daniel se recroquevilla tout contre le levier de vitesse. Minnie regardait droit devant elle, la poitrine haletante, les doigts encore crispés sur le volant. Le garçon éclata de rire. Sa tête lui faisait mal, mais il trouvait sa situation et celle de la voiture plutôt drôles.

Les rythmes généreux de Frankie Goes to Hollywood semblaient trop sonores pour la petite auto.

La respiration de Minnie s'apaisa et elle lui tendit le bras. Sans doute, se dit Daniel, allait-elle lui caresser le front, lui demander comment il se sentait. Au lieu de quoi, elle le souleva par les bras et le hissa sur son siège.

— Pour l'amour de Dieu, où avais-tu la tête ? hurla-t-elle en le secouant.

Malgré tout ce qu'ils avaient déjà vécu, jamais elle n'avait élevé la voix. Le garçon dressa les épaules et détourna la tête. Il lui fallait presque loucher pour continuer à la voir. Les yeux de Minnie étaient écarquillés, ses lèvres découvrant ses dents.

— Qu'est-ce que je t'ai demandé de faire ? *De mettre ta ceinture,* il me semble. Tu dois toujours mettre ta ceinture. Tu te rends compte de ce qui peut arriver si… ?

— J'ai oublié, chuchota Daniel.

Elle l'empoigna par les épaules. Sous le tissu du blouson, le garçon sentait la pression de ses doigts.

— C'est une règle de base. Il faut que tu fasses ce que je te demande. Il faut que tu mettes ta ceinture de sécurité. N'oublie jamais.

— Bien, balbutia Daniel, puis, un peu plus fort : C'est d'accord.

Minnie se détendit. Sa pression sur les épaules du garçon se fit plus légère. Elle était à bout de souffle, les yeux baissés, perdue.

— Simplement, je ne veux pas qu'il t'arrive quoi que ce soit, murmura-t-elle en l'attirant vers lui. Tu comprends ? Quoi que ce soit.

Daniel sentit son haleine chaude dans ses cheveux.

Elle éteignit la radio. Ils restèrent immobiles, silencieux, quelques instants. Daniel déglutit.

— Allez, maintenant, mets-la, dit-elle.

Il s'exécuta, bouclant la ceinture avec un claquement sec.

Elle sortit pour examiner le pare-chocs et le capot, puis réintégra l'habitacle. Avant de redémarrer, elle se racla la gorge. Ses doigts tremblaient sur le volant. Le garçon se frotta les bras, à l'endroit où elle les avait empoignés. Ils n'échangèrent plus un mot avant la ferme.

Daniel alla nourrir les animaux tandis que Minnie préparait à dîner. Quand il revint, en chaussettes, foulant la poussière du carrelage, elle se préparait à boire. Ces derniers temps, elle attendait la fin du dîner. Ce jour-là, pendant que Daniel grattait le ventre que Blitz lui présentait de tout son long, elle versa une bonne rasade de gin dans un grand verre. Il entendit les glaçons siffler et craquer au contact de l'alcool et leva les yeux. Ses mains tremblaient encore.

— Je suis désolé, dit-il en regardant le chien.

Elle but une gorgée, puis expira longuement.

— C'est bon, mon petit loup. Moi aussi, je suis navrée. Je me suis comportée comme une folle. Vraiment.

— Mais pourquoi conduire, alors que tu détestes ça ?

— Tu sais, quand on a peur de quelque chose, le meilleur moyen, c'est de l'affronter.

— Mais pourquoi avoir peur de conduire, à propos ?

— Je ne suis pas sûre d'avoir vraiment peur de conduire. Dans la vie, ce qui nous fait vraiment peur, ce sont des choses qui ont à voir avec notre cœur et ses faiblesses. Tu ne te libères jamais complètement de la peur. Mais ce n'est pas si grave. La peur, comme la douleur, a un rôle à jouer dans ta vie. Elle t'apprend des choses sur toi-même.

— Je ne comprends pas.

— Ça viendra, un jour.

Elle avait préparé du rosbif, des carottes, des petits pois et des pommes dauphine. Daniel fit un peu d'espace sur la table et disposa les sets et les couverts. Les poules voletaient devant la fenêtre tandis que la nuit tombait. Quand ils commencèrent à manger, elle en était à son deuxième gin. Ses mains ne tremblaient plus. Daniel sentit une tristesse familière se poser sur lui, fugitivement, aussi légère qu'un papillon. Sa peau se hérissa. Il empoigna sa fourchette.

— Minnie ?

— Mmmh ?

Elle leva les yeux. Son visage avait retrouvé sa sérénité, ses joues étaient roses.

— Tricia, elle a appelé cette semaine ?

— Non, mon petit loup. Pourquoi ? Tu voulais lui parler ?

— En fait, je voulais lui demander ce qui se passerait si personne ne m'adoptait... Quand est-ce que j'irais à l'internat ? Je voudrais savoir quand ça va se passer.

Il sentit la main toute chaude de Minnie sur son bras.

— Mais tu seras adopté, c'est sûr. Mange.

— Mais si ça ne se produit pas, je peux rester ici ?

— Tant qu'ils n'y trouvent rien à redire, oui. Mais tu seras adopté. Tu aimerais ça, non ? Une nouvelle famille à toi.

— Je ne sais pas trop. Ça ne me dérangerait pas de rester ici chez toi, en fait.

Il baissa les yeux sur son assiette.

— Tu sais, moi aussi j'aime bien t'avoir chez moi, mais je préfère ne pas me raconter d'histoires. Tu mérites bien mieux que ça. Des parents plus jeunes, et pourquoi pas des frères et des sœurs - c'est de ça que tu as besoin. Une nouvelle maison qui te convienne vraiment.

— Mais les nouvelles maisons, j'en ai assez, en fait.

— La prochaine sera la dernière, Danny. J'en suis sûre.

— Et pourquoi ça ne peut pas être ici, la dernière ?

— Allez, mange maintenant. Ça va refroidir.

Ils débarrassèrent et firent la vaisselle ensemble. Daniel essuya les assiettes et les couverts pendant qu'elle se versait un autre verre. Il l'épia du coin de l'œil : ses mouvements s'étaient faits plus lents, plus lourds. Elle alla chercher la boîte qui leur servait de caisse et la posa sur la table basse, près de son gin. Courbée en deux, la respiration bruyante, elle alluma le feu et les charbons, fumants et crachotants, commencèrent à réchauffer le salon. Elle mit un disque de musique classique sur la platine avant de se laisser tomber dans son fauteuil et d'avaler une nouvelle gorgée d'alcool.

— C'est maintenant que je vais avoir ma commission ? demanda Danny en s'agenouillant près de la petite table.

— On va voir. D'abord, je veux que tu comptes. Tu t'y mets, d'accord ?

Le garçon opina du chef. Il sépara les pièces des billets et se mit à les compter à voix basse. Le mouvement lent de la symphonie qu'elle avait choisie ne noyait pas complètement le craquement des braises. Blitz se dressa sur ses pattes avant, comme chaque fois qu'il entendait un disque. Il leva les oreilles et tourna trois fois sur lui-même avant de se coucher aux pieds de Minnie, le museau sur ses griffes.

— Combien ? demanda Minnie lorsque le garçon eut fini ses comptes.

— Cent trente-sept livres et soixante-trois pence.

— Très bien. Remets tout cela dans la boîte, mais garde-toi un billet de cinq livres. Merci beaucoup : tu as travaillé dur.

Il obtempéra. Puis resta assis en tailleur près de la table, les yeux fixés sur le billet.

— Tu as compté très vite. Es-tu certain de ne pas t'être trompé ?

— Certain. Tu veux vérifier ?

— Oui, tout à l'heure. Mais je te crois. Tu en as dans la cervelle, toi. Tu devrais avoir des notes bien meilleures que celles que tu ramènes de l'école.

Le garçon haussa les épaules, puis se hissa sur le canapé. Il s'y coucha de tout son long, les mains derrière la nuque, face à Minnie.

— C'est bien ce que dit ton institutrice : tu connais les bonnes réponses, mais tu ne finis jamais les examens, ni les interrogations. Pareil pour tes devoirs ou les exercices qu'elle te donne. Comment ça se fait ?

— Ça m'ennuie.

Minnie était songeuse. Le menton levé, elle plongea le regard dans l'âtre.

— Pense à ta mère. À ton père, si tu t'en souviens, demanda-t-elle d'une voix douce. Dirais-tu qu'ils ont eu une bonne vie ?

Il attendit qu'elle tourne les yeux vers lui pour lui répondre d'un haussement d'épaules.

— Quand tu penses à la façon dont tu vivras plus tard, Danny, qu'est-ce que tu veux faire ?

— Je veux habiter à Londres.

— Mais pour quoi faire ? Quel métier ? Et ne me réponds pas pickpocket…

— Je ne sais pas.

— Bon : est-ce que tu veux gagner beaucoup d'argent, ou aider les gens, ou travailler en extérieur… ?

— Je veux gagner de l'argent.

— Très bien. Tu pourrais être banquier, alors. Travailler dans la City ou dans Fleet Street…

— Je ne sais pas.

Elle se tut, se retourna vers la cheminée. À présent, il faisait nuit ; le visage de Minnie et le feu se reflétaient dans la vitre du salon.

— Si je regarde ta vie telle qu'elle est à présent, je constate cette chose : c'est la loi qui décide de ton destin. Je ne me trompe pas ? Tu as dû déjà voir plus de salles de tribunal que moi. C'est la loi qui a décrété que, pour ton bien, tu devais être retiré de ta famille. Si ça se trouve, tu ferais un bon juriste. Non seulement tu pourrais avoir ton mot à dire dans ce genre de procédures, mais en plus, tu gagnerais très bien ta vie.

Daniel croisa le regard de Minnie, sans répondre. C'était la première fois qu'on lui parlait de cette façon. Avant elle, personne ne lui avait jamais expliqué qu'il pouvait décider de son propre sort.

— Les années qui viennent seront décisives pour toi, Danny. L'an prochain, tu vas entrer au collège. Si tu réussis tes examens de fin d'études, tu auras le monde à tes pieds. Vraiment, mon garçon, je ne plaisante pas. Tu pourras travailler à Londres et faire exactement ce que tu veux, crois-moi. Ma petite Delia, elle était comme toi. Vive comme l'air. Elle était bonne dans toutes les matières : les maths, l'anglais, l'histoire... Elle voulait devenir médecin. Elle y serait arrivée, elle aussi...

Minnie se retourna vers la cheminée. La chaleur de l'âtre avait envahi tout le salon ; elle avait les joues rouges et luisantes.

— Mais pour devenir juriste, alors, ça se passe comment ?

— Il faut réussir à l'école, mon loup, puis entrer à l'université Pense à tous les gens qui t'ont regardé de haut jusqu'ici. Ça leur apprendrait, non ? Réussir tous tes diplômes et devenir avocat.

Elle glousssa comme pour elle-même, les yeux fixés sur le feu, puis se hissa hors du fauteuil pour aller se verser un énième gin.

— Pense à ta mère : comme elle serait fière !

Daniel était couché sur le divan, absorbé par le spectacle de Blitz qui s'étirait, le museau sur le tapis et les pattes arrière levées. Il se souvint de son placement précédent, du père d'accueil qui l'avait pris par les épaules pour le traiter de petite engeance du diable, de ce petit ami de sa mère qui l'avait giflé et insulté – « petite couille molle » – parce qu'il était sorti lui acheter du papier à cigarettes et n'avait pas rapporté ce qu'il fallait comme monnaie. Il inspira profondément.

— Alors tout ce que j'ai à faire, c'est d'être bon à l'école ?

— Ah, oui, mais ce n'est que la première étape. Et je ne m'embarquerais pas dans ce genre de discours si je ne pensais pas que tu peux t'en donner la peine. Mais je sais que tu as la cervelle bien pleine. Je sais que tu peux leur montrer ce que tu vaux, à tous.

Elle sortit du salon et Daniel l'entendit se préparer son gin dans la cuisine. La chaleur du feu lui baignait la peau, et les mots qu'elle avait prononcés le réchauffaient de l'intérieur. Il se sentait à la fois puissant et bon. Ce qui lui rappelait la sensation qui l'étreignait quand il s'occupait des animaux.

Minnie revint s'installer dans le fauteuil, renversant sur sa veste en s'asseyant quelques gouttes de gin, qu'elle étala sur la laine d'un mouvement de paume.

— Tu penses que si j'étais avocat, je pourrais aider des garçons à rester avec leur mère ?

— Mon petit loup, il y a toutes sortes d'avocats et de juristes. Certains s'occupent du droit des familles ; tu pourrais travailler dans ce domaine, bien sûr. Il y en a d'autres qui sont employés par de grandes compagnies, ou qui se spécialisent dans les affaires criminelles, ou dans les questions immobilières... Tu sais, tout ce qui concerne l'achat de maison.

— Ce serait comme dans *Crown Court* ? Je parlerais face au juge ?

— Oui, tu pourrais faire ça. Et tu serais très fort.

Daniel eut un instant de réflexion. Les glaçons tintaient dans le verre de Minnie.

— Je peux allumer la télé ? demanda-t-il.

— Oui. Arrête le disque, dans ce cas, mais fais bien attention à ne pas abîmer l'aiguille. Tu sais, comme je t'ai appris à le faire.

Daniel sauta sur ses pieds et, d'un geste délicat, leva le bras de la platine. Puis il retira le disque en se servant des deux mains, comme elle le lui avait montré, les doigts posés sur la fine tranche, pour ne pas laisser d'empreintes sur le vinyle, et le glissa dans sa pochette.

Minnie avait une vieille télévision en noir et blanc, avec un bouton qu'il fallait tourner pour trouver les fréquences. Daniel finit par trouver une comédie et retourna d'un bond sur le divan.

— Tu devrais acheter une télé couleur.

— Tu crois vraiment ? J'ai mieux à faire de mon argent. Quand tu seras un riche avocat, tu pourras sans doute nous en offrir une.

Elle lui fit un clin d'œil ; il lui répondit d'un sourire. Il se sentait tout chaud à l'intérieur rien qu'en imaginant de pouvoir rester ici pendant les années à venir, et appeler cette maison la sienne. Il se coucha en chien de fusil devant *Are You Being Served*, se contentant de sourire aux blagues qu'il ne comprenait pas toutes, percevant encore les craquements dans l'âtre et les tintements des glaçons, en arrière-plan. Il se sentait en sécurité, c'était cela le mot, se dit-il. C'était bien cela qu'il éprouvait. Avec elle, il était à l'abri du danger, même si elle buvait trop, conduisait n'importe comment et avait une drôle d'odeur. Il ne voulait pas quitter la ferme.

Lorsque l'émission fut finie, Blitz demanda à sortir. Daniel lui ouvrit la porte de la cuisine. Quand le chien revint, Daniel verrouilla la porte derrière lui et prit un biscuit dans la boîte. Au salon, le verre de Minnie était vide ; ses joues étaient trempées de larmes.

Tandis qu'il la regardait, il sentit la chaleur qui l'habitait faiblir. Minnie avait les yeux fixés sur la télévision mais il savait très bien qu'elle ne la regardait pas. La lumière grise luisait sur son visage. Le garçon s'approcha du feu et se tint un moment dos à la cheminée, les mollets caressés par l'air brûlant.

— Ça va ? demanda-t-il.

Elle se passa la paume sur les paupières, d'un côté puis de l'autre ; d'autres larmes succédèrent aussitôt à celles qu'elle avait chassées.

— Désolée, mon petit. Ne fais pas attention. Je repensais à la journée. C'est que tu m'as donné une de ces frousses, vrai ! Je t'en supplie, promets-moi que tu mettras toujours ta ceinture, même dans les autres voitures. Tu promets ?

Elle se pencha, les phalanges crispées, blanches, sur les accoudoirs du fauteuil, les lèvres humides de larmes ou de salive.

— Je te le promets, répondit le garçon d'une voix douce. Je vais me coucher.

— Très bien, mon lapin. Bonne nuit.

De la manche droite, elle s'essuya les yeux – une fois, deux fois, trois fois.

— Et n'oublie pas de mettre les cinq livres dans ta tirelire. Ne les emporte pas à l'école pour le dépenser à des bêtises. Viens par ici.

Elle lui tendit la main et le garçon approcha d'un pas lent. Elle lui prit le poignet et l'attira doucement à elle, pour lui planter un baiser sur la joue. Il resta appuyé contre elle une seconde de plus qu'il n'était nécessaire – et contre son visage, le tricot de la veste était rêche d'un côté et tout humide de l'autre.

3

IL ÉTAIT UN PEU PLUS DE NEUF HEURES DU SOIR et Daniel dînait d'un curry thaïlandais acheté dans un restaurant. Il avait un dossier à finir et s'était installé dans la cuisine, son ordinateur portable sur la table, une bière à portée de main – il fallait simplement veiller à ne pas renverser de sauce sur le clavier. La radio était allumée en fond sonore, tout juste audible. Il avait rendez-vous au tribunal le lendemain matin pour une affaire de vol à l'étalage. Daniel avait expliqué à sa cliente, une mère de quatre enfants, qu'il espérait lui éviter une peine de prison. Les pièces du dossier sous les yeux, il prenait quelques notes.

Sebastian, lui semblait-il, accaparait son temps plus qu'il n'était nécessaire. Daniel préparait toujours ses audiences avec le plus grand soin – ce qui était, une fois de plus, le cas –, mais la pensée du petit Croll ne cessait d'interrompre ses raisonnements.

Il essaya de se concentrer sur ses notes : ses pensées cependant revenaient toujours sur le vide qui l'habitait. Depuis qu'encore adolescent il avait quitté Minnie, il s'était habitué à la solitude. À l'université, au bureau, il avait toujours traîné la réputation d'un ermite, d'un briseur de cœur incapable de s'attacher à qui que ce soit, homme ou femme. Farouchement indépendant. Farouchement seul. Ne se fiant qu'à sa propre étoile.

Daniel se rappela Harriet, la sœur de Minnie, dressée sur la pointe des pieds, le regard dardé sur lui. *J'espère que tu as honte de toi, mon garçon.* Puis la petite femme repartant, tranchant l'air de sa canne, martelant le pavé sonore du parking de la maison mortuaire.

Harriet

Daniel se rappela une de ses visites et le trajet jusqu'à Carlisle pour aller la chercher – encore une épreuve : les phalanges de Minnie sur le volant, crispées, blanches, le grondement de la Renault tandis qu'elle entrait sur l'autoroute en troisième vitesse.

Harriet était la petite sœur de Minnie, et, comme elle, infirmière, joviale et solide buveuse. Daniel se souvint de ses baisers parfumés au Canada Dry et de ce qu'elle apportait quand elle venait, tous les ans ou tous les deux ans : tricots faits main et bocaux de confiseries.

Il finit son curry et repoussa l'assiette, puis s'essuya les lèvres et alla chercher le carton de Minnie dans le salon, pour y récupérer son carnet d'adresses. Y figuraient principalement des fermiers de Brampton, mais il finit par dénicher Harriet – *Harriet MacBryde* – sous son nom de jeune fille, quoi qu'elle fût mariée et mère de famille. Il avait vu les photos prises chez elle, à Cork. Il poursuivit son exploration, s'arrêta vers la fin sur un nom qui lui était familier. Tricia Stern.

Tricia. Daniel se souvenait encore du jour où elle l'avait emmené chez Minnie, du jour où il avait vu la ferme pour la première fois. Figuraient dans le carnet le numéro de téléphone et l'adresse des services de protection judiciaire de l'enfance de Newcastle, et des services sociaux tout court.

Il reprit son examen à la lettre A, s'attarda plus longuement sur les pages. *Jane Flynn* – un numéro de téléphone à Londres, une adresse postale dans Hounslow. Flynn était le nom de femme mariée de Minnie : Minnie Flynn, Norman Flynn, Delia Flynn – les Flynn de Flynn Farm. Sans doute était-ce une parente de Norman, conjectura Daniel. Minnie, cependant, ne l'avait jamais mentionnée. Rien d'étonnant à cela – elle ne pouvait parler de son mari sans que les larmes lui montent aux yeux.

Il était tard ; Daniel n'avait pas de temps à perdre. Trop de pain sur la planche : comme il était parti, il ne se coucherait pas avant deux heures du matin. Et pourtant, les questions affluaient. Pendant des années, il avait essayé de tenir Minnie à l'écart de ses pensées : maintenant qu'elle était morte, elle l'aimantait irrésistiblement. Pourquoi lui avait-elle fait mal ? Et pourquoi cette souffrance était-elle si grande ? Ces questions venaient trop tard.

Daniel inspira profondément. Il feuilleta rapidement le carnet, la paume sur le front, les doigts plongés dans les cheveux.

Il attrapa son téléphone et composa le numéro de Harriet MacBryde, à Middleton, Cork, d'une main, la bière dans l'autre. Il s'arrêta avant le tout dernier chiffre et raccrocha. Harriet n'aurait sans doute aucune envie de lui parler, se dit-il. À ses yeux, il était celui qui avait mal fait, celui qui devait demander pardon – le coupable, en somme. Qu'attendait-il d'elle ? Connaître Minnie, comprit-il soudain – savoir qui elle avait été, au-delà de cette femme aux larges hanches qui l'avait materné et sauvé de lui-même.

Il plongea les mains dans ses cheveux et laissa échapper un lourd soupir, avant de reposer le téléphone et de retourner à ses dossiers, se préparant à une longue nuit de travail.

Le Ministère public avait commandé une expertise psychiatrique du jeune Sebastian. L'enfant était sain d'esprit, signalait le rapport, et apte à subir un procès. Daniel quant à lui avait eu recours aux services d'un psychologue. Le spécialiste avait rencontré Sebastian à Parklands House ; son rapport était parvenu au cabinet Harvey, Hunter & Steele une semaine plus tard. Daniel glissa le document dans son attaché-case en se mordant les lèvres. Qu'avait-il espéré de cette expertise ? Lors de leurs entretiens, il se sentait parfois curieusement en phase avec son jeune client. À d'autres moments, cet enfant qu'Irene avait jugé *déstabilisant* le mettait lui aussi mal à l'aise.

Dans les toilettes pour hommes, Daniel rajusta son nœud de cravate et mit un peu d'ordre dans ses cheveux. Il était seul : il regarda son reflet une seconde de plus qu'en temps normal, sans sourire, tentant de percevoir son visage comme les autres, l'imaginait-il, le voyaient. Un visage fatigué, aux joues amaigries, des cernes sous les yeux sombres. Il se souvint du sauvageon qu'il avait été. Cette révolte, il savait d'où elle venait, mais qu'en était-il advenu ? Penché vers la glace, il passa l'index sur l'arête de son nez, sentit la petite bosse qui l'ornait, séquelle, selon lui, d'une fracture qui datait de son enfance.

Daniel devait se rendre à Old Bailey pour un court entretien de préparation d'audience ; après quoi, il avait rendez-vous avec le psychologue. Il était en retard et dut courir jusqu'au métro, dévaler l'Escalator, remonter en courant – heurtant au passage la hanche d'une femme de son attaché-case. Il s'excusa, refit surface à Saint Paul et marcha jusqu'à Old Bailey.

Il était plus de quatre heures lorsqu'il en eut fini avec les formalités de la Cour criminelle et put filer à Fulham, où le psychologue, un certain Dr Baird, avait son cabinet. Irene avait eu un empêchement et seul Mark Gibbons, son assistant, était venu.

Daniel avait imaginé un psychologue plus âgé que cet individu au teint pâle, au nez couvert de taches de rousseur qui couraient ensuite sur son front et jusqu'à la racine de ses cheveux blond-roux, déjà clairsemés. Baird paraissait nerveux.

— Puis-je vous offrir du thé ou du café ? proposa-t-il en haussant ses sourcils fins et presque incolores comme si l'un d'entre eux venait d'émettre une remarque digne d'intérêt.

Daniel déclina l'invitation, tandis que Mark, après s'être raclé la gorge, acceptait un thé.

Le rapport du psychologue, tout impartial et professionnel soit-il, offrait également une perspective plus subjective de la personnalité de Sebastian. S'il pouvait aider ses défenseurs en ralliant le jury à la cause du garçon, ni Daniel, ni Irene ne s'étaient encore décidés à l'utiliser devant la cour. Baird avait estimé que Sebastian était en mesure d'être jugé devant le tribunal des adultes, tandis que Daniel aurait souhaité que le rapport montre son client comme le petit garçon qu'il était – très peu préparé aux rigueurs du tribunal. Seb, selon le psychologue, était un enfant intelligent, à l'esprit vif : encore fallait-il espérer que ces considérations positives puissent contrebalancer dans l'esprit du jury les témoignages collectés par le Ministère public, lesquels dressaient le portrait d'un élève violent, brutal avec ses camarades. Bien sûr, il était préférable que les faits seuls puissent prouver l'innocence de l'enfant, auquel cas il ne serait pas nécessaire de faire appel à l'unique compréhension.

Armé de poupées et de feutres, le Dr Baird avait rendu visite au petit garçon à Parklands House. Et si son rapport avait tant intéressé Daniel, c'était pour ce qu'il révélait de son sujet.

Tandis que Mark buvait son thé, la tasse tremblant dans la soucoupe, Baird se carra dans son fauteuil, les mains croisées sur une brioche consistante, et se mit à disserter sur Sebastian.

— Il est extrêmement intelligent, comme je l'ai noté dans le rapport. Son QI est de 140. Il savait très bien qui j'étais et ce que je venais faire...

Le docteur n'avait pas l'air très heureux, se dit Daniel.

— *Tu sais ce que je viens faire ici ? demanda le docteur.*

— *Oui, répondit Sebastian. Vous voulez rentrer dans ma tête.*

— On peut dire qu'il fait montre d'une... maturité peu répandue chez les garçons de son âge. Par ailleurs, c'est avec la plus grande vigueur qu'il affirme son innocence.

Baird souligna ce dernier mot d'un haussement de sourcils. Que signifiait cette expression ? L'admiration, l'incrédulité ? Daniel ne sut sur quel pied danser.

— *Sebastian, tu sais de quel crime tu es accusé ?*

— *Oui, de meurtre.*

— *Quel est ton avis à ce sujet ?*

— *Je suis innocent.*

Sebastian connaissait la différence entre le bien et le mal, souligna le psychologue. Elle était très claire pour lui. Il n'ignorait pas que le meurtre et plus généralement la violence étaient choses mauvaises.

Était-ce vraiment cela, se demanda Daniel, ou le garçon n'avait-il fait que se conformer aux attentes du Dr Baird ? Daniel se remémora sa propre enfance, ses propres méfaits – dont certains confinaient au crime. Il n'avait à l'époque pas la moindre notion du caractère immoral de ces actes : il ne s'agissait pour lui que de se débrouiller, de se protéger ou de se venger. C'était Minnie qui l'avait aidé à distinguer le bien et le mal.

Daniel feuilleta le rapport dont il avait souligné quelques passages avant la réunion.

— Dr Baird, vous écrivez que vous ne pouvez pas préjuger des réactions de Sebastian en cas de crise émotionnelle, mais que vous avez le sentiment que même dans ces circonstances, « il comprendrait l'effet et la portée morale de ses actes ». Que voulez-vous exactement dire par là ?

— Eh bien, cela signifie que j'ai rencontré ce garçon à deux reprises et que je m'estime capable d'affirmer qu'il connaît la différence entre le bien et le mal, même si je suis bien conscient qu'il faudrait étudier ce sujet plus en profondeur avant de tirer des conclusions définitives sur son système de valeur et sur son comportement en cas de grande pression émotionnelle.

— Je comprends. Vous dites qu'il est… (Daniel se pencha sur le dossier et lut :) « Incapable de gérer et de comprendre les émotions fortes et qu'il est sujet aux violentes colères et aux démonstrations de larmes. » Est-ce que cela a un rapport avec sa capacité à commettre un crime – brutal, qui plus est ?

— Eh bien, pas vraiment. Il est, à mon sens, intellectuellement mature, voire précoce, mais, comme je l'ai dit, il me semble qu'il est loin d'avoir la même qualité sur le plan émotionnel. Bien au contraire. Nous avons abordé quelques sujets de nature perturbante, ce qui l'a visiblement bouleversé, sans pour autant provoquer de réaction d'agressivité.

Daniel replongea dans le rapport, les sourcils froncés.

— Il y a selon vous des faits de violence dans son entourage ?

— Eh bien oui, répondit Baird en fouillant dans son dossier. Très certainement des problèmes de violence conjugale sous le toit de l'enfant. Nous nous sommes livrés à quelques jeux de rôle avec les poupées, ce à quoi Sebastian était extrêmement réticent pour commencer… finalement, il a bien voulu s'y prêter. Il n'a rien verbalisé – ce qui est également un signe d'immaturité émotionnelle – mais il a selon toutes les apparences fait jouer aux poupées des scènes où son père donnait des coups de pied et des coups de poing à sa mère.

— Il n'y a pas eu de signalement aux services sociaux, s'interposa Mark, qui finissait son thé.

— Exact, reprit Baird. Mais certaines des déclarations de Sebastian sont corroborées par les rapports médicaux.

— Je suis fils unique. Il y avait un bébé, mais il est mort. J'ai posé ma main sur le ventre de maman et je l'ai senti bouger. Puis elle est tombée et elle a accouché d'une chose morte.

— Sebastian a décrit une fausse couche en termes très expressifs. Mme Croll a effectivement accouché d'un enfant mort à plus de six mois de grossesse, à la suite d'un accident domestique, confirma Baird.

Selon le rapport du psychologue, Sebastian avait alors arboré une expression « vide » et avait « émis un petit bruit de succion ».

Daniel toussota et lança un regard à Mark, qui prenait des notes.

— En conclusion, reprit Daniel, vous ne vous ralliez pas au diagnostic du psychologue scolaire, qui mentionne un syndrome d'Asperger ? Le rapport figure dans le dossier de l'école.

— C'est exact. Je n'ai pas trouvé de preuves formelles qui corroborent ce diagnostic, même s'il est possible que Sebastian présente quelques caractéristiques du syndrome.

— Et vous recommandez des pauses fréquentes dans le cours du procès ? poursuivit Daniel. Il est probable que ce soit la procédure normalement adoptée, mais je pense que nous devrions vous demander de témoigner à cet effet. Mark, tu es de mon avis ?

Gibbons opina énergiquement du chef, sa pomme d'Adam roulant, placide, au-dessus de son col de chemise.

— Mais naturellement. Le déroulement du procès doit être adapté en fonction de l'âge de Sebastian et de son état psychologique. Sa grande intelligence lui permettra de bien comprendre ce qui se passe si l'on prend la peine de le lui expliquer ; mais il faut aménager des pauses régulières pour que l'enfant ne soit pas soumis à une tension excessive.

Daniel salua Mark et prit le chemin du retour. Dans le métro, il ferma les yeux, se cala dans son siège, bercé par le roulis du wagon. Il se souvint du sentiment d'impuissance qui l'envahissait lorsque sa mère se faisait tabasser par ses petits amis, puis imagina la scène chez les parents de Sebastian : Kenneth King bousculant Charlotte, et la fausse couche qui en avait résulté.

Une fois rentré, il emporta son attaché-case dans la cuisine et étala les pièces du dossier Croll sur la table, avant d'ouvrir une bière. Après dîner, il repasserait le dossier en revue. Il tomba sur les quelques noms et numéros de téléphone qu'il avait notés la veille au soir dans son carnet – Harriet McBryde, Jane Flynn – et resta un moment à les fixer du regard, ne sachant trop que faire. Harriet lui en voulait et Jane n'avait sans doute jamais entendu parler de lui. Il n'avait de relation familiale ni avec l'une, ni avec l'autre.

Il se doucha, enfila un tee-shirt et un jean. Il traversa le salon pieds nus, prit la photo de la première famille de Minnie, qu'il avait posée sur la cheminée, et l'emmena dans la cuisine où il finit sa bière en scrutant ce visage rayonnant de joie, que les années de vie au grand air n'avaient pas encore tannée.

Il prit une profonde inspiration, décrocha le téléphone puis composa le numéro de Harriet. Tandis que retentissait une sonnerie plus longue qu'à l'ordinaire, il sentit sa poitrine se contracter, sous l'effet de l'attente. Il pianota sur la table : il n'avait préparé aucune entrée en matière. Le téléphone continua à sonner : il était sur le point de raccrocher quand elle répondit enfin.

— Allô ?

Haletante, comme si elle avait dû courir.

— Bonsoir, c'est... c'est vous, Harriet ?

— Oui. Que puis-je faire pour vous ?

La voix de Harriet s'était raffermie, rassérénée. Elle cherchait à reconnaître celle du jeune homme.

— Je suis... je suis Danny. Nous nous sommes croisés à...

Il y eut un long silence, qu'elle finit par rompre.

— Que veux-tu ?

Daniel se pencha sur la table de la cuisine, ramassa le cadre de sa main libre. Il parlait d'une voix calme - celle d'un homme qui n'a pas coutume de demander de l'aide. Il faisait chaud dans la cuisine. Les veines saillaient sur le dos de ses mains.

— Je suis désolé de... ce qui s'est passé quand nous nous sommes vus là-bas. J'étais... enfin, je voulais vous parler de Minnie. J'ai beaucoup pensé à elle ces derniers temps, je me rends compte qu'il y a tant de choses qui m'échappent à son sujet - des choses dont elle ne m'a jamais parlé. Je me demandais si vous...

— Comme j'ai eu l'occasion de te le dire aux obsèques, Danny, ce soudain intérêt est trop tardif. Ton refus de lui parler et de lui rendre visite lui a brisé le cœur. *Brisé le cœur*, tu comprends ? Et maintenant qu'elle est morte, tu voudrais en savoir plus sur cette femme remarquable ? Je pleure la mort d'une sœur que j'ai tendrement aimée ; pour toi, Danny, cela fait des années qu'elle n'est plus. Alors maintenant, *fiche-moi la paix*, pour l'amour de Dieu.

— Je suis désolé, murmura Daniel, mais Harriet avait déjà raccroché.

4

DANIEL REGARDAIT LES ILLUSTRÉS chez le buraliste de Front Street. Sentant un regard peser sur lui, il se retourna : une femme en salopette marron l'observait. Leurs regards se croisèrent ; la femme sourit puis repartit s'installer à la caisse. Le garçon sentit ses joues s'empourprer, brûlantes. Cette Florence MacGregor, il la connaissait. On la surnommait Flo-Mac au village. Une cliente de Minnie, à laquelle elle achetait des œufs et parfois un poulet, en essayant toujours de faire baisser les prix. Elle avait les cheveux très noirs. Elle les teignait, avait dit Minnie au garçon. *Il y a des gens qui ne supportent pas de vieillir. Et pourtant, c'est inéluctable : comme la mort,* avait-elle ajouté.

Flo-Mac, songea Daniel, s'attendait sans doute à ce qu'il parte sans payer. Il était sur le point de commettre un vol pour ne pas décevoir la buraliste, lorsque, roulant le magazine pour le glisser dans sa jambe de pantalon, il se souvint de sa future carrière d'avocat. Ce n'était pas une bonne chose à faire. Il lissa le magazine et fit le compte de ce qu'il avait dans les poches. Il avait de quoi payer.

En se dirigeant vers le comptoir, il entendit Flo chuchoter à l'oreille de sa vendeuse. Daniel ne perçut clairement que ces trois mots : *Flynn, orphelins, honte.*

Il posa l'illustré sur le comptoir.

— Quatorze pence, dit Flo.

— Vous pouvez vous le mettre au cul, hurla-t-il en lui jetant le magazine à la figure, avant de prendre la poudre d'escampette.

À l'école, il joua au football pendant la récréation de midi et marqua deux buts. L'après-midi, il y avait une interrogation écrite en mathématiques. Comme d'habitude, il finit le premier : mais cette fois-ci, il répondit par écrit aux exercices. Après les cours, il demanda à Mlle Pringle de noter sa copie devant lui. Les réponses étaient toutes exactes, si bien que l'institutrice lui donna une étoile d'or, pour qu'il puisse la rapporter à Minnie.

Daniel repartit l'étoile et la copie à la main. Les autres élèves étaient tous rentrés chez eux. Il n'y avait pas un chat sur la Dandy. Billy Harper, assis sur une balançoire, avait l'aire de jeu pour lui seul. Daniel lui fit un geste de la main et le colosse lui répondit de la même manière, tout en se balançant doucement. Daniel se rappela l'été précédent : c'était l'endroit où il avait été rossé. Il avait changé, se sentait plus vieux. Il plia sa copie en quatre et la glissa dans sa poche, puis se mit à courir sur le chemin, faisant halte de temps à autre pour décapiter les marguerites d'un coup de pied.

Quand il arriva à la porte de la ferme, Minnie était occupée à remplacer la paille dans la cabane du bouc. Il la surprit par-derrière et lui enfonça le doigt au niveau de la hanche, qu'elle avait dodue.

— Je me demandais où tu étais passé, toi. Tu as traîné en chemin, comme d'habitude ?

— Non, je suis resté plus longtemps parce que je voulais récupérer mon interro de maths. Regarde !

Daniel extirpa la copie de sa poche.

Elle commença par considérer le bout de papier les sourcils froncés, avant d'en comprendre la signification. Alors, attirant le garçon à elle, elle le prit dans ses bras et le serra si fort qu'il en perdit le souffle et fut soulevé du sol.

— Mais c'est merveilleux, Danny ! Il va falloir fêter ça. Une étoile d'or, ça veut dire tout simplement crumble à la crème anglaise.

Daniel la regarda s'attaquer aux plans de rhubarbe qui poussaient tel du chiendent sur le bord de la basse-cour. Les tiges avaient au moins trois centimètres de diamètre et les feuilles auraient pu servir de parapluie. Elle revint avec trois gros morceaux, lui demanda s'il en voulait un tout de suite. Tandis qu'elle préparait le crumble et faisait chauffer l'huile pour les frites, il s'installa à la table de la cuisine et mangea sa tige de rhubarbe agrémentée de sucre en poudre. Le mélange des saveurs lui rappela ce qu'était le bonheur : heureux, il l'était en cet instant, avec son étoile d'or, l'odeur de friture et le goût amer de la rhubarbe sur sa langue.

Il avait attaqué le crumble lorsqu'elle aborda le sujet, après avoir repoussé son bol. Le garçon, lui, venait d'enfourner un morceau de rhubarbe enrobé de crème.

— Tu te souviens, je t'ai parlé il y a peu de la difficulté qu'avaient les assistantes sociales à trouver des parents adoptifs pour les enfants déjà un peu grands, comme toi.

Daniel s'immobilisa. Son bras se rabattit sur la table, sa cuiller resta en équilibre sur le bord de l'assiette. Il avait la bouche pleine, mais ne pouvait rien avaler.

— Eh bien, apparemment Tricia a trouvé un couple qui serait sans doute intéressé.

Minnie scrutait le visage du garçon pour en tirer une réponse - Daniel sentait les yeux bleu acier chercher les siens. Il était figé.

— Ce sont des gens qui ont des enfants plus âgés, dix-huit, vingt-deux ans, sur le point de partir en fait. Il y avait quatre enfants en tout et il n'en reste plus qu'un à la maison. Ce qui signifie que tu pourras bénéficier d'une ambiance familiale et qu'en même temps, ils s'occuperont bien de toi. C'est mieux qu'ici, avec moi et les animaux qui traînent partout. Qu'en penses-tu ?

Daniel haussa l'épaule droite et baissa les yeux sur son assiette. Il fit de son mieux pour avaler ce qu'il avait dans la bouche.

— Ils habitent à Carlisle, une grande maison. Je suis sûre que tu auras une chambre immense…

— Qu'est-ce que ça peut faire ?

Minnie soupira. Elle tendit la main vers lui ; il recula le bras si brusquement que sa cuillère heurta la table, catapultant un peu de crème anglaise sur le mur et le carrelage.

— Ils veulent que tu passes un moment chez eux, pour voir ce que ça donne, dit-elle. Ils ont proposé le week-end qui vient, que vous appreniez à vous connaître.

Daniel bondit de sa chaise et se précipita à l'étage. Blitz dormait dans un coin de la cuisine et Daniel marcha sur le bout de sa queue au passage. Fut-ce le gémissement du chien ou les appels de Minnie qui accrurent sa colère ? Toujours est-il que dès qu'il fut dans sa chambre, sa rage explosa. Il se mit à tout casser, arracha les tiroirs de la commode, renversa la table de nuit, cassa une lampe – une de plus. Cette fois-ci, pour faire bonne mesure, il piétina l'abat-jour.

Quand Minnie entra, il était recroquevillé entre l'armoire et le lit, roulé en boule comme un hérisson. Il se raidit contre les mains consolantes qu'il sentirait bientôt lui caresser le dos, les cheveux et se plaqua les coudes au thorax. Il avait la même impression que lorsqu'on l'agressait. Deux des petits amis de sa mère l'avaient battu jusqu'à lui faire perdre conscience. À ces occasions, il s'était accroupi dans la même position, coincé entre deux meubles, se protégeant le ventre et la tête, livrant ses épaules et son dos aux coups, jusqu'à ce qu'ils le délogent, hurlant, de son refuge, en l'empoignant par les cheveux.

Ce jour-là, il se déroba de la même façon à la tendresse de Minnie, cabré, les muscles bandés, prêt à se détendre au cas où elle l'aurait approché. Il avait le nez plaqué contre les genoux, s'entendait respirer, sentait sa propre haleine, relevée d'une aigreur qui était celle des nouvelles du jour – ou de la rhubarbe.

Minnie pourtant ne le toucha pas. Les ressorts du lit gémirent : elle venait de s'y asseoir. Elle soupira. Puis le silence se fit.

Il attendit quelques minutes, à faire venir sous ses paupières, en les pressant contre ses genoux, des motifs tournoyants. Ses globes oculaires lui faisaient mal : il poursuivit cependant son manège. La tension exercée sur ses cuisses lui tiraillait le dos. Il releva lentement la tête. Installée sur la courtepointe, elle lui tournait le dos. Elle tripotait l'alliance en or qu'elle portait à la main gauche. Il se prenait maintenant à aimer ses mains, toutes rouges et rugueuses qu'elles fussent. Il aimait les sentir frôler ses joues, ses cheveux, comme si ne pouvaient plus le consoler que des mains calleuses.

Il l'observa, le menton calé sur les genoux. Immobile, de dos, elle fixait quelque vision aérienne. Sa poitrine se soulevait à intervalles réguliers. Le soleil sur son déclin brillait dans ses cheveux, les faisait paraître presque blancs, ayant bu toute la lumière.

— Moi, ce que je veux seulement, c'est rester avec toi, finit-il par avouer.

— Oh, Danny, fit-elle sans se retourner. Je suis si contente que tu aies trouvé tes marques ici. C'était ce que je voulais. Mais là, c'est une vraie chance à saisir. C'est une famille, tu sais. Tu te rends compte, avoir pour toi tout seul deux parents, un père et une mère qui travaillent ? Ça vaut mieux que cette vieille ferme pourrie et cette vieille bonne femme pour toute compagnie, pas vrai ?

— J'aime bien la ferme...

— Mais ce ne sont pas des gens qui passent leur vie dans des bureaux. Ce sont des gens très bien.

— Et alors ? Qu'est-ce que ça fait ?

Elle se retourna et donna une petite tape au lit.

— Allez, viens ici.

Il se détendit puis s'installa à son côté.

— Et tu aurais peur d'un week-end à l'extérieur chez des gens charmants que tu ne connais pas ? fit-elle en lui donnant un petit coup d'épaule. Personne ne te chasse. On t'offre une opportunité, c'est tout.

— Alors, si je ne les aime pas, je peux revenir ?

— Bien sûr, mais qui te dit qu'ils vont t'apprécier, hein ? C'est que tu es un vrai petit râleur, toi !

Daniel sourit enfin et Minnie lui chatouilla de nouveau les coudes. Il se colla contre son vaste corps, logea ses bras entre ses hanches et sa poitrine, le visage appuyé contre la chair douce de son bras.

Le samedi matin, Daniel attendit l'arrivée de la voiture, les coudes sur le rebord de la fenêtre. Sous ses yeux s'étendait le jardin à l'avant de la maison, avec ses rangées de légumes et ses plans de framboisiers. Tout au bout, la griffe rabougrie du sorbier jaillissait de la terre, ses tendons désespérément tendus ornés de baies rouge sang. Jim et Val Thornton : tels étaient les noms de l'homme et de la femme qui venaient le voir. Ils n'étaient pas encore en retard, même si Daniel les attendait depuis une heure. La voiture n'apparaissant toujours pas, il fixa le sorbier qui le saluait de ses branches mues par le vent. Il se souvint d'y avoir grimpé pour ramasser les baies, de Minnie lui apprenant qu'elles étaient vénéneuses. Les sorbiers protègent des sorcières, lui avait-elle appris : comment pouvait-elle en être une, en ce cas ? Sous le regard du garçon, moineaux et pies dépouillaient l'arbre. Comment de si petits oiseaux pouvaient-ils se gaver sans danger de fruits qui, selon Minnie, étaient fatals à l'homme ?

Telle était la question qui lui tournait dans la tête lorsqu'une grosse voiture noire se gara devant la ferme. Il se dissimula dans un pli du rideau, sans cesser d'épier le grand type blond qui venait de sortir du véhicule et la femme, cheveux coiffés en chignon, un foulard de couleur vive au cou. Lorsqu'ils furent sortis de son champ de vision, il alla s'installer sur le palier. Son sac l'attendait au bas de l'escalier, mais Minnie lui avait dit qu'elle voulait d'abord leur parler.

La porte d'entrée était ouverte : Minnie était allée à leur rencontre. Il entendait leurs échanges cordiaux flotter dans la maison, comme les feuilles mortes au début de l'automne. Blitz s'était engagé sur le seuil, si bien que le garçon ne voyait que sa queue qui bougeait. La tension nerveuse lui avait noué l'estomac ; il pencha le torse vers ses genoux pour apaiser son inquiétude. Lorsque Minnie fit entrer les Thornton dans le salon, Daniel se recula prudemment.

Il s'attendait à ce qu'elle l'appelle, mais ce fut Blitz qui vint à sa rencontre, collant son museau haletant sur le visage du garçon. Daniel massa la fourrure noir et blanc du chien ; Blitz piqua du nez pour lui faciliter le travail. Puis la voix de Minnie s'éleva jusqu'à eux.

— Danny ? Tu veux bien descendre, mon petit loup ?

En entendant la voix de sa maîtresse, Blitz fila au bas des marches. Daniel laissa passer un moment, avant d'inspirer profondément et de se lever. Il n'avait pas encore mis ses chaussures et descendit sans faire craquer les marches une seule fois. Minnie l'attendait au rez-de-chaussée, un curieux sourire sur le visage. Jamais il ne l'avait vue arborer une telle expression auparavant – on l'aurait crue contente d'elle, ou consciente d'être observée par d'autres yeux que ceux de Daniel. Le garçon, sourcils froncés, glissa les mains dans ses poches et la suivit dans le salon.

— Ah, eh bien, bonjour...

L'homme se raidit, prenant appui sur les accoudoirs du fauteuil, sur le point de se lever, apparemment ; la femme posa la main sur son avant-bras et il y renonça. Ce qui valait mieux, songea le garçon. Minnie avait posé les mains sur ses épaules pour les malaxer. Daniel répondit d'un hochement de tête et frotta le tapis de ses chaussettes.

— Je suis Val, dit la femme avec un sourire qui était une version plus dure de celui de Minnie.

Ses dents étaient trop blanches, songea le garçon. Et l'on voyait ses gencives.

— Et je te présente Jim, mon mari. Nous sommes très heureux tous les deux que tu veuilles bien passer le week-end chez nous.

Daniel hocha de nouveau la tête tandis que Minnie le conduisait vers le canapé.

Elle disparut dans la cuisine pour préparer du thé. Daniel s'installa tout contre les coussins tandis que les nouveaux venus le regardaient fixement.

— Alors, ça t'intéresse de savoir qui nous sommes ? demanda Val.

— On m'a tout dit, fit le garçon. Vous avez quatre enfants. Il n'y en a plus qu'un à la maison, un garçon de dix-huit ans. Vous habitez une grande maison et Jim est comptable.

Les Thornton émirent un rire nerveux, de concert. Daniel avait posé un pied en équilibre sur l'autre. Il était installé dans une telle position que son menton touchait pratiquement son torse.

— Et si tu nous parlais de toi ? insista Val. Quelles sont tes occupations favorites ?

— Le football. Nourrir les animaux, vendre des produits au marché.

— Nous habitons Carlisle, confia Jim, penché, les coudes sur les genoux. Nous sommes tout le temps dehors, à marcher, à faire du vélo : alors, le football, aucun problème. On peut faire une partie ce week-end, si tu veux ?

Daniel voulut hausser les épaules, mais ses épaules étaient enchâssées dans les coussins du canapé.

Minnie revint avec du thé brûlant et des biscuits allemands disposés sur une assiette. Daniel resta vautré dans le canapé et Minnie bavarda d'une voix plus sonore qu'à l'ordinaire. Elle raconta ce qu'elle faisait à la ferme, les enfants qu'on lui avait confiés, l'Irlande, où elle n'avait pas remis les pieds depuis 1968. Daniel était assis sans bouger à son côté, passant le doigt dans un trou du canapé : trace qu'y avait laissée la cigarette du mari de Minnie, lui avait dit cette dernière.

— On a tout préparé dans ta chambre, dit Val. C'est la plus grande, celle qu'habitait notre fils aîné avant de partir, ce qui fait que tu auras une télé pour toi tout seul.

— Une télé couleur ?

— Oui.

Daniel échangea un regard avec Minnie et lui sourit. Jim attrapa un gâteau sec et le mangea sans en donner la moindre miette à Blitz, assis, salivant à ses pieds.

— Vous avez des animaux de compagnie ? demanda Daniel en se redressant pour la première fois depuis le début de l'entretien.

— Non. Nos fils ont toujours voulu un chien, mais Val est allergique.

— Mon Dieu, désolée, dit Minnie en saisissant Blitz par la crinière. Je vais le faire sortir.

— Non, pas la peine. Quand ce n'est que pour un petit moment, ça va. Et il ne faut surtout pas qu'elle le touche… Malgré tout, Daniel, nous sommes ravis que tu puisses venir ce week-end. Ce sera bien bon d'avoir de nouveau un gosse à la maison.

Quand il souriait, ses narines s'étiraient.

5

LA GUILDE DES AVOCATS DE HEATHCOTE STREET organisait tous les mois de septembre une réception pour faciliter les contacts entre ses adhérents, tous avocats plaideurs, avec des juges et des juristes de renom. Daniel s'y rendit en compagnie de Veronica, son associée majoritaire, dans l'espoir d'y croiser Irene. Il avait sur lui la photocopie d'un pré-rapport confidentiel des services sociaux concernant les Croll, déniché par l'un des clercs du cabinet.

L'événement avait une réputation sulfureuse : le champagne, gratuit, coulait à flots ; les avocats plaideurs et leurs clercs faisaient des courbettes aux grands cabinets, qui leur donnaient du travail. Daniel y avait rencontré son ex-petite amie l'année précédente – une étudiante de près de quinze ans sa cadette. Elle avait changé quelque temps plus tôt de guilde.

L'escalier et les couloirs moquettés étaient envahis par une foule hilare aux pommettes roses, bloquant le passage vers des salles où les rires enflaient en vagues. L'air était doux, chaud, parfumé. Il n'y avait pas de musique, mais le brouhaha des conversations était tel qu'il était difficile de s'entendre parler.

Daniel dut se pencher à l'oreille de Veronica.

— Je vais aller nous chercher un verre, lui dit-il, tandis qu'un des juges de la Cour royale l'embrassait sur les deux joues.

Daniel ôta sa veste et fourra sa cravate dans sa poche en attendant qu'on lui serve deux flûtes de champagne, qu'il coinça entre les doigts d'une seule main avant de fendre la foule dans l'autre sens. Il aperçut Irene au milieu de l'escalier, en pleine conversation avec un autre jeune conseiller de la reine.

Daniel contourna trois juges pour rapporter son champagne à Veronica avant de repartir sans hâte vers l'escalier. Il attira l'attention d'Irene, qui se retourna et lui fit un signe de la main.

— Danny, je suis contente que tu aies pu te libérer, dit-elle en se penchant pour l'embrasser.

Elle se tenait sur la marche du dessus. Étrange impression, se dit Daniel, que de pouvoir la regarder dans les yeux, à même hauteur. Elle ne s'était pas changée, portait encore le chemisier blanc et la jupe de tailleur de l'audience.

— Tu connais Danny ? De chez Harvey, Hunter & Steele ? fit-elle à son interlocuteur.

— Mais oui, bien sûr. Daniel Hunter, c'est ça ?

L'avocat sera la main de Daniel et, prenant congé, se dirigea vers le bar.

— Comment va Sebastian ? Il tient le coup ? demanda Irene.

L'éclat de sa peau, la légère rougeur qui colorait son décolleté firent naître un sourire sur les lèvres de Daniel.

— Disons qu'il survit. Dis-moi, tu as une seconde ? J'ai eu communication d'un élément intéressant. Il faudrait voir l'usage qu'on pourrait faire de la chose...

— Tu m'intrigues, dit Irene en prenant Daniel par le coude.

Elle lui fit franchir les dernières marches d'une pression amicale.

— Allons dans mon bureau. Et ne t'inquiète pas, j'ai d'autres bouteilles.

Le bureau d'Irene, tout comme les locaux de la guilde, était meublé à l'ancienne et respirait l'opulence ; même le papier peint et la moquette émettaient une vibration intime et rassurante. La pièce était inondée par la lumière des lampadaires ; Irene alluma sa lampe de travail. Un brouhaha de voix s'éleva dans le couloir. Daniel ferma la porte sans faire de bruit.

— Que préfères-tu : encore des bulles, ou du vin ? lui demanda-t-elle en s'approchant du buffet ancien qui jouxtait la fenêtre.

— Comme tu veux, répondit-il en avalant une dernière gorgée de champagne, dont la pétillante acidité flatta sa langue.

— Parfait, champagne alors.

Le bouchon sauta, le goulot fuma. Irene remplit les deux flûtes avant de reposer la bouteille sur le bureau.

— Bon, et les vidéos de surveillance ? Tu as trouvé quelque chose ? Quid de notre mystérieux assaillant ?

— Rien, hélas ! fit Daniel en passant sa main sur ses yeux.

— Tiens, buvons à… la bonne fortune, qu'elle soit de notre côté cette fois-ci, reprit Irene en lui tendant son verre.

Ils trinquèrent ; Irene se percha sur un coin de table. Daniel posa son veston sur un dossier de chaise, non sans en avoir extrait le rapport qu'il voulait lui montrer. Un rire résonna de l'autre côté de la porte.

— Question de jurisprudence, monsieur le juge, beugla une voix masculine.

Daniel tendit les quelques feuilles à Irene après les avoir dépliées.

— Voilà. C'est un… rapport des services sociaux – il y a eu une réunion préparatoire spécialement consacrée au milieu familial du jeune Sebastian, en raison de l'accusation et de ce qu'on commence à voir dans la presse.

— Comment diable l'as-tu obtenu ?

Daniel secoua la tête.

— Une lettre anonyme, déposée au bureau. L'enveloppe portait mon nom et la mention Confidentiel. Je l'ai reçue ce matin.

— Oh, c'est un crime passible de la pendaison, ça, fit Irene en parcourant le rapport. Qui a pu prendre ce risque, d'après toi ?

— Sans doute quelqu'un qui a participé à ladite réunion et qui s'intéresse à l'affaire. Lis, tu verras.

Il avala une longue gorgée de champagne tandis que la voix d'Irene s'élevait.

— *Motif de la réunion préparatoire : inculpation pour un délit classé 1* [1] *de Sebastian Croll, les parents ne participent pas à la réunion.*

Irene lança un regard à son collègue.

Qui s'appuya contre le bureau, penché sur son épaule tandis qu'elle lisait.

Usage de la violence physique pendant des années. Six côtes cassées, clavicule fracturée. Éclatement de la rate. Nez cassé. Diazépam, Nitrazépam, dihydrocodéine. Deuxième tentative de suicide par surdose de Nitrazépam accompagnée d'alcool. La patiente se voit proposer un

1. La classification *(schedule-one)* concerne tous les crimes et délits dont les victimes sont des enfants. Elle date de l'adoption de la loi de 1993 sur la protection des mineurs.

hébergement et une démarche de soutien psychologique mais refuse d'admettre que les violences sont d'ordre conjugal. Selon les médecins, le décès du fœtus âgé de vingt-neuf semaines est dû à des lésions de l'amnios et de l'utérus.

Irene leva les yeux.

— C'est exactement ce que Sebastian a mimé avec les poupées du psychologue, murmura-t-elle, en reposant le rapport sur le bureau.

Daniel s'y replongea aussitôt et retrouva l'un des passages qu'il avait soulignés.

— Et ça, tu as vu ?

Elle eut un soupir, but un peu de champagne.

— Charlotte a tenté de se suicider…

— Non seulement cela, mais elle a voulu que Sebastian l'accompagne, ajouta Daniel, les sourcils légèrement froncés.

Il vida sa flûte.

— En tout cas, c'est comme ça que je le comprends. La nuit où Charlotte a été hospitalisée, le garçon a subi un lavement d'estomac.

— Cela dit, à part cette histoire, Sebastian n'a jamais été affecté physiquement.

— Oui, il n'a pas été frappé, mais vu ce à quoi il a assisté… Rien d'étonnant à ce qu'il soit *déstabilisant,* comme tu l'as remarqué.

— Oui… Mais même si toi et moi aurions plaisir à le voir comparaître, ce n'est pas King Kong qui va être jugé… Dieu sait qui t'a envoyé cette lettre : le problème, c'est que nous ne pouvons pas en faire usage.

— Je sais, reprit Daniel. La personne en question a été assez naïve pour penser que le compte rendu mettait le point final à nos interrogations.

— Plus que naïve, fit Irene, le verre aux lèvres. Ça pourrait lui coûter sa carrière, à ton informateur.

— Tu as lu les rapports de ses enseignants. Sebastian terrorise ses petits camarades… a des accès de violence pendant les cours. Nous savons très bien que le Ministère public va en faire état.

— Nous arriverons peut-être à les en empêcher. Nous y sommes bien parvenus dans le cas de Tyrel. Par ailleurs, je te signale que ce rapport est confidentiel.

— Mais comme tu l'as remarqué, insista Daniel, il ne fait que confirmer ce que Sebastian a raconté au psychologue. Ce que je veux dire, c'est que si la cour prend en compte les éléments qui tendent à montrer que Sebastian est un enfant désaxé, s'ils essaient de le dépeindre comme un monstre, c'est alors, et seulement alors, que nous pouvons évoquer le climat de violence domestique. Nous n'avons pas besoin de ce que je viens de te montrer. Il suffit de faire témoigner le Dr Baird.

— Non, non, Daniel. Il est déjà très peu probable que le juge veuille considérer ce qui touche à la personnalité « disruptive » de Sebastian. Alors, le climat familial... Cela dit, tu as raison. Cet arrière-plan, il est bon que nous le connaissions. Mais la stratégie pour laquelle nous avons opté ne peut en faire usage. Nous avions décidé de nous concentrer sur les preuves indirectes.

— Attends, attends, il y a cette voisine des Croll, Gillian Hodge. Elle n'arrête pas d'appeler le commissariat pour leur signaler les scènes chez les voisins. Et c'est un témoin de l'accusation. Elle a des gosses de l'âge de Seb ; elle a spécifié dans sa déposition que le petit Croll se montrait violent à leur égard. Bon... il se peut que le juge refuse de considérer la chose, et je sais que tu insisteras dans ce sens, mais s'ils remettent les problèmes de personnalité de Seb sur le tapis, nous pouvons mettre en lumière le lien entre le climat de violence familiale et l'agressivité de l'enfant, laquelle est également décrite dans son dossier scolaire, souviens-toi. Tout en expliquant qu'un harceleur n'est pas nécessairement un assassin.

Leurs regards se croisèrent. Celui d'Irene était pensif.

— Je vois ce que tu veux dire, concéda-t-elle. On peut garder cet élément à l'esprit. Sans nécessairement abonder dans leur sens, et admettre qu'il est vraiment violent.

— Les faits parlent d'eux-mêmes, Irene. Le Ministère public n'a pas d'empreintes digitales, pas de témoin fiable qui ait vraiment vu Seb sur la scène du crime. Et les analyses du légiste ne fournissent que des preuves indirectes. Malgré tout, je sais qu'ils vont trouver des témoignages faisant état de son agressivité par rapport à ses camarades, même si cela n'a rien à voir avec le dossier. Pourquoi ne pas retourner les témoins de l'accusation ? Gillian Hodge a bel et bien signalé les Croll au 911, elle ne pourra que l'admettre.

— Merci. Je vais y réfléchir, fit Irene en hochant la tête.

Elle posa le rapport sur le bureau, avant de lui lancer un regard empreint de gravité.

— Tu as l'air vanné, Danny.

— Tu es superbe, Irene, riposta-t-il en la fixant droit dans les yeux, avant de vider sa flûte.

Elle ignora le compliment.

— C'est bien dans ces murs que tu as séduit l'étudiante de Carl l'an dernier, non ? rétorqua-t-elle.

Daniel sentit avec stupéfaction ses joues s'empourprer.

— C'est quoi, ça ? Un interrogatoire en règle ?

Elle éclata de rire, le sourcil haussé, l'index pointé vers le plafond.

— Danny Hunter, où étiez-vous exactement l'an dernier à cette même date ?

Il répondit d'un geste des deux mains, paumes tendues vers elle. Une mèche de cheveux lui retomba sur les yeux.

— On m'a dit que vous aviez rompu. Elle a changé de guilde le mois dernier.

— Oui, c'est ce que j'ai appris, dit-il, les yeux fixés sur la porte.

Le silence s'installa, amplifié, réchauffé par l'épais papier peint et la riche moquette. Daniel avait la gorge sèche, la peau brûlante.

— Et toi ? fit-il.

— Tu veux savoir si j'ai séduit un étudiant ?

Il eut un rire sous cape.

— Tu fréquentais un juge, non ?

— Oh ! là, là ! C'est de l'histoire ancienne. Il faut suivre.

Elle s'approcha de lui, la bouteille à la main, remplit sa flûte. Il sentit son parfum. Elle leva le menton, le regarda dans les yeux.

— Tu as vraiment l'air crevé, tu sais.

— Oui, oui, je sais. Je manque de sommeil, dit-il en se passant la main sur les yeux.

— Ce n'est pas le dossier Seb, j'espère. Fichus médias.

— Non, enfin pas seulement… c'est… un truc personnel.

Il lui rendit son regard, lèvres pincées.

— Une femme ?

— Non, non… enfin si, en fait… ma… ma mère est morte.

— Oh, Danny ! Mon Dieu. Je suis désolée.

Une nouvelle bordée de rires se fit entendre de l'autre côté de la porte. Et toujours cette bouffée de rougeur, surprenante. Pourquoi s'être montré aussi transparent envers Irene ? Il détourna les yeux. *Ma mère, ma mère* – et dire que deux mois plus tôt il lui avait refusé ce nom. Minnie avait disparu à jamais, mais il pouvait de nouveau l'appeler mère.

Irene s'assit au bureau, avant de retirer ses escarpins et de faire pivoter ses chevilles. Tenant sa flûte des deux mains, elle observait Daniel.

— Daniel, tu sais que cette affaire va prendre des proportions considérables.

— Oui, je sais. Le Tueur d'Angel. Oh, ça sonne bien.

— Je ne sais pas si c'est la blessure de l'an dernier qui ne s'est pas refermée, mais il y a quelque chose dans ce dossier qui me fait peur.

— Je comprends très bien ce que tu veux dire.

— Mais nous n'allons pas céder, dit-elle en se relevant sans crier gare.

Elle remit ses chaussures.

— Les médias sont déjà assez négatifs. Au moment du procès, ce ne pourra qu'être pire.

Tous deux tendirent le bras au même moment pour récupérer le rapport confidentiel ; la main de Daniel effleura la taille d'Irene.

— Désolé – c'est ton exemplaire. Garde-le.

Elle acquiesça d'un signe de la tête et glissa le document dans un tiroir. Daniel abaissa la poignée de bronze, dont le contact frais le rassura. Lorsque la porte s'ouvrit, le brouhaha des voix et la chaleur envahirent leur tranquille refuge.

— Merci pour le champagne, dit-il.

— Merci pour les infos.

Il recula pour la laisser sortir, mais elle l'attendit et ils entrèrent en collision.

— Oh, excuse-moi, dit Daniel.

Les cheveux d'Irene sentaient la noix de coco.

Dans le couloir, elle s'écarta.

— Tu m'excuseras ? Il faut que je travaille mes relations. Le devoir m'attend !

Il la suivit du regard en descendant l'escalier : elle serrait des mains et riait, exhibant ses dents blanches et bien alignées.

Il erra dans la foule, une autre coupe de champagne à la main. Il connaissait pratiquement tout le monde, au moins de vue. On le hélait, on lui tapait sur l'épaule, on lui faisait des signes de l'autre bout de la salle. Daniel se rendit compte qu'il n'avait aucune envie de leur parler.

Était-ce le champagne, qu'il avait bu trop rapidement ? Toujours était-il qu'il se sentait la tête prise dans un étau claustrophobique. Il se dressa sur la pointe des pieds pour laisser passer deux avocats plaideurs, puis, fendant la foule, atteignit l'une des grandes salles du rez-de-chaussée. La fenêtre était ouverte, laissant flotter jusqu'à lui l'air frais de la nuit.

Il se dirigeait vers cette source lorsqu'il fut accaparé par un groupe d'avocats non plaideurs. Une main glissée dans la poche de son pantalon, il riait par intermittence des plaisanteries de ses collègues tout en écoutant les conversations des fumeurs, tous groupés autour de la fenêtre.

— Tu sais qu'Irene a accepté le dossier de l'Ange tueur ?

— Ah bon ? Pour une conseillère de fraîche date, ça peut prêter à controverse.

— Cela dit, ça va être une énorme affaire. Le procès aura lieu à Old Bailey. Ce n'est pas n'importe quoi.

— Oui, sans doute, mais moi, je ne l'aurais pas pris. Il paraît qu'il plaide non coupable ? Tu parles, s'il est innocent, je suis pape.

— Une famille bourrée de fric. Le père est dans l'import-export à Hong Kong. Je ne sais pas si tu connais Giles, qui bosse pour Cornells ? Eh bien Giles le connaît. Le père est furax - c'est une erreur, dit-il.

— C'est ce qu'on va voir. Irene va faire le clair sur cette histoire.

— Il est dans de bonnes mains.

— Et le reste est adorable !

Les hommes eurent un rire.

Daniel prit soudain congé. Il vida son verre d'un trait et le laissa sur un guéridon d'acajou en forme de demi-lune, près d'un vase en porcelaine. Sans doute s'était-il appuyé trop pesamment contre le petit meuble, car le vase blanc et bleu fut saisi d'un balancement qu'il put rapidement stabiliser.

Il boutonna son veston et chercha Veronica du regard ; ne la retrouvant pas, il décida de s'en aller. Il se sentait irrité. Irene avait peut-être raison : il était vanné, c'était tout. Il se dirigea vers la porte, un filet de sueur lui dégoulinant le long du dos.

Une fois dans la rue, il trouva dans la nuit et la brise qui l'animait un soulagement. Il défit un bouton de sa chemise et s'en fut vers la station de métro. Le répit du dehors n'eut qu'un temps ; bientôt l'air de la rue lui parut aussi lourd, aussi écrasant que la soirée de la guilde.

Il se sentait seul. Il en fit le constat en marchant, les mains dans les poches. Un sentiment qui ne lui était pas inconnu : cependant, cette nuit-là, il voulut le savourer, en analyser longuement le goût. Lequel était piquant, surprenant, comme la rhubarbe du jardin de Minnie.

Il était heureux d'avoir parlé à Irene. Il la revit installée dans son fauteuil, en train de le faire pivoter ; puis le taquinant sur ses amours passées.

Il ne laissait jamais s'écouler trop de temps entre deux femmes. Mais une fois les premiers frissons dissipés, une fois l'intimité installée, il avait du mal à poursuivre. Il n'aimait pas parler de son passé ; il ne croyait pas aux promesses. À aucune de ses petites amies il n'avait dit « Je t'aime », même si le sentiment était bien là. Elles avaient été finalement nombreuses à l'aimer : il n'avait ni perçu ni cru leurs sentiments. Il songea à Irene, à ses épaules solides et droites. Ils avaient combattu ensemble l'année passée, ils avaient perdu ; à présent ils partageaient de la franchise, de l'innocence. Malgré tout, en dépit de leur amitié, il y avait entre eux un mur de professionnalisme qu'il ne s'imaginait pas une seconde abattre.

Il franchit le portique du métro et se planta sur le côté droit de l'Escalator, et se laissa porter, passif, dans les profondeurs de la ville. Il songea au procès, aux articles dont l'ignominie allait croissante. Sebastian, sans nom ni visage, était, selon la presse, un être intrinsèquement mauvais. Non seulement coupable, mais de surcroît marqué par le mal. Pour les médias, la présomption d'innocence n'existait pas.

Du reste, ce n'était pas là la préoccupation principale de Daniel. Ce qu'il avait en tête, c'était la simple survie du garçon. Tyrel, qu'il avait défendu avec Irene, était promis à une mort certaine avant ses vingt ans. Daniel n'avait aucune envie de voir Sebastian subir le même sort.

La chaleur du métro l'enveloppant, Daniel se demanda quelle frontière séparait l'âge adulte de l'enfance. Il en connaissait la traduction juridique : dès dix ans, on était responsable de ses crimes. Mais la vraie frontière, où était-elle ? De nouveau, il songea à l'enfant de onze ans qu'il avait été. Il s'en était fallu de peu qu'il se retrouve dans la situation de son jeune client.

6

LES THORNTON refusèrent tout simplement de raccompagner Daniel chez Minnie. Tricia fut dépêchée chez eux le dimanche à trois heures, alors que Daniel était censé rester jusqu'au lendemain soir, pour un long week-end.

De la vitre de la voiture, Daniel vit la maison de ceux qui auraient pu devenir ses parents s'éloigner. Val et Jim rentrèrent presque immédiatement, sans même attendre que le véhicule de Tricia ait atteint la grande route.

— Danny, tu es vraiment ton pire ennemi, commenta l'assistante sociale. Tu avais la possibilité de trouver une nouvelle famille. Tu ne sais donc pas à quel point c'est difficile de faire adopter un garçon de ton âge ? Quasi impossible, mon petit gars. Et toi, qu'est-ce que tu fais ? Des horreurs.

— Je les aimais pas. Je voulais rentrer chez Minnie.

— Mais tu n'y étais que jusqu'à lundi ! Tu ne pouvais pas essayer de te tenir trois jours ?

— Je voulais juste rentrer à la ferme.

Le garçon resta silencieux quelques instants. Puis :

— Vous avez vu ma mère ?

Tricia s'éclaircit la voix en bifurquant dans Carlisle Road. Daniel écoutait le bruit que faisaient les pneus sur le bitume humide. Il se sentait étrangement calme, comme à la suite d'un effort épuisant. C'étaient le choc et l'excitation, la libération des pulsions mauvaises. Son méfait l'avait drogué. Il posa la nuque sur le dossier du siège et sentit cette sérénité paresseuse et liquide envahir les fibres de son corps.

Il avait gagné. Il avait voulu revenir auprès d'elle – il rentrait à la ferme. Il avait voulu qu'on le prenne en grippe – et s'était montré haïssable.

— Jim est un type bien. Je le sais. Mais toi, tu ne laisses de chance à personne.

— Je peux pas le voir.

— Toi, Danny, tu ne t'entends vraiment pas avec les hommes, hein ? Ça se passait si bien avec Minnie que je pensais que tu avais mûri.

Tricia poursuivit son discours tandis que Danny contemplait les champs et les quelques arbres qui défilaient par la fenêtre.

— Et même à l'école, tu avais de bons résultats… j'ai raconté ce qui s'est passé à Minnie, elle est bouleversée. Moi aussi, mais je ne peux pas dire que je sois surprise. Tu as de la chance encore qu'ils ne veuillent pas porter plainte. Continue sur cette lancée, et tu te retrouveras en maison de correction avant tes quinze ans. Et là, Dieu seul te viendra en aide, mon gars. Hein, Dieu seul. Moi, je ne pourrai plus rien faire.

Quand ils s'arrêtèrent devant la maison, Minnie était à la porte, emmitouflée dans sa veste en laine. À cette vue, Daniel sentit son épine dorsale se recroqueviller de honte. Il garda la tête baissée, craignant d'affronter ce regard bleu, exigeant. Il passa devant elle, alla tout droit dans sa chambre, poser son sac. Le bleu pâle des murs qu'il avait choisi le réconfortait – et de même le dessus-de-lit orné d'une voiture de course, la vue sur la basse-cour. Daniel ôta le collier de sa mère et le rangea dans le tiroir de sa table de nuit. Il était rentré chez lui ; désormais, il était en sécurité. On lui avait confisqué son canif chez les Thornton : peu importait. Il n'en avait pas besoin chez Minnie.

Blitz apparut sur le seuil, haletant, tête basse, battant la queue en guise de joyeuse bienvenue. Sitôt que Daniel eut tendu la main vers lui, le chien se coucha de tout son long, offrant son ventre aux caresses. Tout en lui frottant le poil, Daniel entendait Tricia et Minnie discuter au bas de l'escalier. L'odeur du chien, les voix étouffées, l'accent musical de Minnie, lui rappelaient son arrivée à Flynn Farm, un an plus tôt. Sensations qui le soulageaient, même s'il n'osait pas descendre. Il était content d'être rentré, mais les événements des dernières quarante-huit heures l'avaient troublé. Il aurait voulu rester à l'étage avec le chien : celui-ci, flairant la détresse du garçon, se lassa de la situation et redescendit. Daniel entendit Tricia repartir puis Minnie s'affairer dans la cuisine. Elle attendait sans doute qu'il la rejoigne ; il tint bon. La déception de Minnie, seule dans la cuisine, était presque tangible, même à l'étage du dessus. Il se glissa dans son lit et, réticent, se souvint.

La première journée s'était déroulée sans incident, même si Daniel ne se sentait pas à son aise dans la grande maison aux murs et aux carrelages si propres, aux moquettes blanc cassé. Il fallait ôter ses chaussures avant d'entrer et ne jamais poser un verre directement sur la table. Daniel avait une chambre avec un lit à deux personnes et une grosse télévision : mais la pièce était trop grande et si sombre une fois la nuit tombée qu'il ne put dormir. L'étrangeté du lieu et les ombres qu'il libérait l'effrayèrent.

Comme il avait l'habitude de se lever au chant du coq, d'aller nourrir les animaux et de ramasser les œufs, Daniel se réveilla avant les Thornton et descendit au rez-de-chaussée. La maison était immaculée. Daniel, qui avait faim, alla à la cuisine et trouva de quoi se faire une tartine. En rangeant le beurre dans le frigo, il y trouva un pot de confiture à la fraise et en étala une cuillerée sur sa tartine. Le soleil était déjà levé, même si la petite horloge de la cuisinière indiquait six heures dix. La confiture n'était pas aussi bonne que celle de Minnie, à la confection de laquelle il participait, s'émerveillant toujours de la rapidité du processus : du fruit sur la plante à la bouche, en passant par le bocal.

Il resta quelque temps assis dans la cuisine, avant d'apporter son assiette dans le salon. Il alluma la télévision et finit par trouver des dessins animés. L'un d'eux le fit tellement rire qu'il laissa tomber sa tartine sur la moquette, du mauvais côté. Il essaya de réparer les dégâts avec de l'eau chaude, ce qui ne servit qu'à étaler la confiture entre les fibres. Le garçon posa son assiette sur la tache et continua à regarder la télévision.

Ce fut Jim qui descendit le premier, une petite demi-heure après Daniel. Il se frottait les yeux et arborait toujours son sourire affecté. Le voyant du magnétoscope indiquait 6 : 47, constata Daniel. Jim se fit un café dans la cuisine avant de venir s'asseoir sur le canapé. Daniel, immobile, le dos tourné, ne regardait plus les dessins animés, mais le pâle reflet de l'homme sur l'écran du poste. Jim se passa la main sur le visage, bâilla, porta la tasse à ses lèvres.

— Tu te lèves avec les poules, toi.

Daniel lui répondit d'une ébauche de sourire.

— Depuis quand es-tu debout ?

Le garçon haussa les épaules.

— Et tu es déjà habillé, et tout ça. Je vois que tu fais comme chez toi.

— J'avais faim.

— Oh, pas de problème. Si tu as faim, c'est bien de manger. Ce n'est pas une critique.

Daniel eut un brusque sentiment de malaise. Il se sentait observé par Jim, ce qui lui donnait la chair de poule (sur la nuque). Il tourna les yeux vers l'écran. Jim n'apparaissait plus qu'au bord de son champ de vision.

— Tu n'as plus besoin de l'assiette, fiston ?

L'homme s'était campé devant lui, la main tendue.

— Non, dit Daniel.

— Je te demande pardon ?

— Il ne faut pas utiliser ce mot.

— Quel mot ?

— Je ne suis pas votre fils.

— Ah, fit Jim.

Daniel leva les yeux. Le sourire contraint avait refait son apparition.

— Oui, bien sûr. Message reçu cinq sur cinq. Allez, tu me donnes cette assiette ?

— Laissez-la où elle est, d'accord ?

Le cœur de Daniel s'était subitement emballé.

— En général, on n'emporte pas de nourriture dans le salon. Chez nous, c'est réservé à la cuisine. Mais tu ne pouvais pas le savoir. Allez…

— Je vous dis de la laisser, martela le garçon, la bouche sèche.

— Mais qu'est-ce qui ne va pas ?

Jim eut un rire.

— L'assiette est vide, je veux juste t'en débarrasser.

Le garçon se leva d'un bond. Où et quand son corps avait-il appris à réagir si vite à la colère quand elle émanait d'un homme, il ne le savait pas. Désormais, cependant, il était expert. Jim avait beau eu ne pas élever la voix, Daniel avait perçu la fureur qui y perçait.

Il baissa la tête. Les mots vomis par la bouche de l'homme l'assaillaient, lourdes mottes de boue. Il ne les entendait même plus, si bien que cette bouche n'était plus qu'un trou ignoble, frémissant, grimaçant, béant.

Que s'était-il passé ensuite ? Daniel ne s'en rappelait plus – pas dans l'ordre, en tout cas. Il s'étira sous la couette, respira profondément, s'emplissant les poumons de l'odeur du chien, de la ferme. Il tira le drap sur son visage, sentit la chaleur de son souffle sur sa peau. À présent, il avait presque complètement disparu sous les couvertures.

Il fit face à Jim. Les pieds nus, il crispa les orteils sur la moquette, banda les muscles. Le visage de Jim planait, menaçant, devant lui, dents et nez hors de proportion. Soudain l'homme se baissa sur lui.

Daniel recula d'un bond et sortit son couteau de sa poche. Il fit jaillir la lame et la pointa vers Jim.

— Nom de Dieu !

Jim battit en retraite. Le garçon avança.

— Que se passe-t-il ? fit une voix de femme.

C'était Val, en robe de chambre.

— Ne t'en mêle pas, laisse-moi faire, hurla Jim, si fort que Daniel sursauta.

— Fichez-moi la paix, siffla Daniel qui pivota, le couteau devant lui, pour couvrir sa retraite vers le mur.

— Tu vas me lâcher ça tout de suite, fit Jim.

Le garçon voyait tout : l'étonnement et la panique dans les yeux de l'homme, sa pomme d'Adam qui jouait au yoyo, la lueur que la lame du couteau renvoyait sur le torse de Jim. L'homme tendit le bras, essaya d'attraper Daniel par son tee-shirt.

— Attention, glapit Val.

Daniel donna un coup de couteau. La lame s'enfonça dans le bras de Jim, qui recula, la main sur le bras. Sous les yeux du garçon, le sang coula entre les doigts de Jim, goutta sur la moquette. Daniel se détendit l'espace d'une seconde ; Jim fit volte-face et le fit tomber à terre, puis lui marcha sur la main et arracha le couteau à sa prise.

Le film des événements n'était jamais le même. Que s'était-il vraiment passé ? Daniel ne le savait plus très bien. À la première de ces visions imaginaires, Jim avait levé la main, Daniel avait paré le coup. Non, ce n'était pas ça. Jim s'était légèrement détourné et le garçon avait saisi sa chance.

Lorsque l'homme l'eut cloué au sol, Daniel se mit à hurler. Chaque fois qu'il pouvait dégager un bras, une jambe, il essayait de frapper Jim. Val parvint à calmer son mari ; ils sortirent du salon dont ils fermèrent la porte à clef, laissant le garçon étendu sur la moquette. Daniel martela le battant de ses poings et de ses pieds, les incisives inférieures plantées dans la lèvre. Il réduisit en miettes tous les bibelots de la cheminée puis s'assit dans un coin du canapé, les genoux repliés sur la poitrine, caressant du pouce le S du collier de sa mère.

Ses joues brûlaient ; il se redressa sur son séant et repoussa les couvertures. La journée semblait aussi fraîche et délicieuse que le lait sous la crème, ce qui n'empêchait pas le garçon de se sentir mal. Un mal qui l'accablait. Il pouvait toujours vomir, jamais il ne s'en débarrasserait. Le mal était en lui et ne le quitterait pas.

Il se recoucha sur le dos. L'odeur du poulet que Minnie était en train de faire rôtir montait jusqu'à lui. Le fumet lui donna un haut-le-cœur. Le regard fixé au plafond, il vit les scènes se rejouer, tremblantes, silencieuses, devant ses yeux.

Il entendit son estomac gargouiller. Il entendit la poêle grésiller lorsque Minnie déposa les dés humides de pomme de terre dans l'huile. Il entendit son cœur battre à briser ses côtes, bien qu'il soit couché, aussi figé qu'une statue. Puis il entendit Minnie monter l'escalier d'un pas lourd, la rampe de bois gémir sous son poids. Et les soupirs qui accompagnaient sa progression.

Minnie s'assit sur le lit et tira sur la couverture, dégageant le visage du garçon. Daniel, exposé, ferma les yeux. Il sentit la chaude caresse des doigts de Minnie sur sa peau.

— À quoi tu penses, Danny ? chuchota-t-elle.

— À ce que j'ai fait.

— Hein ?

— J'pense à ce que j'ai fait.

— Et pourquoi l'as-tu fait ? Ça te revient ?

Daniel, la nuque enfouie dans l'oreiller, secoua la tête.

— Je ne sais pas ce que je vais faire de toi, vrai. Il n'y a pas de mal à ne pas aimer les gens – il y en a plein dont je n'ai pas grand-chose à faire, mais de là à leur donner des coups de couteau ! Non. Essaie de réfléchir au pourquoi de la chose. Qu'est-ce qui t'a pris ?

Daniel se coucha sur le côté. Puis vers elle, les mains serrées sous le menton, les genoux recroquevillés.

— Pourquoi ? murmura Minnie.

Elle lui passa les doigts dans les cheveux.

— Parce que je suis méchant, fit-il dans un souffle.

Elle ne l'entendit pas, se pencha tout près de lui, la main soudain pesant sur son front.

— Qu'est-ce que tu dis, mon loup ?

— Parce que je suis méchant.

Elle l'attrapa par le coude et il fit pivoter ses jambes pour s'asseoir tout contre elle. Elle lui prit le menton entre le pouce et l'index. Il croisa son regard : il pétillait, comme au premier jour de leur rencontre.

— Tu-n'es-pas-méchant, martela-t-elle.

La pression de ses doigts s'accrut.

— Tu es un adorable petit gars, et j'ai bien de la chance de t'avoir.

Il craqua, essaya quand même de retenir ses larmes.

La veste de laine sentait le chien et l'herbe, le grand air. Soudain le jour lui pesait infiniment ; il s'appuya contre elle, posa la joue sur son épaule. Elle le serra dans ses bras – oui, l'embrassa si fort que la méchanceté le quitta.

— … mais tu ne peux faire mal aux gens, Danny. Ni à mes *petits animaux*, d'ailleurs…

À ces mots, il s'écarta. Encore en proie à la honte.

— Je sais que tu as reçu des coups de toutes sortes, et je comprends que tu veuilles les rendre, mais tu veux que je te dise ? Ce sont les abrutis qui réagissent comme ça. Je le sais, crois-moi. Tu vaux bien mieux que ça.

Daniel renifla, s'essuya les yeux et le nez dans sa manche.

— Pourquoi lui avoir donné un coup de couteau ? Tu aurais pu lui parler, ou lui demander de te reconduire ici, si nécessaire. Tu n'avais pas besoin de lui faire mal.

Daniel fit oui de la tête, le menton si profondément enfoncé dans la poitrine qu'elle n'était pas certaine de l'avoir vu acquiescer.

— Pourquoi as-tu fait ça ? Tu pensais qu'il allait lever la main sur toi ?

— Peut-être… je sais pas… non.

Il secoua la tête en la regardant. Les yeux de Minnie étaient plissés ; une ride profonde s'était formée entre ses sourcils.

— Alors pourquoi ?

Il inspira profondément, fixa ses pieds. Il était en train de perdre ses chaussettes. Il fit pivoter sa cheville droite et regarda la chaussette danser.

— Je veux rester ici, répondit-il, fasciné par le mouvement.

Le silence s'installa. Il regardait les mains de Minnie, ses doigts mollement croisés. Il eut peur de la regarder dans les yeux.

— Tu lui as fait mal pour qu'ils renoncent à t'adopter ? C'est ça que tu veux dire ? finit-elle par demander.

Il n'y avait pas le moindre jugement dans sa voix calme. Comme si elle ne cherchait qu'à comprendre.

Une douleur lui vint au fond de la gorge. Il se remémora les mots de Tricia, le jour où il avait vu sa mère pour la dernière fois.

Si personne ne veut de moi, est-ce que je peux rester ici ?

Non, mon chéri… Minnie est un parent d'accueil. Il y a d'autres enfants qui attendent d'être placés chez elle.

— Je veux rester ici.

Ce fut tout ce qu'il parvint à dire. Il serra les poings, attendit qu'elle réponde. Des siècles, lui sembla-t-il.

— Tu voudrais que je t'adopte, moi ? Si tu tiens vraiment à rester ici, je ne demande pas mieux, tu sais. Si je le pouvais, je signerais les papiers les yeux fermés. D'ailleurs, je t'ai adopté le jour où je t'ai vu pour la première fois. Tu veux vraiment rester ? Je vais essayer, pour nous deux. D'accord ? Je ne te promets rien, mais je ferai tout ce qui est en mon pouvoir.

Elle le fixait droit dans les yeux, lui maintenant les épaules de sorte qu'il ne pouvait que lui rendre ce regard. Il n'avait pas envie de répondre quoi que ce soit, de peur de laisser les larmes couler de nouveau. Il voulut faire oui de la tête, mais ses muscles étaient si tendus qu'elle eut peut-être l'impression contraire. L'un de ses sourcils grisonnants se dressa sur son front plissé.

— Oui... veux que... m'adoptes, balbutia-t-il.

Les doigts de Minnie lui malaxaient les clavicules.

— Sache que ce désir est partagé. Mais il y a des obstacles juridiques. Tu sais mieux que quiconque à quel point ils peuvent te barrer la route. La loi a ses propres sortilèges dans le secret desquels je ne suis pas, mais je ferai de mon mieux. Mais ne te réjouis pas avant que nous ayons vraiment signé. D'accord ?

Elle le serra contre elle et il déglutit, et ses larmes vinrent arroser la laine rêche de sa veste. Il n'ouvrit pas la bouche, mais son cœur éclatait et son corps fut inondé de joie, dans l'instant, parce qu'elle voulait bien de lui.

— Sainte mère de Dieu ! s'écria-t-elle brusquement. Tes frites vont être froides et le poulet complètement brûlé.

Il respira à fond, se réjouissant à l'avance de ce festin. Les frites de Minnie : il n'avait rien envie de manger d'autre.

7

LORSQUE DANIEL REVIT SEBASTIAN au quartier de sécurité, le garçon avait changé. Il était toujours aussi détaché, toujours aussi assuré, mais il avait grossi, le visage presque bouffi. Ses joues étaient plus rondes, ses yeux étaient cernés. Ses poignets avaient épaissi, de même le dos de ses mains, marqué désormais de petites fossettes. L'éducation physique ne devait pas être le fort de Parklands House, et Sebastian, après les légumes bio des épiceries d'Islington, dont sa mère le nourrissait sans doute, pâtissait visiblement du régime frites et pizzas de la prison.

— Comment ça va ? demanda Daniel.

— Pas mal, répondit le garçon, le poing planté dans la joue, la lèvre retroussée. Je m'ennuie ici. Et l'école est encore pire que celle de chez moi. Les profs sont idiots et les autres gamins encore plus idiots que les profs.

— Bien, tu n'as plus que peu de temps à patienter avant le procès. Aujourd'hui, je voudrais qu'on passe en revue un certain nombre d'éléments, toi et moi.

— Est-ce que je serai menotté au prétoire ?

— Non. On te fera visiter la salle du tribunal avant l'audience. C'est une femme charmante qui s'occupe de cela, je la connais. Elle t'expliquera le déroulement des opérations. Nous savons déjà que tu seras assis à côté de moi avec tes parents juste derrière nous, plutôt que le banc des accusés. Ça te va ?

Sebastian hocha la tête.

— C'est parce qu'ils ne pensent pas vraiment que je sois coupable ?

— Non, c'est parce que tu es un enfant. Le banc des accusés est réservé aux majeurs.

— Vous direz au juge que je suis innocent ?

— Tu te souviens d'Irene, l'avocate qui va plaider pour toi ?

Le garçon opina vigoureusement du chef.

— Eh bien, c'est elle qui présentera le dossier au jury.

Daniel ouvrit son bloc-notes et ôta le capuchon de son stylo. Sebastian fit le tour de la table pour mettre son nez dans les papiers de l'avocat. Il s'appuya contre Daniel, examina ses cartes de visite, son téléphone portable, son stylo à plume et les clefs USB rangées dans un compartiment de son parapheur en cuir. Daniel perçut l'odeur de shampoing de ses cheveux, son haleine parfumée à la fraise. Il était ému par le contact léger de l'enfant contre son épaule. Daniel se souvint d'avoir quémandé de l'affection auprès d'individus qui lui étaient étrangers, se pelotonnant contre eux à la recherche d'un sentiment qui n'était ni consenti, ni espéré. De sorte qu'il ne se déroba pas sous la pression de l'enfant. Il continua à prendre des notes, évitant soigneusement de se retourner, ce que l'enfant aurait pu interpréter comme un rejet. Au bout d'un moment, Sebastian eut un lourd soupir et refit le tour du bureau, le iPhone de Daniel dans les mains. Ce dernier l'avait éteint en franchissant les grilles de la maison de détention. Le garçon le ralluma en un clin d'œil.

Daniel tendit la main, paume tournée vers le plafond. Seb souriait. Leurs yeux se croisèrent.

— Merci, dit le jeune avocat, par anticipation.

Pourquoi avait-il laissé l'enfant s'emparer du téléphone ? De toute façon, il allait le lui rendre sans faire d'histoires.

— J'ai le droit de jouer avec le téléphone de maman.

— Super. La prochaine fois qu'elle vient, tu pourras t'amuser avec le sien.

Sebastian feignit de ne pas l'entendre. Il se rassit à la table et se mit à explorer le carnet d'adresses du portable.

Daniel essaya de se rappeler la manière dont Minnie réglait ses accès d'insolence. En général, elle dardait sur lui un regard glacial, de ces yeux qui pouvaient irradier de chaleur. Il reconnaissait alors sa supériorité. À l'idée qu'il allait peut-être s'avérer incapable de contrôler les mouvements d'humeur de Seb, il sentit son cœur s'emballer. Le garçon leva les yeux ; Daniel rétablit le contact, se remémorant l'acier qui brillait dans les prunelles bleues de Minnie. Jamais elle ne l'avait craint. Il ne se croyait pas capable de communiquer à autrui une force comparable à celle de Minnie : Seb malgré tout détourna la tête, comme si une guêpe l'avait piqué, et rendit le téléphone à son propriétaire.

— Bon, fit celui-ci en ôtant son veston et en pivotant vers l'enfant. L'accusation va faire témoigner la maman de Ben ; c'est elle qui commencera, je pense. Puis tes voisins et quelques gamins du quartier et de l'école.

— Qui ça ?

Le visage du garçon avait retrouvé sa vivacité, ses yeux verts étaient alertes, concentrés. Daniel feuilleta son bloc-notes.

— Poppy... Felix...

— Ils ne peuvent pas me voir. Ils vont dire que je suis méchant.

— C'est la raison pour laquelle l'accusation veut les entendre. Mais nous ne les laisserons pas aborder ce terrain. Juridiquement, ils ne sont pas autorisés à faire état de considérations de ce genre. Ce n'est pas le lieu, et ce n'est pas davantage équitable. Irene y mettra le holà. Si je t'ai parlé d'eux, c'est que je pense que les témoignages de la mère de Ben et de ces enfants ne vont pas être des moments très agréables pour nous, mais que ce n'est pas l'essentiel de leur stratégie. Il ne faut pas que ça te mette dans tous tes états, d'accord ?

Le garçon acquiesça.

— Nous sommes en train de finaliser les comparutions. Tu es absolument certain que tu n'as rien d'autre à me dire ?

Sebastian eut un regard en coulisse, puis secoua la tête avec la plus grande énergie.

— Très bien.

— Est-ce qu'il faudra que je parle, moi aussi ?

— Non. Ce n'est pas dans notre stratégie. À vrai dire, ce n'est pas une expérience des plus plaisantes, et je pense que tu passeras déjà un très mauvais quart d'heure avec le reste des débats. Cela dit, il faut voir comment tout cela évolue. Irene peut avoir envie ultérieurement de te faire témoigner. Si tel est le cas, nous te préparerons, bien sûr. D'accord ?

— D'accord.

— Leur démonstration reposera principalement sur les analyses légales, ce qui risque d'être interminable. Au cours d'un procès, les débats sont pour l'essentiel ennuyeux et techniques. Malgré tout, il faut essayer de rester vigilant, Seb. Les gens vont épier tes réactions.

Le petit garçon se redressa sur sa chaise, comme si l'idée d'être observé l'excitait. Les mains jointes, il sourit à Daniel, le regard pétillant.

— Vraiment ? On va me regarder ?

Daniel haussa les sourcils. Leurs yeux se croisèrent. Il n'y avait pas la moindre lueur de honte dans les prunelles vertes du garçon. Il n'avait pas l'air de se rendre compte du caractère choquant de sa réaction. Cependant, il n'était qu'un enfant.

— Ton papa et ta maman sont venus te rendre visite hier, je crois.

Les minces épaules s'affaissèrent. Le garçon hocha la tête, le regard fixé sur la table.

— Je sais que ce n'est pas facile. Ils doivent te manquer.

— Je trouve que vous avez de la chance, reprit Seb en dévisageant son avocat.

— Et pourquoi ça ?

— Vous n'avez pas eu de père.

Daniel s'emplit lentement les poumons.

— Ah, tu sais, parfois les petits amis de ma mère ne valaient pas mieux.

Le garçon fit oui de la tête. Il avait certainement compris, se dit Daniel.

— Je sais ce que tu ressens, commenta ce dernier. Moi aussi, autrefois, je voulais protéger ma mère. Mais il faut aussi que tu prennes soin de toi-même. Il ne faut pas oublier que le petit garçon, c'est toi et que l'adulte, c'est elle.

C'était le genre de chose que Minnie aurait pu lui dire.

En rentrant du bureau, Daniel, mains dans les poches et front baissé, descendit au pub en bas de chez lui, le Crown. L'automne avait commencé ; le fond de l'air était frais. Il faillit remonter chez lui chercher son veston ; la pensée de l'escalier le fit se raviser.

Le bar était chaleureux et bien éclairé ; il y avait un vrai feu de bois dans la cheminée à l'angle de la salle et une odeur de cuisine de pub et de bois humide. Daniel commanda une bière au comptoir et s'installa sur un tabouret. Il fit tourner le verre jusqu'à ce que la mousse se repose. En temps ordinaire, il aurait lu le journal : pas ce soir. La presse le rendait malade : chaque fois qu'il ouvrait un quotidien, c'était pour y trouver soit une mention de Sebastian

– l'anonyme « enfant assassin d'Angel » – soit une allusion indirecte dans quelque tribune consacrée à la « fracture sociale ». Ben Stokes quant à lui était déjà immortalisé, martyr sacrifié sur l'autel de l'innocence et de l'enfance. Ce n'était jamais Benjamin Stokes, huit ans, mais *Le petit Ben*, ou *Benny*, et son apparence était toujours la même : celle que lui conférait une photographie de classe de deux ans antérieure à sa mort, sur laquelle il arborait des épis et un sourire auquel manquaient les deux incisives principales. Il était l'ange d'Angel et Sebastian son diable.

Daniel n'était pas habitué à une telle logorrhée médiatique. Certains des adolescents qu'il avait défendus dans le passé, guère plus âgés que Seb, avaient vécu des choses bien plus dures que lui : et cependant la presse ne s'était pas intéressée à eux. Ils n'avaient jamais eu droit qu'à des entrefilets minuscules, en bas de page. *Ils n'avaient pas d'importance. Des petits voyous dans des bandes, qui pratiquaient le contrôle de leur propre population. Ça restait dans l'ordre des choses.*

Il ne restait plus que trois semaines avant le procès. Un constat qui lui donnait la bouche sèche. Il but une première gorgée de bière. Il était prêt à affronter l'épreuve du procès, même s'il se sentait sans force face à la volonté de la cour.

Les yeux rivés sur sa chope, Daniel se remémora le regard du garçon, tel qu'il l'avait vu l'après-midi même. Leur intensité. L'excitation que lui donnait la perspective du procès. À vrai dire, Daniel ne savait pas exactement de quoi le gamin était capable. Il avait beau faire chaud au Crown, Daniel frissonna.

— Comment ça va, Danny ? demanda le barman, un quinquagénaire pourvu d'une bedaine qui débordait de sa ceinture.

Son visage aux traits accablés disait assez les histoires qu'il avait entendues, sa carrière durant.

— La semaine n'a pas été facile, apparemment.

— Bah, soupira Daniel avec un sourire. Pas plus que ça. Comme d'habitude.

— Et votre charmante compagne ? Je ne l'ai pas vue depuis des siècles.

— Elle est partie.

— Oh, désolé, vieux, dit le barman en rangeant un verre sous le comptoir, après l'avoir astiqué. Moi qui vous croyais inséparables.

— Il faut croire que non.

— Bah, une de perdue… vous savez ce qu'on dit, hein.

Le barman s'en fut à l'autre bout du bar servir un couple qui venait juste d'arriver, la femme encore toute frémissante de l'air de la nuit. Son doux bavardage à l'accent cockney le suivit, soudain à peine audible.

Daniel contemplait le liquide ambré dans sa chope. Le verre était chaud sous ses doigts. Lentement, il but une deuxième gorgée, admirant le coucher du soleil sur Victoria Park, qui perçait les nuages bas de lueurs roses et fauves. Dans le bar, l'atmosphère était chaude, réconfortante, imprégnée de l'odeur presque sucrée du cidre, de la bière, des plats chauds.

Les choses s'étaient clarifiées, simplifiées – et, cependant, il se sentait écartelé. Il était impatient que le procès commence, impatient aussi d'en apprendre davantage sur la vie de Minnie. Il voulait la comprendre. Il avait cette impression qui lui venait pendant la course quand il trouvait le bon rythme et que sa respiration s'apaisait. Il avait alors le sentiment de pouvoir courir jusqu'à la fin des temps. C'était dans cet état qu'il avait vécu le Marathon de Londres en 2008.

Le serveur lui apporta son hamburger, qu'il mangea sans y réfléchir. Il rentra chez lui, les mains dans les poches, de nouveau, et la tête basse.

Il s'engagea lentement dans les escaliers, se mit à courir lorsqu'il entendit le téléphone sonner dans l'appartement.

— Allô ?

— C'est bien Danny ?

Où l'avait-il entendue, cette voix ? Il la connaissait. Il fit un effort de mémoire.

— Danny, c'est Harriet au téléphone.

Il inspira profondément.

Le vestibule était plongé dans le noir ; Daniel n'alluma pas la lumière. Il se laissa tomber au bas du mur, le combiné coincé entre l'épaule et l'oreille, les coudes posés sur les rotules.

— Comment vas-tu ? demanda-t-il.

Le torse tout contre les genoux, il sentit son cœur qui battait fort. Qu'avait-elle à dire ? Allait-elle enfiler de nouveau sa robe de procureur ?

— Il fallait que je te rappelle, Danny. Plus j'y pensais, plus je me disais que j'avais été... grossière, sans aucune raison. Simplement, j'ai tant de chagrin pour elle. J'espère que tu me comprends. Elle n'a pas eu une vie facile, et maintenant qu'elle est morte, elle me manque. Je sais qu'à toi aussi. Quelle que soit la raison de votre dispute, vous aviez été proches et ta peine doit être immense.

Il ne sut que répondre. Il toussota, respira profondément.

— Je ne l'ai jamais suivie sur cette histoire de gosses qu'elle prenait chez elle...

— Tu veux dire dans ce rôle de parent nourricier ? Pourquoi donc ? Elle le tenait très bien, non ?

— Oh, c'était une très bonne *mère*, c'est certain, mais je crois que je n'ai jamais compris sa logique. À l'époque, je pensais qu'elle ne faisait que se torturer.

Daniel fronça des sourcils dans l'obscurité.

— Merci de m'avoir rappelé, Harriet.

— Tu sais, elle n'aurait pas aimé que je te parle sur ce ton.

La voix de la vieille dame frémit, s'épaissit ; puis elle reprit le contrôle de ses émotions.

— Je ne te réveille pas, j'espère ?

— Non, je viens de rentrer.

— Tu travailles toujours aussi dur ? Tu as toujours été un acharné.

Elle se tut un moment. Il l'entendit renifler. Elle avait laissé le journal de dix heures en fond sonore.

— Danny, qu'est-ce que tu voulais savoir à son sujet ?

Il se dégourdit les jambes, la main sur les paupières. Il n'était pas prêt à une conversation de ce genre. La semaine l'avait laissé exsangue, exténué. Il respira lentement avant de lui répondre.

— Harriet, je ne t'en veux pas de ta réaction. Tu viens de perdre ta sœur. Je ne voulais pas aggraver les choses. C'est juste que... que je viens seulement de comprendre qu'elle n'est plus là. Aux obsèques, j'étais encore... en colère. Nous n'avions jamais réglé la question, mais maintenant qu'elle est partie, je crois que... je crois qu'elle me manque vraiment.

Il prononça ces derniers mots d'une voix soudain pâteuse, s'accorda une longue inspiration, pour reprendre son calme.

— Je suis revenu à la maison... à la ferme. Je n'avais pas vu Minnie... n'étais pas revenu depuis si longtemps. C'était... je ne sais pas. Je me suis rappelé tout un tas de choses. J'ai eu l'impression d'avoir quitté la maison la veille, et pourtant cela fait des années. Elle m'a laissé un carton avec des photos. Je crois que j'ai compris qu'il y avait bien des choses que j'ignorais à son sujet…

— Que veux-tu savoir, mon petit loup ? Je te répondrai.

— Eh bien, j'aurais voulu savoir pourquoi elle était si triste.

Il avala sa salive.

— Ah, tu savais pourtant qu'elle avait perdu sa petite, et son mari, l'un après l'autre, pour ainsi dire.

— Oui, mais elle n'en parlait jamais et je ne sais pas ce qui s'est vraiment passé.

— Un an plus tard, elle s'est mise à accueillir les gosses des autres. Je n'ai pas compris pourquoi elle faisait ça. Et même encore maintenant, ça m'échappe. C'était une bonne infirmière, une mère aimante. Oui, j'imagine qu'elle avait besoin de s'occuper des gens. Elle était de celles pour qui c'est un besoin.

— Je me souviens qu'elle m'a dit un jour que c'était cela, le bonheur… elle ne m'a jamais parlé de Norman, ni de Delia. Elle a toujours évité le sujet – c'était trop douloureux, disait-elle.

Harriet soupira. Daniel entendit une voix : celle de son mari, qui lui demandait si elle voulait du thé.

— Harriet, pourquoi penses-tu qu'elle se torturait elle-même ?

— Tu sais, quand tu perds ta petite fille et que tu deviens parent d'accueil, et qu'on t'envoie une petite tous les quatre ou cinq mois… Ce n'est jamais la tienne… (La voix de Harriet se troubla de nouveau :) Comment pouvait-elle supporter ça ? Et tu sais qu'avant toi, elle n'a jamais accueilli que des filles. Que des filles.

Daniel porta une main à ses lèvres.

— Elle disait (La voix de Harriet se brisa ; elle laissa échapper un unique sanglot, hoquetant :) que Delia avait éveillé tant d'amour en elle… que pouvait-elle faire d'autre ? Il fallait bien qu'elle continue à donner… crois-moi, c'est ça qui l'a tuée. Elle est morte dans une telle solitude, et ce n'est pas juste pour une femme qui a accueilli chez elle une bonne partie de ceux dont personne ne voulait.

— Cela, dit Daniel, le dos au mur dans le vestibule encore obscur, l'esprit envahi de souvenirs lumineux, je ne l'ai jamais su. Quand j'ai été placé chez elle, à onze ans, j'avais l'impression qu'elle était une des attractions de Brampton. Toutes ces sornettes qu'on racontait à son sujet. À peine croyable...

— Ah, ça ne m'étonne pas. Dans ce genre de petites villes, il y a des tas de gens étriqués, tu ne crois pas. Minnie était si remarquable. Une fille de la ville. Elle adorait Londres : elle y avait été tellement heureuse. C'était Norman qui voulait s'installer en Cumbrie. Tu imagines... un trou pareil... pour l'amour de Dieu ! Minnie en Cumbrie ! Je n'ai jamais compris pourquoi elle y est restée après sa mort. Elle n'avait aucun lien avec ce coin-là. Je le lui ai dit : retourne à Londres ou chez nous, Minnie. Tout, sauf ce fichu trou.

— Mais il y avait la ferme et les animaux. Elle les aimait tant.

— Ce n'était qu'un prétexte.

— Elle y avait eu sa fille. Elle y avait encore sa maison...

— Même si elle était rentrée en Irlande... Mais elle avait décidé de rester. Comme pour se punir.

— Se punir de quoi ?

— Mais c'est qu'elle se sentait responsable, tu comprends ? Comme si elle avait sciemment attenté à la vie de sa propre petite. Elle l'aimait plus que tout en ce bas monde.

— Qu'est-ce qui s'est passé ? chuchota Daniel. Un accident de voiture ?

— Oui, et tu imagines, perdre ton enfant de six ans ? *Et ta fille unique* ? Et puis cette gamine, elle était si mignonne. Tu ne peux pas imaginer gosse plus vive, plus drôle. Le portrait craché de Minnie au même âge. Des boucles noires et les yeux les plus lumineux, les plus bleus qui soient. Un amour de gosse. Je travaillais en Angleterre à l'époque de l'accident et je suis venue dès que j'ai su... mais le pauvre agneau, elle était déjà en train de partir...

Daniel retint son souffle.

— Elle était encore à peu près consciente, tu vois... elle avait des moments de lucidité. Elle avait été très grièvement blessée... elle souffrait terriblement. Pour Minnie, c'était insupportable. Elle tenait la main de la petite qui lui demandait, pauvre gosse : *Maman, est-ce que je vais mourir ?* Et elle luttait si fort contre la mort, elle luttait si fort pour ne pas sombrer. Minnie soudain s'est apaisée. Je me souviens seulement l'avoir entendue murmurer à Delia : *Ne t'en fais pas, mon petit loup. Tu resteras toujours mon petit ange...*

Harriet se mit à pleurer tout doucement. Daniel se redressa, alluma la lumière. L'éclat des ampoules lui fit mal aux yeux. Il posa la main sur son front, pressa à nouveau sur l'interrupteur.

— Minnie s'en voulait parce que c'était elle qui conduisait lorsque l'accident s'est produit ?

— Oui, effectivement... mais ce n'est pas tout.

Harriet se moucha bruyamment.

— Ce jour-là, Delia était chez une amie, tu vois. Il y avait une soirée d'anniversaire et Minnie est allée la chercher. Une des autres petites voulait rentrer chez elle et Minnie a proposé de la raccompagner, pour rendre service aux parents, tu comprends... Seigneur, je m'en souviens comme si c'était hier. Minnie m'a dit que Delia ce jour-là portait sa plus belle robe, avec des tas de petites marguerites, et qu'elle était adorable. Elle avait rapporté une part de gâteau dans une serviette bleue. Je m'en souviens très bien : Minnie a parlé d'une *serviette bleue*. Minnie, Dieu lui pardonne... Minnie a fait asseoir Tildy, l'amie de Delia - oui, je suis sûre que c'était ce nom-là, Tildy - sur le siège avant. Avec la ceinture de sécurité, et tout ça. Delia était sur la banquette arrière, sans ceinture. C'était comme ça, Danny, tu sais, dans les années soixante-dix. On ne faisait pas trop attention à la sécurité routière. Ça n'existait même pas, ces notions-là.

« Minnie m'a dit plus tard que la petite chantonnait dans son oreille. Delia adorait chanter en voiture. Elle se tenait presque debout, au milieu de la banquette, un coude sur chaque siège avant, tu sais comment font les gamins... ou comment ils faisaient à cette époque. Minnie lui a dit de se rasseoir, et puis... Trop tard.

— Comment ça, trop tard ? fit Daniel en se mordant l'ongle du pouce.

Harriet se remit à pleurer.

— La voiture a fait une embardée. Les routes étaient humides, tu comprends ? Il avait beaucoup plu et ces fichues routes de campagne étaient humides, glissantes... Minnie disait que la petite n'avait pas poussé un cri, même lorsqu'elle avait... heurté le pare-brise. Oh ! Seigneur, Seigneur. Danny, je suis navrée, je ne peux pas aller plus loin.

Ses sanglots étaient entrecoupés de brefs hoquets.

— Danny, je voulais juste te dire à quel point je m'en voulais, gémit-elle. Pour l'autre jour.

— Désolé de t'avoir mise dans cet état, dit Daniel, le plexus bloqué. Merci de m'avoir rappelé.

— Elle t'aimait, tu sais, renifla Harriet. Elle était fière de toi. Je suis contente que tu sois venu à ses obsèques. C'est ce qu'elle aurait souhaité.

Il raccrocha. L'appartement était glacial. Il avait mal au fond de la gorge. Il entra dans le salon, plongé, de même que l'entrée, dans l'obscurité. La photo qu'elle lui avait léguée ressortait, noire, sur la cheminée blanche. Il n'avait pas besoin d'allumer la lumière ou de la prendre dans sa main pour voir le visage de Minnie. Le cliché datait sans doute de la fin des années soixante ou du début des années soixante-dix : les couleurs étaient plus éclatantes et plus joyeuses que celles de la vraie vie – comme si la photo était peinte, arrachée à l'imagination plutôt qu'à la réalité. Minnie portait une jupe courte ; Norman des lunettes à monture d'écaille. La fillette avait un aspect tout aussi irréel : joues de porcelaine, dents semblables à des perles blanches. Comme Ben Stokes : dérobée au monde des vivants alors qu'elle n'avait rien perdu de sa perfection.

Il alla dans le noir à la cuisine, prit une bière. La brève lueur du frigo le défia. Il avait froid ; la bouteille glacée lui donnait la chair de poule sur les bras. Il se mordit les lèvres puis but longuement au goulot avant de reposer violemment la bouteille, à moitié pleine, sur le plan de travail.

Il se passa la main sur les yeux. Il frissonnait – et cependant ses paupières brûlaient. Il pressa les phalanges sur ses lèvres, sans comprendre, tandis que les larmes ruisselaient, chaudes, sur ses joues. Il n'avait pas pleuré depuis si longtemps. Il se cacha le visage dans le pli du coude, se souvenant de la tendresse de la chair de Minnie, qu'enveloppait la laine rêche de sa veste. Il grommela un juron, de nouveau se mordit les lèvres ; l'obscurité cependant fut magnanime ; elle le laissa faire.

8

C'ÉTAIT LE PRINTEMPS. L'air sentait le purin et les bourgeons hardis. Les bottes de Daniel faisaient des bruits de succion dans la boue de la cour tandis qu'il nourrissait Hector et les poules. La porte du poulailler était sortie de ses gonds ; le grillage était arraché en un ou deux endroits. Daniel, à genoux dans la gadoue, répara le grillage et donna un coup de tournevis au verrou de la porte. Les renards avaient tué des volatiles dans la ferme voisine. Les poules de Minnie n'avaient souffert que d'une bonne peur : en pleine nuit, elles s'étaient précipitées en caquetant sur le grillage jusqu'à ce que Minnie, accompagnée de Blitz, aille effrayer les prédateurs.

Il était six heures et demie ; l'estomac de Daniel bâillait de faim tandis qu'il s'affairait. Il faisait encore froid ; ses mains étaient roses jusqu'aux poignets. Ses vêtements étaient déjà trop petits : les manches de ses chemises lui arrivaient à mi-bras. Minnie avait promis de le rhabiller de neuf et de lui acheter un maillot de football. Il était désormais attaquant dans l'équipe de l'école. Mais on était samedi, jour de marché.

Par la fenêtre de la cuisine, il vit Minnie remplir la bouilloire et préparer le porridge. Le matin, ses mèches grises pendaient, maintenues de chaque côté de sa tête par des barrettes en écaille de tortue. Ce n'était qu'une fois habillée qu'elle les fixait sur le sommet de son crâne.

La mère de Daniel avait des cheveux châtains, coupés court, qu'elle teignait en blond. En semant ses dernières épluchures dans la basse-cour, Daniel se souvint de la sensation de ses mèches entre ses doigts. Fines, molles, le contraire des lourdes boucles de Minnie.

Après l'incident chez les Thornton, Minnie avait dit à Daniel qu'elle allait entamer une procédure d'adoption. Ils avaient rempli tous les questionnaires ensemble, les feuilles éparpillées sur la table de la cuisine. À présent, il n'y avait plus qu'à attendre. L'idée qu'il puisse devenir le fils de quelqu'un d'autre sans cesser d'être celui de sa mère le troublait : et cependant, il avait donné son accord à Minnie et se sentait débordant d'une joie étrange, pleine d'espoir, à cette idée.

Minnie lui avait demandé s'il voulait prendre le nom de Flynn : il avait décidé de ne pas renoncer au sien, Hunter. C'était celui de sa mère, du reste. Il voulait le garder parce qu'il l'aimait bien. C'était son nom. Mais ce n'était pas la seule raison : lorsqu'il aurait dix-huit ans, conjectura-t-il, sa mère essaierait peut-être de le retrouver. Si tel était le cas, il voulait lui faciliter les choses.

Une fois rentré, Daniel se lava les mains, prenant plaisir à laisser couler l'eau chaude sur ses doigts frigorifiés. Lorsqu'il eut fini, il se pencha sur l'évier et scruta son reflet dans la glace, ses cheveux bruns, presque noirs, et ses yeux d'un marron si foncé qu'il fallait les regarder longuement pour distinguer l'iris de la pupille. Daniel s'était souvent senti étranger à son propre visage. Il ne ressemblait pas à sa mère, ne savait pas d'où lui venaient ses traits.

Il n'avait jamais connu son père. Il avait plusieurs fois demandé son nom : chaque fois, sa mère avait refusé de lui répondre, ou prétendu qu'elle ne savait pas qui il était. Sur son acte de naissance, que Daniel avait pu voir, la rubrique « Père » n'était pas remplie.

Bientôt, il aurait deux mères : l'une approuvée par l'État, l'autre pas ; l'une dont il lui fallait prendre soin, l'autre qui prenait soin de lui. Mais de père, toujours pas.

Minnie avait allumé la radio dans la cuisine. Tout en remuant le porridge, elle se trémoussait en rythme. Daniel, une fois servi, souffla sur la mixture brûlante avant d'y ajouter du lait et du sucre. Minnie lui avait montré comment verser le lait sur le dos de la cuiller, afin de ne pas percer la peau du porridge.

— Je meurs de faim, dit-il, tandis qu'elle lui versait du jus d'orange.

— Eh bien, tu es en pleine croissance, c'est normal. Mange.

— Minnie ? fit Daniel avant d'engloutir une cuillerée de porridge sucré.

— Oui, mon lapin ?

— Tu crois qu'on aura des nouvelles cette semaine ?

— Sans doute. C'est ce qu'ils disaient. Mais ne t'en fais pas, hein. Ça va venir. Et quand ça sera venu, on fera la fête.

— Comment ?

— On pourrait partir en pique-nique. À la plage…

— À la plage ? Mais il faudrait prendre la voiture.

— Oui, mais on n'aurait qu'à rouler lentement. On prendrait notre temps.

Le sourire aux lèvres, il finit son porridge. Il n'était jamais allé à la plage : la perspective lui donnait des palpitations dans l'estomac.

— Minnie ? demanda-t-il en léchant la cuillère. Quand nous aurons les papiers, est-ce que je t'appellerai maman ?

Elle se leva pour débarrasser la table.

— Tant que tu restes poli, tu peux m'appeler comme tu veux, dit-elle en lui ébouriffant les cheveux.

Ses joues étaient roses et ses yeux brillants. Daniel la dévisagea, sans savoir si elle était heureuse ou triste.

Le froid était toujours vif ; Minnie insista pour qu'il garde sa parka tandis qu'ils montaient le stand. Daniel avait le coup de main, à présent. Pendant que Minnie dressait l'inventaire des produits proposés à la vente, encore entreposés dans le coffre de la voiture, le garçon fixa la nappe en plastique sur les planches. Minnie portait deux vestes en laine et des mitaines.

Elle disposa les produits sur la nappe : les œufs, trois poulets qu'elle avait tués, plumés et vidés elle-même, des pommes de terre nouvelles, des oignons de printemps, des carottes, des rutabagas et un chou, tout frais sortis de terre. Elle exposa également quelques pots de confiture d'abricots et de fraise, et huit tartes à la rhubarbe.

Daniel ouvrit la boîte en carton qui lui servait de caisse et compta la monnaie. Son travail à lui, c'était tout ce qui concernait l'argent. Il encaissait les achats et rendait la monnaie. Il faisait le compte de leur bénéfice et du pourcentage qui constituait son salaire. Quand le coffre fut vide et l'étal prêt, Minnie sortit les sandwichs et les Thermos : pour Daniel, du café au lait ; pour elle, du thé sucré ; des œufs durs et des tartines à la confiture de fraise. S'ils avaient des clients, ils n'auraient pas le temps de finir ce casse-croûte ; si l'affluence était modérée, ils auraient tout englouti avant onze heures.

— Remonte la fermeture Éclair de ta parka.

— Je n'ai pas froid.

— Remonte-la.

— Remonte-la toi-même, répondit-il en obtempérant.

— Pas d'insolence.

Les stands étaient disposés autour de la salle communale de Brampton, qui constituait le cœur de la ville depuis plus de deux cents ans. Il y avait huit ou neuf autres fermiers, en plus de Minnie. La plupart vendaient soit des légumes, soit des produits de boucherie, soit des produits fermiers. Minnie était pratiquement la seule à proposer de tout. La ferme n'était pas assez grande pour qu'elle puisse se spécialiser. Elle vendait ce qu'elle produisait pour elle-même.

La première heure passa à toute vitesse. Deux poulets partirent, ainsi que plusieurs demi-douzaines d'œufs. Les volailles de Minnie étaient les meilleures du bourg, elle le savait bien. Raison pour laquelle même ceux qui ne l'aimaient pas lui achetaient des œufs.

Le froid faisait rougir les mains de Daniel. Lorsque Minnie le vit les ensevelir dans les manches de sa parka, elle lui frotta les doigts pour les réchauffer. Elle lui fit joindre les mains, comme pour prier, puis les frictionna entre ses propres paumes jusqu'à ce que la chaleur revienne. Elle y allait si fort qu'il tremblait de tous ses membres.

Le sang irriguant de nouveau ses doigts et ses bras, Daniel se souvint d'avoir réchauffé les mains de sa mère. Elle avait toujours froid : si maigre, et si peu vêtue. Il se rappela le contact des os de ses mains dans ses petites paumes d'enfant. Où se trouvait-elle à présent ? Il n'avait plus cet ardent désir de la retrouver, mais se posait tout de même la question. Il aurait voulu savoir si elle pensait à lui. Il aurait voulu lui parler de la ferme et de Minnie, de la monnaie dans la boîte, de la part qui lui revenait. Oh, le contact de ses mains frêles qui écartaient les mèches sur son front. Lorsqu'il y repensait, il sentait une douleur poindre sous ses côtes. C'était comme une faim impérieuse - un désir lancinant - que sa main de nouveau lui écarte les cheveux du visage.

— À quoi tu penses ? lui demanda Minnie.

Daniel prit entre ses deux mains le gobelet de plastique qu'elle lui tendait, pour en dérober un peu de la chaleur. Il haussa les épaules, avala une gorgée de thé sucré.

— Tu étais complètement ailleurs.

Minnie tendit le bras vers le garçon, qui l'esquiva en se trémoussant. Elle paraissait toujours sentir ce dont il avait besoin. Mais ce n'était pas la même chose. Ce ne serait jamais la même chose.

Une femme aux lèvres pincées s'approcha du stand. Daniel la reconnut : Mme Wilkes, la propriétaire de la confiserie, la mère de son ami Derek. C'était elle qui avait appelé l'ambulance lorsque le mari de Minnie était à l'agonie. Elle avait également dénoncé au directeur de l'école deux condisciples de Daniel qui avaient volé des billes en sucre dans son magasin.

Le regard fixé sur la confiture de Minnie, elle pinça les lèvres et plissa les yeux lorsqu'elle se vit observée par le garçon. Lequel plongea les mains dans les poches de sa parka.

— Combien coûte le pot ? demanda-t-elle en faisant la moue.

— Deux livres cinquante, répondit Daniel avec son sourire le plus éclatant, bien que le prix réclamé par Minnie fût inférieur d'une livre.

— Quel scandale ! s'exclama Mme Wilkes en reposant le pot sur la table d'un geste si brusque que les œufs tremblèrent.

Minnie, à laquelle le bruit avait fait tourner la tête, fronça les sourcils, une moitié de sandwich au thon à la main.

— Mme Wilkes, la qualité a un prix, vous devriez le savoir, remarqua Daniel.

Il sortit une main de sa poche et remit le pot à sa place.

— C'est ce que je vois.

Mme Wilkes s'était désintéressée de Daniel, ce qui n'avait pas échappé au garçon, pour héler Minnie. Celle-ci, la bouche pleine, ses boucles lui balayant le visage sous l'effet du vent, se tourna vers la nouvelle venue, une étincelle de joie dansant dans les yeux et des miettes plein le menton.

— Tu vas bien, Jean ?

— Oui, c'est juste que le prix me fait reculer. C'est du vol pur et simple.

Mme Wilkes poussa légèrement un des pots, troublant l'ordre qu'avait restauré Daniel.

— Dans ce cas-là, prends-en un, reprit Minnie.

Jean Wilkes pinça les lèvres.

— Que veux-tu dire ?

— Eh bien, sers-toi, je t'en prie. C'est un cadeau. Elle est bonne. Prends un pot, régale-toi.

Daniel se retourna pour regarder Minnie, mais elle scrutait Jean tout en finissant son sandwich.

— Je n'en ferai rien. Je vais te l'acheter, ton pot, au juste prix.

— C'est idiot. Je t'en prie, sers-toi et régale-toi. Merci, Jean.

Après quoi, Minnie revint au pique-nique qu'elle avait dressé dans le coffre de la Renault, Thermos compris, et s'empara d'un deuxième sandwich.

— Et toi, Minnie, tu es grotesque, cracha Jean en jetant trois livres dans la boîte en plastique qui servait de caisse, et sur laquelle Daniel veillait. Tu en demandes la peau des fesses et la minute d'après, tu l'offres pour rien. C'est comme ces gosses. Tout le monde sait que c'est pour te donner bonne conscience. Tu es infichue de t'occuper des tiens, mais, tout d'un coup, voilà que tu joues les mères universelles... Mais on ne peut pas te retirer ça : c'est vrai qu'elle est bonne, ta confiture.

Jean tenait le pot par le bas. Les commissures de ses lèvres s'étaient tendues vers ses joues, comme en un sourire.

— Qu'as-tu dit ?

Minnie avait parlé dans un souffle. Daniel se tourna vers elle, des picotements dans la nuque.

— Qu'en dépit de tout ça, on est bien d'accord : ta confiture est délicieuse.

Les dents de Jean Wilkes étaient brunâtres. Était-ce l'excès de sucreries qui les avait gâtées ? se demanda Daniel.

— Non, avant cela.

Minnie n'avait toujours pas élevé la voix : à présent, cependant, le ventre plaqué contre la table, elle était penchée vers Mme Wilkes. Elle avait posé sur la nappe des mains aux paumes blanchies par la tension.

— Infichue de m'occuper des miens ? J'ai bien entendu ?

Jean Wilkes repartait déjà.

Minnie se redressa et écarta les mèches qui balayaient son visage. Ses doigts tremblaient, remarqua Daniel. Minnie ouvrit une boîte d'œufs, y glissa ses gros doigts rouges.

Plaf.

Le garçon n'avait toujours pas retiré les mains des poches de sa parka. Mais les yeux lui sortirent de la tête lorsqu'il vit Minnie viser et l'œuf – si précieux – atteindre Jean Wilkes entre les deux omoplates.

Jean fit volte-face, grimaçante : Minnie cependant avait déjà un autre œuf à la main. À la grande joie d'un Daniel ébahi, Jean Wilkes se mit à trotter en zigzag sur ses hauts talons pour échapper le plus vite possible à la puissance de feu de Minnie.

Daniel tira cette dernière par le coude et leva un poing victorieux. Minnie se dégagea en émettant un tss-tss désapprobateur.

— Super ! Tu lui as donné une bonne leçon.

— Ça suffit !

Une réaction de colère qu'il ne comprit pas. Les joues de Minnie étaient roses, ses yeux bleus étincelaient de rage.

— Range-moi tout ça. Il fait trop froid, et, de toute façon, il est l'heure de partir.

Le garçon avait les doigts engourdis : malgré tout, il se mit à ranger le stand. Elle s'affairait à son côté, sans y mettre les formes. Elle jeta les Thermos dans le sac : d'ordinaire, elle prenait le temps de les vider dans le caniveau avant de les emballer avec précaution.

— Je suis désolé, dit Daniel.

Elle ne l'entendit pas. Après avoir rajusté les pans de sa veste en laine, elle mit un peu d'ordre dans les boîtes d'œufs qu'elle avait posées dans le coffre.

— Je suis désolé, répéta-t-il, un peu plus fort, en tirant un coin de la veste.

Elle consentit à se tourner vers lui, l'air interdit, son regard bleu clair traversé de petites étincelles de colère.

— C'est que j'avais pas l'intention de la mettre hors d'elle, expliqua le garçon. Je lui ai dit que ça valait deux livres cinquante. La confiture. C'était juste pour la faire marcher. Comme ça, ça nous aurait fait une petite marge en plus. Grâce à elle. Je ne pensais pas qu'elle…

— Ne t'en fais pas, mon lapin.

Sur le chemin du retour, dans l'auto, Daniel garda la caisse sur les genoux, les yeux fixés sur le paysage. Il s'étonnait encore de voir les petites maisons, les quelques fermes et les rares prés ondulants et verts. Il y avait en lui quelque chose qui s'attendait toujours à voir surgir les briques rouges et austères de Newcastle, ses cités à l'abandon, son désordre urbain. Une chose qui l'écartait toujours un peu de ce pays-ci. Son esprit revint sur la dispute entre Minnie et Mme Wilkes. Pourquoi étaient-ils si nombreux au village à ne pas aimer Minnie ? Certains même le détestaient, lui aussi, à cause d'elle.

Les mains de Minnie étaient crispées sur le volant. Elle conduisait penchée en avant, le ventre tout contre le bas du volant et le menton à hauteur du pare-brise. Daniel lui lança un regard : elle se passa la langue sur les lèvres, les pinça.

Minnie avait baissé la vitre ; ses boucles grises lui fouettaient doucement le visage. Elle conduisait toujours ainsi, chaque fois que Daniel l'accompagnait, qu'il pleuve ou qu'il vente. Elle souffrait de claustrophobie dans la voiture, disait-elle.

Daniel respira un bon coup avant d'ouvrir la bouche.

— Au village, il y a plein de gens qui ne t'aiment pas, tu sais ?

Elle détestait discuter quand elle conduisait. Ses yeux ne quittèrent pas la route ; Daniel comprit cependant qu'elle l'avait entendu à la tension subite de ses doigts sur le volant.

— Mais on s'en fiche, ajouta-t-il. Moi, j't'aime bien.

Elle ne répondit pas davantage, se contenta d'esquisser une moue qui, Daniel le savait bien, équivalait à un sourire.

C'était le jour où le tribunal devait rendre son verdict. Ce n'était qu'une formalité, lui avait assuré Minnie. Elle recevrait certainement le feu vert pour l'adoption. Malgré tout, il était inquiet. Il se leva avant le chant du coq, effectua toutes ses corvées et se prépara avant même qu'elle descende à la cuisine. Il avait même mis le porridge à chauffer, avait nourri le chien.

En entrant dans la cuisine, elle lui massa l'épaule, puis rangea son mouchoir dans la poche de sa robe de chambre. Elle prépara le thé, alluma la radio tandis que Daniel mettait le couvert, sans oublier le beurre et les pots de confiture maison. Elle le regarda faire, souriante, alors qu'il ajoutait lait et sucre dans leurs tasses respectives. Minnie prenait toujours trois sucres et beaucoup de lait ; Daniel, un sucre et un nuage de lait. Il posa la tasse de Minnie sur la table, près de son bol, but son thé debout, campé au milieu de la cuisine.

Son regard fit le tour de la pièce. Blitz, repu, s'était endormi sur le carrelage et rêvait sans doute, ses pattes maigres parcourues de tremblements. Daniel observa le mouvement des hanches de Minnie qui remuait le porridge, les rais de lumière qui se déversaient sur les cuillères par les vieilles fenêtres. Il connaissait le morceau qui passait à la radio, se mit à battre le rythme du pied. La cuisine était tiède de l'odeur du matin ; Daniel la garda en bouche, comme pour la déguster. Il était chez lui ici – ou plutôt il serait très bientôt ici chez lui.

Il épia Minnie qui bâillait par-dessus la casserole, la main sur le bas du dos. Ce soir, elle serait sa mère ; ils vivraient ici, tous les deux, pour toujours. Il avait presque du mal à le croire.

— Tu ne manges pas ton porridge ? Que se passe-t-il ? lui demanda-t-elle, en raclant le fond de son propre bol.

— Si, si, je mange, regarde, répondit-il avant d'engloutir une bouchée.

— Tu finis toujours avant moi. Qu'est-ce qui ne va pas ? Tu as des nœuds à l'estomac ?

— Un peu, dit-il en reposant sa cuiller, qui tinta contre la porcelaine du bol.

— Tu ne devrais pas. C'est plutôt excitant.

Elle tendit le bras, lui tira doucement sur la manche.

— C'est bien ce que tu veux, mon loup ?

— Oui.

— Tu sais que ça ne dépend que de toi.

— C'est ce que je veux.

— Moi aussi. Aujourd'hui, je deviens ta maman. Pas juste ton parent d'accueil, non… ta vraie mère.

Sous le regard de Daniel, ses yeux s'embuèrent, ses joues s'empourprèrent. Elle lui décocha un immense sourire et ce fut seulement alors, pommettes hautes, yeux plissés, que les larmes jaillirent – maigres et brèves larmes, une sur chaque joue. Vite, comme pour chasser une miette, elle s'essuya du plat des paumes, une main pour chaque larme. Elles disparurent et ne resta plus que le sourire.

Ta vraie mère, se répéta Daniel qui attendait au bas de l'escalier qu'elle ait fini de se préparer. *Ta vraie mère,* se souvint-il, le front sur la vitre du bus qui les emmenait de Brampton à Newcastle. Ils avaient pris le bus pour éviter à Minnie d'avoir à conduire dans le centre-ville.

Daniel portait l'uniforme de l'école et Minnie des chaussures. Pas vraiment des escarpins : c'étaient des souliers à lacets marron, sans talons. Mais pas des godillots non plus. Daniel était fasciné par le spectacle insolite qu'offraient les pieds de Minnie. C'était la première fois qu'il la voyait sans ses souliers d'homme. Comme toujours, cependant, elle portait sa jupe grise et son manteau vert, agrémenté d'un haut noir plus propre que nombre de ceux qu'elle arborait généralement.

Elle avait demandé au directeur de l'école un jour de congé pour Daniel. *Affaires de famille*, avait-elle expliqué.

Famille, songea Daniel, le nez à la vitre, la hanche de Minnie pressant contre son corps. En avait-il jamais eu une, il n'en était pas sûr, non plus que du sens exact du mot. Mais si cela voulait dire rester auprès d'elle et vivre à la ferme, il était content de franchir ce pas.

Tricia les attendait au tribunal. Elle était heureuse, elle aussi, et ne tenait pas en place, tournant la tête en tous sens. Voulait-il qu'elle lui prenne une boisson au distributeur ? Elle avait des dossiers sous le bras. L'audience ne serait pas longue, précisa-t-elle.

— Ça en fait du temps, Danny, pépia-t-elle. On se connaît depuis combien de temps ? Tu devais avoir dans les cinq ans, non ?

— J'sais pas.

— Oui, ça doit être ça. Quatre ou cinq ans. Dis donc, un bail, hein ! Et voilà qu'on t'adopte. Je suis si contente. Je ne pensais vraiment pas que ça puisse arriver.

Leur avocat les rejoignit, un jeune homme en costume noir qui tenait un attaché-case marron. Il serra la main de Minnie et se pencha vers Daniel. Le garçon regarda la paume qu'on lui tendait.

— Danny, serre la main quand on te la tend, intervint Minnie.

Daniel s'anima, sentit la poignée ferme et chaleureuse de l'avocat enserrer ses doigts.

— Je suis ton avocat, se présenta le nouveau venu.

Daniel lui sourit.

L'espace d'un instant, il se sentit puissant, dans son uniforme tout propre, avec son avocat à lui. Bientôt, il verrait le juge. Bientôt, il serait adopté. Il se souvint de ce que Minnie lui avait dit des hommes de loi.

Quand le temps fut venu, ils se retrouvèrent dans le cabinet du juge. Daniel s'était imaginé une salle décorée de vitraux, comme une église : mais ce n'était qu'un bureau meublé d'une grande table au plateau recouvert de cuir, et d'un grand nombre d'étagères chargées de livres.

L'endroit sentait la fumée de pipe, ce qui rappela à Daniel le directeur de l'école, M. Hart. Le juge ne lui ressemblait guère pourtant. Il avait une longue moustache blanche aux pointes jaunies ; quand il souriait, ses sourcils dépassaient de la monture de ses lunettes. On conduisit les visiteurs vers les canapés qui faisaient face au bureau du juge. Daniel s'installa dans l'un des fauteuils et Minnie dans l'autre, face à lui. Tricia et les avocats prirent place sur le divan ; le juge avait son propre sofa, qu'il partageait avec un greffier qui prenait note des moindres échanges. Cela n'avait pas grand-chose à voir avec les tribunaux qu'avait déjà fréquentés Daniel.

Le juge ne portait pas de robe. Daniel plongea les mains entre les cuisses et pinça les lèvres ; le juge prit la parole. Daniel était séduit par le protocole et les regards que lui adressait son avocat, les sourcils haussés, chaque fois que le nom du garçon était prononcé.

— Bien, conclut le juge. Venons-en maintenant à vous, jeune homme. Et à l'essentiel : souhaitez-vous vraiment que Mme Flynn vous adopte – ce qui fera d'elle votre mère et de vous... son fils. Daniel, à vous de nous dire ce que vous en pensez.

Le silence se fit et Daniel sentit que tous dans le bureau se tournaient vers lui. Tricia lui faisait signe de répondre, de la tête ; le front de l'avocat était plissé d'impatience.

Daniel leva les yeux. Le regard de Minnie était dardé sur lui. Elle souriait. Il se rendit compte qu'elle était, elle aussi, dévorée par l'anxiété. Elle ne cessait de faire tourner son alliance, et son annulaire passait du blanc au rouge, du rouge au blanc.

Il toussota, les yeux tournés vers le juge. Ce dernier souriait, lui aussi, et ses moustaches jaunies se retroussaient d'aise.

— Je veux être adopté, dit Daniel.

Ces mots, il les prononça les paupières baissées, puis reprit bientôt confiance ; il regarda le juge puis son avocat.

Mais ce ne fut qu'une fois l'acte finalisé, une fois tous les papiers signés, que le garçon se tourna vers Minnie. La table basse en acajou les séparant, ils se fixaient l'un l'autre, lèvres entrouvertes, haletant d'excitation, comme s'ils avaient couru.

En sortant du bureau, Daniel sentit ses genoux céder sous lui, comme s'il avait joué trop longtemps au football. Minnie marchait devant lui, Tricia sur les talons ; ses hanches balançaient dans sa jupe grise. Tricia bavardait, se lissant les cheveux, cherchant quelque chose dans son sac. L'avocat regarda sa montre et plongea la main dans sa poche.

— Eh bien, déclara Minnie, le poing sur la hanche, se tournant enfin vers Daniel. Embrasse-moi donc, beau gosse. J'ai vraiment l'impression d'avoir touché le gros lot !

Elle le prit dans ses bras, le souleva, lui pressa la poitrine, le fit tournoyer ; il riait. Quand elle le reposa enfin, la tête lui tournait ; le sourire de Minnie était si immense qu'il vit même la molaire qui lui manquait, vers le fond de sa bouche. Les rayons du soleil coulaient à flots – caressant la peau de ses mains, de son visage. Ils étaient tous deux devenus prismes, reflétant leur propre joie.

— Ça date de quand ? demanda Daniel.

— Presque deux mille ans. Tu te rends compte, à cette époque-là, bien avant les voitures, les trains, l'électricité et tous ces trucs, on pouvait quand même construire des murs comme celui-ci.

— Mais pourquoi s'appelle-t-il le mur d'Hadrien ?

— Si mon souvenir est bon, c'est le nom de l'empereur romain qui l'a fait construire.

— Mais pourquoi il l'a fait construire ?

— Il avait peut-être envie de marquer les esprits, deux mille ans plus tard, fit Minnie, hilare. Ça ne manque pas de logique. Tu veux mon avis ? Ça devait être un vieux connard avec un balai dans le cul, si je puis me permettre.

Daniel posa les mains sur les moellons, les caressa du bout des doigts. Puis il se hissa au faîte du mur. Ils étaient venus fêter l'adoption – Minnie ensuite voulait l'emmener au restaurant.

— Fais attention, mon loup, s'exclama-t-elle, une main sur la hanche, l'autre au-dessus des yeux. Ne tombe pas, hein.

— Viens, toi aussi !

— Tu es fou, toi. Je ne suis même pas fichue de monter l'escalier.

Si bien qu'ils marchèrent côte à côte, elle en bas et le garçon en haut du mur. Il se retourna, regarda les vertes collines qui s'étendaient à ses pieds, les bras tendus, les doigts écartés. L'espace lui donnait le vertige.

— De là-haut, tu sais, on a une sacrée vue, fit-il, taquin.

— Je te fais confiance.

Au-dessus d'une brèche, il s'avança, les orteils en surplomb, les genoux fléchis.

— Ne va pas sauter, gars.

— Tu pourrais me retenir.

— Tu vas te faire mal aux genoux.

— Mais non. J'ai sauté de bien plus haut que ça.

— D'accord. Je vais te donner les mains, ça te fera un appui.

Il sauta ; les mains de Minnie, fortes et rugueuses, s'emparèrent des siennes ; il se précipita sur elle, pantelant d'excitation.

Ils montèrent en haut de la colline, à la recherche d'un endroit où se désaltérer. Il leva les yeux vers elle : elle regardait ailleurs, un sourire aux lèvres, les yeux perdus dans le lointain, les lèvres entrouvertes, la poitrine animée d'un souffle puissant.

Daniel déglutit avant de glisser sa main dans l'une des siennes. Elle baissa les yeux sur lui, sourit de nouveau ; il détourna la tête, honteux, les tripes serrées, comme si son estomac - oui, même son estomac - s'efforçait de sourire. Le contact de sa paume rugueuse lui plaisait. En marchant, elle frotta son pouce contre les phalanges du garçon.

C'est ça, le bonheur, songea-t-il : ce ciel clair, l'odeur de l'herbe, le mur qui depuis des siècles tenait debout, la paume de Minnie contre la sienne, ses lèvres à lui, humides, en attendant la tasse de thé brûlant, sucré.

Il pensa à sa mère. Pourvu, pensa-t-il, qu'elle ait connaissance de ce moment. Tandis que la main de Minnie réchauffait l'une des siennes, il imagina que sa mère puisse se saisir de l'autre. Ce qui ajouterait la dernière touche à une journée quasiment parfaite.

LE JUGEMENT

1

LE PROCÈS DE SEBASTIAN DEVAIT AVOIR LIEU À L'OLD BAILEY. Daniel se leva dès l'aube pour aller courir, mais ni l'exercice, ni la douche ne soulagèrent la tension qui lui nouait l'estomac. Pourquoi une telle anxiété à l'approche de l'audience ? Ce n'était pas sa première affaire à l'Old Bailey, ni son premier procès pour homicide, loin de là. Cette fois-ci, cependant, la sensation n'était pas la même : c'était comme s'il allait lui-même comparaître.

L'entrée du tribunal n'était plus qu'une foule compacte, mêlant public en furie et journalistes avides. Daniel ne s'attendait pas à ce que les photographes de presse le reconnaissent ; ce serait sans doute à Irene qu'ils réserveraient leurs attentions.

— C'est un des avocats, fit une voix à son approche

Un flash crépita.

— Assassin d'enfant, hurla un badaud. Vous défendez un assassin d'enfant. Le petit salaud, qu'il grille, qu'il aille en enfer !

Ces manifestations d'hostilité n'étaient pas nouvelles pour Daniel, avocat de la défense. Il avait déjà été insulté par un passant, avait déjà reçu des menaces de mort. Ce qui n'avait jamais servi qu'à renforcer sa détermination. Tout accusé, quels que soient ses crimes, a droit à un procès équitable. Ce jour-là, cependant, la véhémence de la foule lui sembla exceptionnelle. Qu'on réagisse à la perte d'un être innocent par la colère, Daniel le comprenait : mais pourquoi les gens s'acharnaient-ils si promptement sur un autre enfant ? La mort d'un enfant était chose cruelle, mais n'était-il pas aussi injuste de clouer au pilori un si jeune garçon ? Daniel se souvint de l'insulte de son père d'accueil, *petite engeance du diable*. Même si Sebastian était coupable, il avait besoin d'aide, pas d'une condamnation. Daniel vit la foule enfler – les visages ricanants qui appelaient au châtiment. Les manifestants grondaient dans les rues, brandissant des pancartes réclamant *une vie pour une vie.* « Sa-laud, sa-laud... », hurlaient-ils à chaque fois qu'ils voyaient passer quelqu'un du camp de Sebastian, tout en se pressant contre les barrières de fortune et les policiers en gilet jaune.

Un agent tira Daniel par le coude pour le faire avancer. Il franchit au trot les dernières marches. Sebastian avait été transféré au tribunal en fourgon blindé et attendait dans une cellule.

Lorsque Daniel y descendit, il trouva le garçon assis sur une couchette de béton, recouverte d'un matelas de plastique bleu. Sebastian, le visage pâle, portait un costume bleu marine un peu trop grand aux épaules et une cravate à rayures. Cet accoutrement le faisait paraître encore plus jeune que ses onze ans.

— Comment ça va, Seb ? demanda Daniel.

— Bien, merci, répondit le garçon en tournant la tête.

— Chouette costume.

— C'est papa qui a voulu que je le mette.

Le procès ne débuterait pas avant une heure. Daniel eut un élan de compassion pour Sebastian, abandonné à son attente dans cette cellule de béton. C'était déjà assez dur pour les adultes. Le garçon avait eu droit la veille à une visite du tribunal et à une description du déroulement du procès : mais rien ne pouvait vraiment le préparer à cela.

Daniel s'installa sur la couchette, près du garçon. Ils regardaient tous deux le mur qui leur faisait face, couvert de graffiti – les obscénités se mêlant aux prières. Daniel remarqua l'un d'entre eux, gravé dans le béton avec un couteau : *Maman, je t'aime.*

— Vous avez couru, ce matin ? demanda Sebastian.

— Oui. Et toi, tu as petit-déjeuné ?

— Oui.

Le garçon soupira en détournant le regard, indifférent.

— Il faut que j'y aille, fit Daniel en se levant.

— Daniel ?

— Oui ?

— J'ai peur.

— Ça va bien se passer. On t'a montré où tu vas être installé ? Juste à côté de moi, comme prévu. Alors courage, petit. D'accord ?

Sebastian hocha la tête. Daniel frappa sur le battant pour qu'on le laisse sortir.

La porte refermée, Daniel y posa un instant la paume, avant de remonter dans la salle du tribunal.

Si le juge et les avocats plaidants étaient en robe, ils ne portaient pas de perruques, celles-ci pouvant intimider les enfants. Les places réservées au public avaient été prises d'assaut par la presse, dont nombre des représentants étaient encore massés à l'extérieur – seuls dix d'entre eux étaient autorisés à assister au procès. Un brouhaha impatient flottait dans la salle. Daniel prit place près d'une chaise vide qui devait accueillir Sebastian. Irene Clarke et son assistant, Mark Gibbon, étaient assis devant.

Deux policiers firent entrer le garçon, qui se mordait les lèvres. Daniel se pencha, une main rassurante posée sur l'épaule de Sebastian. À présent, ils formaient tous une étrange famille, soudée dans l'attente.

Les parents de Sebastian étaient assis au troisième rang. Charlotte portait un élégant tailleur. Kenneth était vautré sur sa chaise, les mains croisées sur l'estomac. Il ne cessait de regarder sa montre. Charlotte passa son maquillage en revue dans un miroir de poche et se remit du rouge à lèvres. Un murmure s'éleva du banc de la presse ; tous les autres se taisaient.

Daniel entendit le garçon déglutir.

Le juge fit son entrée. Daniel donna un coup de coude à Sebastian pour le faire se lever. Tout le monde en fit autant, avant de se rasseoir.

Après avoir été sélectionnés, les jurés prêtèrent serment. De l'autre côté du tribunal, tous avaient les yeux fixés sur Sebastian, sans pudeur. Ils avaient déjà lu nombre d'articles sur lui : à présent, ils connaissaient son visage. Et devenaient maîtres de son destin.

Les parents de Benjamin Stokes avaient pris place dans le public – Madeline et Paul. Ils étaient assis côte à côte, silencieux, pesants, ne se prodiguant aucune consolation, évitant de fixer Sebastian. Eux aussi, lourds de leur chagrin, attendaient le début de l'audience.

Le juge se pencha sur l'estrade et fixa l'auditoire par-dessus ses lunettes.

— Messieurs les représentants de la presse, je vous rappelle que jusqu'à nouvel ordre, le nom de l'accusé, Sebastian Croll, ne peut être mentionné dans aucun article, ni aucune information concernant le procès.

Les consonnes du nom du garçon semblaient titiller l'auditoire, en extase. Daniel fronça les sourcils.

Le juge fit glisser ses lunettes le long de son nez et tourna les yeux vers Sebastian.

— Sebastian, je ne te demanderai pas de te lever lorsque je m'adresse à toi, comme c'est l'usage ici. Tu n'es pas sur le banc des accusés, mais assis à côté de ton avocat, tout près de tes parents. Certaines des procédures de la cour sont longues, et peuvent te paraître incompréhensibles. Je te rappelle que si quelque chose t'échappe, tu peux en discuter avec tes avocats.

Sebastian leva les yeux vers Daniel, qui lui pressa la main sur les épaules, pour le faire se retourner vers le juge. Le garçon avait déjà reçu quelques conseils sur la façon de se comporter devant le tribunal.

Irene Clarke se leva, la main sur la hanche qui saillait sous sa robe.

— Monsieur le juge, je voudrais aborder une question de procédure...

Elle parlait avec une autorité simple, usant de la langue de la cour avec la diction qui convenait.

La cour attendit que les jurés se soient retirés : huit hommes, quatre femmes, deux jeunes et tous les autres d'âge mûr. Daniel les regarda partir le pas traînant.

— Monsieur le juge, nous souhaiterions déposer une demande d'ajournement, au motif que la publicité qui a été faite à cette affaire dans les médias nuit à mon client. Je vais montrer à la cour une sélection de coupures de presse, qui reflètent la subjectivité et l'émotivité des journalistes en la matière. La surabondance des articles traitant du cas qui nous intéresse a très certainement pu influencer le jury.

Le juge reçut la liasse d'articles qu'on lui transmettait avec un lourd soupir. Philip Baron n'était pas un inconnu pour Daniel. C'était l'un des juges les plus âgés de la juridiction. Après quelques décisions controversées, il avait d'ailleurs eu lui aussi les honneurs de la presse populaire, faisant notamment les gros titres pour avoir fait usage d'un langage douteux alors qu'il présidait des procès pour viol. Il faisait très largement ses soixante-neuf ans.

L'avocat du Ministère public, Gordon Jones, répondit que le jury ne pouvait avoir été influencé par la presse, l'accusé n'ayant jamais été désigné par son nom et les détails de l'affaire étant restés dans l'ombre. La matinée se consuma tout entière dans l'examen et la discussion des articles. L'estomac de Daniel se mit à gargouiller ; il banda les abdominaux pour étouffer les bruits. L'auditoire à présent semblait noyé dans la fatigue. Et l'attente inhérente à la bureaucratie... Daniel était coutumier de ces péripéties, mais tandis qu'Irene se démenait pour Sebastian, le garçon, lui, commençait clairement à s'ennuyer. Il dessinait sur un coin du bloc-notes des toutes petites roues collées les unes aux autres. Daniel l'entendait soupirer et remuer sur sa chaise.

Le juge s'éclaircit la voix.

— Merci. Après avoir examiné votre requête, je vais décider une poursuite du procès, mais rappellerai aux jurés qu'il est de leur devoir de considérer les éléments du dossier tels qu'ils sont présentés à la cour. Par ailleurs, je n'oublie pas que le temps passe et estime qu'il est sans doute le moment d'ajourner l'audience. Nous reprendrons après le déjeuner...

La cour s'étant retirée, Sebastian fut ramené dans sa cellule au sous-sol.

Irene quitta la salle du tribunal avant que Daniel puisse lui parler, si bien qu'il descendit voir Sebastian. Le gardien tira sur le volet du judas pour observer l'enfant avant de laisser entrer Daniel.

— Tu tiens le coup, Seb ?

Le garçon était assis sur le bord de la couchette, le regard fixé sur ses pieds tournés en dedans.

— Ils vont te servir ton déjeuner dans une minute, je pense.

Seb hocha la tête sans lever les yeux.

— On s'ennuie beaucoup, je sais... c'est sans doute la chose la moins agréable dans un procès.

— Ce n'est pas que je me sois ennuyé. Seulement, j'aurais préféré ne pas entendre...

— Ne pas entendre quoi ? Que veux-tu dire ?

— ... toutes ces méchantes choses qu'on raconte à mon sujet.

Daniel inspira profondément, ne sachant que répondre. Puis il s'assit sur la couchette.

— Tu sais, Seb, ça va être de pire en pire, finit-il par dire, en baissant la tête vers les coudes, pour être au niveau du garçon.

— Nous avons perdu sur le premier point, dit ce dernier.

— Oui, répliqua Daniel, mais nous nous y attendions.

— Alors, pourquoi avoir soulevé le problème si nous étions certains de perdre ?

— Eh bien, il faut dire que la question était tout à fait justifiée. Il faut également se souvenir qu'au tribunal, même si un juge ne se range pas à votre avis, les choses peuvent changer en appel.

Sebastian, les paupières baissées, ne répondit pas. Avait-il compris ? Daniel n'en était pas certain. Sur le point de compléter ses explications, il se ravisa, ne voulant pas accabler le garçon. Qu'aurait-il ressenti à onze ans, seul dans une cellule de ce genre ? Il n'eut pas grand mal à l'imaginer. Il avait failli se trouver dans une situation similaire. Les Thornton auraient très bien pu porter plainte.

— Êtes-vous mon ami ? demanda Sebastian.

— Je suis ton avocat.

— Les gens ne m'aiment pas, dit Sebastian. Je pense qu'il en sera de même des jurés.

— Le rôle des jurés est de se prononcer sur les éléments qu'on leur présente. Qu'ils t'aiment ou non, cela n'a aucune importance, remarqua Daniel.

Il aurait bien aimé que cela soit vrai, sans pour autant y croire complètement lui-même.

— Et vous, vous m'aimez bien ?

Le garçon avait relevé la tête. La première réaction de Daniel fut de se dérober à ce regard vert, qui s'était plongé dans le sien ; il ne détourna cependant pas les yeux.

— Bien sûr, répondit-il, avec de nouveau l'impression de franchir une frontière.

L'audience allait bientôt reprendre. Daniel acheta un sandwich près de Saint Paul et le mangea devant le tribunal. La mélancolie de Sebastian l'affectait : difficile de ne pas penser aux interrogations du garçon.

Il avait de mauvais pressentiments : était-ce l'issue du procès qui le tourmentait, ou bien l'empathie qu'il éprouvait envers Sebastian et les épreuves qui l'attendaient ? Il ne le savait pas vraiment. Cette responsabilité lui pesait. Une corneille se posa soudain sur le rebord de la fenêtre, à l'extérieur du café. Daniel arrêta de manger, regarda l'oiseau engloutir la frite qu'il avait volée sur le trottoir. Tête penchée, bec luisant, la corneille fixa Daniel, avant de s'envoler vers les toits des immeubles, les fantaisies baroques sculptées dans le calcaire de Portland. Daniel suivit son ascension jusqu'à la perdre de vue.

Vol : contrôle des forces antagonistes, le poids contre le mouvement ascendant, la gravité, l'aimant du grand au-delà.

Se battre ou s'envoler : le corps amène ces deux réponses simultanément. On peut soit affronter ce qui vous menace, soit le fuir.

Daniel n'avait pas ressenti le besoin de fuir depuis des années. La sensation cependant était de retour. Il avait peur de l'issue du procès, se sentait responsable du rôle qu'il allait y jouer.

Lorsqu'il retourna à Old Bailey, Irene faisait les cent pas devant l'entrée, le portable collé à l'oreille, l'ourlet de sa robe traînant sur le sol. Il lui fit un clin d'œil en la dépassant ; elle lui lança un regard.

La salle n° 13 était presque pleine. Les policiers ramenèrent Sebastian, qui reprit place devant ses parents. Le garçon se retourna pour regarder sa mère. Les Croll étaient bien là tous les deux, mais semblaient ne pas le voir. Charlotte portait des lunettes de soleil qu'elle ne cessait de relever sur l'arête de son nez, tout en croisant et décroisant les jambes. Kenneth scrutait alternativement sa montre et l'avocat de l'accusation, Gordon Jones qui, songea Daniel, ressemblait, même sans sa perruque, à un proviseur d'établissement privé. Maigre, le torse toujours légèrement penché, Jones n'avait pas d'âge. On aurait tout aussi bien pu lui donner trente-cinq ans que le double. Les os saillaient sous la peau de son visage et de son crâne.

— Qu'est-ce que vous avez mangé, à midi ? demanda Sebastian.

— Un sandwich. Et toi ?

— Des spaghettis à la sauce tomate, mais ils n'étaient pas formidables. Ils avaient un goût de plastique ou de je ne sais quoi.

— Ce n'est pas bien, ça.

— Je n'en ai pas mangé beaucoup. C'était vraiment dégueulasse.

— Tu vas avoir faim. Tu veux un bonbon ? Il va falloir patienter un bon bout de temps.

Sebastian se fourra dans la bouche une des pastilles à la menthe de Daniel. Un des journalistes avait pointé le doigt vers eux et prenait des notes dans son carnet.

Sebastian avait l'air content de lui. Le juge fit son entrée. Irene n'était toujours pas revenue ; son assistant la remplaçait provisoirement. L'après-midi, cependant, appartenait à l'accusation.

Gordon Jones se leva, prenant appui sur son pupitre de ses deux doigts tendus.

— Mesdames et messieurs les jurés, je prendrai la parole pour le Ministère public. L'accusé est représenté par ma distinguée collègue, Mlle Clarke.

Il inspira profondément, expira. Un exercice destiné à le rasséréner avant sa prise de parole, peut-être – Daniel toutefois savait qu'il s'agissait en fait d'un soupir.

— William Butler Yeats écrivit jadis que l'innocence et la beauté n'ont qu'un ennemi, le temps. Ben Stokes était innocent ; il était beau. Oui, c'était un beau petit garçon de huit ans. De cette taille-là, à peu près...

Jones tendit la paume devant lui pour matérialiser l'enfant.

La mère de Ben, assise dans le public, eut un hoquet subit. Tous levèrent les yeux vers elle ; son mari l'avait saisie par la taille. Jones attendit quelques secondes que le silence se refasse.

— Il aurait dû avoir tout le temps devant lui : l'école, les petites amies, l'université, une profession, une famille. Malheureusement, Ben avait un autre ennemi que celui dont parle le poète. Nous allons démontrer que, victime d'une agression brutale, il fut frappé à mort par quelqu'un qu'il connaissait fort bien – un voisin, un compagnon de jeu. Nous prouverons également que ce camarade était en fait un cruel harceleur.

« Le dimanche 8 août de cette année, Ben faisait du vélo près de chez lui, à Islington, rien de plus. Il avait la réputation d'être un enfant tranquille, bien élevé mais assez timide. Il adorait faire du vélo, ce qui ne manquera pas d'avoir une signification pour ceux d'entre vous qui ont des enfants : et cependant, ce jour-là, il laissa son vélo dans la rue. Le lendemain, son corps sans vie fut retrouvé dans une aire de jeu. Il avait été battu à mort à l'aide d'une brique.

« Nous vous prouverons que l'accusé, Sebastian Croll, a convaincu Ben de sortir de chez lui et d'abandonner son vélo, avant de l'emmener à Barnard Park. On l'a vu un peu plus tard tourmenter et molester Ben, qui était plus petit et plus jeune que lui. Ben voulait rentrer chez lui. Il voulait échapper à son harceleur. Nous avançons l'hypothèse que celui-ci, Sebastian Croll, se mit dans une telle colère qu'il frappa Ben de façon répétée et fatale dans un recoin de l'aire de jeu que les arbres dissimulaient aux regards.

« Nous démontrerons que Sebastian Croll brandit l'arme du crime avec une grande sauvagerie.

« Ce meurtre, innommable, relève d'une catégorie encore peu fréquente. Les journaux vont sûrement dire que notre société est en pleine décomposition et que les actes de violence commis par des enfants sur leurs pairs sont plus fréquents de nos jours. Ce n'est pas exact. Dieu merci, les crimes de ce genre ne sont pas monnaie courante : cependant, sa rareté n'atténue en rien sa gravité. L'âge de l'accusé ne doit pas vous détourner des faits eux-mêmes : on a volontairement ôté la vie au petit Ben Stokes avant qu'il atteigne son neuvième anniversaire.

« La tâche qui attend l'accusation est simple : vous démontrer, au-delà de tout doute possible, que l'accusé a, premièrement, commis les gestes qui ont entraîné la mort de Ben Stokes et, deuxièmement, qu'il a agi avec l'intention de tuer ou du moins de blesser très grièvement ce dernier. Nous vous démontrerons, au-delà de tout doute possible, que l'accusé s'est violemment battu avec Ben Stokes, choisissant une partie reculée et arborée du parc pour procéder à une attaque d'une extrême brutalité. Nous démontrerons que l'accusé s'est assis sur la victime et qu'il a levé une brique au-dessus du visage du petit garçon avec l'intention déterminée de le tuer. Ce qui a suivi... et soyons clair, le jeune âge de l'accusé n'atténue en rien la gravité de la chose... ce qui a suivi... était un homicide avec intention de donner la mort. Un meurtre prémédité.

« Oui, Ben Stokes était beau, il était innocent, mais nous prouverons que l'accusé a commis le plus ignoble des crimes, et qu'il est coupable sans aucun doute possible.

Tous dans le tribunal avaient le souffle coupé et Daniel à son tour retint sa respiration. Les boiseries de chêne et les panneaux de cuir semblaient craquer et frémir d'impatience dans l'interminable silence. Daniel jeta un coup d'œil aux Croll. Charlotte se tenait très droite, ses lèvres esquissant une légère moue. Kenneth fixait Gordon Jones, les sourcils froncés.

Sebastian était en extase. Visiblement, il ne s'ennuyait plus. Daniel l'avait vu se pencher, attentif, pendant le préambule de Jones, n'en perdant pas une miette, comme s'il s'agissait d'une fiction inventée pour son seul plaisir, et dont il était le personnage principal.

Irene revint sans un bruit s'installer près de son assistant.

Lorsque Jones eut fini de décrire l'affaire du point de vue du Ministère public, Daniel se sentit frissonner. Il n'était pas certain de l'innocence de Sebastian : tout ce qu'il savait, c'est que le garçon n'avait rien à faire dans un tribunal pour adultes, même si les tables avaient changé de disposition, même si les juges ne portaient pas la perruque, même si l'on avait limité le nombre des journalistes présents à dix.

Gordon Jones finit par se rasseoir. Sebastian se pencha vers Daniel.

— Il se trompe sur tout. Il faudrait peut-être que je leur dise ?

Et bien qu'il ait parlé dans un murmure, la voix claire et bien élevée du petit garçon résonnait distinctement.

— Pas maintenant, dit Daniel, qui avait perçu le toussotement d'Irene et son coup d'œil interloqué. Notre tour arrivera bientôt.

Au deuxième jour du procès, Daniel arriva au tribunal à neuf heures et demie. Il dépassa à grandes foulées la horde de photographes qui se pressaient sur trois rangs derrière les barrières amovibles. Lorsqu'il pénétra dans le vestibule de l'Old Bailey, il sentit l'air s'assombrir, se charger d'humidité. Chaque fois qu'il franchissait ce seuil, la menace pesait. Il avait l'impression d'être avalé, de pénétrer dans la cage thoracique d'une bête énorme. Les statues de marbre le considéraient avec reproche.

Daniel était inquiet, réaction digne d'un avocat bien plus jeune, bien moins expérimenté. Des procès criminels, il en avait suivi des centaines : mais, ce jour-là, ses paumes étaient moites, comme s'il passait lui-même en jugement.

Avant que Sebastian ne le rejoigne, Daniel respira profondément, essaya de retrouver son calme. Il savait ce que la journée leur réservait – une rude épreuve à surmonter pour le garçon, sans nul doute.

La cour demande à Mme Madeline Stokes de bien vouloir venir à la barre.

La mère de Ben Stokes se dirigea vers la barre des témoins d'un pas qu'on aurait dit entravé. Elle s'était fait une queue-de-cheval, sans doute en hâte, au vu des mèches qui s'en échappaient. Son visage dégagé n'en paraissait que plus émacié, ses yeux plus sombres. Daniel, à sept ou huit mètres du box, la vit cependant trembler. Elle se pencha sur la rambarde ; on l'entendait respirer dans le micro.

La salle était trop chauffée, l'atmosphère brûlante et sèche. Les aisselles de Daniel étaient trempées de sueur.

Les secondes s'égrenèrent tandis que Gordon Jones consultait ses notes. Tous dans le tribunal attendaient qu'il prenne la parole.

— Madame Stokes, finit-il par articuler, je sais que c'est dur pour vous, mais je voudrais que vous repensiez à cet après-midi du dimanche 8 août. Pouvez-vous expliquer à la cour ce qui s'est passé au moment où vous avez vu votre fils vivant pour la dernière fois ?

— Eh bien… il faisait beau. Il m'a demandé s'il pouvait sortir faire du vélo, et je lui ai dit oui, à condition qu'il… qu'il reste dans notre rue.

Madeline Stokes, visiblement nerveuse, semblait en proie à une infinie tristesse. Sa voix cependant était claire et douce. Des glaçons dans un verre, songea Daniel. Quand l'émotion la prenait, sa voix devenait plus grave.

— Vous surveilliez votre fils tandis qu'il jouait dans la rue ?

— Oui, pendant un moment. Je faisais la vaisselle dans la cuisine, et je le voyais faire des tours sur la chaussée.

— Quelle heure était-il, à votre avis, *la dernière fois que vous l'avez vu* ?

Il y avait dans le ton de Jones de la douceur et de la déférence.

— Une heure, à peu près. Il était dehors depuis trente minutes, après le déjeuner, et je lui ai demandé s'il voulait mettre un blouson ou rentrer. J'avais l'impression qu'il allait pleuvoir. Il m'a dit que ça allait. Ah, si j'avais pu le convaincre. J'aurais vraiment dû insister. J'aurais vraiment dû…

— Donc, vous avez dit à Ben qu'il pouvait continuer à jouer dehors ? À quelle heure vous êtes-vous rendu compte qu'il n'était plus dans la rue ?

— Oh, ça n'a pas traîné. Quinze ou vingt minutes plus tard, c'est tout. Je travaillais à l'étage et j'ai mis le nez à la fenêtre. Je gardais toujours un œil sur lui. Je... De l'étage, on voit presque toute la rue, mais quand j'ai regardé... Il n'y avait plus trace de lui.

En prononçant ces derniers mots, Madeline Stokes écarquilla les yeux.

— Qu'avez-vous fait alors ?

— Je suis descendue en courant. J'ai parcouru toute la rue et j'ai trouvé son vélo. Il l'avait laissé au bout de la rue, renversé au bord du trottoir. J'ai tout de suite compris qu'il avait dû arriver quelque chose d'épouvantable à Ben. Je ne sais pas pourquoi, mais c'est vraiment ce que j'ai pensé. Au début, j'ai imaginé qu'il avait pu être renversé par une voiture, mais la rue était si calme... Non, il avait tout simplement... disparu.

Madeline Stokes était en larmes. Daniel avait le cœur serré, une émotion que les jurés sans doute partageaient. La main qui agrippait la barre était rouge - et, cependant, le visage de la jeune femme était exsangue. Lorsqu'elle pleurait, elle portait l'autre main à ses lèvres. Daniel se souvint de ce que Harriet lui avait raconté à propos de la mort de la fille de Minnie. Il se rappela ce jour au marché, la main froide de Minnie sur la sienne, ses yeux bleu clair au regard triste, qui l'imploraient de ne plus parler de Delia. Une enfant unique, comme Ben Stokes. Madeline avait perdu le seul être qui lui importait vraiment et le monde était plongé dans la nuit.

— Je suis allée dans les rues du quartier, je l'ai appelé, je suis allée jusqu'aux grilles du parc mais je ne l'y ai pas vu. J'ai appelé ses amis, puis... son père et moi... nous avons téléphoné à l'hôpital, au commissariat.

— Avez-vous cherché à joindre vos voisins, les Croll ?

— Non.

Elle s'essuya les joues du plat de la main. Ses yeux luisaient : deux cailloux rouges, endoloris. Ils roulèrent dans leurs orbites, scintillèrent - elle revivait la scène, la panique de nouveau l'étreignait.

— Non, je ne les ai pas appelés.

— Ben jouait-il de temps en temps avec Sebastian ?

— Oui, pas dans la cour de l'école, mais le samedi ou le dimanche, parfois. Ce qui ne m'avait pas dérangée, au départ, mais par la suite, je me suis rendu compte que Sebastian harcelait Ben, lui faisait faire des bêtises, et j'ai pris mes dispositions pour qu'ils ne se fréquentent plus.

— Pouvez-vous expliquer à la cour ce que vous entendez par « harceler et faire faire des bêtises » ?

— Eh bien, lorsque nous avons emménagé dans Richmond Crescent, Sebastian a sonné chez nous pour savoir si Ben pouvait sortir jouer. J'étais contente que Ben puisse avoir un camarade de jeux si près de chez nous, même si Sebastian était un peu plus âgé, mais par la suite, j'ai estimé qu'il n'était pas vraiment... convenable.

— Et pourquoi, puis-je vous le demander ?

— Après avoir joué avec Sebastian, Ben s'est mis à utiliser des gros mots, très vulgaires, des expressions qu'il ne connaissait pas auparavant. Je l'ai grondé et j'ai refusé qu'il voie Sebastian pendant quelques jours. Malgré tout, il leur arrivait encore de s'amuser ensemble pendant le week-end. C'est alors que j'ai constaté que Ben avait souvent des bleus lorsqu'il avait joué avec Sebastian. Ben m'a dit que Sebastian le frappait quand il refusait de lui obéir. J'en ai parlé à Mme Croll et ai formellement interdit à Ben de jouer avec Sebastian.

— Quand vous vous êtes plainte à Mme Croll, vous a-t-elle donné une explication satisfaisante de ces événements ?

— Non. Si j'ai bien compris, Sebastian est un tyran familial. Sa propre mère ne peut rien lui imposer et son père est très souvent en déplacement. Je ne pense pas qu'elle soit à la hauteur.

Mme Stokes se moucha et continua à parler, le nez dans son mouchoir. Daniel épia Charlotte du coin de l'œil. Elle était impassible, mais son fond de teint luisait. Aucune des deux femmes ne regardait l'autre. Sebastian était assis, les épaules droites, les yeux fixés sur Madeline, paupières papillonnantes.

— Par conséquent, vous n'avez pas appelé les Croll ce dimanche-là parce que vous aviez interdit à votre fils de jouer avec Sebastian et étiez bien loin de penser que les deux garçons pouvaient être ensemble. Mais pensez-vous que Ben aurait pu vous désobéir...

Mme Stokes pleurait sans bruit. Ses épaules frémissaient ; elle se pinça le nez de son mouchoir. Lorsqu'elle reprit la parole, sa voix était plus grave.

— Je crois que Ben était *fasciné* par Sebastian. Un garçon plus âgé, plus fort... Il n'avait pas joué avec lui depuis des mois. Simplement, je n'y ai pas pensé. Même si aujourd'hui, cela semble... évident.

— Que s'est-il passé après que vous avez contacté le commissariat et l'hôpital ?

— Mon mari est rentré. Les policiers ont été formidables. Je ne m'attendais pas à ce qu'ils agissent aussi vite, mais ils sont venus prendre des détails, et ils nous ont aidés à chercher dans les rues environnantes, à afficher un portrait de Ben.

— Madame Stokes, je vous remercie, dit Gordon Jones.

Irene Clarke se leva. Sous le regard de Daniel, elle afficha un sourire encourageant et croisa les mains sur le lutrin. Devant Mme Stokes, elle affichait une expression sombre, presque contrite.

— Madame Stokes, je veux vous dire à quel point je suis navrée de la tragédie qui vous a frappés, vous et votre famille. Je n'ai que quelques questions à vous poser. Je vous en prie, prenez votre temps.

Madeline hocha la tête, après avoir émis une curieuse petite toux étranglée.

— Était-ce la première fois que votre fils disparaissait pendant si longtemps ?

— Oui.

— Vous avez déclaré qu'à une certaine époque, il jouait régulièrement avec Sebastian. Étaient-ils déjà allés jouer hors du périmètre habituel ? Les aviez-vous perdus de vue pendant un temps relativement prolongé ?

Mme Stokes toussa, en proie à une émotion qu'elle n'arrivait visiblement pas à maîtriser.

— Madame Stokes ?

— Non.

— Et n'est-il pas vrai qu'avant d'apprendre son arrestation, vous n'avez jamais pensé que Sebastian puisse être impliqué dans la disparition de votre fils ?

Madeline leva les yeux vers le plafond de la salle. Silhouette tremblante à la barre, elle semblait transportée par l'exaltation ; le tribunal était devenu un lieu sacré. Les larmes coulaient silencieuses sur ses joues.

— Je n'ai pas pensé à lui, répondit-elle d'une voix douce.

— Vous avez déclaré que vous aviez dû interdire à Ben de fréquenter Sebastian. Faut-il comprendre que Ben avait plaisir à jouer avec Sebastian ?

— Non, il le harcelait, il le...

Les doigts de Mme Stokes se crispèrent sur le haut de la barre.

— Madame Stokes, vous n'aimiez pas Sebastian, cela semble assez clair. Mais votre fils ne réclamait-il pas de pouvoir jouer avec lui ? Vous avez dit tout à l'heure que Ben était *fasciné* par Sebastian. Ne peut-on pas dire qu'en dépit de vos souhaits, Ben et Sebastian étaient réellement amis et qu'ils s'appréciaient l'un l'autre ?

Mme Stokes se moucha ; son souffle était court, haletant. Le juge lui proposa un verre d'eau. Elle fit non de la tête et tourna les yeux vers Irene.

— Je suis désolée, madame Stokes, reprit cette dernière. Je sais que ce n'est pas facile pour vous. Mais n'est-ce pas la vérité ?

Madeline hocha la tête avec un lourd soupir.

— Madame Stokes, puis-je vous demander de répondre à haute voix ?

— Ils étaient peut-être amis.

Irene jeta un coup d'œil à Daniel avant de se rasseoir. Elle aurait pu aller plus loin dans son interrogatoire, bien sûr, se dit Daniel, mais les jurés vibraient de compassion pour la mère du petit Ben. Une raison de plus pour avoir de la considération pour Irene : elle pouvait retourner un témoin lorsque le besoin s'en faisait sentir, sans toutefois jamais perdre sa douceur.

Depuis le procès Bulger, le règlement imposait des suspensions d'audience régulières. À la pause suivante, Daniel fila immédiatement aux toilettes. Il se sentait lourd et las. Ses talons résonnèrent sur les dalles de marbre. Il connaissait bien ces toilettes aux murs bleus et à la robinetterie dorée, mais elles sentaient la vieille urine et l'eau de Javel - bien inutile, cette dernière.

Daniel avisa un urinoir vide au bout de la pièce. Il souffla et se mit à uriner dans le réceptacle de porcelaine blanche.

— Comment va, Danny ?

Le commissaire adjoint McCrum. Il baissa la fermeture Éclair de sa braguette, bousculant légèrement Daniel de l'épaule, au passage.

— Parfois, je me demande…

Dans ces froides commodités victoriennes, l'accent nordiste du policier revêtait une tonalité étrangement chaleureuse et plaisante.

— … si on ne pourrait pas faire autrement. À mon avis, ce procès va prendre un tour barbare. On ne devrait pas leur faire subir tout ce cirque.

— Vous prêchez un convaincu, dit Daniel.

Il remonta sa braguette et se lava les mains. Il ne savait pas comment Sebastian allait supporter les longues journées qui allaient suivre. Et le pire était encore à venir.

— Dire que ça ne fait que commencer…

— Je sais. Pauvre femme, fit McCrum.

Daniel sortit des toilettes sans répondre, adressant un petit signe de tête à McCrum au passage. Le commissaire le regarda partir.

2

LES ANNÉES SE SUIVIRENT comme les sillons de la terre labourée. Minnie fit réparer les fenêtres à l'arrière de la maison lorsque les poules eurent picoré tout le mastic. Le vent délogea quelques tuiles : quand il pleuvait, le toit prenait l'eau et fuyait à petites gouttes dans un seau installé sur l'escalier. Minnie n'avait pas assez d'argent pour y remédier. La fuite dura plus d'un an. La tâche de vider le seau avait été confiée à Daniel, qui l'exécutait tous les matins.

Le bouc de Minnie, Hector, mourut le troisième hiver que Daniel passa à Brampton ; au printemps, cependant, sa mère adoptive acheta une chèvre et deux chevreaux pour le remplacer. Daniel avait le droit de traire la chèvre, le matin : il malaxait ses pis avant d'en extraire le lait, patiemment, méthodiquement. Minnie lui avait montré comment faire. Ils construisirent un nouvel abri pour les chèvres et une aire de traite où seule la chèvre pouvait aller. Cette zone devait toujours être d'une grande propreté, expliqua Minnie à Daniel. La nuit, les chevreaux étaient séparés de leur mère, pour que les pis de cette dernière puissent gonfler. La chèvre fut baptisée Barbara et Daniel trouva les noms des chevreaux : Brock et Liam, comme deux des footballeurs de Newcastle United, bien que les chevreaux soient en fait des chevrettes.

Le soir, après avoir pris son bain et fait ses devoirs, Daniel jouait au backgammon avec Minnie, qui sirotait son gin, tandis qu'il grignotait des biscuits au chocolat. Elle s'émerveillait du talent de Daniel pour le calcul mental. Parfois, ils préféraient les cartes, le whist ou le black-jack. Elle mettait toujours un disque : Elvis, Ray Charles, Bobby Darin. Daniel bougeait les épaules en rythme en abattant les cartes sur la table ; Minnie le regardait avec étonnement et jetait une chips à Blitz.

Lorsque Daniel eut treize ans, il entra au collège William-Howard, sur Longtown Road. Il était capitaine de l'équipe de football et avait gagné deux médailles d'or au cross, pourtant il était le plus petit et le plus maigre des garçons de sa classe. L'année suivante, il passerait les examens qui sanctionnaient la fin du second cycle. Il avait de bonnes notes en anglais, en histoire et en chimie. Une fille du nom de Carol-Ann, d'un an plus âgée que lui, venait de temps en temps à la ferme après les cours. C'était un garçon manqué. Il lui enseigna la technique des têtes au football, lui montra comment s'occuper des animaux. Quand la mère de Carol-Ann travaillait tard, la gamine restait dîner à la maison. Ce n'était pas sa petite amie, ou quoi que ce soit de ce genre, même s'il avait vu ses seins, l'été d'avant, alors qu'ils nageaient dans l'Irving : son soutien-gorge avait glissé.

Daniel était apprécié au collège. Il s'était fait nombre d'amis grâce au football, ne se battait plus que très occasionnellement. Cependant, à part Carol-Ann, ses camarades venaient rarement à la ferme. On l'invitait aux anniversaires et il allait à toutes les fêtes de l'école. Entre les cours, il traînait avec ses amis – des garçons du foot, en général –, mais presque jamais après les cours, et il ne se rendait que rarement chez eux. S'il n'y avait pas de match après la classe, il retrouvait Minnie à la ferme, s'occupait des animaux, ramassait des légumes pour le dîner, pelait des pommes de terre ou lançait des boîtes de conserve à Blitz dans le jardin, derrière la maison. Après quoi, ils dînaient, et c'était le moment des jeux, du gin, des disques. Quelles que soient les circonstances. Là étaient l'ordre des jours, la réalisation reconnaissante des attentes, la structure des choses. Et cela donnait à Daniel une impression de sécurité.

Il apprit à espérer. Il fallait encore rogner les ailes à ses désirs afin qu'ils puissent tenir entre les murs de la maison de Minnie – de même qu'elle rognait les ailes de ses poules pour les empêcher de partir ; cependant, tout ce qu'il pouvait souhaiter sous ce toit, Minnie le lui donnait.

On était un samedi ; Daniel se réveilla avant la sonnerie de l'horloge de chevet. Il s'étira comme une étoile de mer, l'électricité de la détente se faisant sentir jusqu'au bout de ses doigts. De l'autre côté de la fenêtre aux fines vitres, il entendait les poules caqueter, s'ébrouer, et les bêlements irrités des chèvres. Il resta un moment au lit, les mains derrière la tête, à réfléchir, à se souvenir.

Puis il se retourna sous les draps, bâilla, tendit la main vers la table de nuit, pour extraire du tiroir le collier de sa mère, dont il caressa le S en or. Le pendentif était plus lisse que dans son souvenir : n'était-ce pas un effet de ses manipulations répétées, de même que la mer finit par lisser les bords coupants du verre cassé ? Le collier était resté pendant un an dans le tiroir, enveloppé dans un mouchoir en papier, sans qu'il y touche. Il l'avait presque oublié.

Il se recoucha, le collier devant les yeux. Les souvenirs qu'il avait sélectionnés en effleurant le S n'en étaient pas vraiment : c'étaient en fait des photographies qu'il avait prises en imagination et qu'il avait trempées dans un bain d'espoir, afin qu'elles puissent être épinglées dans une chambre noire, dégoulinant de sa propre attente. Sur l'un de ces clichés, sa mère se trouvait dans la cuisine de Minnie, riant de si bon cœur qu'on pouvait voir les deux dents qui lui manquaient, les yeux plissés par la joie, si bien que ses pattes-d'oie croisaient les os saillants de ses tempes. Sur un autre, sa mère donnait à manger aux poules tandis que Minnie lui faisait signe de la fenêtre. Dans l'esprit de Daniel, les mains de sa mère étaient toujours osseuses, ses gestes lents : elle jetait les graines au ralenti, comme si ses phalanges étaient soudées. Une autre photo, encore : ils jouaient aux cartes ensemble ; sa mère gagnait ; elle se renversait sur le canapé, les genoux en l'air, en poussant un hurlement incrédule.

Daniel rangea le collier dans la table de nuit. Il se demanda ce que Minnie penserait de sa mère lorsqu'elles se rencontreraient. Sa mère était si frêle : un moineau face à une ourse au pas lourdaud. Minnie la nourrirait, l'aimerait, la mettrait au travail, comme elle l'avait fait avec Daniel. La mère de Daniel ne serait ni plus ni moins qu'un autre enfant pour Minnie. Lorsqu'il y repensait, c'était cela qui lui brisait le cœur. Sa mère était comme un enfant pour lui ; année après année, il se sentait vieillir mais elle, cependant, restait la même : jeune, mince et dépendante. De lui.

Depuis l'adoption, Daniel ne pensait plus à sa mère de la même façon. Naguère, il avait ressenti la panique qu'avait engendrée sa perte, la blessure, la déchirure, la douleur. À présent, il aurait voulu la consoler. Il se souvint de lui avoir caressé le front, de l'avoir recouverte d'une veste tandis qu'elle dormait sur le canapé – yeux noirs, lèvres bleues qui lui souriaient. Il n'avait plus envie de fuir pour aller la retrouver. À son chaos, il préférait la tranquillité de sa vie nouvelle et imaginait des façons de l'y attirer. Minnie pourrait l'adopter, elle aussi : elle dormirait sur le canapé en écoutant Ray Charles, tandis que Daniel cueillerait des feuilles de rhubarbe dans le jardin et offrirait des légumes aux lèvres agiles des chèvres.

Dans la cuisine, Minnie avait mis le porridge à cuire. Elle portait encore sa robe de chambre, foulant de ses pieds nus le carrelage malpropre. Elle avait la plante des pieds dure comme du cuir. Le soir, elle regardait la télévision, les jambes en appui sur un tabouret. Daniel parfois lui tapotait la corne, jaune, épaisse d'un bon demi-centimètre, du bout du doigt. Il lui arrivait de marcher sur une punaise et de ne s'en rendre compte qu'une semaine plus tard – non qu'elle ait mal, mais le petit rond de métal toquait sur le plancher. Alors elle posait sa cheville sur son genou et extrayait la punaise fautive, sans une goutte de sang.

Lorsqu'elle l'entendit descendre, elle s'avança au bas de l'escalier, la spatule à la main. Elle lui prit les joues à deux mains et lui tourna la tête pour planter un baiser sur son front.

— Bonjour, beau gosse.

C'était l'été, et bien qu'il ne soit pas encore sept heures, le soleil était déjà haut dans un ciel d'un bleu immaculé. Daniel enfila ses bottes et sortit nourrir les animaux. Ses mains étaient si froides que Barbara tapa du sabot et rua lorsqu'il lui saisit les pis. Il se réchauffa les doigts sous les aisselles avant de tenter de nouveau sa chance.

Après leur nuit de séparation, les chèvres se donnèrent des coups de museau et se flairèrent les unes les autres pendant que Daniel rapportait le lait à Minnie.

— Ah, le bon garçon, dit-elle en posant sur la table, devant lui, un bol de porridge et une tasse de thé brûlant à laquelle elle avait déjà, Daniel le savait, ajouté sucre et lait. Je vais m'habiller.

Quand elle redescendit, Danny faisait griller des tranches de pain de mie. En voulait-elle ? lui demanda-t-il.

— Une demie, mon loup. Je n'ai pas besoin de beaucoup plus qu'une tasse de thé.

Daniel lui donna une tranche entière : elle la mangerait, de toute façon. Elle lui parla du jardin, de la fuite dans le toit. Elle allait peut-être appeler quelqu'un pour la réparer, d'ici huit jours. C'était la même promesse depuis des mois. Et que voulait-il faire de son samedi ? Si ce beau temps continuait, pourquoi ne pas aller se promener ? S'il pleuvait, ils resteraient à la maison, regarderaient les films du samedi après-midi en mangeant des chips. Parfois, Minnie ne quittait pas son fourneau, préparait des plats, des gâteaux, tandis que Daniel jouait au ballon derrière la maison.

Le garçon haussa les épaules.

— Tu sais ce à quoi je pensais, demanda-t-il en mangeant une minuscule bouchée de son toast, tout en la fixant.

Elle eut un sourire, tout en yeux bleus et joues roses.

— Non, mais tu vas me le dire.

— Tu penses que l'assistante sociale pourrait retrouver la trace de ma mère ?

Le regard de Minnie s'éteignit.

— Mon chéri, rappelle-toi ce qu'elle disait. Il faut attendre tes dix-huit ans et là, tu pourras reprendre contact, si tu veux. Je sais que c'est dur, mais c'est la loi, il faut s'y conformer. Il faut que tu t'y fasses, que tu ailles de l'avant.

— Oui, je sais, je m'y fais. C'est juste que… que je voudrais bien qu'elle voie les chèvres et ma chambre, maintenant qu'on l'a refaite. Elle aimerait bien. Je voulais juste lui parler, tu vois.

Minnie eut un soupir. Sa poitrine s'éleva puis retomba sur la table.

— Danny, regarde-moi dans les yeux.

— Hein ?

Il leva les yeux, un gros morceau de pain grillé dans la bouche. Elle fronçait les sourcils.

— Tu ne vas pas te sauver comme avant, hein ? fit-elle en se posant la main sur le cœur. Ne me refais pas ce coup-là, ce serait trop dur.

— Non, je ne vais pas me sauver. Je voulais juste lui parler des nouvelles chèvres.

Il détourna la tête et se fourra le reste du toast dans la bouche - ce qui était bien trop - tout en risquant un regard vers elle. Minnie, les mains sur les genoux, ne le quittait pas des yeux.

— Je me disais que ça serait bien qu'elle puisse venir vivre avec nous, reprit-il.

Énoncé à haute voix, cela semblait impossible, absurde ; cependant, il leva les yeux, pour la voir répondre.

— Tu sais que ça ne peut pas se faire, Danny, dit-elle d'une voix très douce.

Il hocha la tête, une douleur pointant au fond de sa gorge.

— C'est juste que je sais qu'elle aimerait bien, ici. Elle a besoin qu'on s'occupe d'elle. Ici, je pourrais prendre soin d'elle.

Daniel sentit la grosse main de Minnie sur la sienne.

— Il faut que tu admettes que ce n'est pas à toi de t'occuper de ta mère. Mais à moi de m'occuper de toi.

Il fit oui de la tête. Le nez lui picotait ; il ne pourrait rien répondre sans se mettre à pleurer. Il ne voulait pas blesser Minnie. Il l'aimait, il voulait rester avec elle. Tout ce qu'il voulait, c'est qu'elle comprenne que sa mère pourrait vivre avec eux. Le monde alors toucherait à la perfection.

— Non, je ne vais pas me sauver, balbutia-t-il. Je veux seulement lui parler. Je veux lui raconter ce qui se passe à la ferme, tout ça.

Il se passa la main sur l'œil gauche.

— Je veux juste lui parler.

— Je comprends, mon petit loup, dit-elle. Je vais leur parler, d'accord ? On verra s'ils me donnent un numéro de téléphone ou je ne sais quoi.

— Vraiment ? Tu leur parleras ?

Il se pencha vers elle, avec un sourire de soulagement. Elle ne s'était pas départie de son expression soucieuse. Pourtant, elle hocha la tête.

— Tu promets ?

— Je t'ai dit que je le ferais, oui.

— Tu crois qu'ils voudront bien te répondre ?

— Tout ce que je peux faire, c'est demander.

Le garçon, souriant, se carra dans sa chaise. Minnie débarrassait la table - rangeait le beurre et la confiture, passait l'éponge sur la partie de la table qu'ils utilisaient pour leur repas. L'autre moitié était encombrée de livres, de boîtes de biscuits pour chien et de vieux journaux. Une sensation de chaleur envahit Daniel du ventre à la cage thoracique, le souleva. Il se redressa, les épaules hautes.

Un jour de la semaine qui suivit, Daniel rentra au pas de course à la maison. Il trouva sur la Dandy une boîte de conserve, la poussa du bout du pied sur quatre cents mètres, la cravate desserrée, la chemise sortie du pantalon et le cartable ballant sur les épaules. L'odeur de l'herbe fraîchement coupée embaumait l'air. Daniel tapait dans la boîte de ses souliers noirs, maculés de boue, la respiration bruyante, la sueur perlant à son front. Quel plaisir de sentir ses muscles et ses articulations se tendre et se détendre, la peau de son visage et de ses bras absorber le chaud soleil ! Il était heureux, décida-t-il, heureux d'être ici, à courir jusque chez lui pour y retrouver Minnie.

Chez lui. Il donna un coup de pied à la boîte de conserve qui décrivit un arc de cercle scintillant sous le soleil avant de retomber sans un bruit, plus de dix mètres plus loin, dans l'herbe haute. *Chez lui.* Daniel retrouva son ballon improvisé, tapa de nouveau. La boîte s'éleva vers le ciel ; il attendit qu'elle touche le sol avant de la rattraper du plat du pied – et hop ! Un troisième vol plané, vers le creux de la colline, Flynn Farm et Minnie, qui lui aurait préparé des tartines à la purée de banane.

Ce qu'il aimait le mieux, c'était l'assurance de ses prévisions. Elle avait un don pour lui montrer son monde à elle, jour après jour. Telle chose se produira, lui annonçait-elle, et la chose se produisait effectivement. Je vais t'adopter, lui avait-elle dit, et elle l'avait bel et bien adopté. Le juge avait beau eu faire la grimace en regardant le dossier – l'estomac de Daniel s'était serré –,il s'était prononcé dans leur sens, et Daniel était devenu le fils de Minnie, comme elle le lui avait promis.

Il ne la regardait plus de la même façon. Avant l'adoption, il aimait déjà son corps lourd, ses chairs rondes et douces ; à présent, il lui conférait un nouveau pouvoir. Il lui faisait confiance. Ce qu'elle désirait, elle pouvait le réaliser : c'était à sa portée. Jusqu'au destin de Daniel, dont elle était maîtresse. Lorsqu'il pensait à Minnie, il la voyait le poing serré sur la collerette de Blitz, ouvrant la porte à quelque visiteur et retenant le chien tandis qu'il aboyait sur le nouveau venu.

Daniel ralentit le rythme, se remit à marcher, le souffle entrecoupé. Il respira profondément, jouissant de l'odeur chaude de l'herbe en été. Le ciel était bleu et si dépourvu de nuage que le garçon se sentit pris de vertige au spectacle de son immensité.

Il entendit des voix, puis des bruits de pas dans son dos, lança un regard. C'étaient les trois garçons plus âgés avec lesquels il avait déjà eu maille à partir. Ils avaient des noms, à présent : Liam, Peter et Matt. Ils étaient dans la classe du dessus.

Une sourde tension envahit ses muscles. Il poursuivit comme s'il ne les avait pas entendus, se contentant de poser le pied avec plus de fermeté et de rouler des épaules. Leur conversation était audible, même s'ils devaient se trouver à sept ou huit mètres derrière lui. Ils parlaient de football. Puis ils se turent et Daniel sentit ses cheveux se hérisser. Il tendit l'oreille, essayant de se représenter leurs mouvements.

— Hé, Danny, fit soudain l'un d'eux, comment va la vieille sorcière ? Elle t'a appris des trucs ?

La voix était toute proche.

Daniel ne répondit pas. La tension passa de ses épaules à sa colonne vertébrale. Il crispa les mâchoires, serra les poings.

— Une grosse bonne femme dans son style. Ça serait drôle de la voir voler.

Daniel, de nouveau, jeta un regard par-dessus son épaule. L'un des garçons mimait un vol à califourchon sur un balai, suivi d'un atterrissage raté sur l'herbe. Ses copains et lui éclatèrent d'un rire gras. Leurs voix étaient pleines et graves, nouvellement mâles, oscillant de dérision.

Daniel fit volte-face. Aussitôt, les garçons s'immobilisèrent, les jambes écartées, les mains sorties des poches.

Dans le silence qui suivit, Daniel n'entendit que le flux de sang dans ses oreilles.

— T'as un problème ?

C'était Peter qui avait parlé, le menton en avant, les yeux plissés, poussant Daniel à la bagarre.

— T'as rien à dire sur elle, pigé ?

— Pigé ou quoi ?

— Ou j'te casserais la gueule.

— Ah ouais ? Toi et tes nombreux potes ?

Et ce fut comme la première fois. Daniel fonça sur le garçon, tête baissée, et le cueillit à l'estomac. La différence de taille était toujours la même. Daniel sentit le poing de Peter lui marteler les côtes et inspira à chaque coup. Les deux autres persiflaient, hurlant : *Écrabouille-le, Peter. Écrabouille-le.*

Daniel se souvint d'une bagarre contre un des petits amis de sa mère, celui qui l'avait soulevé par les cheveux. La rage l'envahit des pieds à la tête, vive, scintillante, délectable – un sursaut fortifiant et purificateur. Il frappa Peter qui s'effondra ; il lui donna des coups de pied dans la tête jusqu'à ce que le garçon parvienne à se retourner.

Les deux autres se jetèrent alors sur Daniel ; revigoré par l'attaque, il ne sentit pas leurs poings s'abattre sur ses bras et son torse. Il frappa Matt sur le nez ; le craquement résonna contre ses phalanges. Puis il décocha un coup de pied dans les testicules de Liam.

Il s'éloigna du trio, le pas vacillant. Sa main lui faisait mal : il baissa les yeux, vit le sang sur ses doigts. Mais ce n'était que le sang de Matt. Sur la Dandy, il se retourna pour les défier une dernière fois.

— Vous reparlez d'elle sur ce ton, vous êtes *morts* !

Le mot jaillit de ses lèvres comme une balle. Il résonna sur la plaine ; les oiseaux s'égayèrent dans son sillage.

Les trois garçons, couchés dans l'herbe haute, ne répondirent pas. Daniel s'en fut, toujours méfiant mais bombant le torse, malgré tout. Le vent se leva et l'herbe se coucha vers lui, en signe, aurait-on pu croire, de vénération.

Les garçons pouvaient être tentés de se venger, Daniel en était bien conscient : et pourtant, sur le chemin de la ferme, il était fier de lui, marchait d'un pas léger. Désormais, ils y réfléchiraient à deux fois avant de dire du mal d'elle. Minnie était sa mère, maintenant. Il la défendrait.

Lorsqu'il arriva à la ferme, le calme régnait. Les poules picoraient dans la basse-cour, sans faire grand bruit ; les chevreaux dérobaient quelques gouttes de lait aux pis qui leur étaient refusés la nuit venue. Les marguerites luttaient contre la brise.

Minnie était en train de dégivrer le congélateur. Daniel fila à la salle de bains. Il se lava les mains après s'être soulagé et se regarda dans la glace, le tee-shirt levé, pour examiner ses côtes. Pas une égratignure. Elle ne saurait pas qu'il venait de prendre sa défense, de se battre pour elle – de vaincre.

En entrant dans la cuisine, il ne put s'empêcher de bomber le torse.

Bottes aux pieds, elle tapait à coups de spatule de bois sur la glace qui s'était accumulée dans le congélateur.

— Sainte mère de Dieu, il est déjà si tard ? fit-elle à son arrivée. Et moi qui pensais qu'il n'était pas plus de deux heures. Tu vas me réclamer tes tartines ; je n'ai même pas eu le temps de les préparer.

Daniel s'essuya le nez et le front sur sa manche et prit son mal en patience tandis que Minnie écrasait des rondelles de bananes sur du pain frais et lui versait du concentré d'orange. Il avala le contenu du verre et dévora la moitié de son sandwich avant de lui adresser la parole.

— Mais pourquoi tu fais ça ? demanda-t-il en désignant le congélateur, dégoulinant.

— Danny, c'est comme tout ce qui se passe dans la vie. De temps à autre, il faut sortir le marteau et recommencer à zéro.

Daniel n'était pas sûr d'avoir compris. Il se jeta sur l'autre moitié de la tartine. Par les fenêtres ouvertes, l'odeur de purin de la ferme voisine affluait. Minnie vida sa tasse en une seule gorgée et empoigna ses outils, marteau et spatule. Bientôt, les coups résonnèrent de nouveau, sonores et secs.

— Aujourd'hui, lui cria-t-il, j'ai eu 18 à l'interro d'histoire.

Minnie suspendit ses efforts le temps de lui décocher un clin d'œil.

— Bien joué. Je te l'ai déjà dit, tu es bien trop intelligent. Il te suffit d'un tout petit effort, et hop ! Tu les bats tous… je le savais bien.

Blitz se faufila dans le salon pour échapper au vacarme. La glace glissait sur le carrelage de la cuisine, silencieuse et fluide comme un repentir.

Daniel finit sa tartine et se recula dans sa chaise en se léchant les doigts. Il sentait le regard de Minnie peser sur lui. Le marteau à la main, elle s'épongea le front d'un revers de son bras nu et posa ses ustensiles dans le congélateur. Puis elle s'assit près de lui et posa sa main, lourde et rougie, sur la cuisse de Daniel.

— Quoi ? fit Daniel en se mouchant dans sa manche.

— J'ai eu Tricia au téléphone.

La cuisine, tout ornée de gouttes de lumières et d'odeurs de pain grillé et de chaleur, se tendit soudain comme une corde de violon. Dans l'entrée, le chien posa le museau sur ses pattes. Daniel attendit, la colonne vertébrale rigide. La main de Minnie reposait toujours sur sa cuisse, qu'à présent elle frottait doucement. Il en sentit le contact chaleureux sous le tissu de son pantalon d'uniforme.

— Je ne sais pas comment te dire cela, Danny. Dieu sait à quel point je voudrais t'épargner ce chagrin, mais puisque tu m'as demandé de trouver une piste...

— Quoi ? Elle est retournée à l'hôpital ?

— Il n'y aura jamais de bon moment pour ce que je vais te dire. Autant ne pas reculer. Je l'ai appris aujourd'hui.

Minnie se mordit les lèvres.

— Hein, c'est ça ? Elle est retombée malade.

— Cette fois-ci, mon pauvre chou, c'est pire.

Elle le regarda sans ciller, comme s'il devait la comprendre, au-delà des mots.

— Quoi ?

— Mon chéri, ta maman est morte.

Le monde fut envahi d'un silence assourdissant. Tout s'était soudain arrêté ; Daniel sentit le temps suspendu et l'absence de bruit. Ses oreilles bourdonnaient. Il avait eu la même impression avant la bagarre, une heure plus tôt, la même, éphémère perte d'équilibre. Le vacarme dans ses oreilles lui fit douter de ce qu'il venait d'entendre et cependant, l'effroi qui lui emplissait la gorge d'un goût aigre et noir signifiait clairement qu'il ne supporterait pas de l'entendre répété.

Il se leva, sentit aussitôt les mains réconfortantes de Minnie sur ses épaules.

— Mon petit loup, ça va aller. Il ne faut pas fuir, cette fois-ci. Je suis là, je te protégerai toujours.

Le choc était immense, mais une joie étrange s'y mêlait. Il en ressentit la secousse électrique, comme s'il avait été bousculé et frappé – puis la piqûre, le curieux frisson. Son cœur battait la chamade, sa langue était collée à son palais, ses yeux étaient secs, écarquillés.

Morte ?

L'air clapota dans sa bouche, comme s'il avait eu la gorge tranchée.

Morte.

Il baissa les yeux sur la main que Minnie avait posée sur son bras, ses doigts tièdes, tellement plus solides que ceux de sa mère. Ils étaient forts : une corde qu'il aurait pu saisir sans crainte s'il avait sauté d'une falaise, parce qu'elle l'aurait retenu à coup sûr, consolidé dans le temps et l'espace, et qu'elle aurait supporté son poids, l'effet de la gravité.

Morte.

Danny se pelotonna contre Minnie. Elle ne le lui demanda pas, ne l'attira pas à elle ; ce fut lui qui l'étreignit et se roula en boule, comme une feuille morte en automne, que sa vitalité a désertée.

— Tout doux, dit-elle, tout doux, mon amour, mon trésor. Tu ne le sais pas encore, mais tu es libre à présent, libre !

Ce n'était pas la sensation qu'il avait : lui avait plutôt le sentiment d'avoir perdu ses attaches et la peur qui s'y rattachait le fit se serrer de nouveau contre Minnie, se livrant réellement à elle pour la première fois : la priant de l'aimer.

Un peu plus tard, elle lui fit du thé. Les questions se pressaient aux lèvres du garçon.

— Comment est-elle morte ?

— Encore une overdose, mon petit loup. Massive, cette fois-ci.

Il tenait sa tasse des deux mains, but une gorgée.

— Je peux aller la voir ? Elle va être enterrée quelque part ?

— Non, mon chéri. Elle a été incinérée. Mais tu as son collier, et tu peux penser à elle à chaque fois que l'envie te prend.

— Il aurait fallu que je sois avec elle. J'aurais appelé les secours. Quand j'étais avec elle, l'ambulance arrivait toujours à temps.

— Danny, tu n'y es pour rien.

— C'est arrivé parce qu'elle était seule.

— Tu n'y es pour rien.

Il pensa bien à y aller quand même, à retourner en stop à Newcastle, comme les fois précédentes, mais à quoi bon, maintenant qu'elle n'était plus là ? À présent, c'était Minnie, sa mère et il fallait bien essayer de réussir sa vie.

3

LE MINISTÈRE PUBLIC, c'était à présent manifeste, ne ménageait pas ses efforts pour présenter Sebastian comme un rejeton du diable. La liste des témoins qui devaient comparaître ce jour-là incluait des voisins des Croll, des camarades d'école et son institutrice. En l'absence des jurés, Irene présenta une objection : cette stratégie n'était-elle pas une tentative d'obtenir des éléments sur le caractère supposé diabolique de Sebastian, sans aucun rapport avec l'affaire ? Le juge trancha en faveur du Ministère public, lui accordant une certaine liberté sur ce point. La réputation de l'accusé, souvent présenté comme violent et harceleur, n'était pas sans rapport avec le crime dont il était suspecté.

Ce jour-là, Sebastian fut attentif, concentré sur le déroulement des débats. Pas de gribouillages, pas de mouvements de jambes. Son père n'était pas là. Daniel avait posé la question à Charlotte, qui lui répondit que Kenneth avait dû se rendre à l'étranger, mais qu'il ne tarderait pas à rentrer. Elle semblait à bout de nerfs : tout en tendons, les yeux creux, les mains tremblantes. Elle expliqua à Daniel qu'elle n'osait même pas sortir fumer, de peur d'être assaillie par la presse. Elle ne supportait plus les mensonges qu'on écrivait sur son fils. Daniel l'avait prise par le coude, rassurant. *Ça ne va pas s'arranger avant que la parole soit à la défense, bien au contraire. Il faut vous y préparer.*

— Le Ministère public appelle Mme Gillian Hodge à la barre.

Tandis que Gillian Hodge s'installait dans le box, Daniel ne la quitta pas des yeux. Elle leva la main droite, jura de dire la vérité – les journalistes noircissaient furieusement les pages de leur bloc-notes. Elle habitait dans la même rue que les Croll et les Stokes, avait deux petites filles. Daniel en avait déjà parlé à Irene, lors de la soirée de la guilde. Mme Hodge avait une voix sonore et bien posée, des gestes assurés, élégants. Une femme active, mais aussi une mère de famille, au regard franc, vif, la dentition saillante et bien rangée. Daniel croisa les mains, attendant, non sans crainte, qu'elle ouvre la bouche. La petite main de Sebastian se posa sur la cuisse de Daniel tandis qu'il se penchait vers son avocat :

— Elle me déteste, se contenta de lui souffler le garçon à l'oreille.

— Détends-toi, répondit Daniel, presque pour lui-même.

Gordon Jones eut un grand mouvement de robe et s'avança vers le pupitre.

— Madame Hodge, pouvez-vous nous raconter comment vous avez fait connaissance des Croll et de leur fils Sebastian ?

— Ce sont mes voisins, de même que Madeline et Paul Stokes. Notre maison se trouve juste entre les leurs.

Daniel était tout ouïe. Sa voix à la diction travaillée dans quelque école privée de Londres était claire ; elle aurait presque pu se passer de micro.

— Quid de leurs enfants, poursuivit Jones. Diriez-vous que vous les connaissez bien ?

— Mes filles jouaient tant avec Ben qu'avec Sebastian, de sorte que je connais bien, en effet, les parents et les enfants.

Et les enfants. Lorsque Mme Hodge eut prononcé ces trois mots, Madeline Stokes darda vers Sebastian un regard sévère qui fit se redresser Daniel.

— Vous avez deux filles, si je ne me trompe pas.

— C'est exact.

— Quel âge ont-elles ?

— Douze et huit ans.

— Votre fille cadette a l'âge de Ben Stokes ?

— Oui, elle était dans la même classe que lui.

Les grands yeux vifs de Gillian Hodges croisèrent ceux de Madeline, qui baissa la tête. Gillian s'éclaircit la voix.

— Et votre aînée… a l'âge de Sebastian, à peu près ?

— Oui, elle est un peu plus âgée. Mais elle ne fréquente pas trop les garçons. Le garçon manqué, c'est la plus jeune. Elle aimait bien jouer avec Ben…

— Votre fille a-t-elle eu quelque problème que ce soit en jouant avec l'un ou l'autre des garçons ?

— Eh bien, comme je vous le disais, Poppy, qui est ma fille cadette, s'entendait très bien avec le petit Ben. Sebastian essaya souvent de se joindre à eux, voire de jouer avec Poppy même si Ben n'était pas là.

— Et cela posait un problème ?

Irene bondit de sa chaise ; Daniel retint son souffle.

— Si monsieur le juge m'y autorise, je souhaite émettre une objection à ce type de question. C'est de l'insinuation, rien de plus.

— Certes, mais que M. Jones poursuive, répliqua le juge Baron de sa voix grave et solennelle, bien qu'il fût vautré sur son banc, gras et noyé dans les plis de sa robe. Je ne doute pas que ces questions soient nécessaires à la manifestation de la justice.

Irene se rassit en lançant un regard à Daniel, par-dessus son épaule. Il répondit par un hochement de tête, compatissant à sa frustration.

— Sebastian était parfois très violent. Il harcelait les enfants.

— De quelle manière ?

— Un jour que Poppy refusait de jouer au jeu qu'il avait choisi, il l'a menacée d'un tesson de verre. Il l'a prise par les cheveux pour l'immobiliser, et il a appliqué le tesson sur sa gorge… J'ai vu au…

Irene se leva de nouveau.

— Monsieur le juge, je dois, en présence du jury, protester contre ces questions tendancieuses. Mon client n'a aucun moyen de se défendre.

— Oh, s'exclama le juge Baron, les mains en l'air, comme un Christ en pleine harangue, je vois qu'il a en vous un défenseur des plus efficaces.

Irene ouvrit la bouche puis se ravisa, se rasseyant à regret. Daniel griffonna quelques mots et tendit le bout de papier à son assistant, Mark Gibbons. *L'interroger sur les violences conjugales chez les Croll ?*

Irene se retourna après en avoir pris connaissance. Daniel croisa son regard : elle hésitait, visiblement. Le comportement de ses parents pouvait expliquer en partie celui de Sebastian vis-à-vis de ses petits voisins : ce n'était toutefois pas sans risque, comprit Daniel. De là à en déduire que Seb avait appris à être violent, qu'il avait même besoin de reproduire les scènes dont il avait été témoin dans le cercle familial…

— ... il terrifiait littéralement Poppy. Elle m'avait déjà dit qu'elle n'aimait pas Sebastian, mais j'avais essayé de la convaincre de lui donner une autre chance. Inutile de dire qu'après avoir vu ma fille subir un tel traitement, je lui ai interdit de jouer avec Seb.

— En avez-vous parlé aux parents du garçon ?

— Oui, à sa mère, répondit Gillian en se raidissant, comme si cette évocation la blessait. Cela n'a pas eu l'air de la passionner. Elle paraissait complètement indifférente à la question. J'ai simplement fait en sorte que Poppy cesse de le fréquenter.

— Je vous remercie, madame Hodge.

Gordon Jones reclassa ses notes et se rassit.

— Madame Hodge, fit Irene d'une voix calme.

Daniel se pencha vers la table, une main sous le menton. Sebastian l'imita une seconde plus tard, adoptant une position exactement similaire.

— Dites-moi, depuis combien de temps avez-vous pour voisins les Croll et les Stokes ?

— Je ne sais plus vraiment... trois ou quatre ans.

— Depuis que vous avez emménagé dans Richmond Crescent ?

— Oui.

— Les enfants jouaient donc ensemble. Mais fréquentiez-vous également les parents ?

— Oui, naturellement, il nous arrivait de prendre le café chez les uns ou les autres, voire un apéritif – cela arrivait plus fréquemment avec Madeline, je dois le dire, même si j'ai dû rendre visite à... Charlotte une ou deux fois.

— Vous avez alerté Charlotte Croll sur ce qui s'était passé entre Sebastian et votre fille et elle a paru ne pas y prêter attention, dites-vous ? Et vous aviez de bons rapports de voisinage avec elle ? Cela paraît assez peu crédible, non ?

Une légère rougeur sembla envahir le visage de Gillian. Ses grands yeux parcoururent les bancs de l'assistance, puis se levèrent au plafond.

— Elle avait l'air de... de comprendre, mais... rien n'a changé. Elle ne paraissait pas en mesure de contrôler...

— Madame Hodge, l'incident que vous nous avez décrit – Sebastian menaçant volontairement votre fille avec un tesson –, l'avez-vous signalé à quiconque, hormis à la mère de l'enfant ?

Gillian Hodge écarquilla les yeux, puis se tourna vers Irene et fit non de la tête.

— Vous secouez la tête. Vous n'avez donc rien dit à la police, ni même à l'école – ou à une assistante sociale ?

— Non, fit Mme Hodge après s'être éclairci la voix.

— Pourquoi ?

— Je l'avais pris sur le fait, je l'ai grondé avec la plus grande sévérité et j'ai interdit à Poppy de jouer avec lui. Nous en sommes restés là. Le sang n'avait pas été versé...

— « Le sang n'avait pas été versé »... je vois. Et quand vous avez réprimandé Sebastian – avec la plus grande sévérité, dites-vous –, quelle a été sa réaction ?

— Il... il s'est excusé. Il est... très bien élevé.

Elle eut une petite toux.

— J'ai exigé qu'il demande pardon à Poppy, en quoi il m'a obéi.

Sebastian leva les yeux vers Daniel, rayonnant, comme s'il goûtait le compliment.

— Madame Hodge, nous vous avons entendu dire que Sebastian se montrait parfois un peu agressif. Cependant, au cours des quatre années ou presque que vous avez passées dans le voisinage des Croll, s'est-il passé quoi que ce soit qui ait exigé un signalement à la police ou aux services sociaux ?

Gillain Hodge s'empourpra.

— Non, ni à la police, ni aux services sociaux.

— Et comme vous êtes une bonne mère, si vous aviez jamais ressenti que Sebastian pouvait présenter un danger réel pour vos enfants ou ceux de vos voisins, vous n'auriez pas hésité à les alerter.

— Eh bien... oui...

— Vous avez deux enfants qui ont l'une l'âge du défunt, l'autre celle de l'accusé, si je ne me trompe pas.

— C'est exact.

— Dites-moi, l'une ou l'autre de vos filles n'a-t-elle jamais eu un comportement agressif ?

Mme Hodge rougit de nouveau.

Jones se leva, le bras tendu en signe d'exaspération.

— Monsieur le juge, je ne puis que mettre en doute la pertinence de ces interrogations.

— Certes, répondit Baron, mais je les autorise. J'ai déjà tranché dans ce sens.

— Madame Hodge, martela Irène, l'une ou l'autre de vos filles ne s'est-elle jamais conduite de façon agressive ?

— Eh bien oui. Cela arrive à tous les enfants.

— À tous les enfants, bien sûr, répliqua Irene. Pas d'autres questions.

— Fort bien. Au vu de l'heure, je crois que le moment de la pause est venu… (Baron tordit le cou pour s'adresser aux jurés.) Bon appétit, mesdames et messieurs. Je vous rappelle une fois de plus que vous ne devez discuter de l'affaire en cours que lorsque vous êtes tous présents, sans exception.

Il y eut un silence, puis, telle une lame de fond, un murmure s'éleva dans la salle, fait de froissements de tissus et de courants d'air tandis que l'auditoire se levait en même temps que le juge et se rasseyait après son départ. Le greffier pria le public de bien vouloir quitter la salle. Daniel leva les yeux : à regret, les curieux se retiraient, tournaient le dos au spectacle.

Daniel se glissa derrière la chaise de Sebastian et posa les mains sur les épaules du garçon, doucement.

— Ça va aller, Seb ? fit-il, soucieux.

Seb fut saisi d'une danse de Saint-Guy, hochant du chef, sautillant sur place, baissant les mains vers les pieds et tournant sur lui-même. Les épaulettes de son costume trop grand lui frôlaient le lobe des oreilles.

— Tu danses, Seb ? demanda le policier de service. Il va falloir redescendre, mon gars.

— Un moment, Charlie, répliqua Sebastian. Ça fait trop longtemps que je suis assis.

— Tu pourras danser dans les escaliers, Fred Astaire. On y va. D'accord ?

— Danny, je me sauve, fit Sebastian en tournant la tête, la main du policier sur l'épaule. On se voit après le déjeuner ?

— À tout à l'heure, répondit Daniel.

Et, comme son jeune client se retirait avec le policier de garde, Daniel secoua la tête. Les facéties du gamin le faisaient rire, oui, en partie – tout en l'attristant profondément.

Irene se retourna, l'agrippa par le coude.

— Danny, je crois que ce n'était pas le moment.

Il sourit, la regarda droit dans les yeux. Ils étaient si jolis, ceux de la jeune femme.

— C'est une arme à double tranchant.

— Ne t'en fais pas, je sais. Nous aurions dévoilé nos batteries. Et très franchement, c'est probablement le genre de chose que Seb et ses parents n'ont aucune envie de voir déballer devant témoins.

Irene lui sourit.

— Je te fais entièrement confiance, lui souffla-t-il tandis qu'ils sortaient du tribunal.

Daniel descendit au sous-sol discuter avec Sebastian. Charlotte était là, elle aussi. En rentrant dans la cellule, Daniel vit Seb donner un coup de pied à sa mère, au niveau de la cuisse. Sans émettre le moindre son, elle s'écarta, la paume à plat sur la jambe.

— On se calme, Seb, fit Daniel.

Le gosse se tassa contre le mur, la bouche plissée.

Les dépositions avaient plongé Charlotte dans tous ses états.

— Pourquoi avoir fait témoigner cette bonne femme ? Elle se mêle constamment de ce qui ne la regarde pas.

— Elle me déteste, répéta Seb.

— Elle *nous déteste tous*, appuya Charlotte.

— Charlotte, je peux vous dire deux mots en privé ? demanda Daniel.

Elle inclina la tête, se pencha pour ramasser son sac. Ses omoplates saillaient sous la veste de son tailleur.

La porte refermée, Charlotte manifesta son envie de fumer. Daniel demanda au garde l'autorisation de la faire sortir du sous-sol, sans avoir besoin de remonter à l'étage. Permission accordée, à sa grande surprise : visiblement, Charlotte n'en était pas à sa première tentative. Aucun journaliste ne les attendait de ce côté-ci.

— Charlotte, je sais que ce n'est pas facile pour vous. Mais pensez à Seb. C'est encore pire pour lui. Pour le moment, tous les témoins à charge le traînent dans la boue.

— Sebastian est mon fils. C'est aussi moi qu'ils foulent aux pieds.

— Charlotte, il faut tenir. Ce n'est que le début. Ça va empirer.

— On ne devrait pas les laisser dire ce genre d'horreur, fit-elle. Je ne le contrôle pas, je n'ai rien dit quand il a menacé d'autres gosses. Je n'étais pas là quand il y a eu cet incident avec le tesson.

Sa voix était aigre, ses traits en pleine décomposition. Soudain, la jeune femme avait l'air vieux.

— Charlotte, il faut vous dire que quand ils s'enfoncent dans ce genre de témoignage - les ouï-dire, les méchantes rumeurs -, c'est qu'ils sont acculés. Ils n'ont pratiquement que des preuves indirectes. Bien sûr, au vu de ses bulletins scolaires et des écarts de conduite dont ils parlent, cela ne pouvait que ressortir. Ce qui ne prouve rien, Charlotte, ne l'oubliez pas...

— C'est ma faute. C'est ce qu'ils sont en train de démontrer. C'est moi qu'ils vont juger. Ils vont le condamner et dire que c'est entièrement ma faute ?

Daniel tendit la main, agrippa Charlotte par l'épaule.

— Personne ne dit ce genre de choses...

Elle tourna la tête. Lorsqu'elle tira une bouffée sur sa cigarette, il se rendit compte qu'elle était en larmes. Des larmes noires qui creusaient des veines blanches et ténues dans son fond de teint.

— Charlotte, vous êtes sa mère. Il a onze ans, il comparaît pour meurtre. Son destin dépend de l'issue du procès. Il faut que vous vous montriez forte, pour son bien.

Dans la cour, les fourgons pénitentiaires se serraient les uns contre les autres, noirs, sévères. Daniel se remémora la ferme, la nuit tombée, les abris des animaux. La porte de la sortie de secours claqua sous l'effet du vent.

— Forte... comme vous, c'est ça ?

Elle avait posé le poing contre sa paupière inférieure, prenant soin de ne pas étaler son mascara. Elle posa la paume à plat sur le torse de Daniel. Sous le tissu de sa chemise, il sentit sa peau se hérisser à son contact.

— Vous, vous êtes fort ! Je le sens.

— Charlotte, murmura-t-il en reculant d'un pas, le mur dans son dos.

Il perçut son parfum entêtant puis son haleine de fumeuse. Les lèvres de Charlotte n'étaient plus qu'à quelques millimètres des siennes. Un cylindre de cendres frémit, tomba sur le revers de sa veste. Daniel se redressa, la nuque contre les moellons.

Elle laissa retomber sa main, lentement. Ses longs ongles s'enfoncèrent au bas du ventre de Daniel, dont les abdominaux se bandèrent. Sous le fin tissu de sa chemise, sa peau se déroba au contact.

Il y avait en elle quelque chose de presque répugnant – l'ombre à paupières grumeleuse, le fond de teint étalé sur les pores de la peau – et, cependant, il eut un élan de compassion.

— Ça suffit, chuchota-t-il. Charlotte, votre fils a besoin de vous.

Elle recula, blessée dans son orgueil. Elle était l'image même du désespoir à présent, même si Daniel savait bien que son rejet n'en était pas la seule raison. Ses paupières n'étaient plus que taches sombres, ses doigts jaunis levaient, tremblants, le mégot à ses lèvres.

— Désolée, articula-t-elle.

La cigarette tomba. Daniel lui tint la porte.

— La cour appelle Geoffrey Rankine à la barre.

Le nouveau venu s'avança. Il semblait trop grand pour la salle du tribunal, l'ourlet de son pantalon frôlait le bout de ses souliers. Déjà quelque peu dégarni, il avait les cheveux bien coupés et des sourcils constamment haussés. Lorsqu'il jura de dire la vérité au nom de Dieu, un léger sourire flotta sur ses lèvres.

— Monsieur Rankine, vous avez certifié à la police que vous avez vu deux garçons se battre à Barnard Park l'après-midi du 8 août. Est-ce bien exact ?

— Tout à fait. Depuis, fit Rankine d'un ton morne, j'ai vu les journaux de vingt heures et je me suis dit que si j'avais fait quelque chose, j'aurais pu...

— Vous mentionniez deux moments où vous avez vu les garçons se battre. Pouvez-vous nous en préciser les circonstances ?

— La première fois que je les ai vus, il devait être deux heures de l'après-midi. C'est toujours moi qui sors le chien : une promenade toute courte avant de déjeuner, qu'il puisse faire sa commission.

— Pouvez-vous décrire les deux garçons qui se battaient ?

— Eh bien, comme je l'ai expliqué à la police, ils avaient tous les deux les cheveux châtains, courts ; ils étaient à peu près de la même taille, même si l'un était un peu plus petit que l'autre. L'un portait un sweat blanc à manches longues et l'autre un tee-shirt rouge.

— Monsieur le juge… puis-je vous demander, ainsi que les jurés, de vous reporter à la page cinquante-sept du dossier… vous y trouverez une photographie et une description des vêtements que portait Ben Stokes le jour où il perdit la vie, en particulier ce tee-shirt rouge.

Gordon Jones, plongé dans son dossier, avait les lunettes au bout du nez.

— En page cinquante-huit, vous verrez les vêtements que l'accusé portait le jour du meurtre, tels qu'ils ont été analysés par les médecins légistes… Monsieur Rankine, connaissiez-vous l'un ou l'autre de ces garçons ?

— Non, je ne connaissais pas leurs noms, même si je les avais vus parfois traîner dans le quartier. Leurs visages m'étaient plus ou moins familiers. Je n'habite vraiment pas loin et avec ce chien, je suis toujours dehors.

— Pouvez-vous nous raconter les circonstances de la première bagarre ?

— Je promenais mon chien, non pas dans le parc, mais sur le trottoir de la rue qui conduit vers Barnsbury Road. Mon chien n'est plus de la première jeunesse, il aime bien traîner et mettre son nez partout. Pour moi qui aime bien marcher, c'est très irritant. Ce jour-là, c'était comme d'habitude ; l'animal, il était même encore plus lent. Il faisait beau. Il y avait pas mal de monde dans le parc, je dirais, et j'ai vu un certain nombre de propriétaires de chien que je connaissais, avec leur bestiau ; puis je me suis rendu compte qu'il y avait ces deux jeunes garçons qui se battaient au sommet de la colline.

— À quelle distance vous trouviez-vous d'eux, dans votre souvenir ?

— Oh, huit ou dix mètres, pas plus.

— Qu'avez-vous vu, exactement ?

— Au début, je n'ai pas bien regardé. C'étaient juste deux gosses en train de se chamailler, sans plus. Mais l'un des gamins a pris le dessus. Je me souviens qu'il a agrippé l'autre, qui était un peu plus petit, par les cheveux, pour le forcer à s'agenouiller. Il lui donnait des coups de pied dans les reins, le ventre. J'ai deux fils, je sais ce que c'est, les garçons et, en temps normal, j'aurais laissé faire, mais là, ça paraissait un peu excessif. Un peu dangereux ou… violent.

— Des deux garçons que vous avez décrits, quel était celui qui prenait le dessus ?

— Le plus grand des deux, le garçon en blanc.

— Vous avez parlé aux garçons. Que leur avez-vous dit ?

— Comme ils avaient vraiment l'air de s'exciter l'un contre l'autre, je leur ai dit d'arrêter.

— Comment ont-ils réagi ?

— Ils se sont immobilisés. L'un des garçons s'est tourné vers moi, le sourire aux lèvres, et m'a dit qu'ils étaient juste en train de jouer.

— Lequel était-ce ?

— L'accusé. Je n'étais pas complètement rassuré, mais comme je l'ai dit, je sais ce que c'est, les garçons. Je n'ai pas insisté.

Les joues de Rankine virèrent au gris. Il baissa la tête.

— Je n'arrête pas de revivre ce moment. Je n'aurais pas dû reprendre mon chemin. J'aurais dû faire quelque chose... si j'avais su ce qui allait se passer.

Il se redressa soudain de toute sa taille, tourné vers l'auditoire - et plus spécialement vers les Stokes.

— Je suis désolé, ajouta-t-il.

Gordon Jones eut un hochement de tête compréhensif.

— Vous dites que les garçons s'excitaient l'un contre l'autre. Était-ce un jeu qui commençait à mal tourner ou diriez-vous que l'un des enfants avait attaqué l'autre ?

— Oui, peut-être, je crois. Ça fait un petit moment maintenant, mais je crois que le garçon au polo blanc... C'est à son sujet que la police m'a questionné après que... que le corps a été découvert.

Une main devant les yeux, M. Rankine secoua la tête.

— Qu'ont fait les garçons après votre intervention ?

— Ils sont partis dans un sens, et moi dans l'autre.

— Quelle direction ont-ils prise ?

— Celle de l'aire de jeu, en contrebas de la colline...

— Vous avez déclaré que l'un des garçons semblait avoir besoin d'aide.

— Oui, la police m'a posé la question, et je crois... oui, je crois que c'était bien le cas.

— Lequel des deux garçons était-ce ?

— Je leur ai dit, le gamin au tee-shirt rouge, je crois...

— Et votre souvenir n'a pas changé sur ce point ?

— Non, il n'a pas changé, je ne crois pas. Si ma mémoire ne me trahit pas…

— Qu'est-ce qui vous a donné à penser qu'il avait besoin d'aide ? Quels traits, quels comportements ?

— Ce garçon était en larmes, je crois.

— Vous croyez ou vous êtes sûr ?

— J'avais déjà commencé à m'éloigner. Mais l'impression était assez vive.

— C'est-à-dire ? Il gémissait, il avait le visage rouge, il pleurait ?

— Il pleurait peut-être bien, oui, il pleurait peut-être et il avait le visage rouge. Dans mon souvenir, je crois l'avoir vu se frotter les yeux.

Le regard de M. Rankine se perdit dans le lointain, ses yeux larmoyants s'efforçant de reconstituer la scène dont il avait fini par se détourner.

— L'accusé a confirmé dans son interrogatoire vous avoir rencontré juste après deux heures, ce jour-là, et vous avoir entendu les apostropher, le défunt et lui, afin de leur faire cesser leur bagarre. Plus tard dans la journée, avez-vous revu ces garçons ?

— Oui, bien plus tard, vers trois heures et demie, quatre heures, même, peut-être. J'allais à l'épicerie. En longeant le parc, j'ai regardé dans l'aire de jeu et j'ai revu les deux garçons. Ils étaient encore en train de se battre. Si je m'en souviens, c'est que je me suis demandé si je n'allais pas traverser la rue pour leur dire d'arrêter, une fois de plus… Ah, si j'avais pu…

— Décrivez-nous cette seconde rencontre.

— En me rendant à l'épicerie, j'ai jeté un coup d'œil vers le parc. Et je les ai vus. C'était le même polo blanc, le même tee-shirt rouge. Le gamin en blanc donnait des coups de poing au petit en rouge.

— Cette fois-ci, cependant, vous n'avez rien fait ?

— Non, murmura Rankine, qui sembla se recroqueviller derrière la barre. Je suis désolé. Affreusement désolé.

Il porta la main à ses lèvres et ferma les yeux, le visage crispé.

— Pour quelle raison avez-vous signalé ces deux rencontres au policier du fourgon posté près de la scène du crime, le lendemain de la disparition de Ben ?

— C'est que sa photo a été affichée, le lendemain. Il n'avait pas réapparu de la nuit. Dès que j'ai vu sa tête, j'ai compris qu'il s'agissait du petit gosse, le gosse au tee-shirt rouge, que l'autre brutalisait.

Sebastian n'avait pas raté une miette de la déposition, fixant Rankine, une fine ride entre les sourcils. De temps à autre, il se penchait vers Daniel, regardant par-dessus le coude les notes que prenait ce dernier.

Rankine s'ébroua nerveusement à la barre tandis qu'Irene se levait et étalait ses notes sur le pupitre. De leur rangée, les journalistes tendirent le cou.

— En vous écoutant, monsieur Rankine, et en comparant vos déclarations avec vos premières dépositions, il apparaît que vous n'êtes pas complètement certain de ce que vous avez vu l'après-midi du 8 août. Pouvez-vous vous reporter page vingt-trois de votre dossier ? Vous y trouverez la déposition que vous avez faite sous serment au commissariat. Pouvez-vous nous en lire le deuxième paragraphe ?

Rankine s'éclaircit la voix avant de s'exécuter.

— *J'ai vu deux enfants que j'avais déjà vus plusieurs fois dans le voisinage se battre en haut de la colline, dans Barnard Park. Deux garçons blancs. L'un était plus petit que l'autre, plus jeune peut-être ; il portait un tee-shirt rouge et un jean. Il faisait l'objet d'une violente agression par un garçon plus grand, qui portait une chemise soit blanche, soit bleu très clair.*

— Je vous remercie, monsieur Rankine. Vous qualifiez alternativement la bagarre entre les deux protagonistes d'« agression violente » ou d'« empoignade » et vous faites même cette remarque que « les garçons, vous savez ce que c'est ». Où est la vérité dans tout cela, monsieur Rankine ? Avez-vous réellement été témoin d'une féroce agression, ou n'étaient-ce que deux collégiens qui s'amusaient un peu brutalement ?

— C'était très violent. L'un des deux garçons avait réellement le dessus...

— Très violent ? Y avait-il effusion de sang ? L'un des deux garçons vous paraissait-il avoir souffert déjà de l'échange de coups ?

— Eh bien, comme je vous l'ai dit, ça cognait dur, par moments. Le garçon au tee-shirt rouge paraissait dans tous ses états.

— Quels sont les termes exacts que vous avez utilisés pour leur demander d'arrêter ?

— Je crois que j'ai dit quelque chose comme : « Les garçons, arrêtez... Ça suffit, maintenant. »

— Je vois. Êtes-vous entré dans le parc pour joindre le geste à la parole ?

— Non. Comme je vous l'ai dit, ils se sont arrêtés dès que je les ai interpellés.

— Je comprends. À ce moment, du reste, aucun des deux garçons ne semblait blessé.

— Oui, tout à fait.

— De sorte que vous avez poursuivi votre chemin et que les deux garçons ont descendu la colline et se sont dirigés vers l'aire de jeu.

— Oui.

— À ce stade, vous n'avez rapporté la scène à aucune autorité locale, police ou autre ?

— Non.

— Qu'avez-vous donc fait ?

— Je suis rentré chez moi.

— Oui, bien, et qu'y avez-vous fait ?

— J'ai... regardé la télévision un moment.

— On peut donc dire sans risque de se tromper qu'après avoir assisté à cette « agression violente », vous ne vous inquiétiez plus du sort de ce garçon.

— Oui, on peut le dire, mais quand j'ai appris que le garçon avait disparu...

— Pour résumer votre description de la première rencontre, en prenant en compte votre déclaration au commissariat et votre déposition d'aujourd'hui, il est peut-être plus juste de dire que la bagarre que vous avez décrite comme plutôt violente n'était qu'un jeu un peu brutal, mais pas plus que la moyenne, jeu qui ne méritait pas d'être signalé sur le moment, et qui ne vous a pas détourné de vos occupations de la journée, votre séance télé, par exemple. Je me trompe ?

— Non, non, pas vraiment, je suppose.

— Comme mon distingué collègue l'a rappelé à la cour, mon client a expliqué lors de son interrogatoire qu'il jouait à se battre avec la victime et qu'il se souvient qu'un adulte leur a demandé d'arrêter. Passons maintenant à la seconde rencontre que vous dites avoir eue avec ces garçons. Il était, avez-vous mentionné dans votre déposition, trois heures et demie, quatre heures. Pouvez-vous être plus précis ?

— Non, mais c'était effectivement vers ces heures-là.

— Que les jurés veuillent bien consulter la page trente-six de leur dossier, qui comporte un plan de Barnard Park et de Barnsbury Road. La position de M. Rankine y est déterminée avec précision. Lorsqu'il a revu les garçons, il se trouvait de l'autre côté de Barnsbury Road, à cinquante mètres d'eux, a-t-il reconnu. Le dossier ophtalmologique de M. Rankine a été transmis aux jurés : le témoin est myope, avec - 2,5 à chaque œil. Il ne porte de lunettes, précise-t-il, que pour conduire ou regarder la télévision.

Une fois ces faits établis, Irene lança son attaque.

— Le garçon qui portait un haut blanc ou *bleu pâle* pouvait être n'importe quel gamin des environs. Vous ne croyez pas ?

— Je vois bien maintenant qu'il s'agit de… l'accusé.

— Maintenant. Je vois… *Maintenant.* Vous nous avez dit tout à l'heure que les garçons que vous aviez vus n'avaient qu'une petite différence de taille, mais dans votre première déposition, vous mentionniez un garçon assez grand et un autre plus petit. Où est la vérité ?

— Eh bien, l'un des deux était un peu plus grand. Pas énormément, mais ça se remarquait quand même. Il dépassait l'autre de quelques centimètres, comme je l'ai expliqué.

— Très bien. Et le haut que portait le plus grand des garçons était « blanc ou bleu » ; mais maintenant, vous êtes certain du blanc.

— Oui, maintenant, je me souviens que le garçon avait un haut blanc.

— Vous vous souvenez *maintenant.* Est-ce donc parce que la police vous a interrogé au sujet de ce garçon « en chemise blanche » qu'ils avaient déjà arrêté ?

— Je ne pense pas, non. Je ne sais pas vraiment.

— Monsieur Rankine, que savez-vous exactement ? Pas grand-chose, j'en ai bien peur.

Daniel essaya de ne pas sourire. Son cœur un instant se gonfla de fierté pour elle.

— Eh bien, je…

— Revenons à votre déposition initiale. Le jury peut consulter la page trente-neuf, paragraphe deux de son dossier. Monsieur Rankine, pouvez-vous nous lire ces quelques lignes, à partir de « un peu plus tard cet après-midi » ?

— *Un peu plus tard cet après-midi,* lut Rankine après s'être éclairci la gorge, *j'ai revu les garçons. Cette fois-ci, ils se battaient dans l'aire de jeu. Le petit garçon en rouge était frappé par un individu plus grand...*

— Je vais vous arrêter là, monsieur Rankine. Un individu plus grand... un individu plus grand. Êtes-vous certain qu'il s'agissait de l'accusé ?

— Oui, je l'avais vu plus tôt dans la journée.

— Monsieur Rankine, je vous rappelle que vous avez prêté serment. Vous aviez croisé Sebastian en début d'après-midi, mais l'avez-vous réellement vu se battre dans l'aire de jeu, quelques heures plus tard ? Tant le Ministère public que la défense s'accordent sur un point : les caméras de surveillance ne confirment pas cette seconde rencontre. Nous savons que vous ne portiez pas vos lunettes et que vous étiez de l'autre côté de la rue, et que l'aire de jeu est entourée de buissons et d'une grille. Je suggère donc que *vous vous êtes figuré* que l'individu à la chemise claire était mon client, que vous aviez vu deux heures plus tôt.

Le juge Baron se pencha.

— Mademoiselle Clarke - vous avez peut-être une question à poser au témoin ?

— Oui, monsieur le juge.

— Vous m'en voyez ravi, grommela-t-il, une moue aux lèvres.

— Monsieur Rankine, reprit Irene, n'est-il pas exact que vous n'aviez aucun moyen d'identifier mon client à la distance à laquelle vous vous trouviez, compte tenu, de surcroît, de votre myopie ?

— Je pensais qu'il s'agissait du garçon que j'avais déjà vu.

— Vraiment ? Et que voulez-vous dire lorsque vous avez décrit le garçon qui semblait attaquer la victime dans l'aire de jeu comme un individu plus grand ? Pouvez-vous nous dire si c'était votre façon de décrire un individu plus grand ou plus corpulent que la victime ?

— Je pensais qu'il s'agissait du même garçon, bégaya Rankine.

Visiblement troublé, il se triturait le lobe de l'oreille.

— Il était beaucoup plus grand et un peu plus corpulent que le petit garçon...

— Beaucoup plus grand et un peu plus corpulent ? Nous portons à la connaissance du jury les faits suivants, concernant les mensurations de la victime. Benjamin Stokes mesurait un mètre vingt-quatre et pesait vingt-sept kilos cinq cents. Lorsqu'il a été placé en détention provisoire, l'accusé mesurait un mètre trente et pesait vingt-neuf kilos cinq cents. En fait, les deux garçons étaient de taille et de corpulence très similaires. L'un n'était pas « beaucoup plus grand et un peu plus corpulent que l'autre ». J'incline à penser, monsieur Rankine, que l'individu que vous avez vu dans l'après-midi n'était pas Sebastian Croll, que vous aviez hélé auparavant, mais quelqu'un qui n'avait rien à voir avec le jeune Croll. Que pensez-vous de cette suggestion ?

— C'est que j'ai vraiment pensé, sur le moment...

— Monsieur Rankine, vous avez prêté serment. Nous savons que vous êtes myope, nous avons mesuré la distance qui vous séparait des deux personnes que vous certifiez avoir vues à trois heures et demie ou à quatre heures ce dimanche-là. N'est-il pas envisageable que vous ayez vu quelqu'un d'autre – un adulte, éventuellement – en compagnie de la victime ?

— Oui, finit par reconnaître Rankine, affalé derrière la barre. Oui, c'est envisageable.

— Je vous remercie, conclut Irene.

Elle allait se rasseoir lorsque le témoin se redressa en secouant la tête.

— Je serais heureux de m'être trompé, reprit-il. Si ce n'est pas lui que j'ai vu, cela veut dire que je n'aurais pas pu intervenir, de toute façon. Oh, c'est bien préférable.

— Je vous remercie. Pas d'autres questions, monsieur le juge.

Avant de se rasseoir, Irene arrangea les plis de sa robe.

— Irene est vraiment une bonne avocate, chuchota Sebastian à l'oreille de Daniel.

Les jurés avaient reçu la permission de se retirer ; l'accusé allait bientôt redescendre en cellule.

— Il ne m'a jamais vu dans l'aire de jeu. C'était quelqu'un d'autre.

Daniel frissonna. Il posa la main sur l'épaule de Sebastian tandis que le policier faisait son approche. À n'en pas douter, le garçon comprenait très bien les rouages du procès.

En sortant de la salle, Irene lança un regard, sourcils levés, vers le jeune avocat.

Daniel repassa au bureau, travailla tard et rentra chez lui à plus de huit heures. La porte fermée, il posa le front sur le panneau. Il y avait dans l'appartement une odeur de pièces inoccupées. Il alluma le chauffage, se fit du thé, ôta son costume pour enfiler un jean et un tee-shirt, avant de remplir la machine à laver.

Il voulut appeler Cunningham, le notaire de Minnie, pour savoir si la maison se vendait : il tomba sur la messagerie. Ce fut alors qu'on frappa à la porte. Un voisin, sans doute, se dit Daniel : l'entrée principale était contrôlée par un interphone. Il alla ouvrir : sur le seuil, se tenait un individu petit et gros qui brandissait son iPhone comme un micro.

— Je peux faire quelque chose pour vous ? fit Daniel, les sourcils froncés, deux doigts glissés dans la poche arrière de son pantalon.

— Vous êtes Daniel Hunter, l'avocat du Tueur d'Angel, répliqua l'intrus. Je me demandais si vous aviez des choses à me dire. Je travaille pour le *Mail.*

Daniel sentit le feu de la colère envahir ses muscles. Il eut un rire bref et s'avança vers le petit homme.

— Vous avez du culot. Comment m'avez-vous trouvé… ?

— Les listes électorales, fit l'autre d'une voix neutre.

Sa chemise était froissée, ses doigts jaunis par la nicotine.

— Sortez immédiatement de chez moi, sinon, j'appelle la police.

— La cage d'escalier appartient à tout le monde…

— C'est *ma* cage d'escalier. Foutez le camp, répliqua Daniel, d'une voix si sonore qu'elle résonna dans l'entrée.

L'accent du Nord avait fait sa réapparition. C'était toujours le cas lorsqu'il était en colère.

— De toute façon, on écrira un truc sur vous. Mieux vaut que vous disiez quelque chose, dit l'autre, toujours impassible, en détournant les yeux pour tripoter son écran de téléphone – sans doute pour enregistrer la conversation.

Ce geste apparemment libéra quelque chose en Daniel. Il ne s'était pas servi de ses poings depuis des années, n'avait plus fait usage de sa force. Il saisit le journaliste du *Mail* par le col et le plaqua contre le mur de la cage d'escalier. Le téléphone tomba avec un craquement sec.

— Faut-il que je vous le répète ?

Daniel pressa son visage contre celui de l'homme, perçut une odeur d'imperméable mouillé et de chewing-gum à la menthe.

L'homme se déroba à son étreinte, se baissa d'un bond pour ramasser le téléphone et manqua de rater une marche. Daniel ne rentra pas chez lui avant d'avoir entendu claquer la porte principale.

Il faisait les cent pas dans l'entrée, les doigts plongés dans les cheveux. Puis il frappa le mur de sa paume.

Il revint dans le salon en jurant à mi-voix. Sur le dessus de la cheminée, Minnie lui souriait. Que lui aurait-elle dit si elle avait été là ? *Un garçon aussi intelligent que toi ne devrait pas avoir à jouer des poings, de toute façon.* Il sourit malgré lui.

Il essaya de se figurer ce à quoi aurait pu ressembler une de ses visites. Elle aurait souffert dans l'escalier, lui aurait demandé pourquoi il avait eu besoin de se loger à l'étage. Elle lui aurait fait à manger ; ils auraient bu du gin ; ils se seraient remémoré, hilares, leurs différends.

Cependant, elle était morte, à présent. Il ne saurait jamais comment, adulte, il aurait pu la considérer. Elle l'avait recueilli enfant – et enfant il était lorsqu'il l'avait quittée. Plus âgé, certes, mais un enfant toujours, furieux, amer. Il avait raté l'occasion de boire un gin avec elle, de l'entendre raconter son histoire, celle d'une femme qui aurait été alors son égale, et non pas celle qui l'avait sauvé. C'était ce qu'il regrettait par-dessus tout, cette idée d'avoir manqué la possibilité de la connaître vraiment.

Il alla à la cuisine chercher du gin. Il avait un carton d'alcools forts dans l'un de ses placards, restes de soirées. Du Madère, de l'Advocaat, du Malibu… Daniel y mettait rarement le nez. Il posa le carton sur le carrelage et finit par trouver une bouteille de Bombay Sapphire à demi pleine. C'était une meilleure marque que celle qu'elle achetait ; Daniel cependant prit soin de le préparer à sa manière à elle : un grand verre, les glaçons d'abord puis le citron… justement il en avait un. Une giclée sur les glaçons. Oui, elle versait toujours les glaçons avant l'alcool, pour se mentir sur la généreuse rasade qui suivait. Le tonic, enfin, qui chuinta sur le tout. Daniel touilla le cocktail avec un manche de fourchette. Il le but à petites gorgées dans la cuisine, se remémorant la poigne rose de Minnie sur le verre et ses yeux pétillants.

Il y avait du football à la télévision. Il coupa le son et feuilleta le carnet d'adresses de Minnie, jusqu'à la page où figuraient le numéro de Jane Flynn et son adresse de Hounslow. Il regarda sa montre : neuf heures. Il n'était pas trop tard pour appeler.

Il composa le numéro qu'elle avait soigneusement noté au stylo-bille bleu. Dans son souvenir, Minnie n'avait pas eu de contact avec Jane tant qu'il avait vécu chez elle : peut-être ce numéro datait-il de l'époque où Norman était encore de ce monde.

Daniel avala une gorgée de gin-tonic en écoutant la sonnerie du téléphone. L'odeur même du cocktail lui rappelait Minnie.

— Allô ?

La voix, à l'autre bout du fil, avait une réverbération solitaire, comme émanant d'un vestibule obscur.

— Allô, j'aurais voulu parler à… Jane Flynn ?

— C'est moi. Et vous êtes ?

— Je m'appelle Daniel Hunter. J'étais… Minnie Flynn était ma… Si je ne me trompe pas, vous êtes la sœur de son mari ?

— Vous connaissez Minnie ?

— Oui. Vous avez un peu de temps ?

— Oui, mais… que puis-je pour vous ? Comment va Minnie ? Je pense souvent à elle.

— Eh bien, elle… elle vient de mourir.

— Mon Dieu, je suis désolée. C'est affreux. Vous me disiez que vous étiez son…

— Son… fils. Elle m'avait adopté.

Ces mots lui coupèrent le souffle. Il s'adossa au canapé, incapable de respirer.

— C'est affreux, affreux… Mon Dieu… je vous remercie de votre appel… Vous m'avez dit votre nom mais…

— Danny.

— Danny, répéta Jane.

Daniel entendit en fond sonore des enfants qui hurlaient de rire et le bruit d'une télévision. Ses petits-enfants, peut-être ?

— Vous l'avez bien connue ? demanda-t-il.

— Ah, quand nous étions jeunes, à Londres, nous sortions tous ensemble. C'est là qu'elle et Norman se sont rencontrés. On allait danser et manger des *fish and chips*. On s'est un peu perdues de vue quand Norman et elle se sont installés en Cumbrie.

— Norman et vous, vous étiez de cette région, pourtant ?

— Oui, mais je n'y suis pas souvent retournée. La campagne manquait à Norman, il aimait cette vie. Moi, j'ai toujours préféré la ville. Quand les obsèques ont-elles eu lieu ?

— Cela fait quelques mois, en fait. J'appelle bien tard pour prévenir…

Daniel rougit légèrement : il jouait les fils dévoués.

— Elle m'a laissé son carnet d'adresses et j'y ai trouvé votre numéro. Je me suis dit que j'allais appeler, voir si vous étiez encore à ce numéro… que vous puissiez apprendre la nouvelle…

— C'est gentil de votre part. Quelle triste nouvelle, oui… mais, Dieu la bénisse, elle n'a pas eu la vie facile, la pauvre !

— Vous… vous savez ce qui leur est arrivé ? À Delia et Norman ?

— Il m'a fallu des années pour l'accepter. Il y avait une partie de moi qui en voulait à Minnie… Ça doit vous paraître terrible, j'en suis navrée, et je me rends compte aujourd'hui, bien sûr, que j'étais dans l'erreur. Simplement, quand il se produit quelque chose d'aussi tragique, on peut réagir de cette façon. Il vous faut un ou une coupable, et ce ne peut pas être votre propre frère. Ce doit être pour cette raison que nous avons arrêté de nous voir. Je sais que vous devez me trouver épouvantable…

— Je comprends, dit Daniel d'une voix douce. Qu'est-il arrivé à Norman ?

— Ah, après la mort de Delia, Norman est sorti dans le jardin avec son fusil et… il s'est fait sauter la cervelle. Minnie n'était pas là. Ce sont les voisins qui l'ont trouvé. Il y a eu des tas d'articles dans la presse. Je comprenais qu'il puisse… il adorait cette petite, mais il n'était aucunement responsable de… Leur mariage a volé en éclats, vous comprenez. Ils ont traversé une période vraiment effroyable. Il en voulait à Minnie…

— Minnie s'en voulait à elle-même, je crois.

— Oui, après tout, c'était elle qui conduisait... Norman est allé à l'hôpital pour voir la petite une dernière fois, elle est morte dans ses bras... mais il ne s'en est jamais remis. Quelques mois seulement après sa mort, il s'est suicidé. Danny, j'espère que vous n'aurez jamais à vivre cela. Je suis allée enterrer ma nièce en Cumbrie et trois mois plus tard, j'y retournais pour mon frère. Rien d'étonnant à ce que je n'aie aucune envie d'y remettre les pieds.

— Minnie, comment a-t-elle supporté les obsèques de Delia ?

— Elle a été très digne. Elle nous a tous invités à la maison, après l'enterrement ; elle avait préparé une sorte de festin. Elle n'a pas versé une larme. Nous étions tous bouleversés, mais eux deux, ils tenaient le coup. Il s'est quand même passé quelque chose...

— Quoi donc ?

— La cérémonie était finie. Le pasteur avait fait son petit discours. Les fossoyeurs étaient en train de remplir le trou : à ce moment-là, Minnie s'est arrachée aux bras de Norman et s'est ruée sur le bord de la tombe. Elle portait une robe gris pâle, avec des petites fleurs. Elle s'est agenouillée dans la boue, au bord de la tombe, et elle a tendu le bras vers le trou. Il a fallu la relever de force... Norman a dû la relever de force. Elle serait descendue dans la tombe avec sa fille. Ça a été le seul signe de sa... de sa... Elle nous a reçus chez elle. Il y avait des génoises. Des génoises maison, pas des gâteaux tout faits. Elle avait dû les confectionner la veille au soir. Je me souviens, elle nous en a proposé, le sourire aux lèvres, les yeux secs... mais sur sa robe, il y avait ces deux taches de boue.

Daniel ne sut que répondre. Dans le silence qui suivit, il imagina la scène décrite par Jane.

— Quand Norman est mort, elle n'a pas essayé de se jeter dans sa tombe. Elle ne s'était même pas changée, à en juger par son apparence. Elle avait gardé sa robe d'intérieur. Elle n'avait même pas enfilé des bas. Oh, il n'y a pas eu de gâteaux maison à l'enterrement de Norman. Elle a attendu que ça se passe et elle est rentrée chez elle. À l'époque, je l'ai très mal jugée, mais j'ai changé d'avis depuis. Elle avait atteint ses limites. Nous en avons tous, en fait. Elle était furieuse contre Norman. Moi aussi, une fois le choc passé, nom de Dieu.

Nouveau silence.

— Je suis vraiment, vraiment désolé, dit Daniel.

— Je sais. Quel gâchis… Si je ne suis pas restée en contact avec Minnie, c'est que je la tenais pour responsable de la mort de Norman. Sauf que… et je vais vous dire, ce n'est que récemment que j'en ai pris conscience… c'est lui qui a choisi de mourir, pas elle. Et c'était un vrai manque de courage de sa part. C'est sûr, nous finirons tous par mourir. C'est une certitude absolue. Mais lui, il a lâché prise. Minnie, je la connaissais bien, elle aurait détesté ça… cette lâcheté. Elle qui avait tenu le coup. Et son deuil à elle était encore plus difficile que le sien.

— Pourquoi dites-vous cela ?

— Mais parce qu'elle conduisait, pardi. Elle devait tout le temps se dire que si la petite avait été assise devant, avec la ceinture… si la voiture s'était déportée dans un autre sens… De quoi faire perdre la tête à n'importe qui. Elle, elle est restée saine d'esprit. Je ne me trompe pas ?

— Oh oui, parfaitement saine, répondit Daniel en s'autorisant une ombre de sourire. Plus saine que la moyenne.

Il expira : mi-rire, mi-soupir.

— Et vous, Danny, qu'êtes-vous devenu ? D'où m'appelez-vous ?

— Je suis avocat et j'habite à Londres, moi aussi, dans les quartiers est.

— Mon petit, vous avez toute ma sympathie.

— C'est gentil d'avoir pris le temps de me parler. Je voulais juste…

— Non, merci de m'avoir appris la nouvelle. Si j'avais su, je serais venue à l'enterrement. C'était une femme bien. Bonne continuation, Danny…

Il raccrocha.

Une femme bien.

Il finit son gin en pensant à la boue sur sa robe.

4

MINNIE, AGENOUILLÉE DANS LA TERRE, plantait des fleurs dans le jardin, devant la maison. Elle enfonça les tiges et tassa la terre autour d'elles. Lorsque Carol-Ann et Daniel passèrent devant elle, les cartables ballottant sur les reins, les pans de chemise sortant de leurs pantalons d'uniforme, elle se dressa sur son séant.

— Ça va, Min ? demanda Carol-Ann.

Minnie finit de se lever et s'avança vers eux en s'essuyant les mains sur sa jupe.

— Comment ça s'est passé ?

— Pas mal, répondit le garçon en jetant son cartable sur l'herbe. Mais il y en a encore cinq la semaine prochaine.

— Bon, mais pour ceux-ci, ça s'est bien passé, reprit Minnie, en attrapant Blitz par les plis du cou pour l'empêcher de flairer Carol-Ann. Tu es plutôt confiant.

— On ne peut pas savoir, fit Daniel.

À présent, il était plus grand qu'elle. Pourtant, même lorsqu'elle levait les yeux vers lui quand il parlait, il se sentait toujours plus petit.

— Ça allait. De toute façon, on aura bientôt le résultat.

— Si ça allait, c'est bien. Carol-Ann, tu restes dîner, mon petit ? C'est vendredi, j'ai acheté du poisson.

— Ah oui, dit la jeune fille. Ça serait extra, Min.

Les deux adolescents s'installèrent à côté de Minnie, retournée à ses plantations. Ils bavardaient, se taquinaient l'un l'autre. Daniel s'était changé. Il chatouillait son amie, qui se mit à hurler. Minnie les observait, le sourire aux lèvres. Ils se renversèrent sur l'herbe.

Carol-Ann roula sur le côté puis lança la jambe vers le garçon. Elle se pencha sur lui, lui cloua les deux poignets au sol.

— Prisonnier ?

— Tout juste, Danny, dit-elle en essayant de le chatouiller, tandis qu'il se collait les bras au corps et s'efforçait de repousser les mains de la jeune fille.

Un papillon blanc voleta, aveugle, adorable, vers le visage du garçon, qui suivit des yeux son vol en zigzag.

— Ne bouge pas, s'écria soudain Carol-Ann. Il s'est posé dans tes cheveux. Je veux l'attraper et te l'offrir.

Daniel se figea tandis que Carol-Ann tendait les bras vers sa chevelure et refermait lentement les mains sur le papillon.

— Ça suffit !

Minnie avait surgi devant eux, la voix tonnante.

Daniel, interloqué, se redressa sur ses coudes. Carol-Ann, assise sur lui, les doigts incurvés autour du papillon, se retourna.

— Laisse-le partir *immédiatement*, scanda Minnie.

Carol-Ann ouvrit sur-le-champ les mains. Elle se releva, posa la main sur le bras de Minnie.

— Min, désolée, murmura-t-elle. Je voulais pas vous faire de peine.

— Non, c'est moi qui suis désolée, fit Minnie en se détournant, une main sur le front. Mais quand on les attrape, on leur ôte toujours la poudre qu'ils ont sur les ailes. Comme ils ne peuvent plus voler, ils meurent.

Carol-Ann roula les filets de haddock dans la chapelure pendant que Daniel découpait les pommes de terre en lamelles épaisses avant de les plonger dans la friteuse. Après que Minnie eut nourri les animaux, ils se mirent à table, où trois places avaient été dégagées, entre vieux journaux et bocaux de spaghettis. Daniel venait d'avoir seize ans.

Carol-Ann restait dîner deux ou trois fois par semaine. C'était l'époque des GCSE [1], ce qui rendait Minnie nerveuse depuis un bon moment. Elle rappelait tout le temps à Daniel de réviser avant d'aller jouer au football, lui avait acheté un bureau neuf et lui

1. General Certificate of Secondary Education. Ce sont les examens qui sanctionnent la fin de la première partie du cycle secondaire en Grande-Bretagne.

conseillait de prendre de longs bains relaxants d'avant d'aller se coucher tôt.

— Tu ne t'en rends peut-être pas compte, lui répétait-elle en se mordant la lèvre supérieure entre chaque phrase, mais la période est cruciale. Tu es à la croisée des chemins. Une autre vie commence. Tu peux choisir les matières que tu veux, mais pas avant l'université. Je veux que tu aies diverses possibilités. Je veux que tu voies par toi-même quelles sont les bonnes orientations.

Elle lui donnait un coup de main en biologie et en chimie, le poussait à s'alimenter davantage, pour nourrir ses neurones.

— Mmh, c'est délicieux, Minnie, fit Carol-Ann en pressant sur la bouteille de Ketchup pour assaisonner son plat.

Blitz les fixait, fasciné, un fin filet de bave coulant de ses babines jusque sur le plancher.

— Ressers-toi alors, ma chérie.

Minnie tendit une frite à Blitz, qui la lui arracha des doigts, avidement.

Daniel mangeait un coude sur la table, les doigts plongés dans les cheveux.

— Donc, si on résume, tu es en train de me dire que tout s'est bien passé. Tu as répondu à toutes les questions et tu as pu tout vérifier avant de rendre ta copie ?

— Ouais, ça s'est bien passé, répondit-il, la bouche pleine, les yeux baissés sur les miettes de poisson dans sa fourchette.

— Qu'est-ce que c'est que « ça », mon chéri ?

D'une main, elle lui écarta les cheveux des yeux.

Il se redressa, se déroba sans brutalité à son contact. Il n'aimait pas qu'elle ait de ces gestes tendres en présence de ses amis. Quand ils étaient seuls, il la laissait faire.

— Je te dis que ça s'est bien passé, répéta-t-il à voix basse.

Cette fois-ci, il croisa son regard.

— Oh, ne me fais pas ces grands yeux bruns.

Elle se retourna vers Carol-Ann.

— Je te demandais, c'est tout.

Elle lui décocha un sourire de défi et redonna une frite au chien.

Plus tard, lorsque Carol-Ann fut rentrée chez elle, il sortit ses livres et s'installa devant le grand bureau de chêne que Minnie lui avait acheté. Pour le souper, elle lui monta un chocolat chaud et des scones à la mélasse faits maison, avec un peu de beurre.

— Ne travaille pas trop longtemps, mon chéri, recommanda-t-elle en lui massant le dos, entre les omoplates. Il ne faut pas que tu sois trop fatigué.

— Ça va.

— Je te fais couler ton bain tout de suite ? Allez, va faire trempette et viens causer avec moi.

— D'accord.

— Je sais que tu t'en es bien tiré aujourd'hui.

— Comment ça se fait ?

— Je le sens. C'est mon sixième sens d'Irlandaise. C'est le début d'une grande carrière pour toi. Tu as eu un départ un peu rude dans la vie, mais voilà, tu as relevé le défi.

Elle serra le poing, l'éleva à hauteur de son visage, le sourire aux lèvres.

— Je te vois en costume trois pièces, un de ces jours. À Londres, peut-être, ou à Paris, à gagner des millions. Je viendrai te voir. Tu m'inviteras à déjeuner ?

— Ah oui, sûr. Dans un grand restau, tout ce que tu veux.

Minnie, la tête rejetée en arrière, éclata de rire. Il aimait ce rire, qui montait, bouillonnant, de l'estomac. Elle posa la main sur le bureau pour se redresser.

— Tu es un sacré numéro, toi. Mais je saurai te le rappeler.

De nouveau, elle lui dégagea le visage avant de déposer un baiser humide sur son front. Il sourit et la repoussa encore une fois.

— Ton bain sera prêt dans dix minutes. N'oublie pas de ranger tes livres et d'aller le prendre, hein, ou l'eau sera froide.

Daniel l'entendit redescendre. Les marches et la rampe gémissaient sous son poids. Blitz l'accueillit d'un aboiement irrité, furieux d'avoir été abandonné si longtemps. Il entendit la porte du salon se fermer en grinçant et le bruit étouffé de la télévision qui montait jusqu'à lui. Dehors, il faisait encore jour. Les oiseaux du début de l'été voletaient d'un arbre à l'autre. Il y avait en lui quelque chose qui n'aimait pas complètement cet endroit et qui aspirait à la ville et à la discrète liberté qu'elle offrait. Et cependant, grâce à Minnie, il était bien chez lui.

Elle l'avait adopté un peu plus de trois ans plus tôt et elle le choyait. C'était cela peut-être qui lui paraissait le plus singulier. Lorsqu'il avait cessé de se battre avec elle, elle lui avait prodigué attentions et tendresse. Même lorsqu'elle le faisait rougir en l'embrassant devant Carol-Ann, en chantant ses louanges aux autres commerçants du marché, il se sentait réchauffé par elle. Elle lui disait qu'elle l'aimait et lui la croyait.

Une fois dans la baignoire, il se laissa couler jusqu'à ce que l'eau recouvre ses épaules. Il mesurait à présent un mètre soixante-dix-neuf, quinze bons centimètres de plus qu'elle. Il ne pouvait plus s'étendre de tout son long dans la baignoire. Il était un peu trop maigre, cela dit. Il serra le poing et leva son avant-bras à hauteur de son visage pour inspecter son biceps. Non content de jouer au football, il s'était mis aux haltères. La porte du salon s'ouvrit ; le bruit de la télévision se fit plus sonore. Il entendit Minnie s'affairer dans la cuisine. La salle de bains était envahie par la vapeur, bien qu'il eût ouvert la fenêtre sur dix centimètres. Ce qui lui permettait de voir la cour. Le sorbier était semblable à une main squelettique et rigide, surgissant de la terre vers le ciel crépusculaire.

Le papillon de porcelaine était à sa place sur l'étagère, un peu de côté, comme Minnie aimait à le voir. Daniel épongea du plat de la main son visage luisant de transpiration et fixa le bibelot, imaginant la petite fille en train de le poser sur la planche. Il déglutit, détourna la tête.

Il sortit du bain, s'essuya et enfila un pantalon de survêtement et un tee-shirt. Puis il se sécha les cheveux à la serviette et les rejeta en arrière. Ils étaient un peu trop longs devant. Il se passa la main sur la mâchoire, à la recherche d'une barbe qui ne venait pas : sa peau était lisse, propre et parfaitement glabre.

Il passa dans la cuisine se faire une tartine et se servir un verre de lait, puis il rejoignit Minnie dans le salon.

— Tu veux des tartines, Minnie ? Je peux aller t'en préparer.

— Non, mon chéri, merci, tout va bien. Tu as encore faim ? Mon Dieu, tu es un trou sans fond, pour sûr. Je voudrais bien avoir ton appétit.

Elle voulut poser le coude sur le bord du fauteuil, manqua sa cible et renversa un peu de gin-tonic sur le parquet.

— Décidément, marmonna-t-elle en épongeant le liquide du talon de sa chaussette.

Daniel donna à Blitz le reste de son toast et finit son lait en écoutant les récriminations de Minnie, que les informations irritaient. John Major, le Premier ministre, évoquait la sortie de crise.

— Tu parles, mon cul, oui ! raillait Minnie. Lui, ce qu'il veut, c'est mettre le pays à genoux... Nom de Dieu, cette bonne femme, je ne pouvais pas la supporter, mais lui, il ne vaut pas mieux.

Daniel, qui n'était pas censé répondre, resta en effet silencieux. Il alla remettre un peu de charbon dans la cheminée.

— Comment était ton bain, mon loup ? lui demanda-t-elle, les joues humides, comme si elle venait de pleurer.

Elle se pencha sur l'accoudoir, un sourire aux lèvres, les yeux pétillants.

— Tu as fini tes devoirs ?

— Ouais.

— C'est bien.

— Ça va, Minnie ? demanda-t-il en la voyant s'essuyer les yeux.

— Très très bien, mon loup. C'est juste ce fichu bonhomme qui me donne des boutons. Fais-le taire. Éteins la télé. Il me rend vraiment malade.

Daniel se leva, changea de chaîne pour tomber sur un programme sportif. Il lança subrepticement un regard vers Minnie : allait-elle protester ? En général, elle lui demandait d'aller regarder les matchs sur la petite télévision noir et blanc de la cuisine ; lorsqu'elle cédait, par extraordinaire, elle finissait toujours par perdre patience. Ce soir-là, elle fixa l'écran d'un regard vague, puis ferma un long moment les yeux.

Le garçon s'installa devant le poste. La tête de Minnie, par deux fois, bascula brutalement vers l'avant, ce qui la réveilla. De nouveau, cependant, elle s'assoupit. Daniel lui prit le verre des mains, le plus doucement possible, et le rapporta à la cuisine. Le chien voulut sortir : le garçon lui ouvrit la porte, puis il fit la vaisselle du dîner et essuya le bout de table sur lequel ils avaient mangé.

Lorsque Blitz fut de retour, Daniel poussa le verrou de la porte et baissa les fenêtres. Le chien se coucha dans son panier tandis que la maison vibrait au rythme des ronflements de Minnie.

Elle était affalée dans son fauteuil, le visage tourné vers le plafond, les doigts de la main droite encore tendus vers le verre que Daniel avait dégagé de leur prise.

Les mains sur les hanches, le garçon resta un instant figé. Avec un soupir, il éteignit la télévision, disposa le pare-feu devant la cheminée. Puis il pressa l'interrupteur de la lampe de la table basse, prit la main de Minnie et l'attira à lui jusqu'à ce qu'il puisse passer le bras derrière son épaule.

— Non, laisse-moi, mon loup, laisse donc, bredouilla-t-elle.

Sourd à ses protestations, il la souleva, lui passa le bras sur la nuque et lui fit franchir, une main sur la taille, les quelques mètres qui les séparaient de l'escalier. Par deux fois, il dut s'immobiliser pour retrouver son équilibre, le pied sur la marche inférieure, tant elle lui pesait. Il parvint cependant à la mener à l'étage et à l'asseoir sur son lit : elle resta là, bouche entrouverte, le torse perpendiculaire aux cuisses, les pieds en appui sur le plancher.

Le garçon, à genoux, délaça ses grosses chaussures, les lui retira, avant de s'attaquer à ses grosses chaussettes de laine. La petite taille de ses pieds n'avait jamais cessé de l'émerveiller. Il défit les boutons de son chemisier, lui ôta sa veste puis ôta l'épingle qui retenait ses boucles grises, lesquelles s'étalèrent sur l'oreiller.

Il lui prit les pieds, les glissa sous les draps, la redressa légèrement et la poussa vers le milieu du lit, avant de rabattre la couverture sur sa poitrine.

— Quel gentil garçon, murmura-t-elle.

Il était encore penché sur elle lorsqu'il entendit ces mots. Elle était coutumière de ces situations, le surprenant toujours par ses retours à la conscience.

— Je t'aime, gars, je t'aime vraiment.

Il passa le drap sous le matelas et éteignit la lumière.

— Bonne nuit, maman, fit-il à voix basse, sous couvert de l'obscurité.

5

LE PROCÈS DE SEBASTIAN était entré dans sa deuxième semaine. Daniel évitait volontairement d'ouvrir les journaux, ce qui ne l'empêcha pas d'être troublé par un article qu'il lut par-dessus l'épaule d'un voyageur, dans le métro. Dès qu'il fut remonté à la surface, à Saint Paul, il se rua chez un buraliste pour feuilleter le *Mail*. Il avait sa photo en page six. Le cliché avait été pris sur le parvis d'Old Bailey. Il fronçait les sourcils. L'HOMME QUI VEUT LIBÉRER LE TUEUR D'ANGEL, proclamait le titre. L'article faisait également mention d'Irene.

Daniel reposa le journal. Il arriva au tribunal quelques minutes avant neuf heures. Depuis le début du procès, il y avait toujours la même affluence. Un policier prit Daniel sous son aile tandis que ce dernier essayait de franchir la porte, un gobelet de café dans une main et son attaché-case dans l'autre.

— Monsieur Hunter, quels sont les arguments de la défense ? hurla un journaliste.

Daniel se retourna pour identifier l'homme - non, ce n'était pas celui qui avait sonné à sa porte.

— Vous n'avez pas l'impression que le Ministère public est en train de l'emporter ?

Tout autour de lui, la foule jouait des coudes.

Une fois dans les murs, Daniel redressa la tête et se dirigea vers la salle 13, les yeux levés vers les murs richement ornés. Irene fit son entrée quelques minutes avant le juge. Elle lui tapota l'épaule au passage.

— Les salauds, lui glissa-t-elle à l'oreille, penchée si près qu'il éprouva un picotement.

Il comprit qu'elle aussi avait repéré l'article.

— Ils ne le savent pas, mais ils pervertissent l'exercice de la justice. Comment osent-ils s'instituer juge et partie ?

— Ne t'en fais pas, répondit Daniel sur le même ton. Bonne chance.

— La cour demande à John Cairns de venir à la barre.

John Cairns n'était pas à son aise en costume, Daniel le vit à ses épaules, qui saillaient, comme prisonnières de cette enveloppe. L'individu se glissa derrière la barre et but une gorgée d'eau avant de lever la tête. Son regard alla des jurés vers le juge, puis vers Gordon Jones qui s'adressa à lui, mâchoire saillante.

— Monsieur Cairns, vous travaillez à l'aire de jeu de Barnard Park, si je ne me trompe pas ?

— Oui.

— Pouvez-vous nous dire depuis combien de temps et ce que vous y faites exactement ?

— Je suis l'un des animateurs, depuis trois ans, à peu près.

Il parlait d'une voix enrouée - la nervosité, peut-être, ou une fin de rhume.

Le public, qui venait d'être admis dans la salle, était tout ouïe.

— Monsieur Cairns, pouvez-vous nous parler de la matinée du lundi 9 août de cette année ?

Cairns renifla, appuyé contre la barre.

— J'étais là avant les autres. C'est toujours le cas. J'ai ouvert les grilles, comme d'habitude, et je me suis fait un café Le lundi, je passe toujours l'aire en revue, voir si les cordes sont bien serrées ou... et puis je nettoie un peu. Ce que j'ai fait ce jour-là, aussi. Et c'est là que j'ai trouvé le... le corps de l'enfant.

— Dépouille qui a été identifiée par la suite comme étant celle de la victime, Benjamin Stokes. Pouvez-vous nous confirmer l'endroit exact de votre macabre découverte ?

— Il était à moitié caché sous la petite cabane en bois qui fait partie des aménagements de l'aire de jeu. Elle se trouve tout au fond, à l'angle de Barnsbury Road et de Copenhagen Street.

— Je vais vous demander de bien vouloir ouvrir votre dossier à la page cinquante-trois. Vous allez y trouver un plan quadrillé de l'aire de jeu. Vous pouvez repérer les zones par des chiffres et des lettres. Pouvez-vous nous indiquer la localisation du corps sur ce plan ?

— Oui, c'est en E3.

— Je vous remercie. Avez-vous immédiatement remarqué le corps ?

— Non, pas du tout. J'ai vu qu'il y avait quelque chose qui dépassait, mais pour être franc, j'ai pensé que c'était un sac plastique ou je ne sais quoi, des trucs à jeter qui étaient restés coincés dans les buissons, près de la grille…

Un cri étouffé retentit dans la mezzanine. Daniel leva les yeux : Mme Stokes, penchée vers l'avant, avait porté la main à ses lèvres. Son mari l'attira à lui : rien cependant ne put apaiser ses sanglots et l'on dut la faire sortir. Sebastian se tenait très droit, les bras croisés. Le témoignage de M. Cairns visiblement ne le laissait pas indifférent et il sembla prendre un curieux plaisir aux larmes de Mme Stokes. Il la suivit même des yeux jusqu'à ce qu'elle sorte - Daniel dut, d'un geste, lui demander de se retourner.

Kenneth Croll était présent, ce jour-là. Il se leva à demi, se pencha vers son fils et lui enfonça l'index entre les épaules, ce qui suffit à propulser le petit garçon vers l'avant. Daniel surveillait le père du coin de l'œil. Le fils, pendant ce temps-là, plissait les yeux et se balançait d'avant en arrière.

Ce manège n'avait pas échappé aux scribouillards de la mezzanine. Non plus qu'aux jurés.

— S'il vous plaît, monsieur Cairns, poursuivez.

— Eh bien, en m'approchant, j'ai vu les tennis du garçon et… là aussi, je me suis dit que c'était peut-être des chaussures et un pantalon qu'on avait jetés par-dessus la grille, qui sait… ce sont des trucs qui arrivent… Mais en avançant…

— Nous avons des clichés du corps tel qu'il était lorsque vous l'avez découvert, monsieur Cairns. Les jurés peuvent-ils se reporter à la page trois du dossier ?

Daniel observa les visages des jurés tandis qu'ils regardaient les photos, les mains qu'ils portaient à leurs lèvres, horrifiés. Le pire cependant était à venir. Sebastian les épiait également, tout en gribouillant, au stylo-bille, des arbres sur son bloc-notes.

— Monsieur Cairns, désolé d'insister. Je sais que ce souvenir doit être douloureux, mais si vous voulez bien nous dire ce que vous avez vu…

— Eh bien, en approchant, j'ai vu que ce n'était pas un tas de vêtements, mais un petit garçon qui se trouvait sous la cabane.

— Vous avez tout de suite compris qu'il s'agissait d'un garçon ?

— Non. J'ai vu les jambes qui dépassaient, mais le visage était bien caché sous la maison. J'ai bien vu que c'était un enfant.

— Et qu'avez-vous fait ?

— J'ai rampé sous les buissons, je me suis mis à plat ventre pour le tirer de là, mais... en approchant, j'ai compris...

— Oui, monsieur Cairns ?

— J'ai compris qu'il était mort et je n'ai pas osé y toucher. J'ai appelé la police sans perdre une minute.

— Vous saviez qu'un enfant avait disparu ?

— En fait, je n'habite pas le quartier. Mais en arrivant au boulot, j'avais vu les affiches et la camionnette de police. Je n'avais pas regardé les nouvelles à la télé. Je n'étais pas vraiment au courant.

— Vous venez de nous expliquer la manière dont vous avez pu accéder au corps, en...

Jones ajusta ses lunettes au bout de son nez et, le bras tendu, relut ses notes.

— ... rampant... à plat ventre.

Il ôta ses lunettes et se pencha sur le pupitre.

— Peut-on donc affirmer sans crainte de se tromper que l'endroit où vous avez découvert le corps n'était pas d'un accès facile pour un adulte ?

— Oui, absolument, c'est envahi par la broussaille. C'est la raison pour laquelle personne n'avait remarqué le corps, je pense. Dieu merci, du coup, c'est moi qui l'ai trouvé et non l'un des gosses.

— En effet. Lorsque l'enfant a pu être identifié, l'avez-vous reconnu ?

— Non, il ne fréquentait pas vraiment notre aire de jeu.

— Je vous remercie, monsieur Cairns.

Lorsque Gordon Jones se retourna vers Irene Clarke, il y eut, comme à l'ordinaire, une rumeur. Daniel se mordit les lèvres : quelle allait être sa première question ? Il l'observa tandis qu'elle feuilletait ses notes, remarqua le tendon qui saillait le long de son cou de cygne.

Jones semblait satisfait de sa propre performance. En tentant de démontrer que le lieu du meurtre n'était pas accessible à un adulte, il rendait caduque l'assertion de la défense, selon laquelle les blessures infligées à Ben exigeaient une force qu'un enfant tel que Sebastian ne pouvait pas posséder.

Irene prit appui des deux mains sur le lutrin et adressa à M. Cairns un demi-sourire, lèvres fermées. Daniel admirait son maintien.

— Monsieur Cairns, pour décrire la structure sous laquelle la victime a été retrouvée, vous avez parlé d'une cabane en bois. Pouvez-vous nous en dire plus, s'il vous plaît ?

— Eh bien, c'est une cabane ou une maisonnette, construite sur des sortes de pilotis... Une maison dans les arbres, pour ainsi dire, sauf que les pilotis n'ont pas plus de cinquante ou soixante centimètres de haut... Cela dit, elle est entourée d'arbres, de sorte que les gamins ont l'impression d'être dans les airs. C'est ça l'idée, je pense.

— Et c'est une attraction de l'aire de jeu que les enfants aiment particulièrement ?

— Eh bien, ils y jouent de temps en temps, oui, mais de là à dire qu'ils aiment vraiment ça... Il y a trop de broussailles ; il y a des gosses qui trouvent ça trop sauvage. Et puis souvent, il y a des insectes, des orties...

— Mon Dieu, ça n'a pas l'air très facile d'accès, tout ça, même pour un enfant.

— En quelque sorte... Il faut repousser quelques branches, se salir un peu. Mais ça, ce n'est pas un problème pour la plupart des gamins.

— Et vous, en fait, il vous a fallu combien de temps pour arriver à la cabane et au corps de l'enfant... dix minutes ?

— Ah non, à peine une minute.

— À peine une minute ? Grand comme vous êtes, une minute pour ramper dans toutes ces broussailles ?

— Oui, je dirais ça.

— Donc on ne peut pas vraiment dire que cette attraction de l'aire de jeu n'est accessible qu'aux enfants ?

— Non, de toute façon, c'est pas concevable. Nous supervisons l'ensemble de l'aire. Il faut que nous puissions nous frayer un chemin partout, au cas où l'un des enfants aurait besoin de notre aide.

— Pourrait-on même dire que certains enfants ont du mal à atteindre la cabane – il se pourrait par exemple qu'ils n'aient pas la force nécessaire pour écarter les branches ?

— Oui, c'est possible, mais en fait, la plupart des enfants rampent sous les buissons. Ce sont les adultes qui doivent écarter les branches.

— Je vous remercie, monsieur Cairns. Pas d'autres questions.

Après la pause, Daniel remarqua le comportement de Kenneth Croll : carré dans sa chaise, il lançait des regards furibonds à son fils, qui, la tête baissée, les yeux fixés sur la table, semblait transi de honte. Daniel avait trouvé une grille de mots cachés dans l'un des journaux abandonnés dans la salle d'attente. Il le tendit au garçon, avant d'adresser un petit signe de tête au père.

Sebastian piqua du nez, ôta le capuchon de son stylo et commença à encercler les mots, le front plissé. Le regard de Daniel se posa sur la nuque fragile du petit, ses fins cheveux de bébé. Il avait vu des hommes mûrs pleurer à chaudes larmes pendant leur procès. Quelle force permettait donc à Sebastian de garder une telle concentration, une telle sérénité ?

Un technicien testait les écrans vidéo. Madeline Stokes pleurait, le visage blême, les traits déformés. Daniel détourna le regard. Au début de la pause, leur officier de liaison s'était penché vers les Stokes pour leur dire quelques mots. M. Stokes avait hoché la tête, le visage sombre. Daniel imagina sans peine quelle avait été la teneur de la communication. Devaient à présent témoigner le médecin légiste, les policiers, les experts. L'avocat de la famille Stokes avait dû expliquer qu'il fallait projeter les photographies du corps, afin que les jurés puissent comprendre les détails des dépositions, mais que les parents pouvaient ne pas assister à cette partie des débats. Sans doute M. Stokes avait-il pu identifier la dépouille de son fils, sur la foi d'une tache de naissance, ou de la forme de ses pieds.

Et tandis que les larmes de Mme Stokes continuaient à couler, son mari, au lieu de la réconforter, au lieu de lui tendre un mouchoir, restait immobile et seul son regard trahissait sa douleur. Il fouillait la salle dans ses moindres recoins, dévisageant l'auditoire, comme mû par une unique et muette question : *pourquoi ?*

— Vont-ils projeter un film ? demanda Sebastian.

— Non, ils vont montrer quelques clichés du...

Daniel s'interrompit avant de prononcer le mot de *corps*, se souvenant des réactions fascinées de l'enfant.

— Les avocats de l'accusation vont convoquer des experts, pour expliquer ce qui est arrivé à Ben, à leur avis. J'imagine qu'ils ont besoin de montrer un certain nombre de choses sur ces écrans...

Sebastian, souriant, acquiesça, avant de reboucher son stylo et de croiser les mains, comme s'il était au spectacle.

L'après-midi reprit avec les témoignages de la police : des photographies du corps de l'enfant, retrouvé couché sur le dos, les bras le long du torse. L'officier qui avait interrogé Sebastian, Turner, se présenta à la barre. Les jurés purent voir un extrait vidéo de Sebastian durant la première comparution, niant toute implication dans les blessures infligées à Ben. Jones consacra la fin de la session à Turner, sans oublier de passer d'autres bandes : Sebastian parlant des taches de sang sur ses vêtements puis fondant en larmes. Il souligna l'aplomb de l'accusé lors de ces séances, insista sur les explications que le garçon avait données sur l'état de ses vêtements. Le but de la manœuvre de Jones était clair : les jurés avaient devant eux un enfant plus intelligent et plus manipulateur que son jeune âge ne le donnait à penser.

Il fallut attendre le lendemain matin pour qu'Irene puisse procéder à un contre-interrogatoire du policier. L'atmosphère était plus grave, plus silencieuse que de coutume, comme si le public se ressentait encore du spectacle de l'enfant sanglotant dans une cellule de commissariat. Il semblait si fragile sur ces bandes vidéo.

— Sergent Turner, fit Irene, si vous le permettez, j'aimerais vous poser quelques questions sur la déposition de M. Rankine. Ça vous va ?

— Mais bien sûr, répondit le sergent.

L'éclairage de la salle lui donnait un teint cramoisi, et il semblait presque furibond. Il sourit cependant à l'avocate de la défense.

— Sergent, le médecin légiste nous a expliqué que le décès de la victime pouvait être survenu à n'importe quel moment dans l'après-midi du 8 août... Vers quatre heures, voire cinq ou six heures. M. Rankine, dans son témoignage, certifie avoir vu un individu assaillir ladite victime vers trois heures et demie ou quatre heures de l'après-midi – individu vêtu, dit-il, d'un haut blanc ou bleu pâle. Comment avez-vous pu établir l'identité de cette personne ?

— Un haut blanc appartenant à l'accusé figure au nombre des pièces à conviction. Le témoin nous a certifié avoir vu à deux reprises un garçon correspondant à la description de l'accusé : une première fois en début d'après-midi, ce qui est corroboré par l'accusé, et une seconde fois deux ou trois heures plus tard.

— Je vois, dit Irene, en se tournant vers les jurés, les bras tendus. Bien sûr !

Puis, à l'intention de Turner :

— L'accusé portait ce jour-là un haut blanc. Il a reconnu s'être disputé avec la victime vers deux heures. Pour vous, donc, inutile de poursuivre les investigations. Inutile de vous demander s'il n'y a pas eu un autre assaillant. Par exemple, un adulte *en chemise bleu clair*...

— Mademoiselle Clarke, l'interrompit Baron avec l'un de ses sourires froissés, vous voulez peut-être poser une question au témoin ?

— Oui, monsieur le juge. Sergent Turner, le témoin a-t-il fini par penser qu'il avait vu un petit garçon avec un haut blanc pour la simple et bonne raison que vos collègues lui avaient appris que vous aviez en garde à vue une personne correspondant à cette description ?

— Absolument pas !

— Mademoiselle Clarke, de la part d'une jeune conseillère de la reine, c'est un peu décevant, trancha le juge, sévère.

Daniel lança un regard à Irene, qui n'avait pas cillé. Bien au contraire : elle leva le menton d'un air de défi.

— Sergent Turner, poursuivit-elle, M. Rankine a reconnu devant la cour que la personne qu'il avait aperçue pouvait aussi bien être un adulte portant un haut blanc ou bleu clair. Nonobstant le fait que l'accusé ait pu, on non, être en possession d'une chemise ou d'un polo blanc, pouvez-vous expliquer ce que vous avez fait pour corroborer la seconde agression de la victime, à une heure où mon client a un alibi ?

— Nous avons regardé les bandes des caméras de surveillance, sans toutefois pouvoir confirmer la présence de qui que ce soit dans l'aire de jeu… et cela, jusqu'au début de la soirée du 8, en fait.

— Doit-on en déduire qu'aucun adulte vêtu d'une chemise bleu clair n'a attaqué la victime cet après-midi-là ?

— Non. De même que cela ne prouve en rien que votre client se soit rendu coupable desdites agressions.

— Et pourquoi donc ?

— En fait (le sergent toussa discrètement), les caméras, qui sont orientables, étaient ce jour-là principalement tournées vers les rues. Les quelques images que nous avons du parc ne nous permettent de confirmer ni l'attaque ni la dispute des deux garçons après le déjeuner, même si l'accusé a reconnu ce premier incident.

— Ce qui vous arrange bien. (Irene de nouveau s'était retournée vers les jurés :) Les caméras n'étaient pas braquées sur le parc, un témoin a aperçu une personne vêtue d'un haut blanc ou bleu clair en train d'agresser la victime, vous aviez un enfant en garde à vue qui avait une chemise blanche dans sa garde-robe… et la boucle est bouclée…

— Une chemise blanche souillée du sang de la victime, l'interrompit Turner, d'une voix forte.

Un frisson parcourut l'auditoire. Daniel vit Irene relever le menton pour contrer l'attaque.

— Les bandes vidéo n'ayant donné aucun résultat, qu'avez-vous fait pour identifier l'auteur de la seconde agression ?

— Comme je viens de vous le dire, les analyses étaient probantes. Nous étions certains de tenir notre homme…

Turner se tut, s'empourpra un peu plus, comme s'il se rendait compte de l'absurdité de l'expression qu'il venait d'employer.

— *Votre homme*, répéta Irene. Vraiment ? Vous aviez un tout petit garçon en garde à vue et un témoin qui vous avait déclaré avoir vu un individu portant un haut blanc ou bleu clair agresser la victime vers quatre heures…

— Le témoin a parlé d'un garçon, coupa Turner. Le garçon qu'il avait déjà vu se disputer avec la victime.

Les jurés n'eurent pas l'air d'apprécier l'intervention pour le moins rageuse du policier.

— Je vois, fit Irene. Tout collait…

Elle se tourna vers le témoin, sans enfoncer le clou.

— Nous n'avons rien fait pour qu'il corresponde à la description. C'est l'inverse.

Turner était rouge tomate.

— Et si je vous disais que M. Rankine a déclaré devant la cour qu'il était myope et que la personne qu'il a vue lors de la seconde agression était peut-être bien un adulte ? Vous persisteriez à dire que vous teniez votre homme ?

— Oui. Les analyses parlent d'elles-mêmes.

— Moi, ce qui me frappe, ce sont plutôt les lacunes de l'enquête de police. S'il y a ne serait-ce qu'une possibilité que le témoin ait vu un adulte agresser la victime, ne pensez-vous pas qu'il vous aurait fallu faire tout ce qui était en votre pouvoir pour identifier cette personne ?

— Notre enquête n'a en rien été bâclée. L'accusé correspondait à la description fournie par le témoin - de surcroît, on a par la suite retrouvé le sang de la victime sur ses vêtements.

— Mission accomplie, je vois, proféra Irene, les yeux fixés sur les jurés, avant de se rasseoir.

Le juge Baron la considéra d'un œil critique par-dessus ses lunettes avant de donner congé au témoin, mais ne fit aucun commentaire.

Elle avait le souffle court, cela n'échappa pas à Daniel. Sa poitrine se soulevait doucement sous la robe. Il ne la quitta pas du regard pendant un bon moment, dans l'espoir qu'elle finisse par se retourner - ce qu'elle ne fit pas.

L'après-midi fut consacré au lieu du crime. Les policiers qui avaient fait les premières constatations témoignèrent de ce qu'ils avaient trouvé : la brique, les branches souillées de sang.

— Mettons les choses au point, leur demanda Irene après l'intervention du Ministère public. Vous n'avez pas trouvé une *seule empreinte digitale* ?

— Les quelques empreintes que nous avons relevées n'étaient pas identifiables.

— En d'autres termes, vous n'avez pas trouvé une seule empreinte complète autour du corps ?

— Exact.

— Et sur l'arme du crime ? Avez-vous pu relever une empreinte sur la brique ?

— Non, mais étant donné la porosité de la surface…

— Je vous serais reconnaissante de bien vouloir répondre par oui ou par non.

— Non.

Le témoignage des policiers fut suivi d'une pause. Le témoin suivant était l'expert en médecine légale du Ministère public, Harry Watson.

À la demande de Gordon Jones, Watson se présenta et dressa la liste de ses compétences. Licencié es lettres de l'université de Nottingham, expert biologiste et membre de l'Institut de biologie, il avait suivi aux États-Unis une formation spécifique sur l'analyse des traces de sang. Il était également membre de l'IABPA, l'Association internationale des analystes de modèle de tache de sang. Il avait effectué de nombreuses recherches dans le domaine de l'analyse légale : fluides corporels divers, cheveux et fibres.

Sebastian s'ennuyait, Daniel le sentait bien. L'après-midi avait été long : cependant, le témoignage de Watson était l'une des pièces maîtresses du dispositif de l'accusation. Pourvu qu'Irene puisse le démolir.

— Quelles pièces avez-vous analysées ? demanda Jones.

— Les vêtements de la victime et ceux de l'accusé, pour l'essentiel.

Watson, qui devait avoir une cinquantaine d'années, était quelque peu boudiné dans son costume. Immobile, les lèvres pincées, il attendit la question suivante.

— Et qu'avez-vous constaté ?

— Le jean de l'accusé a été saisi lors de la perquisition du domicile. Sur la face interne de la cuisse, nous avons prélevé une accumulation de fibres qui provenaient, sans doute possible, du pantalon de la victime. Il y avait des traces de sang sur les chaussures, le jean et le tee-shirt de l'accusé. Le sang provenait également, avec certitude, de la victime.

— Quelle était la disposition de ces traces ?

— Les taches relevées sur le tee-shirt provenaient d'une expiration. C'est-à-dire que le sang aurait giclé du nez, de la bouche ou d'une blessure sous l'effet de la pression de l'air.

— Quelle sorte de blessure aurait pu occasionner une telle projection sur les vêtements de l'accusé ?

— Les traces peuvent correspondre à un traumatisme facial : un coup violent porté au visage ou au nez et donc une projection de sang sur l'assaillant.

Des murmures effarés se firent entendre dans l'auditoire.

— Donc, Sebastian Croll a été aspergé par le sang de la victime, sous l'effet de la pression de l'air. Y a-t-il d'autres traces de sang sur les vêtements de l'accusé qui peuvent donner à penser qu'il a eu un contact violent avec le défunt ?

— Outre celles dont je viens de vous parler, nous avons relevé des traces de contact sur le jean et sur les chaussures. Celles-ci suggèrent que l'accusé se trouvait à une très courte distance de la victime lors de l'agression fatale. Nous avons également trouvé du sang sur l'une des semelles de l'accusé.

— Quelle pourrait être la signification de cette dernière constatation ?

— Il se peut que l'accusé ait marché dans le sang de la victime après l'agression.

— D'après les analyses, peut-on penser que ladite agression s'est déroulée à l'endroit où le corps a été découvert ?

— Oui, les souillures relevées sur les genoux du jean de l'accusé et l'arrière du pantalon de la victime correspondent à l'humus et aux feuilles qui recouvraient la scène du crime.

— Avez-vous trouvé d'autres tissus appartenant à la victime sur le corps de l'accusé ?

— Oui, en effet. Des lambeaux de peau de la victime ont été prélevés sous les ongles de l'accusé, qui présentait des griffures sur les bras et le cou.

— Ben a donc essayé de se défendre et a, ce faisant, griffé Sebastian ?

— C'est ce qu'il nous a semblé.

Gordon Jones se rassit tandis qu'Irene prenait la parole.

— Monsieur Watson, fit-elle, le nez dans ses notes, depuis quand travaillez-vous pour les services de médecine légale du ministère de la Justice ?

L'expert rajusta son nœud de cravate avant de répondre.

— Cela fait un peu plus de trente ans.

— Trente ans. Diable ! Vous avez dû en voir, des choses. Depuis 1979, c'est bien cela ?

— Oui.

— Et en trente et une années de bons et loyaux services, sur combien de dossiers vous êtes-vous penché ?

— Je ne puis vous répondre sans consulter mes archives.

— Nul besoin d'un chiffre précis. Quel peut-il être, ce chiffre ? Une trentaine, une centaine ? Plus de cinq cents ? Au jugé ?

Irene était penchée sur le lutrin, les épaules saillantes. On aurait dit, songea Daniel, une petite fille penchée à la fenêtre, quand passe le cortège.

— En trente et un ans, j'ai certainement expertisé des centaines de dossiers. Dans les cinq cents, peut-être un peu plus, peut-être un peu moins, dirais-je.

— Et dans combien de procès avez-vous témoigné au titre de votre expertise, en trente et un ans de services ?

— Plus de cent, assurément.

— Deux cent soixante-treize, pour être précis, monsieur Watson. Vous êtes un véritable expert de tribunal. Sur ces deux cent soixante-treize témoignages, pouvez-vous nous dire combien l'ont été au titre de la défense ?

— Je suis un témoin impartial, sans complaisance ni pour la défense, ni pour l'accusation.

— Je n'en doute pas. Je repose donc la question de manière plus claire : au cours de ces deux cent soixante-treize procès, combien de fois avez vous témoigné à la demande de l'accusation ?

— Cela a été le cas dans la majorité des procès.

— La majorité. Pouvez-vous nous donner un chiffre, au hasard ?

— Les deux tiers, peut-être ?

— Pas vraiment, monsieur Watson. Sur deux cent soixante-treize de ces procès, vous n'avez été cité comme témoin par la défense que trois fois. Trois fois en trente ans. Vous ne trouvez pas cela étonnant ?

— Un peu. Je ne pensais pas que la disproportion était si importante.

— Je vois. Une telle disproportion... Revenons à vos compétences. Vous avez, à ce que je vois, un diplôme de l'université de Nottingham. En sciences économiques. Il vous a servi dans votre profession ?

— Je me suis par la suite orienté vers la biologie.

— Je vois, répéta Irene. Vous avez certifié avoir trouvé sur les vêtements de l'accusé des fibres qui provenaient du jean de Ben Stokes. Dites-moi, ne peut-on s'attendre à ce que ce genre de phénomène se produise de façon normale dans le cas de deux garçons qui sont voisins et qui ont souvent joué ensemble ?

— Oui, c'est possible.

— De même, les griffures que portait l'accusé et les lambeaux de peau que vous avez trouvés sous les ongles de la victime - ne pourraient-ils résulter d'une empoignade un peu turbulente entre deux garçons de cet âge ?

— Ce n'est pas à rejeter.

— De même, vous nous avez expliqué que les taches sur les vêtements de Sebastian avaient été provoquées par du sang expiré. Vous avez certifié que cela provenait éventuellement d'un coup porté au nez ou au visage. Est-ce exact ?

— Oui.

— Or, l'accusé a déclaré que la victime était tombée sur le nez tandis qu'ils jouaient ensemble, occasionnant de ce fait une hémorragie non négligeable. Mon client ajoute qu'il s'est penché sur la victime pour examiner la blessure. Dites-nous, se peut-il que le transfert du sang expiré ait eu lieu dans ces circonstances moins dramatiques ?

— La forme de la tache semble impliquer un choc violent et cela me paraît l'explication la plus vraisemblable. Toutefois, il est possible que le transfert ait eu lieu dans les circonstances que vous décrivez.

— Encore une chose, poursuivit Irene. Les traces de sang sur les vêtements de l'accusé, toutes sortes confondues - sang expiré, tache de contact et autres - sont relativement peu nombreuses, n'est-ce pas ?

— Il y a relativement peu de sang sur les vêtements, oui.

— L'analyse légale ne laissait aucun doute sur la quantité de sang transféré ; cela dit, si vous voulez bien ouvrir votre dossier à la page vingt-trois, vous constaterez que les traces ne sont pas évidentes à vue d'œil.

Sebastian fixa les clichés, yeux écarquillés. Daniel se souvint avoir observé la même immobilité du regard chez des enfants d'amis assis devant des jeux vidéo. La concentration de Sebastian était tout aussi singulière. Il ne quittait pas les photographies des yeux, détaillant la moindre tache de sang.

— Les traces étaient visibles à l'œil nu, tout en n'étant ni assez grandes, ni assez significatives pour que l'on puisse les identifier au premier abord.

— Je vois. Je vous remercie de ces précisions, monsieur Watson. Dans le cas d'une blessure aussi grave que celle de la victime - un traumatisme de la face, causé par un coup violent infligé de toute évidence de très près, ne devons-nous pas nous attendre à ce que l'assaillant soit... couvert de sang ?

Watson se recula dans sa chaise. Daniel le fixait. Son teint rougeaud indiquait une irascibilité certaine.

L'expert toussota.

— Ce type de blessure entraîne la plupart du temps une hémorragie importante ; il est probable qu'une quantité significative de sang puisse s'être transmise à l'assaillant.

— Avec un traumatisme tel que celui subi par la victime, ne se serait-on pas attendu à ce que les traces de sang, tant par expiration que par contact, soient plus abondantes que celles que vous avez relevées sur les vêtements de l'accusé ?

— Il nous faut garder en mémoire la position du corps et le fait que la victime a essentiellement souffert d'une hémorragie interne.

— Je comprends, reprit Irene. Néanmoins, vous venez de nous dire que l'on pourrait s'attendre à un abondant transfert de sang ?

Watson s'éclaircit de nouveau la voix. Son regard se promena fébrilement dans la salle, comme s'il cherchait de l'aide. Jones le fixait, le menton pincé entre deux doigts.

— Monsieur Watson, n'est-il pas vrai que l'on aurait pu s'attendre, étant donné la blessure de la victime, à ce que les vêtements de l'assaillant soient couverts de sang ?

— En règle générale, on se serait en effet attendu à y relever plus de traces de contact et une quantité de sang expiré plus abondante.

— Je vous remercie, monsieur Watson.

Le contre-interrogatoire s'était si bien déroulé qu'Irene décida de ne pas faire venir à la barre l'expert en médecine légale de la défense. La démonstration qu'elle venait d'effectuer avait plus de poids.

La semaine s'acheva sur le témoignage du médecin légiste de la Couronne, Jill Gault. Lorsqu'elle prit place dans le box des témoins, elle dégageait autant de cordialité, de sérénité que le jour où Daniel lui avait rendu visite dans son bureau sur Saint James's Park. Immense, elle portait des bottines et un tailleur gris. Elle était du genre à faire de l'aviron le dimanche sans se laisser troubler par les conclusions anatomiques auxquelles elle était parvenue la veille en examinant un crâne d'enfant réduit en miettes.

— Docteur Gault, vous avez effectué l'autopsie de la victime, Benjamin Stokes, attaqua Jones.

— C'est juste.

— Pouvez-vous nous dire ce qui, selon vous, a pu causer la mort ?

— Il s'agit d'un hématome sous-dural aigu, très certainement provoqué par un traumatisme violent, causé par un coup infligé à la partie frontale gauche du crâne.

— En termes non techniques, docteur Gault, pouvez-vous nous dire ce qu'est un hématome sous-dural ?

— Eh bien, il s'agit essentiellement d'un épanchement de sang dans le cerveau. L'œdème occasionne une pression sur le crâne qui, si elle n'est pas traitée, peut provoquer la mort de l'organe.

Un diagramme du cerveau affecté fut projeté aux jurés, montrant la localisation exacte de la blessure et l'étendue de l'hématome. Sebastian était plongé dans la contemplation d'une photographie du visage de Ben Stokes qui figurait dans le dossier. Après l'avoir longuement examinée, il se pencha vers l'oreille de Daniel.

— Pourquoi a-t-il l'autre œil ouvert ? chuchota-t-il. Quand vous êtes morts, pourtant, vos yeux se ferment ?

Daniel sentit la petite main tiède du garçon dans la sienne. Il se pencha pour le faire taire.

— Docteur Gault, avez-vous pu déterminer quel instrument avait provoqué cette blessure mortelle ?

— La blessure avait très certainement été provoquée par un choc violent. Par conséquent, l'arme du crime se devait d'être un objet lourd et contondant. Les équipes ont trouvé une brique sur les lieux du meurtre et de petits fragments de brique ont été retrouvés dans les plaies infligées au visage de la victime.

Le greffier tira d'un sac de pièces à conviction une brique emballée dans de la cellophane, qu'il présenta aux jurés.

— Cette brique a été découverte sur les lieux. Nous avons entendu des témoins certifier qu'à sa surface ont été retrouvés des traces de sang de la victime ainsi qu'un peu de matière grise, de peau et de cheveux. La forme et la taille de cette brique sont-elles en phase avec les blessures que portait la tête de la victime ?

— Oui, la forme de la brique correspond exactement à celle de la blessure.

Nouveau diagramme, illustrant la correspondance entre brique et enfoncement de la boîte crânienne.

Sebastian se tourna vers Daniel, un sourire aux lèvres.

— C'est la *vraie* brique, murmura-t-il, le souffle embaumant le miel.

Daniel hocha la tête tout en faisant signe au garçon de ne pas se manifester.

Les photographies du visage mutilé de Ben Stokes se succédèrent en accéléré sur les écrans, visibles uniquement pour le juge, les jurés et les avocats. L'œil gauche de l'enfant était ouvert, comme Sebastian l'avait noté : clair, intact – l'œil droit ressemblait, se dit Daniel, à un œuf écrasé. Les jurés tressaillirent. Le juge Philip Baron fixait son écran, impassible. Daniel scruta le visage du vieil homme, bajoues tirant sur la commissure des lèvres. S'aidant du rayon d'un laser, Jill Gault montra le point d'impact. Elle évalua la force requise pour obtenir une telle blessure, boîte crânienne et pommette enfoncées.

— Docteur Gault, poursuivit Gordon Jones, tapant son stylo sur son dossier, avez-vous pu établir l'heure de la mort ?

— Oui, elle est survenue vers six heures de l'après-midi, le dimanche 8 août.

— Cela signifie-t-il que l'agression n'a pu avoir lieu plus tôt dans la journée, dès deux heures ou même vers quatre heures, au moment où l'accusé a été vu pour la seconde fois en train de se battre avec la victime ?

— Non, rien de tel. En présence d'un hématome sous-dural aigu, il n'est possible de déterminer avec une certaine exactitude que l'heure de la mort. Celle du traumatisme initial peut varier. La nature de la blessure est telle que la mort peut survenir immédiatement après le traumatisme ou quelques heures plus tard.

L'hématome exerce une pression sur le cerveau, certes, mais ladite pression peut s'avérer fatale dans un laps de temps très variable.

— De sorte que Ben aurait pu mourir quelques heures après avoir été atteint par la brique, si je comprends bien ?

— Tout à fait.

— Aurait-il pu ne pas perdre conscience pendant ce laps de temps ?

— C'est très improbable. Mais on ne peut rien exclure.

— On ne peut rien exclure... Merci, docteur Gault.

Le juge se racla bruyamment la gorge puis se pencha vers le micro.

— Étant donné l'heure, je crois qu'une pause est nécessaire.

Il tourna le torse vers les jurés, entraînant sa robe et ses bajoues dans le mouvement.

— Le temps de filer prendre un café. Je vous rappelle qu'il est interdit de discuter de l'affaire lorsque vous n'êtes pas tous ensemble.

Que tous se lèvent.

Daniel attendit que Sebastian ait disparu avec son escorte avant de sortir de la salle. Il plongea les mains dans les poches, étudiant les visiteurs qui erraient dans les vastes couloirs richement ornementés de la Central Criminal Court : des cohortes d'âmes perdues, traînant des pieds, accablées par le chagrin, la pauvreté, la malchance. Elles ne venaient rien trouver en ces lieux : la décision dont dépendrait leur avenir, bon ou mauvais, ne leur appartenait pas. Daniel se sentait perdu, lui aussi, pas mieux loti que ces malheureux saisis par le vertige. Il appela Cunningham, lequel était en rendez-vous. Daniel lui laissa un message pour lui demander des nouvelles de la vente.

Quelqu'un lui effleura l'épaule. Irene.

— Tout va, Daniel ?

— Bien sûr. Pourquoi cette question ?

— Au tribunal, chaque fois que je te regardais, tu faisais la tête.

— Tu as donc passé ton temps à me regarder, badina-t-il, même s'il savait bien que ce n'était guère le moment.

Pour le punir, elle lui donna un coup de stylo sur le bras.

— Qu'est-ce qui ne va pas ?

— Tu as vu les têtes que faisaient les jurés pendant qu'on leur projetait ces photos ?

— Je sais. Mais nous allons prouver l'innocence de Sebastian.

— Et Jones qui demande s'il est possible que Ben soit resté conscient pendant des heures avant de mourir. Nom de Dieu.

Daniel secoua la tête. Irene cependant lui avait pris le bras. Il perçut la chaleur de sa peau.

— Ne perds pas confiance, murmura-t-elle.

— En toi ? Non, bien sûr.

Elle se détourna puis se dirigea vers le tribunal.

— Docteur Gault, vous venez de nous expliquer qu'un hématome sous-dural était de fait une hémorragie à l'intérieur du cerveau, attaqua Irene en guise d'introduction au contre-interrogatoire. Cette hémorragie se doit donc d'être abondante, j'imagine ?

— Eh bien, le sang s'accumule dans le cerveau à la suite d'un traumatisme. En cas d'hématome sous-dural, les veines minuscules qui se situent entre la surface du cerveau et sa couche extérieure, la dure-mère, se détendent et se déchirent, d'où la perte de sang et son accumulation. C'est cette pression sur le cerveau qui cause la mort.

— Merci de ces précisions, docteur. Dites-nous, avec ce type de traumatisme facial, ne peut-on s'attendre à ce que l'assaillant soit, à la suite de son attaque… éclaboussé par le sang de sa victime ?

— Oui, il est vraisemblable qu'une telle blessure ait pu provoquer une projection de sang des plus significatives sur l'assaillant.

Irene ne reprit pas immédiatement la parole. Daniel vit son petit visage pointu s'incliner, pensif.

— Une dernière question : combien pèse une brique, docteur Gault ?

— Pardon ?

— Une brique. Combien pèse une brique ordinaire – celle qui figure parmi les pièces à conviction. Quel est son poids ?

— Un peu moins de deux kilos, je pense.

— Étant donné ce poids, docteur, avec quelle force aurait-on dû projeter l'arme du crime sur le crâne de Benjamin Stokes pour provoquer les blessures constatées ?

— Une force non négligeable.

— Aurait-elle pu être exercée par un enfant de onze ans, surtout s'il s'agit de quelqu'un d'aussi frêle que l'accusé ?

Le Dr Gault fronça les sourcils, avant de lancer un regard à Sebastian, lequel soutint son regard, ce qui n'échappa pas à Daniel.

— Non, dans mon estimation, il me semble qu'une telle puissance est plus compatible avec un adulte... cela dit... un attaquant plus menu, ou même un enfant, aurait très bien pu infliger lesdites blessures s'il avait été positionné au-dessus de la victime : en ce cas, la loi de la pesanteur aurait pallié la faiblesse physique.

— Je vois, fit le juge avec un hochement de tête, je vois. Avez-vous d'autres questions, mademoiselle Clarke ?

— En tant qu'expert, docteur Gault, vous estimez donc qu'un enfant aurait eu quelques difficultés à infliger de telles blessures à la victime, en raison même du poids de l'arme du crime ?

— Mademoiselle Clarke, le témoin a été questionné sur ce point et il a répondu, coupa le juge.

Irene se rassit. Ses joues s'étaient empourprées l'espace d'un instant.

— Monsieur Jones ?

— Si je puis me permettre, monsieur le juge, une petite précision...

Baron agita les doigts en signe d'assentiment. Irene jeta un bref regard à Daniel.

Gordon Jones remonta au pupitre.

— Docteur Gault, en quelques mots : si le coup mortel a été infligé du haut vers le bas, en tenant compte de la loi de la pesanteur, est-ce compatible avec la position du corps tel qu'il a été découvert – dos contre terre, les bras le long du corps ?

— ... oui, répondit Gault, non sans hésitation. On peut imaginer diverses positions, naturellement, mais si la victime était en proie à la peur, ou pour le moins immobilisée, il aurait été possible de la frapper alors qu'elle était à terre. L'assaillant aurait pu être debout ou... à califourchon sur la victime, en fait. Ce qui aurait facilité les choses à un agresseur plus... plus faible.

— Je vous remercie, docteur Gault.

Daniel rapporta chez lui quelques quotidiens et les feuilleta tous pour collecter les articles sur le procès. Certains d'entre eux n'hésitaient pas à faire mention de la proximité de l'avocat avec son jeune client : *Le garçon s'est alors pelotonné contre son défenseur.* Un autre évoquait le témoignage du Dr Gault : *Le médecin légiste cité par l'accusation, le Dr Jill Gault, estime possible que le Tueur d'Angel ait enfourché sa victime, ce qui lui a donné la force suffisante pour lui briser le crâne, les yeux dans les yeux.*

Daniel se frotta les paupières. L'appartement était plongé dans la pénombre, mais il n'avait pas le courage d'allumer. La table de la cuisine avait pratiquement disparu sous les piles de dossiers. Il alla à la fenêtre, regarda le parc qu'éclairait la lueur vacillante de la lune. Le lac tournoyait comme une pièce de monnaie sous ses rayons changeants. Daniel se sentait las d'une fatigue qui ne laisserait pas place au sommeil.

Le voyant du répondeur clignotait, il finit par s'en rendre compte. Cunningham avait laissé un message, à son tour. La communication était mauvaise, les phrases hachées.

— Danny, bonjour, j'ai eu votre message… la maison a été vidée, j'ai une offre. Un jeune couple de citadins, qui cherchait ce genre de petite ferme depuis un moment. Je vous ai envoyé un mail. La proposition est intéressante ; appelez-moi et dites-moi si vous êtes prêt à vendre.

Daniel laissa échapper l'air de ses poumons, avant d'effacer le message, machinalement. Il n'était pas encore prêt. Il lui fallait un peu de temps. Il se coucha tout habillé sur son lit et regarda le plafond sans ciller. Il se souvint de l'arrivée chez Minnie. Il se souvint des crises de colère qu'il avait eues sous ce toit, de la fureur qui l'habitait. Cependant, après tout ce qui s'était passé entre eux, après tout ce qu'elle avait fait pour lui, rien n'était plus clair dans sa mémoire que les derniers mots qu'il avait proférés en sa présence. *Je voudrais que tu sois morte.*

Et maintenant qu'elle l'était, il aurait voulu lui demander pardon. Le procès de Sebastian ne servait qu'à raviver le souvenir de Minnie. Il avait été si près de se retrouver dans la situation du garçon, il s'en rendait bien compte maintenant. Elle lui avait fait du mal, indéniablement, mais elle l'avait sauvé.

Il passa sa main sur son torse en se palpant les côtes. Il se souvint des avances inopportunes de Charlotte, dans la cour, derrière la rangée de cellules. Pourquoi l'apitoyait-elle à ce point ? Elle était si impuissante, si désespérée qu'il se sentait trahi, au nom de Sebastian – et cela bien que le garçon ne démontrât qu'amour à sa mère.

Il se glissa alors une main sous la nuque. La passion de Sebastian pour sa mère, il la comprenait parfaitement. Enfant, il aurait tout donné pour protéger la sienne. Il se souvint de s'être interposé, pieds nus, en pyjama, entre elle et l'amant. Se rappela le flot lent et chaud de l'urine le long de sa jambe : il pissait de trouille et, pourtant, il était prêt à subir ce que l'autre lui réservait pour peu qu'elle ait la vie sauve.

Il avait été placé en foyer après cet épisode.

Il songea à sa mère – les marques sur les bras, les sautes d'humeur, l'haleine chargée. Elle lui faisait pitié à présent, tout comme Charlotte. L'amour désespéré, infantile, qu'il avait éprouvé pour elle s'était dilué depuis bien longtemps. Lorsqu'il avait compris enfin le mal qu'elle lui avait fait, il était déjà adulte.

Il se rassit sur le bord du lit, se caressa la joue, puis changea, et alla dans l'entrée décrocher le téléphone. Le combiné à la main, il hésita un moment avant de composer le numéro. Cette fois-ci, ce fut le mari de Harriet qui répondit. Daniel se présenta, balbutiant.

— Ah mais oui, bien sûr, dit le mari. Je vais vous la chercher.

Le temps qu'elle reprenne le téléphone, Daniel resta immobile, une main sur le mur. Il entendit le bruit de la télévision, le mari qui se raclait la gorge. Le jeune homme se mordit les lèvres.

— Re-bonsoir, fit-elle d'une voix un peu lasse. Ravie de t'entendre, mais je ne m'attendais pas à ce que tu rappelles si vite.

— Je sais. C'est quelque chose que tu disais l'autre jour. J'y ai pas mal pensé. Tu as un moment, là ?

— Bien sûr, mon chou. De quoi veux-tu me parler ?

Il y avait quelque chose dans sa voix qui rappelait Minnie. Il ferma les yeux.

— J'ai discuté avec la sœur de Norman. Elle m'en a dit un peu plus sur l'accident…

Harriet ne répondit pas. Daniel l'entendait respirer.

— Simplement, je crois que je n'avais pas compris ce que Minnie avait vécu. Maintenant, ça a changé et… je repensais à ce que vous m'aviez dit, l'autre fois…

Son cœur battait à se rompre. Il ménagea une pause pour qu'elle puisse reprendre la parole ; elle resta muette. Était-elle contrariée, comme la première fois ?

— Qu'est-ce que c'est, mon chou ? Qu'est-ce que je t'ai dit ?

Il inspira profondément.

— Le fait qu'elle... qu'elle se faisait mal en prenant tous ces enfants sans famille...

— Je sais bien, Dieu l'ait en sa sainte garde.

Daniel serra le poing et frappa doucement sur le mur.

— Pourquoi moi, à votre avis ? Pourquoi m'a-t-elle adopté, moi, et pas les autres ?

Harriet soupira.

— Est-ce que c'est parce que je lui ai demandé ? Ou... parce que j'avais peur d'être renvoyé ? Est-ce qu'elle a jamais eu envie d'adopter un des autres enfants qui lui étaient confiés ?

Harriet, en dépit de ses attentes, ne disait toujours pas mot. Le silence se prolongea, grave, comme la note basse d'un piano lorsqu'on garde le pied sur la pédale.

— Mon chou, tu le sais sans doute, finit-elle par répondre, elle t'aimait comme sa propre chair. Tu étais unique à ses yeux. Je me souviens de ta première année chez elle. Elle en a bavé, oh, oui, je me souviens. Tu étais un petit sauvage. Mais il y avait quelque chose en toi, répétait Minie... Ce que je veux dire, c'est qu'elle voulait vraiment ton bien, c'est évident. Elle t'aurait laissé partir, pour cette unique raison, comme elle avait laissé partir les autres. Seule comme elle l'était, elle me disait toujours à quel point les enfants ont besoin d'une famille avec des frères, des sœurs... un homme à la maison. Je me rappelle, elle a essayé de te trouver une autre maison, même si, pendant ce temps-là, elle n'avait qu'un espoir : que tu restes.

— Elle avait assez d'instinct familial pour qui que ce soit... en tout cas, bien assez pour moi.

— Le jour de l'adoption, elle m'a appelée, le soir, quand tu étais au lit. C'était la première fois depuis la mort de Delia que je la sentais aussi heureuse.

Daniel se racla la gorge. Harriet se mit à tousser d'une toux rauque, si violente qu'elle dut poser le combiné un moment. Daniel attendit.

— Ça va, Harriet ?

— Je n'arrive pas à me débarrasser de cette toux. Mère de Dieu... Danny, il faut pourtant que tu saches... Elle n'avait qu'un souhait, que tu deviennes son fils. Tu comptais tellement pour elle.

— Merci, fit-il d'une voix presque imperceptible.

— Mon petit, il ne faut pas repenser à tout ça. Ça ne fait de bien à personne. Va de l'avant.

La toux la reprit.

— Vous devriez aller voir un médecin, dit-il.

— Oh, ça va aller, ne t'en fais pas. Et toi ? Ça va ? Il me semble t'avoir vu aux informations, l'autre jour. C'est toi qui t'occupes de cette histoire de Tueur d'Angel, il me semble ? Pas vrai ? Quelle horrible histoire !

— Tu es dans le vrai, dit Daniel en se redressant.

La mention du procès l'avait arraché aux mâchoires lugubres de la mémoire.

— C'est bien triste, ce qui se passe de nos jours. Tu imagines ? Des petits gars qui s'entretuent de cette manière ?

Daniel glissa une main dans sa poche.

— Il faut que j'y aille, Harriet.

— Bien sûr, mon chou, bien sûr. Tu as toujours travaillé dur, toi. Allez, va te reposer un peu. Arrête de te tourmenter avec tout ça.

Il raccrocha et alla se coucher, le regret résonnant comme une volée de cloches dans son esprit.

Il se réveilla à six heures et demie, en retard pour son footing. Il avait encore un de ses rêves en tête, clairement. Il avait revu la maison de Brampton. Les murs avaient disparu, comme si la maison hébergeait une crèche de Noël ou des poupées. Les animaux entraient et sortaient librement. Dans le rêve, il était déjà adulte, mais habitait encore chez Minnie et s'occupait toujours des animaux. Elle était dehors, quelque part sans doute : cependant, il ne la voyait ni ne l'entendait.

Il avait trouvé un agneau dans la cuisine – un agneau qui dormait en émettant des ronflements sonores, satisfaits, le ventre se soulevant sous l'effet de la respiration, un doux sourire aux lèvres. Daniel, penché, avait ramassé l'agneau pour le porter dans le jardin, où un soleil éclatant fendait les arbres.

Assis sur le bord du lit, Daniel se rappelait encore le poids bien réel de l'agneau dans ses mains, la tiédeur de sa fine toison.

Après le petit déjeuner, il lut ses mails et rappela Cunningham, pour donner son accord à la vente de la maison. Il le fit sans précipitation aucune, de peur de changer d'avis. C'était maintenant qu'il fallait la vendre. Il devait aller de l'avant. Une fois la maison vendue, les regrets disparaîtraient peut-être. Elle lui sortirait de l'esprit.

6

MINNIE AURAIT VOULU L'ACCOMPAGNER en voiture à l'université, mais Daniel savait à quel point cette perspective l'inquiétait. Il finit par prendre un billet pour Sheffield. Minnie se contenterait de le conduire à Carlisle. Blitz ne cessa de gémir pendant tout le trajet ; lorsqu'ils se retrouvèrent enfin sur le quai, les yeux de Minnie étaient brillants de larmes.

— Maman, je serai rentré dans dix semaines. Noël, ce n'est que dans dix semaines, voyons.

— Je sais, mon loup, dit-elle en se redressant pour lui enserrer le visage de ses deux mains. Ça me paraît si long, et j'ai l'impression d'avoir passé si peu de temps avec toi. C'est à peine croyable.

Il faisait chaud. Blitz tirait sur sa laisse et dressait les oreilles à chaque exclamation, à chaque passage de train. Daniel perçut l'odeur du diesel, sentit un bref frisson de joie et d'effroi mêlés à l'idée de quitter Brampton, de retrouver l'excitation de la ville. Minnie essuya le coin de sa paupière.

— Ça va aller, maman ?

Elle laissa échapper un soupir et lui décocha un large sourire, les pommettes rosies.

— Oh, impeccable. Et toi, mon grand, amuse-toi bien. Appelle-moi de temps en temps, que je sois rassurée sur ton sort – que je n'aille pas m'imaginer que tu as sombré dans la drogue et l'alcool.

Elle rit ; Daniel cependant vit des larmes luire dans ses yeux.

— Et toi, tu m'appelleras ?

— Il ferait beau voir que tu essaies de m'en empêcher !

Il sourit, menton baissé sur la poitrine. Il aurait voulu prendre congé maintenant, mais il leur restait quelques minutes avant le train. La séparation était plus difficile qu'il ne l'avait imaginée ; il regretta de l'avoir emmenée jusqu'ici. Ç'aurait été plus agréable à la ferme. Il avait peur qu'elle ne se retrouve seule et peur aussi de ce qui l'attendait à Sheffield. Une réaction infantile qui lui faisait même regretter de partir. Il ne connaissait personne qui ait fréquenté l'université, ne savait pas à quoi s'attendre.

— Et ne va pas t'imaginer que tu n'es pas à la hauteur, mon gars, reprit-elle, comme si elle avait lu dans ses pensées, une fois de plus.

Ses yeux se plissèrent de joie et de sagesse.

— Saisis ta chance et montre-leur, à tous, de quel bois tu es fait.

Il l'étreignit, se pencha pour mieux la serrer dans ses bras, la sentit qui s'abandonnait. Blitz jappa et leur sauta dessus pour les séparer.

— Espèce de grand crétin jaloux, l'amadoua-t-elle en lui tapotant rudement la tête.

Le train allait partir. Daniel avait souri, posé un baiser sur sa joue humide, caressé l'oreille réticente de Blitz puis était monté dans le wagon.

À l'université de Sheffield, Daniel se trouva étrangement plus mûr que les étudiants avec lesquels il sympathisa, bien qu'ils eussent pour la plupart une année de plus que lui – année passée en général à l'étranger. Il rejoignit l'équipe universitaire de football, s'inscrivit dans un club d'athlétisme et allait souvent au pub avec ses copains sportifs. Carol-Ann était restée à Brampton : il la voyait de temps à autre pendant les périodes de cours, ou durant les vacances, à la ferme. Malgré tout, il coucha avec d'autres filles de la fac et n'en dit rien à la jeune fille, qui le connaissait trop bien pour enquêter sur la question.

Au début de sa deuxième année, l'une des filles avec lesquelles il avait eu une relation tomba enceinte et se fit avorter. À cette époque, il partageait un appartement avec d'autres étudiants, sur Ecclesall Road. Il accompagna son amie à la clinique Danum Lodge de Doncaster, pour l'avortement. Ils eurent peur, l'intervention fut suivie de saignements, des douleurs après la chose ; il prit soin d'elle. Quelques semaines plus tard, cependant, tout semblait déjà être revenu à la normale.

Fut-ce cet incident qui incita Daniel à repenser à sa mère – non pas Minnie, mais sa vraie mère ? Toujours est-il que quelques semaines avant ses examens de deuxième année, il appela les services sociaux de la ville de Newcastle et demanda Tricia. Elle n'y travaillait plus depuis 1989, lui répondit-on.

Quand tu seras majeur, lui avait-on expliqué autrefois, tu pourras reprendre contact avec ta mère, si tu le souhaites. Certes, elle était morte : mais il voulait savoir comment, il voulait savoir où ses cendres reposaient. Il décida de revenir à Newcastle, d'y rechercher les traces de sa mère. Une partie de lui en avait envie. Il ne confia pas son projet à Minnie, sachant qu'elle en serait bouleversée. Il ne voulait pas lui faire du mal. Simplement, loin de Brampton, il lui semblait plus facile de se livrer à ces recherches. Il dut appeler les services sociaux à trois reprises avant de parler à quelqu'un qui pouvait lui venir en aide.

— Daniel Hunter, c'est cela ?

— Exactement.

— Et votre mère biologique se nommait Samantha. Vous avez été adopté en 1988 par Minnie Florence Flynn.

— Mmm-hmm.

L'assistante sociale se nommait Margaret Bentley. Elle parlait d'une voix lasse, comme si le moindre mot lui coûtait.

— Les seuls éléments sur lesquels je peux remettre la main, ce sont les rapports de l'équipe en charge des questions de toxicomanie. Rien de bien récent, cela dit…

— C'est bon, elle est morte, je sais bien. Tout ce que je veux savoir, c'est comment. Et s'il y a une urne quelque part. Je sais qu'elle a été incinérée.

— Désolée, nous n'archivons pas ce genre d'informations. Pourquoi ne pas vous adresser à l'état civil de Newcastle ? Ils ont certainement son acte de décès. La mairie pourrait vous dire où a eu lieu la crémation et si ses cendres sont conservées quelque part.

— Dites-moi… le dernier rapport de vos collègues, que disait-il ?

— Honnêtement, nous ne sommes pas censés divulguer ce genre d'information.

— Hé, ce n'est pas comme si vous m'appreniez des trucs, madame, fit Daniel. Je sais très bien que ma mère se droguait. Simplement...

— Eh bien, le rapport en question était excellent. Elle ne prenait plus rien.

— Vraiment ? De quand date-t-il ?

— De 1988, l'année de votre adoption.

— Merci bien, conclut Daniel avant de raccrocher.

Il repensa au dernier entretien avec sa mère, à la manière dont elle avait dû affronter l'inéluctable. Avait-elle arrêté de se droguer grâce à lui, en un sens ? Leur séparation l'avait-elle tellement bouleversée qu'elle avait décidé de s'en sortir ? Daniel cependant était intrigué : si ce n'était pas une overdose, qu'était-ce donc qui l'avait tuée si jeune ? Il songea aux hommes de sa vie et serra les dents.

Il avait quelques révisions à finir : malgré tout, le lendemain matin, il prit le train pour Newcastle. Il y avait dans ce retour une étrange joie. Tandis que le train entrait dans les faubourgs, il regarda vers le nord, les cités de Cowgate. Il avait encore la ville dans la peau. Dans les rues de Newcastle, il ne marchait pas de la même façon. Tête baissée et mains dans les poches, il savait exactement où il allait, les yeux fermés. Un frisson l'envahit, délicieux et contradictoire, comme s'il entrait en zone interdite - c'était chez lui, pourtant.

Il demanda à la bibliothèque municipale où se trouvait le bureau de l'état civil. Surrey Street, lui répondit-on. Il s'y rendit immédiatement. Il avait noté les prénoms et nom de sa mère et sa date de naissance, telle que sa mémoire l'avait gardée.

L'état civil occupait un bâtiment victorien de grès pâle lequel, jamais nettoyé, semblait avoir supporté la crasse des années passées avec une résignation appropriée. Les couloirs étaient institutionnels, civiques et d'une propreté minimale. Au moment de se présenter à la réception, Daniel eut un petit accès de timidité. Il avait déjà ressenti cette impression lors de sa première visite à la bibliothèque de l'université et lors de son premier cours particulier, doutant encore de son niveau scolaire, se percevant comme un intrus. Daniel portait ce jour-là un maillot de football à manches longues et un jean. Il s'immobilisa, se lissa les cheveux vers l'arrière

– ils avaient poussé, lui tombaient dans les yeux. Il fit un crochet par les toilettes, rentra son maillot dans son jean puis le ressortit. Tout en rejoignant la file d'attente, il se demanda quelle était la raison exacte de son inquiétude : craignait-il d'interroger les morts ou souffrait-il d'avoir été abandonné par eux ?

Abandonné.

Son tour arriva enfin. Il s'avança vers le comptoir. Soudain, il se sentait rejeté, banni. Il se souvint des longs ongles de sa mère pianotant sur la table : tac tac tac.

— Puis-je vous aider ?

L'employée était toute jeune. Elle posa les coudes sur le bureau et, menton levé, sourit à Daniel.

— Oui, j'aurais voulu une copie de l'acte de décès de ma mère.

Il dut remplir un formulaire, attendre un moment. Puis on lui remit la copie pliée dans son enveloppe d'un blanc immaculé. Il remercia l'employée et ressortit de l'immeuble, n'osant pas examiner l'acte avant d'être dans la rue. Avec la foule qui le bousculait sur le trottoir, il se sentait encore gêné.

Il y avait sur Pinstone Street un salon de thé désuet : il s'y réfugia, commanda un café et un sandwich au bacon. Un obèse aux joues violettes dégustait un *pie and beans* [1] ; deux femmes aux coiffures interchangeables – cheveux courts et hérissés, teints en blond – partageaient une cigarette.

Daniel déplia la copie de l'acte avec précaution. Il avait le goût de la cigarette des deux femmes dans la bouche. Son cœur battait la chamade, sans qu'il sache bien pourquoi. Elle était morte, il le savait bien – il se doutait également des causes de son décès et cependant il avait le sentiment d'être sur le point de découvrir un secret. Les caractères imprimés dansaient sous ses yeux. La feuille lui tremblait dans les mains.

Elle était bel et bien morte d'une overdose, comme Minnie le lui avait dit. Daniel garda les yeux fixés sur l'acte, vit en esprit la seringue s'extraire, vaillante, du bras de sa mère et l'élastique de caoutchouc bleu se détendre, comme une main en lâche une autre au-dessus d'une falaise.

1. Tourte à la viande accompagnée de haricots.

Ses yeux enregistrèrent les dates, une fois, deux fois. Née en 1956, morte en 1993, à l'âge de trente-sept ans.

Il repoussa le sandwich au bacon, reposa son café et retourna en courant à l'état civil, franchissant les marches du perron quatre à quatre au moment même où les bureaux fermaient pour la pause déjeuner.

Il se fraya un chemin jusqu'à la réception.

— Désolé, nous allons fermer, c'est l'heure de déjeuner, annonça la jeune femme qui l'avait reçu. Vous pouvez repasser plus tard ?

— J'ai juste une question à vous poser... une seule, je vous le jure.

Un sourire aux lèvres, elle revint vers le comptoir.

— Ça va me valoir des ennuis, fit-elle, le regard pétillant.

Daniel fit de son mieux pour lui répondre sur le même ton, bien qu'il eût envie de la prendre par les épaules et de la secouer.

— Un grand merci ! Vous êtes extra.

La jeune femme battit des paupières.

-- C'est que je voulais vérifier, en fait... Sur l'acte, il y a marqué 1993, mais ma mère est morte en 1988, au plus tard.

— Vraiment ? C'est curieux.

— Vous avez peut-être fait erreur ?

La panique lui faisait écarquiller les yeux, même s'il faisait de son mieux pour paraître calme.

— Eh bien... non. C'est l'acte de décès officiel de votre mère. Vous êtes sûr qu'elle est morte en 1988 ?

— Oui, répondit-il, avant de se contredire. Enfin non.

— Bon, alors il n'y a plus de problème, je pense.

— Comment puis-je savoir si ses cendres ont été conservées ?

— Il faut poser la question aux services municipaux.

La jeune fille sourit, puis esquissa une moue d'excuse. Daniel ressortit, les doigts serrés sur la copie de l'acte, qu'il froissa bien malgré lui.

Il attendit l'heure d'ouverture devant la mairie. Son estomac, noué, ne cessait de gargouiller ; il n'y prêta aucune attention. Il s'assit pendant dix minutes sur les marches puis fit le tour du pâté de maisons avant de revenir devant les portes. Il relut trois fois le panneau sur lequel figuraient les heures de fermeture, entre treize et quatorze heures.

À quatorze heures, il fut orienté vers le Bureau des décès, où il attendit vingt minutes de plus, bien qu'il fût le premier dans la file d'attente.

— Je veux savoir si les restes de ma mère ont été conservés quelque part. Je crois qu'elle a été incinérée... j'ai son acte de décès.

— Son nom, s'il vous plaît ?

Daniel attendit, assis sur une chaise en plastique. Les muscles de son abdomen étaient si tendus qu'ils le faisaient souffrir. Les examens lui étaient complètement sortis de la tête. Il ne pensait plus qu'à cela.

Sans doute devrait-il remplir d'autres questionnaires, sortir son passeport, payer quelque chose. La femme revint au bout de quelques minutes. Le nom de sa mère ne figurait sur aucune des listes des crématoriums, si bien qu'elle avait vérifié les listes des cimetières et finalement trouvé une tombe, au cimetière de Jesmond Road.

Daniel était certain de l'avoir remerciée ; malgré tout, elle lui demanda d'une voix forte s'il allait bien. Une main crispée sur le bord du comptoir, il avait, de l'autre, roulé la copie de l'acte en boule.

Daniel trouva le cimetière sur Jesmond Road. Il avait, à la réflexion, acheté des œillets qu'il transportait dans un sac en plastique, la tête en bas.

Il devait pour franchir le portail s'engager sous une arche de grès rouge, à la fois terrible et belle, il ne le fit pas tout de suite et resta un moment à donner des coups de pied dans le gravier. Puis l'attrait de l'arche rouge fut le plus fort. Une fois qu'elle fut franchie, il ressentit plus vivement encore le besoin de poursuivre. Il ne savait pas où sa mère reposait ni même s'il pourrait la trouver ; mais dès qu'il fut entré, une paix absolue l'envahit. Son cœur battait lentement. Il alla de tombe en tombe, à la recherche de son nom, une exploration méthodique et soigneuse. Lorsqu'un rang était parcouru sans qu'il ait pu trouver la tombe, il n'en ressentait aucune impatience et s'il croyait reconnaître un nom semblable au sien, nul emballement ne s'emparait de lui.

Enfin, un peu avant seize heures, il parvint au but : *Samantha Geraldine Hunter 1956-1993. Repose en paix.*

La peinture noire des lettres commençait déjà à s'écailler. Daniel essaya de la revoir, ses épaules minces, ses ongles longs. Elle était encore une enfant dans son esprit. Qu'elle était jeune, la dernière fois qu'il l'avait vue !

Il resta debout un moment puis s'agenouilla dans l'herbe, qu'il sentait humide à travers son jean. Il essuya les gouttes de pluie qui venaient de tomber sur le marbre, se figura les os fragiles sous la dalle. Il posa les œillets au bas de la croix.

1993. Elle était morte depuis quelques mois à peine. Et il vivait à une heure de chez elle, à peine. Il aurait pu lui rendre visite. Il aurait pu l'aider : elle était morte sans le savoir si près. L'année où elle l'avait perdu, elle avait cessé de se droguer. Y était-elle parvenue pour le récupérer ? Puis Daniel avait atteint la majorité, et rien ne s'était passé. Peut-être avait-elle perdu espoir. Peut-être avait-elle pensé qu'il avait trouvé une autre famille, qu'il l'avait oubliée. Qui avait payé pour la stèle, choisi le marbre blanc, les mots gravés dans la pierre ? Daniel se rappela le nom qui figurait sur l'acte. *Le décès a été signalé par Michael Parsons.* Il se souvint des noms et des visages de ceux que sa mère avait fréquentés. Il baissa la tête. Un souffle irrégulier palpitait dans sa gorge et, cependant, il n'arrivait pas à pleurer. Le chagrin qu'il ressentait pour elle était minuscule et fragile. Une douleur qui se mêlait à tant d'autres. D'invisibles oiseaux chantaient – à tue-tête, lui sembla-t-il.

Il se releva. Une douleur aiguë lui martela soudain le crâne. Il fit volte-face et sortit du cimetière. Le soleil brillait, droit dans ses yeux. Ses muscles étaient crispés ; une froide goutte de transpiration se frayait un chemin entre ses omoplates.

Il se souvint du jour où Minnie lui avait appris la mort de sa mère et pinça les lèvres. Sa mâchoire lui faisait mal.

Il allait rentrer à Brampton. Il allait la tuer.

7

SUR LE PERRON DU TRIBUNAL, Daniel exhiba son badge aux vigiles de l'Old Bailey. C'était la première journée consacrée à la défense. En retrouvant le chemin de la salle 13, il leva le menton : il pouvait toujours y avoir acquittement au bénéfice du doute. Il se rendit compte que, pour la première fois de sa vie professionnelle, la perspective d'une défaite l'emplissait de crainte. Il détestait les parents de Sebastian ; le retour de l'enfant dans ce monde de luxe d'où les sentiments étaient bannis ne lui inspirait qu'inquiétude. Mais l'idée qu'il puisse rester prisonnier était pire encore. Le gamin avait beau être intelligent, il ne se rendait pas compte de la diabolisation dont il était l'objet dans la presse, ne savait pas à quel point son destin basculerait s'il était condamné. Daniel essaya de se sortir ces pensées de l'esprit. Il avait toute confiance en la talentueuse Irene. Depuis la défaite qu'ils avaient tous deux essuyée, l'année précédente, dans le procès Tyrel, elle avait remporté toutes ses affaires.

— Monsieur le juge, j'appelle à la barre le Dr Alexander Baird.

Baird n'avait pas changé : toujours aussi nerveux que lors de son entretien avec Daniel. Il se pencha trop près du micro lorsqu'il prêta serment et sursauta en entendant l'effet larsen produit.

Irene, quant à elle, ne paraissait guère émue ; elle était sur le point de se lancer dans son interrogatoire le plus décisif. Elle décocha un grand sourire à Baird et, avec quelques effets de manche pour la cour, lui demanda de bien vouloir faire part de ses sentiments sur le jeune Croll.

— Docteur Baird, vous avez par deux fois, en septembre de cette année, examiné Sebastian Croll, si je ne me trompe pas.

— En effet.

— Pouvez-vous nous expliquer, en bref, l'état dans lequel vous l'avez trouvé ?

Baird se rapprocha du micro, les mains mollement posées sur la barre d'appui.

— Commençons par ses capacités intellectuelles. Elles sont très développées. Son QI a été évalué à 140, ce qui plaide en faveur d'une intelligence très vive qui confine même au génie ; le garçon est pour le moins très doué.

— Que pouvez-vous nous dire de sa maturité émotionnelle et de la compréhension qu'il peut avoir de processus aussi complexes qu'un procès, par exemple ?

— Eh bien, Sebastian me paraît incapable d'une concentration soutenue, ce qui peut être attribué à son extrême intelligence. Cela dit, il m'a paru sujet à des débordements émotionnels, un trait en général plus fréquent chez des enfants plus jeunes.

— Vous l'avez interrogé sur les faits qui lui sont reprochés. Comment jugez-vous ses réponses ?

— Sebastian différencie clairement le bien du mal. Il a bien compris la nature du crime qui lui était imputé. Il a avec beaucoup de conviction déclaré qu'il se pensait innocent.

— Avez-vous discuté avec lui des événements qui se sont déroulés le jour du crime ?

— Oui, tout à fait, et nous nous sommes livrés à un jeu de rôle sur le déroulement de ladite journée. À mon sens, il a fait preuve d'un comportement dans l'ensemble cohérent. Ses notions morales sont bien définies et il a, à plusieurs reprises, répété qu'il était innocent.

— Compte tenu de son intelligence hors du commun, avez-vous le sentiment qu'il a compris la gravité du crime dont il était accusé ?

— Sans aucun doute. Il a déclaré qu'il avait bien saisi la peine encourue en raison de ce crime mais qu'il pensait avoir été mal compris. Nous avons abordé la journée du 8 août à plusieurs reprises et de diverses manières : par le biais de poupées ou lors d'interrogatoires plus directs. Il n'a jamais varié dans ses déclarations.

— Je vous remercie, docteur Baird.

Avant de se rasseoir, Irene adressa un signe de la tête à Daniel. Gordon Jones se leva et resta un moment exposé aux regards de la cour, qui le vit ouvrir des classeurs et les installer sur le pupitre. L'atmosphère était étouffante ; Daniel desserra légèrement son nœud de cravate. La défense était bien engagée, Irene paraissait sereine : il était cependant venu à Daniel une certaine gêne, des plus explicables, à l'idée de ce qui allait suivre. Sebastian quant à lui commençait à s'ennuyer. Il balançait des pieds et, de temps à autre, effleurait les jambes de Daniel.

— Une ou deux questions seulement, docteur Baird, annonça Jones. Vous faites mention dans votre rapport, je crois, d'un diagnostic exprimé avant l'affaire par le psychologue scolaire de Sebastian. Il y est question d'un syndrome d'Asperger, je crois ?

Sebastian se pencha, la bouche ouverte ; Daniel le fit taire d'un geste de la main.

— Oui, le dossier scolaire de Sebastian en fait état. Je ne suis pas d'accord avec les conclusions du psychologue.

— Mais vous pensez qu'il souffre...

Jones, ostensiblement, ajusta ses lunettes sur le bout de son nez, fronça les narines et esquissa une moue dédaigneuse en lisant ces quelques mots :

— ... de TED-NS, c'est-à-dire de « troubles envahissants du développement non spécifiés » ?

— Exactement, fit Baird, souriant. Un TED-NS, c'est-à-dire un diagnostic à spectre large pour les individus qui manifestent des symptômes atypiques au regard du syndrome d'Asperger ou, en effet, de l'autisme.

— Je vois. En termes non scientifiques, qu'est-ce donc exactement que ce... TED-NS et quelle est sa relation avec le diagnostic du psychologue scolaire ?

— Cela signifie tout simplement que Sebastian a quelques-unes seulement des caractéristiques du syndrome d'Asperger... et qu'il est en revanche tout à fait fonctionnel sur un certain nombre de points, capacité qui lui ferait défaut s'il était réellement atteint d'Asperger.

— D'accord. Si je ne me trompe pas, le syndrome d'Asperger est une forme d'autisme de haut niveau ?

— Tout à fait.

— Et quels sont les symptômes dont souffrent les enfants atteints ?

— Eh bien, en général ils vont rencontrer des problèmes dans trois domaines principaux : la communication sociale, l'interaction sociale et l'imagination sociale.

Irene se leva.

— Monsieur le juge, je me demande si ces questions sont pertinentes. Que cherche à démontrer mon estimé collègue ?

Baron se pencha sur l'avocat de la Couronne, les sourcils levés, attendant une réponse.

— Monsieur le juge, nous ne cherchons qu'à comprendre les tenants et les aboutissants des troubles dont pourrait souffrir l'accusé, en relation avec le crime qui lui est imputé.

— Poursuivez, dit Baron. Votre démarche me paraît logique.

— Vous venez de nous parler des trois domaines dans lesquels les personnes souffrant d'Asperger pourraient avoir des difficultés, poursuivit Jones. Pouvez-vous nous en dire plus ?

— Eh bien, en règle générale, le patient aura un certain nombre de réactions typiques telles qu'une certaine inaptitude à la vie sociale. Par exemple, il aura un vif désir de nouer des relations amicales, mais une difficulté à les entretenir. Ou bien il sera souvent obnubilé par un seul et unique centre d'intérêt... il aura souvent du mal à déchiffrer les réactions émotionnelles de ses pairs... Autre symptôme, une intégration sensorielle parfois délicate, qui peut se traduire par exemple par une réaction disproportionnée au bruit.

Irene se releva.

— Monsieur le juge, vraiment, je m'inscris en faux. Le témoin vient de déclarer que mon client ne souffrait pas du syndrome d'Asperger : je ne vois donc pas en quoi il peut être pertinent de passer en revue les symptômes de cette affection.

— Miss Clarke, le témoin vient de déclarer que votre client présentait quelques-uns des symptômes dudit syndrome : il n'est donc pas inutile de les détailler.

Irene se rassit. Daniel remarqua que ses épaules étaient raidies par la tension.

— Je vous remercie, monsieur le juge, fit Jones. Donc, docteur Baird, Sebastian souffre-t-il de ces symptômes typiques d'Asperger ?

— Oui, de certains en tout cas. Mais pas de tous, comme je le disais.

— Prenons par exemple l'intérêt excessif pour un sujet précis. L'avez-vous constaté chez Sebastian ?

Baird rougit et jeta un regard à Irene.

— Docteur Baird ?

— Eh bien, j'ai noté en effet une certaine préoccupation… sans pouvoir pour autant la qualifier d'excessive. Il me faudrait pouvoir étudier le garçon sur une période plus longue.

— Je vois… Quelle est exactement la nature de la préoccupation qui occupe l'esprit du jeune Sebastian ?

En entendant son nom prononcé avec une telle solennité, Sebastian se redressa. Il leva les yeux vers Daniel avant de lui sourire.

— Il fait montre de ce que l'on pourrait définir comme une curiosité morbide.

— C'est-à-dire ? À propos de quels objets se manifeste-t-elle, cette curiosité morbide ?

— Il m'a paru fasciné par le sang, la mort, les blessures… Mais comme je vous l'ai dit, je ne suis certain de rien. Il aurait fallu que je puisse étudier son comportement en profondeur. Je peux cependant évoquer une conversation que nous avons eue sur la fausse couche de sa mère.

— Pourquoi vous a-t-elle choquée ?

Irene bondit sur ses pieds.

— Monsieur le juge, vraiment, je proteste : mon estimé collègue prête au témoin des mots qu'il n'a pas prononcés. Le docteur Baird n'a pas déclaré qu'il avait été choqué.

Jones s'inclina devant Irene.

— Certes. Dites-nous ce qu'a révélé la conversation relative à la fausse couche de sa mère, docteur Baird.

— La connaissance qu'il avait des événements me semblait plus détaillée que ce à quoi l'on aurait pu s'attendre… et pour ainsi dire inappropriée, en particulier pour un enfant de cet âge… mais, je le répète, ce ne sont que des impressions à confirmer.

Daniel vit Irene gribouiller furieusement sur son bloc-notes. Elle ne manquerait certainement pas de revenir sur ces déclarations.

— Je vois. Des impressions à confirmer. Dites-nous ce que vous pensez des capacités de Sebastian à communiquer en société.

— Il m'a paru avoir des soucis sur ce point. Communication difficile, interactions problématiques.

— Et cependant, vous refusez d'établir un diagnostic d'Asperger et lui préférez ce… (Jones tordit de nouveau les lèvres.) « TED-NS ». Aux yeux du non-spécialiste que je suis, Sebastian me paraît présenter toutes les caractéristiques du syndrome d'Asperger. Pourquoi n'est-ce pas le cas ?

— Ah… C'est que Sebastian n'a aucun souci avec l'imagination sociale… je dirais même qu'il est très doué en la matière. Cela s'est clairement manifesté dans les jeux de rôle que je lui ai proposés. C'est précisément cette absence d'un des symptômes clefs du syndrome d'Asperger qui me fait rejeter le diagnostic du psychologue scolaire. À la réflexion, j'ai préféré parler de TED-NS.

— Mais qu'est-ce donc que cette imagination sociale ?

— C'est être, pour l'essentiel, capable d'imaginer les issues possibles à une situation donnée, en particulier une situation relative à la vie sociale. La plupart des autistes de type Asperger peuvent faire preuve de créativité mais ils sont tous incapables de se représenter des scénarios alternatifs ou de… prévoir la suite des événements. Ils ont souvent des difficultés à se figurer ce que les autres savent ou pensent.

— Je comprends.

Jones s'était redressé de toute sa hauteur, la robe flottante, le regard braqué sur les jurés.

— Dites-moi, docteur Baird, cette imagination sociale peut-elle vous aider à bien mentir ?

Daniel retint son souffle. Jones avait lourdement insisté sur ce dernier mot. Il leva les yeux. Les bruits de chaise, le brouhaha s'étaient tus. Baird déglutit. Daniel le vit de nouveau lancer un regard à Irene.

— Docteur Baird ? insista Jones.

— Ma foi, oui, si le mensonge est complexe et qu'il implique la visualisation d'un certain nombre de ses conséquences… alors oui, l'imagination sociale joue un rôle très important… mais il faut noter que les autistes de type Asperger ont souvent les plus grandes difficultés à mentir.

— Certes, docteur, fit Jones avec un sourire carnassier, mais vous venez de nous dire que Sebastian ne souffrait pas de ce syndrome, pour la simple et bonne raison qu'il démontrait une capacité... voire un talent... dans ce domaine de l'imagination sociale, trait de caractère qui a bien pu lui permettre de mentir de façon convaincante sur son implication dans le meurtre du jeune Ben Stokes. N'est-ce pas le cas ?

— Je... je crois que le bon diagnostic est celui des TED-NS, c'est vrai... je ne peux pas m'exprimer sur...

— Docteur Baird. Votre avis d'expert sur cette question : les jeunes autistes de type Asperger et ceux qui souffrent de ce que vous appelez des TED-NS ne sont-ils pas fréquemment enclins à la violence ?

— Eh bien, je...

Irene se releva une nouvelle fois. Daniel croisa les mains.

— Monsieur le juge, de nouveau, je m'interroge sur la pertinence de ces questions... Le témoin est ici pour donner son avis d'expert sur la psychologie de mon seul client. Nous n'avons pas de temps à perdre avec ces généralités.

— Certes, mademoiselle Clarke, mais j'autorise le témoin à y répondre... En tant qu'expert, il a le droit de démontrer en quoi la psychologie de votre client se rapproche... de pathologies déjà observées.

— Ma foi, bégaya Baird, les enfants atteints d'autisme de type Asperger et ceux qui souffrent de TED-NS sont plus exposés aux frustrations, en conséquence de quoi, ils sont plus sujets aux éclats, aux crises de colère ou de larmes et aux comportements violents.

— Ah, je vois. *Crises de colère et comportements violents*, répéta Jones, tourné vers le jury. Les enfants qui manifestent ces symptômes sont-ils incapables d'empathie ?

— Je me répète, ces pathologies ont des formes très variées, mais... cela concerne tous les enfants dits agressifs... bien souvent, ils ne peuvent ressentir ou, de fait, comprendre, les souffrances des autres.

— Je vous remercie, docteur Baird, conclut Jones avec un sourire satisfait.

— Si je puis me permettre ?

Irene s'était relevée.

Le juge acquiesça d'un battement de la main.

— Docteur Baird... revenons sur la personnalité de Sebastian, loin des généralisations qui viennent d'être évoquées... vous l'avez rencontré deux fois. En tant qu'expert, le décririez-vous comme agressif ou menteur ?

— Ce n'est pas l'expérience que j'en ai eue et nous ne pouvons avancer sans preuve qu'il est capable de tels comportements.

— Très bien. Vous avez déclaré devant les jurés que vous pensiez que Sebastian souffrait peut-être d'une affection qui reprend certains traits du syndrome d'Asperger, le TED-NS. Est-elle rare ?

— Pas le moins du monde.

— Est-il par conséquent possible qu'un grand nombre d'individus qui, par ailleurs, sont en parfaite santé, tant mentale que physique, puissent être affectés par tout ou partie de ces symptômes modérés du syndrome d'Asperger ?

— C'est fort probable, bien qu'il soit impossible d'en évaluer le nombre, en l'absence, dans la plupart des cas, de tout diagnostic.

— Il se peut donc que, hormis l'accusé, il y ait dans cette salle des personnes affectées par ces TED-NS ?

— Tout à fait.

— Des membres du jury, voire les avocats, plaidants ou non plaidants, ou le juge ?

Propos pour le moins choquants ; Daniel épia Baron. Le vieux juge, qui pourtant rongeait son frein, ne dit pas un mot.

— Ma foi, c'est... possible, en effet.

— Et cela ne vous inquiète pas ? Les TED-NS ne sont-ils pas un marqueur de criminalité ou de violence ?

— Pas du tout. Simplement, les limites qu'assignent ces pathologies à ceux qui en souffrent peuvent entraîner des moments de frustration plus importants et aboutir, parfois, à des crises de colère chez certains individus.

— Je vous remercie de ces précisions.

Sous l'œil attentif de Daniel, Irene relut les notes qu'elle avait prises pendant l'interrogatoire de Jones.

— Reparlons de la fascination morbide dont ferait preuve l'accusé. Vous avez donné comme exemple le récit qu'il a fait de la fausse couche de sa mère. La conversation à laquelle vous faites allusion figure dans le dossier, page soixante-trois, paragraphe quatre. Qu'a dit Sebastian, exactement, qui ait pu vous paraître morbide ou choquant, *compte tenu de son âge* ?

— Les détails biologiques qu'il a donnés m'ont sidéré. L'âge du fœtus, au jour près, la représentation qu'il avait du traumatisme subi par l'utérus, les conséquences que cela pouvait avoir sur la fertilité de sa mère. Il a décrit en termes très crus les saignements…

— Je n'arrive pas à comprendre en quoi vous pouvez attribuer cette façon de voir à un quelconque trouble de la personnalité, docteur Baird. Mon client attendait impatiemment son petit frère. La grossesse était dans son troisième trimestre. Il avait déjà senti l'enfant bouger dans le ventre de sa mère, comme on peut s'y attendre. D'ailleurs, il vous en a parlé. Je suis certaine que vous êtes au fait des questionnements qu'un pareil drame peut faire naître chez un enfant, en ce qui concerne notamment les détails scientifiques. Vous savez sans doute que la fausse couche a été causée par un accident domestique…

Irene se tut. Curieuse façon de parler, se dit Daniel.

— Ne trouvez-vous pas plus que logique, reprit-elle, qu'un enfant qui a été témoin de la chute de sa mère et d'une fausse couche aussi tardive, survenue sous le toit même de ses parents, développe… une préoccupation morbide, pour reprendre votre expression ? L'incident n'a-t-il pas provoqué un véritable traumatisme chez ce garçon et ses parents ?

— Oui, en effet, l'explication est convaincante. Les réponses que j'ai pu donner tout à l'heure concernaient ces troubles du développement en général, plutôt que Sebastian en particulier.

— Je vous remercie, conclut Irene, triomphante. Revenons aux conclusions que vous inspire l'accusé. Pensez-vous Sebastian capable d'avoir commis le crime qui lui est imputé ?

Baird s'accorda un moment de réflexion, semblant presque goûter les mots avant de les prononcer.

— Non, je ne le crois pas capable de commettre un meurtre

— Merci, docteur Baird.

C'était l'heure de déjeuner. La cour se retira ; Sebastian fut escorté dans sa cellule du sous-sol. Daniel déambula, solitaire, dans les couloirs d'Old Bailey, la main plongée dans les cheveux. Il se sentait furieux contre lui-même. Il s'était méfié du témoignage de Baird : mais pourquoi ne pas avoir précisé ses doutes ? Leur premier témoin avait été retourné : il était soulagé malgré tout de la réaction d'Irene, qui avait réussi à le ramener dans leur camp. Daniel avait essayé de l'intercepter avant qu'elle ne quitte le tribunal – il voulait la féliciter de sa prouesse –, mais elle devait s'entretenir avec son assistant au sujet d'un autre dossier.

Daniel n'avait pas faim. Il glissa quelques pièces dans le distributeur de boissons, préférant le café au déjeuner. Tandis que le gobelet se remplissait, il sentit des ongles s'enfoncer dans le gras de son bras. Il fit volte-face : c'était Charlotte, au bord des larmes. Elle avait fourni à Sebastian son alibi pour la seconde partie de l'après-midi, après trois heures, le jour du meurtre, et devait témoigner après la pause déjeuner.

— Daniel, je ne sais pas si je vais en être capable, dit-elle. C'est cet individu qui me terrorise – je le vois faire, il met les témoins au supplice. J'ai peur de dire des bêtises...

Elle parlait de Jones, bien sûr.

— Ça va aller, la rassura Daniel.

Il s'entendit : sa voix avait un ton grave, presque sévère. Il n'avait aucune envie de voir Charlotte s'effondrer et son instinct lui conseillait de ne pas l'encourager dans son inquiétude.

— Contentez-vous de réponses courtes, comme nous en avons discuté avec Irene. Ne parlez que de ce que vous savez. Ce n'est pas vous l'accusée, ne l'oubliez pas.

— C'est mon fils, Daniel. Je vois bien la façon dont ils me regardent, tous. Comme si j'étais la mère d'une... d'une espèce de... démon.

— Ne vous mettez pas ça dans la tête. Il est innocent, nous allons le démontrer. Et vous êtes une pièce maîtresse dans notre stratégie. Nous avons besoin des points que vous allez marquer. Vous êtes sa mère, il a besoin que vous le défendiez.

C'était la deuxième fois qu'il tenait ces propos à Charlotte. Il voulait la faire réagir. Les mères qui inversent les rôles et se comportent comme des enfants, les mères qui ne vous protègent pas, il avait vécu cela.

Charlotte leva les yeux vers l'immense et haute voûte de l'Old Bailey, à la recherche, semblait-il, d'une réponse. Lorsqu'elle baissa la tête, une larme noire lui coula sur la joue, qu'elle essuya aussitôt d'un mouchoir déjà maculé. Il se rappela le contact des ongles de la jeune femme sur la peau de son ventre. La regardant, il fut de nouveau envahi par une vague de dégoût et de pitié si impérieuse qu'il lui fallut détourner les yeux.

— Charlotte, vous en êtes capable. Sebastian compte sur vous.

Lorsque Charlotte fut appelée, elle avait retrouvé son calme, ce qui n'empêcha pas Daniel de retenir son souffle tandis qu'elle remontait vers le box. Ses coudes saillaient sous le tissu de sa veste. Sebastian, penché, tendit les mains vers le bout de la table comme pour la toucher. Charlotte toussota et but une gorgée d'eau. De loin, elle semblait fragile et cependant d'une beauté étonnante, les traits réguliers, les yeux immenses.

Irene posa ses premières questions d'un ton chaleureux, détendu. Un coude posé sur le pupitre, elle parlait d'une voix douce, presque familière, bien que les deux femmes n'aient jusqu'ici échangé que quelques mots.

— Des petites questions seulement... Vous pouvez nous dire ce dont vous vous souvenez de cette journée du 8 août dernier ?

— Oui, fit Charlotte, tout bas.

Bientôt, cependant, elle retrouva de l'assurance.

— Je ne me sentais pas très en forme ce jour-là. Mon mari était à l'étranger ; après le déjeuner de Sebastian, j'ai décidé d'aller me coucher un moment.

— Qu'a fait Sebastian, ce jour-là ?

— Eh bien, il est allé jouer dehors pendant que je me reposais.

— Où jouait-il, le savez-vous ?

— C'est-à-dire qu'en général, il reste dans la rue, avec les enfants des voisins ; mais même s'il va jouer dans le parc, la plupart du temps, je peux le surveiller des fenêtres de l'étage. Nous sommes si près.

— Et ce jour-là, vous avez pu le faire ?

— Non, je me suis couchée. J'avais mal à la tête.

— Quand est-il rentré à la maison ?

— Juste avant trois heures de l'après-midi.

— Vous en êtes certaine ?

— Certaine.

— Et lorsqu'il est rentré, avait-il un aspect... inhabituel ? Très sale, par exemple ? Les vêtements maculés ?

— Pas plus que d'habitude. (Charlotte s'autorisa une ombre de sourire :) C'est encore un petit garçon. Quand il revient à la maison après avoir joué, il est souvent un peu sale. Là, il n'y avait rien qui sortait de l'ordinaire.

— Et dans son comportement ? Vous a-t-il semblé inquiet, bouleversé ?

— Non, pas du tout. Nous avons mangé un petit quelque chose, tous les deux, et nous avons regardé la télévision pendant un moment.

— Je vous remercie.

Irene se rassit avec un signe de la tête.

Daniel exhala et se pencha vers le garçon.

— Ça va ? lui demanda-t-il dans un murmure.

— Empêchez-le d'être méchant avec elle, chuchota l'enfant en guise de réponse, sans se retourner.

— Ne t'inquiète pas.

Mais le contre-interrogatoire inspirait quelque inquiétude à Daniel. Charlotte n'était pas très résistante.

Jones esquissa, avant de se lancer, un sourire patelin. Charlotte se massait le cou, son regard vif parcourant le public avec inquiétude.

— Madame Croll, prenez-vous régulièrement des médicaments sur ordonnance ?

— Hum... Oui, je dors très mal et j'ai des moments... d'angoisse, donc je prends... euh... du Valium, des bêtabloquants, assez souvent, et lorsque j'ai des insomnies... du Témazépam.

— Un vrai cocktail. Je vois. Et le 8 août, en avez-vous pris... du Valium, par exemple ?

— Je ne m'en souviens pas vraiment, mais il est probable que oui. La plupart du temps, j'en prends un par jour, pour me calmer.

— Bien. Vous admettez donc avoir pris des substances sédatives le 8 août, pendant que votre fils était sorti jouer ; et, malgré tout, vous affirmez sous serment qu'il est revenu, vous en êtes certaine, à trois heures précises ?

— Oui, je me suis couchée, mais je n'ai pas vraiment dormi, ce jour-là. Je ne me sentais pas bien, j'avais surtout besoin de retrouver mon calme. J'ai entendu Seb rentrer à trois heures et je suis descendue nous faire quelque chose à manger. Je n'ai pas dormi. Je sais que je n'ai pas dormi. J'étais... trop sur les nerfs. Je sais bien à quelle heure il est rentré.

— Madame Croll, aimez-vous votre fils ?

— Oui, bien sûr.

Sebastian de nouveau tendit les mains vers elle, tandis qu'elle répondait. Il lui souriait à travers le tribunal.

— Et vous feriez tout pour le protéger.

— Tout ce que je pourrais, oui.

Charlotte regardait son fils droit dans les yeux.

— Le lundi, quand la police est venue chez vous, vous étiez à la maison, apparemment, mais vous dormiez à poings fermés. Tellement... dans les nuages, que vous n'avez même pas réalisé que votre fils avait été emmené au commissariat. Je me trompe ?

— Non, c'est juste. Ce jour-là, je dormais. L'angoisse va souvent croissant ; le lundi, j'étais morte de fatigue. Au contraire de dimanche. Dimanche, je n'ai pas dormi et je sais très bien l'heure à laquelle il est rentré.

— Un témoin a reconnu sous serment avoir vu Sebastian se battre avec la victime bien après trois heures ce dimanche-là, dans l'aire de jeu de Barnard Park. En réalité, vous n'avez aucune idée de l'heure à laquelle votre fils est revenu à la maison. Vous étiez bourrée de médicaments, vous n'aviez aucune lucidité.

— C'est faux. Cet homme a dû voir quelqu'un d'autre. Je sais que je n'ai pas fermé l'œil ce jour-là. J'étais malade d'angoisse : rien n'aurait pu me faire dormir. Il est rentré à trois heures : j'en suis absolument certaine.

— Malade d'angoisse. Ça, madame Croll, je n'en doute pas. Malade d'angoisse... Combien de milligrammes de Valium avez-vous avalés le 8 août ?

— Dix, répondit Charlotte en toussant. Je n'ai que des comprimés de dix milligrammes. Parfois, je me contente d'une moitié, mais le 8, non, j'en ai pris un entier.

— Et vous voulez nous faire croire qu'après dix milligrammes de Valium, vous étiez pleinement consciente et capable, mieux encore, de vous rendre compte de l'heure qu'il était ?

— Je prends des anxiolytiques depuis un petit moment. Dix milligrammes suffisent tout juste à avoir un effet sédatif sur moi.

Vous pouvez poser la question à mon médecin : quand la dose est moindre, il n'y a aucune amélioration. Je sais que mon fils est rentré à trois heures.

Daniel sourit, soulagé. L'interrogatoire conclu, Charlotte alla se rasseoir. Ses coudes étaient des ailes anguleuses. Elle jeta un bref regard à Sebastian et à Daniel avant de réintégrer son siège. Daniel se retourna.

— Vous vous êtes bien débrouillée, articula-t-il sans bruit.

Après une courte pause, le médecin légiste cité par Irene et Daniel devait monter à la barre. La défense n'avait pas bien entamé sa riposte, avec un Baird hésitant et l'assertion du Ministère public selon laquelle Sebastian souffrait d'un trouble du comportement plus ou moins similaire au syndrome d'Asperger. Mais Charlotte, songeait Daniel, avait fourni un bon témoignage. Une stratégie risquée, cependant : l'alibi qu'elle fournissait à Sebastian était important, mais sa fragilité psychologique et ses difficultés de concentration avaient plongé les avocats de son fils dans l'inquiétude. Elle s'en était très bien tirée. Elle n'avait rien dissimulé : ni son addiction aux tranquillisants, ni ses états d'angoisse. Aux yeux de Daniel, son témoignage était plus crédible que les déclarations de Rankine – les deux garçons se battant dans l'aire de jeu bien après trois heures, moment auquel Sebastian affirmait être rentré chez lui.

Lorsque Daniel retrouva Mark et Irene, cette dernière lui parut moins optimiste. Elle avait ôté sa robe et faisait les cent pas dans le vestiaire des avocats.

— Simplement, Danny, je pense que ce n'est pas assez solide. Ce fichu psychologue nous a fait du tort.

Le revers de son col de chemisier battait en rythme, à même sa peau. Les mains sur les hanches, deux lignes nettement creusées entre ses sourcils, elle poursuivit.

— Il nous en faut plus.

— Nous avons encore notre légiste en réserve, mais j'imagine que tu ne vas pas l'appeler tout de suite, reprit Daniel.

— C'est inutile, puisque nous avons retourné Watson. Son aveu a bien plus de poids que ce qu'elle pourrait nous raconter.

— Il y a bien quelqu'un que tous voudraient entendre, suggéra Daniel.

Irene fit volte-face, le perça d'un regard.

— Tu penses à Sebastian ? Nous n'aurons pas le droit. Le procès est déjà engagé.

— Tu ne peux pas en faire la demande officielle au juge ? demanda Daniel.

— Oui, sans doute, mais l'acceptera-t-il ? Tu crois que Sebastian est à la hauteur ?

— Peut-être, oui.

— Et tu penses vraiment que cela peut nous aider ? Je me suis déjà posé la question. Si nous l'empêchons de témoigner, cela pourrait réduire les chances d'acquittement. Il faut que le jury ait la possibilité de le comprendre. Avec l'accusation qui parle de syndrome d'Asperger, sa mère qui se drogue au Valium et ces histoires de fascination morbide. Sebastian reste muet et les jurés peuvent imaginer tout et son contraire...

— Je suis d'accord. Ils veulent tous entendre sa version des faits. À l'heure qu'il est, son silence le rend coupable, répondit Daniel.

— Bon Dieu, soupira Irene. Allons prendre un verre, tous les trois. Je crois que nous en avons bien besoin. On pourra continuer cette discussion autour d'une table. Il nous faudrait les rapports du psychologue. Après quoi, je pourrais adresser une demande à Baron.

À huit heures, ils en étaient déjà à leur troisième bière, planqués dans un coin du Bridge Bar de Gray's Inn, à glousser derrière le dos du juge Baron, qui sirotait un petit verre de xérès à l'autre bout de la salle.

— Tout va bien, hein, mon petit Danny ? fit Irene.

Elle se pencha pour écarter les mèches qui tombaient sur les yeux de Daniel. Il la laissa faire, reposa doucement la nuque sur les boiseries.

— Ces derniers temps, tu avais l'air vraiment accablé. Ce n'était pas comme ça la dernière fois. Je me demande si ça ne finit pas par t'affecter, cette histoire. Et je vois que notre jeune client t'aime... vraiment beaucoup.

— Moi, il me hait, fit Mark, l'assistant d'Irene.

Daniel lui décocha un sourire en biais. Mark était un garçon un peu gauche ; même ses chemises ne lui allaient pas.

Daniel martela doucement la table du poing. La mousse de sa bière tremblota.

— Je ne l'ai pas vue venir, cette histoire d'Asperger. Il avait exclu cette possibilité – avec la plus grande fermeté.

— Personne ne l'a vue venir de notre côté, Danny, ne reviens pas là-dessus... Fort heureusement, nous avons effectué un beau rétablissement. Je crois qu'il faut désormais prendre la chose en compte. Il se peut même que j'en fasse mention dans mes conclusions. Non, ce qu'il faut, c'est continuer d'asséner notre point de vue... à savoir que même si Sebastian souffre de cet Asperger qui n'en est pas un – je ne me souviens plus du terme que Baird a employé – il n'est pas un meurtrier.

Daniel et Mark acquiescèrent de concert.

— Question plus essentielle, poursuivit Irene en croisant les jambes, le dos contre le dossier de sa chaise. Faut-il suivre le conseil de Danny et appeler le garçon à la barre ?

— Je sais qu'il peut témoigner, dit Daniel. Sinon, je ne me risquerais pas à cette proposition. Ce n'est pas un enfant ordinaire. Il peut s'en tirer.

— Et toi, Mark, qu'en dis-tu ? fit Irene.

Au ton de sa voix et au regard qu'elle lança à son assistant, Daniel comprit que cette question n'en était pas une. Irene testait le jeune homme, lui apprenait le métier.

— À mon avis, c'est dangereux. Et sans précédent, du reste. Venables et Thompson n'ont pas témoigné au procès Bulger, parce qu'ils étaient, paraît-il, en état de choc. Mary Bell a témoigné, en revanche, mais ça date des années soixante. Le parallèle est difficile...

— Je crois que Danny a raison lorsqu'il dit que les jurés veulent entendre la voix de Seb. Et je crois également que ses dons oratoires vont nous surprendre. Mais le psychologue va-t-il l'estimer à la hauteur de cette épreuve ? Et Baron va-t-il autoriser la manœuvre ?

— Il faut que tu montes à l'attaque, dit Daniel.

— Tu veux bien me laisser la nuit pour y réfléchir ? Ce qui me désarçonne toujours, poursuivit Irene, mais qui n'est pas sans utilité pour la défense, c'est que Seb est un enfant charmant, vraiment, quoi qu'on puisse penser de cette histoire d'Asperger. Il est étrange, il est déstabilisant, mais il est charmant. Et très mûr, de surcroît, très à l'aise avec les adultes.

Elle laissa sa main retomber sur le genou de Daniel.

— Tu as raison, je crois. Il est parfaitement capable de monter à la barre.

Mark est de trop, songea Daniel en se calant dans son siège. Il résista à l'envie de prendre la main d'Irene.

— Il est à l'aise avec tous les adultes, sauf avec moi, intervint Mark.

Daniel sourit. Mark avait l'air sincèrement vexé par l'attitude du petit garçon.

— Quel parano, glissa Irene. Danny, pourquoi t'apprécie-t-il autant ?

— Oh, c'est qu'en général on m'aime bien, c'est tout.

— Et toi, tu l'aimes bien ? demanda Mark.

— C'est drôle, il m'a posé la même question l'autre jour.

— Et qu'as-tu répondu ?

— Que je l'aimais bien... je ne sais pas si « aimer » est le mot juste, cela dit. Il me semble que je le comprends, d'une certaine façon. Qu'il ait ou non tué Ben Stokes, il est, nous le savons tous, un enfant qui ne va pas bien. Il a besoin d'être accompagné.

Mark eut pour Daniel un regard circonspect, comme s'il n'était pas d'accord avec ce qu'il venait d'entendre, mais n'osait pas le contredire.

— Moi, ça me plonge dans des abîmes de réflexion, reprit Irene. Quand je pense aux méfaits dont je me suis rendue coupable quand j'étais enfant... Mon Dieu, j'en tremble encore.

— Ah bon ? fit Daniel, intrigué.

Elle lui sourit, tête penchée.

— Un jour, j'ai mis le feu à la robe de ma cousine parce qu'elle venait de me dire que je ressemblais à la gamine de *La Petite Maison dans la prairie*.

— Tu as mis le feu à sa robe ?

— Oui. Nous avions une grande cheminée dans la cuisine, et j'étais folle de rage. J'ai pris un petit bout de bois et j'ai mis le feu aux volants de sa robe. Le résultat aurait pu être dramatique, et j'aurais pu me retrouver dans la situation de Sebastian.

— Que s'est-il passé ? firent Mark et Daniel, en chœur.

— Un miracle. Elle a tapoté le bas de sa robe et les flammes se sont éteintes. Comme ça. Bien sûr, elle m'a dénoncée… et la robe était fichue.

— Je savais bien que tu étais une vraie petite diablesse, quand tu étais enfant.

— Une incendiaire, fit Irene en écho, avant d'envoyer Mark au comptoir, pour une quatrième tournée.

— Et toi, comment étais-tu quand tu étais petit ? ajouta-t-elle, faussement timide. Un gosse adorable, j'en suis certaine.

— Moi ? Un vrai casse-cou, répondit Daniel en croisant son regard.

— Oui, ça ne m'étonne pas non plus.

Daniel retrouva les Croll à Parklands House. Le psychologue l'avait certifié, Sebastian pouvait témoigner, à certaines conditions. Irene préparait sa requête au juge Philip Baron.

La pluie tombait dru, le ciel était presque noir. King Kong écrasait la salle de réunion sous son poids. Sebastian attendait, tout seul, à l'étage. La chaise en plastique vissée au sol ployait sous la masse de son père.

— Vous êtes en train de m'expliquer que vous avez salopé votre défense ? Hein, c'est ça que vous me dites ? Pourquoi voulez-vous qu'il aille à la barre ? Il risque de se montrer sous un très mauvais jour.

— On peut répondre par l'argument inverse. C'est en se taisant qu'il finira par paraître coupable. Il a tenu le coup durant les interrogatoires de police. Il est si intelligent…

— Ne me prenez pas pour plus bête que je ne suis. Je sais que le gosse en a dans le ciboulot. Les chiens ne font pas des chats. C'est incontestable, il s'en tirera mieux que les gamins décérébrés que vous exhibez en général à la barre. Ce que je veux que vous m'expliquiez, c'est votre stratégie. Qu'est-ce qui vous fait dire que c'est la meilleure solution ?

— Nous pensons que les jurés doivent l'entendre, lui. L'allusion à Asperger, la prétendue seconde bagarre dans le parc et l'alibi controversé que lui a fourni sa mère : tout cela mérite d'être commenté par Sebastian. Son témoignage pourrait avoir un impact remarquable. Ce qui nous paraît essentiel à ce stade, c'est que les jurés l'entendent dire qu'il n'a pas tué Ben. Nous avons démontré qu'il y a un doute parfaitement fondé, mais pensons néanmoins que les jurés doivent en avoir une confirmation directe.

La paupière droite de Kenneth tressaillait.

— Si Sebastian surmonte cette épreuve, cela peut être décisif, ajouta Daniel.

— Si ? Je ne raisonne pas avec des si, Danny. Je m'étonne que ce soit votre cas.

Daniel inspira profondément.

— Nous pourrions demander à Sebastian ce qu'il en pense, fit Charlotte.

— Bon Dieu ! C'est un gosse. Qu'est-ce qu'il en sait ? siffla Kenneth avec un regard de mépris pour sa femme.

Il arrosa au passage la table d'une averse de postillons.

— L'issue du procès dépend en partie de la façon dont il va s'en tirer, insista Daniel en desserrant sa cravate.

La salle de réunion dégageait une impression d'oppression. Le vent rabattait la pluie d'hiver sur les petites lucarnes de la pièce avec une telle force qu'on eût dit des poignées de gravier sur les vitres. Une atmosphère qui rappela à Daniel, sans qu'il sache pourquoi, les obsèques de Minnie.

— S'il fait une bonne prestation, nous avons encore quelques chances de gagner. Dans le cas contraire, si Jones parvient à l'irriter ou à le déstabiliser, ce ne sera pas à notre avantage.

Daniel souffla un bon coup avant de dévisager Kenneth puis Charlotte.

— Ce n'est pas sans danger, mais je crois que le risque en vaut la chandelle. Il faut que les jurés l'entendent.

Charlotte jeta un coup d'œil à son époux.

— Et s'il ne témoigne pas ? demanda-t-elle, en baissant les yeux sur la table et sans répondre au regard de Daniel. Il sera forcément condamné ?

— Pas du tout.

— Mais vous pensez qu'il doit témoigner ?

— Oui, je crois que Sebastian devrait monter à la barre.

Kenneth fit la moue, ce qui eut pour effet d'épaissir ses lèvres déjà charnues. Daniel remarqua l'expression de son regard, à la fois intelligente et impitoyable.

— Je crois que nous savons tous qu'il en est capable, prononça Kenneth avec lenteur. De plus, il est temps de mettre fin à cette situation absurde. Nous voulons qu'il rentre à la maison. S'il consent à témoigner et si vous pensez que cela peut aller dans notre sens, nous donnerons notre accord.

Sebastian fut convié. Il entra dans la salle de réunion, un demi-sourire sur son visage pâle, ses yeux verts pétillant d'excitation. Il s'installa en bout de table, ses parents à gauche et Daniel à droite. Charlotte lui posa la main sur la joue ; Sebastian y appuya la tête.

King Kong claqua des doigts.

— Redresse-toi, tu veux bien ? Il faut que nous ayons une conversation sérieuse.

Seb obtempéra sans regarder son père. De nouveau, son extrême jeunesse frappa Daniel : les pieds qui ne touchaient pas terre, la grosse tête juchée sur un cou maigre, les deux fossettes qui creusaient sa joue droite lorsqu'il souriait.

— Sebastian, que dirais-tu de témoigner ? demanda son père. D'aller à la barre pour raconter ce qui s'est passé ?

— En fait, tu n'aurais même pas besoin d'y aller en vrai, corrigea Daniel. Tu serais certainement dans une salle mitoyenne, avec un système de captation vidéo. Et tu serais accompagné d'une assistante sociale.

— Vous ne pourriez pas venir avec moi, plutôt ? demanda Sebastian à Daniel. Ça serait mieux, comme ça.

— Mais qu'est-ce que c'est que cette façon ridicule de s'enticher de quelqu'un ! tonna brusquement Croll. Il y a des choses plus importantes en jeu. Si tu témoignes, tu échapperas peut-être à la prison. Tu comprends ?

Sebastian se recroquevilla, le vert de ses yeux soudain plus sombre, les lèvres pincées. L'éclat de ses canines inférieures n'avait cependant pas échappé à Daniel.

— Non, Seb, il faudra sans doute que je reste dans la salle du tribunal. Mais je pourrais passer te voir pendant les pauses. On discutera de ça plus tard. Ce qui est important, c'est que les gens puissent t'entendre. Bien sûr, on te préparera... Mais c'est à toi de décider.

— Je veux témoigner, dit Sebastian, les yeux fixés sur Daniel. Je veux dire aux jurés ce qui s'est vraiment passé.

Kenneth Croll inspira violemment, avant de pousser un long soupir.

— Très bien. C'est donc réglé, conclut-il avec un signe de tête à l'adresse de Daniel, comme s'ils venaient de signer un contrat.

8

LORSQUE DANIEL DESCENDIT DU BUS, LE SOLEIL BRILLAIT. En traversant la ville, il croisa des gens qu'il reconnut vaguement, ils s'écartèrent sur son chemin. Il passa devant la boucherie qui, il le savait, vendait des œufs et des poulets de chez Flynn, puis devant la confiserie de la méchante vieille Mme Wilkes. La boutique avait fermé, signe des temps. Venait ensuite le poste de police, à la porte toujours close. Sous le porche un téléphone permettait de joindre le commissariat de Carlisle, Daniel s'en souvint.

Il n'y avait pas un souffle de vent tandis qu'il remontait vers la ferme, les orties en pleine floraison semblèrent se redresser sur son passage.

Quand la ferme fut en vue, Daniel était à bout de souffle. Ses mains pendaient, lourdes ; ses doigts tremblaient. La sueur perlait à son front. Il passa la main dans ses cheveux, puis s'essuya la paume sur son tee-shirt. Deux doigts glissés dans sa poche arrière, il s'arrêta un instant au sommet de la colline, les yeux sur la maison, jusqu'à ce que sa respiration redevienne régulière. La tranquillité ambiante le désarmait. Il descendit vers la porte d'entrée.

La main sur la poignée, il poussa la porte qui céda avec un bref grincement. Blitz avait pris de l'âge : il n'accourait plus à la rencontre des visiteurs. Daniel cependant, une fois dans l'entrée, entendit les griffes du chien racler le linoléum.

Le chien tourna la tête, oreilles dressées, puis vint à lui, museau baissé, en secouant la queue. Daniel ne s'agenouilla pas pour le caresser, comme il l'aurait fait en temps normal, mais se pencha simplement pour effleurer ses oreilles veloutées et gratter quelques secondes le menton blanc de Blitz.

— Salut, mon gars, murmura-t-il.

Il leva les yeux vers la cuisine. Son cœur battait plus fort à présent, en prélude à la confrontation. Le soleil se répandait à flots par les fenêtres.

Elle était dehors, le bas du dos à l'air, sa jupe marron retroussée sur les gros souliers qu'elle n'avait pas lacés. Elle était en train de réparer le poulailler et ramassait de temps à autre des brins de paille qu'elle jetait sur le compost.

Lorsque Daniel leva le loquet de la porte de la cuisine, elle était encore dans le poulailler, un seau de fer et une brosse à la main. Il resta sur le seuil à la regarder. Il y avait encore quelque chose en lui qui se réjouissait de la revoir, après des mois de séparation. Soudain, la basse-cour lui semblait magnifique, avec son odeur de purin et la pelouse que les chèvres avaient broutée avec une telle régularité qu'elle était digne d'un terrain de boules. Les chevrettes étaient adultes depuis des années : l'une d'entre elles était même plus grande que la mère. Il lui vint une boule dans la gorge à l'idée que cette maison avait été son premier vrai foyer, et le dernier.

Elle ne l'avait toujours pas vu. Daniel fut un moment tenté d'attendre qu'elle se retourne et l'aperçoive enfin. Blitz s'assit sur les marches, aux pieds du jeune homme.

— Minnie, appela-t-il.

Minnie, et non *maman*.

Elle se retourna, laissa tomber brosse et seau et plaqua les mains sur ses joues, comme si elle se rendait, comme si elle baissait les armes.

— Oh, mon chéri… quelle surprise ! s'écria-t-elle.

Une main sur sa hanche malade, elle avança vers lui avec un sourire si éclatant que ses yeux bleus en disparaissaient presque. De l'autre main, elle se gardait de la lumière du soleil. Elle ne pouvait voir l'expression du visage de Daniel, il le savait bien. Il s'imagina sans peine, silhouette en contre-jour sur le seuil.

Elle rit ; Daniel inspira profondément. Le rire de Minnie lui avait toujours importé : il y avait en lui quelque chose qui ne pouvait que s'en réjouir. Elle tendit les mains vers lui ; ce fut alors que leurs regards se croisèrent.

— Tu vas bien, mon chéri ? Tout va, dis-moi ?

Elle posait déjà une main sur son bras pour le réconforter, mais fronça les sourcils, inquiète, une grimace chagrine lui creusant les joues.

— Non, pas vraiment, chuchota-t-il en dégageant son bras.

Il s'avança vers le milieu de la cour, la frôlant au passage. L'une des chèvres lui mordilla le bas du tee-shirt et il le lui retira du museau, tapant du pied une fois, deux fois, jusqu'à ce que l'animal sursaute.

Minnie revint vers lui, Blitz sur les talons, lui tournant autour, puis se plantant devant elle, nez levé, pour comprendre ce qui n'allait pas. Le chien eut un petit gémissement puis se mit à gratter le sol. Minnie tendit la main vers la tête de Blitz, sans quitter Daniel des yeux.

— Qu'est-ce qui ne va pas, mon chéri ? demanda-t-elle de nouveau. Que s'est-il passé ?

Le cœur de Daniel battait la chamade, ses paumes étaient moites. Il essaya de retrouver assez de souffle pour lui répondre calmement ; en vain, sa bouche était trop sèche. Il aurait voulu tout lui expliquer : ce à quoi il avait réfléchi, le besoin qu'il avait eu de savoir ce qui était arrivé à sa vraie mère, maintenant qu'il était majeur. Il aurait voulu lui parler du bureau de l'état civil, de l'acte de décès et du cimetière, avec la croix de marbre blanc et les lettres dont la peinture s'écaillait déjà. Il aurait voulu lui dire que lorsque Minnie lui avait annoncé sa mort, sa mère avait arrêté de se droguer. Elle avait décroché pour lui ; et si elle avait fini par une overdose, c'était qu'elle pensait qu'il ne reviendrait plus, qu'il l'avait oubliée. Il céda sous le poids.

— Ma-mère-est-morte-l'an-dernier ! hurla-t-il.

Ses larmes jaillirent – il en fut surpris. Il sentait une veine gonfler sur son front et une boule enfler dans sa gorge. Ce furent ses propres larmes qui le mirent le plus en rage. Il n'en voulait pas. Il avait compté sans elles.

— L'an dernier ! répéta-t-il en ramassant le seau.

Il le brandit devant Minnie et le projeta vers l'avant, sans lâcher l'anse, pour essayer de lui faire peur ; elle ne broncha pas. Alors, il le jeta, à deux mètres à sa droite, si bien que le métal heurta les marches avec un fracas qui fit fuir les chèvres jusqu'au fond de la basse-cour et se redresser Blitz. Il ramassa le balai et lui fit suivre le même chemin, puis empoigna la bêche qui reposait contre le mur du poulailler. Il la souleva tandis que les larmes lui coulaient sur les joues ; la bêche était légère et maniable.

Il se mordit les lèvres.

— Tu-m'as-menti, murmura-t-il.

Elle était campée devant lui, les mains sur les hanches, et l'expression de son visage était semblable à celle qu'elle avait lorsque Daniel était enfant : tranquille, déterminée.

Il soupesa l'ustensile, les yeux fixés sur elle.

— Qu'est-ce que tu dis de ça ? Qu'est-ce-que-tu-en-dis, hein ?

La fureur de nouveau le dévorait.

— Hein ? hurla-t-il.

Il serra la main sur le manche de la bêche, la brandit au-dessus de sa tête, fit un pas en avant puis l'abattit sur l'angle du poulailler. Il frappa du tranchant et du manche jusqu'à ce que les planches cèdent. Les poules caquetaient dans son sillage. Il fit tournoyer la bêche, renversa un seau plein de graines et une série de semis que Minnie avait rangés le long du poulailler. Blitz, d'abord surpris, rejoignit bientôt Minnie, se pencha sur ses pattes avant, aboyant et grondant contre Daniel, courant vers Minnie puis vers lui comme pour le mordre, lui faisant la leçon comme à un mouton têtu.

— J'ai son... acte de décès. J'ai vu sa *tombe*. Elle est morte l'an dernier. J'aurais pu la voir. J'aurais pu...

Les larmes lui brûlaient les joues. Il ne les essuya pas. Il ne dévisagea pas Minnie. La basse-cour n'était plus qu'un tourbillon d'images : les planches en morceaux, Minnie devant lui, mains croisées, les chèvres apeurées et le chien qui la protégeait, babines retroussées.

— Rentrons, dit-elle. Viens t'asseoir un moment, qu'on puisse en parler.

— Je ne veux pas rentrer. Je ne veux pas en parler. Si tu pouvais crever !

Daniel laissa tomber la bêche. Le chien fit un bond en arrière et recommença à gronder. Daniel se couvrit le visage des deux mains. Il avait un goût de sel sur la langue. Elle posa une main sur son bras.

— Allons, mon chéri, disait-elle. Allez, viens, que je te fasse du thé.

Il se libéra de son étreinte avec une telle force qu'elle perdit l'équilibre et chuta lourdement sur le côté. Blitz courait en tous sens, grondant puis gémissant. Elle leva les yeux sur Daniel. Il crut un instant y avoir lu de la peur – impression qui ne dura pas. C'était de nouveau le regard qu'elle avait toujours eu, un regard qui semblait voir clair en lui. Il se souvint de l'avoir épiée par la porte du salon, les soirs où ses larmes coulaient de son menton sur les touches d'ivoire, ses pieds nus sur les pédales. Alors, il aurait voulu la comprendre de la même manière qu'elle semblait le comprendre.

— Debout ! hurla-t-il.

Ses larmes s'étaient évaporées ; le soleil avait disparu derrière la maison et la basse-cour était plongée dans l'ombre.

— Allez, debout !

Il donna un coup de pied dans l'une de ses chaussures : Blitz, furieux, lui aboya sous le nez, avant de reculer. Minnie s'agenouilla, puis leva une jambe avant de se remettre sur pied, lentement.

Et lui la regardait, les mains sur les hanches, le souffle aussi court que s'il avait couru de Brampton à Newcastle. Elle se retourna et rentra d'un pas las dans la cuisine. Il vint à Daniel l'envie de la frapper avec la bêche, de la faire tomber, d'empoigner ses boucles grises à pleines mèches pour lui cogner le visage contre le mur de la vieille ferme pourrie. Le chien suivit Minnie et resta sur le seuil une fois qu'elle fut rentrée, comme pour avertir Daniel de ne pas tenter de la suivre.

Le garçon inspira, balayant la cour du regard. Les chèvres revinrent lui mordiller les poches, à la recherche d'une friandise. Les poules arrêtèrent de caqueter et se mirent à picorer les herbes folles. Il entra.

Elle n'était pas dans la cuisine. La porte de la salle de bains était ouverte : Daniel jeta un coup d'œil à la longue, étroite pièce baignée de soleil, au papillon de porcelaine qui n'avait pas quitté l'étagère, ailes étendues. Il détourna les yeux.

Elle était dans le salon, une main sur le piano, l'autre à la taille. Son visage avait conservé son expression soucieuse.

Daniel explora le salon du regard, comme s'il le voyait pour la première fois. Sur le dessus de la cheminée, il y avait cette photographie qui la représentait jeune, avec son mari et sa fille. À côté, des portraits de Daniel, deux où il était en uniforme de collégien et un troisième où il tenait le stand au marché.

Daniel avait les mains dans les poches. C'était une impression curieusement familière que celle de lui en vouloir, de nouveau. Il se souvint de toutes ces scènes qu'ils avaient eues lorsqu'il était enfant. Il se sentait trop grand, trop puissamment bâti désormais pour de telles colères – lui sur le seuil, elle près du piano. La colère, la méfiance, la solitude : c'étaient des émotions qu'il avait déjà ressenties, des années auparavant, il s'en souvint aussi. Il était si jeune alors qu'elle pouvait le clouer sur le sol, de son poids. Ce n'était plus le cas désormais. Il était plus fort.

— Tu veux boire quelque chose ? lui demanda-t-il.

Minnie, sans rien dire, secoua la tête.

— Et pourquoi pas ? C'est l'heure, non ?

— Apparemment, tu as quelque chose à me dire

Elle avait pris ce ton dont elle usait, au marché, envers les gens qu'elle n'aimait pas.

— Ça oui. Par exemple, pourquoi tu m'as menti ?

De nouveau, le surgissement des larmes dans la gorge… Le chien était entre eux deux, troublé, tournant la tête de l'un à l'autre, remuant la queue puis la baissant entre les pattes.

— Tu étais un jeune garçon. Tu avais besoin de stabilité. Tu avais besoin d'une possibilité de te poser, d'aimer, de faire confiance. Je t'ai simplement offert l'occasion de ne plus fuir pendant un an ou deux. Je t'ai offert l'opportunité d'être…

Elle parlait d'une voix si basse que Daniel avait du mal à l'entendre.

— D'être avec toi ?

— Non, d'être simplement. D'être toi…

— Tu me donnes envie de vomir.

Elle haussa les épaules. De la main, elle balaya le dessus du piano, comme pour en chasser la poussière.

— Qu'est-ce que j'étais, alors ? Une putain de solution de remplacement ?

Minnie se retourna vers lui. Sa poitrine se gonfla.

— Non, pas une solution de remplacement. Mon fils. *Tu es mon fils.*

— Et tu me voulais tellement à toi qu'il a fallu que tu fasses mourir ma mère cinq ans avant son heure ? J'aurais pu la voir une dernière fois. J'aurais pu…

Il posa le dos de la main contre son nez. Minnie ne l'avait pas quitté des yeux.

— Ce dont tu avais besoin, c'était de la possibilité de ne plus penser à elle. Pour…

— Hein ? Pour que je puisse penser à toi, *maman* ?

— Non, que tu puisses penser à toi, pour une fois. Que tu puisses être un petit garçon, simplement, sans avoir à t'occuper de personne.

— Quelle différence y avait-il entre te mettre au lit et la mettre au lit ?

Minnie sursauta. Elle déplia le pare-feu devant la cheminée et ramassa des papiers dispersés sur le canapé.

— Arrête, maintenant, dit-elle.

Elle semblait fatiguée, comme si elle n'avait plus aucune envie de se battre. Malgré tout, elle avait parlé d'une voix calme, la tête haute. La douceur et la fermeté de son ton attisèrent la violence de Daniel, comme toujours.

— Je sais que ça te fait mal. Je le comprends. J'aurais dû t'en parler quand tu es parti à l'université, mais j'ai pensé qu'il valait mieux ne pas te déconcentrer. Je suis désolée de la savoir morte. Je pensais qu'un jour, quand tu serais plus âgé, je t'expliquerais. Tu n'as pas idée du changement qui est survenu en toi dès que tu n'as plus eu à te soucier d'elle. Regarde ce que tu es devenu. Grâce à Dieu, tu seras bientôt avocat. Ta mère aurait été fière de toi. Tu étais un garçon plein de bonté, plein de gentillesse, mais il fallait te libérer d'elle, que tu puisses enfin choisir ta propre voie, pour une fois.

— J'ai fait tout ce chemin, répondit Daniel entre ses dents, pour te dire bien en face que je ne veux plus jamais te revoir ni te parler. Je ne veux plus un sou de toi. Je ne veux plus entendre parler de toi. Je te hais.

Minnie se redressa, la main sur l'accoudoir du canapé. Son visage était submergé par le chagrin. Daniel se souvint des nuits où elle pleurait, cette même expression dans le regard. Elle déglutit, les lèvres entrouvertes.

— Mon fils, je t'en prie. Reparlons de tout cela quand tu te seras calmé. Tu es bouleversé. Je veux que tu comprennes ce que j'ai fait. Je n'ai pas pensé à moi. Tu ne le savais pas, mais elle t'épuisait. Ton esprit s'écartelait, à devoir penser à elle. Une fois qu'elle n'a plus été là, tu as pu te concentrer. Vois où tu en es à présent. C'est grâce à toutes ces années de tranquillité, ces années où tu savais que tu n'avais pas besoin de fuir pour aller la retrouver.

— Mais tu ne comprends donc pas que j'avais besoin de ça. Elle est morte, et maintenant, c'est trop tard.

Daniel fit un pas vers Minnie. Elle leva le menton, comme pour anticiper un coup de poing. Il frissonna, les muscles de son cou rigides de tension.

— Alors je suis désolée, dit-elle. C'était peut-être une erreur de ma part. Je l'ai fait pour ton bien, mais je n'aurais pas dû te mentir, tu as raison. Je suis navrée.

À force de retenir ses larmes, Daniel avait la gorge en feu. Il se mordit les lèvres et tira la manche de son tee-shirt sur sa main droite. D'une seule détente de l'avant-bras, il balaya toutes les photographies posées sur la cheminée. Elles tombèrent sur l'âtre ; Blitz fit un bond et aboya lorsque les sous-verres se brisèrent.

Minnie porta les mains à ses lèvres.

— Non, tu n'aurais pas dû me mentir. Mais ce qui est fait est fait.

Il avança vers elle, les bras le long du corps.

— C'est la dernière fois que tu me vois. J'aimerais que tu sois morte.

Il partit, les joues de nouveau brûlantes de larmes, franchit le seuil de la ferme, descendit la colline. *Reviens, je t'en prie,* crut-il l'entendre crier.

Ses jambes tremblaient sous lui. Il vacillait, comme un blessé, mais le soleil derrière lui était tiède et rassurant. Il se passa la main sur le visage, pour essuyer ses larmes, comprenant que toute la chaleur, tout l'amour qu'il avait jamais connus étaient, de même, derrière lui, et qu'il leur tournait le dos

9

APRÈS AVOIR COURU, Daniel prit une douche et se rasa, une serviette nouée autour de la taille. En temps normal, il aurait été déjà en retard et se serait passé le rasoir sur les joues debout dans la cuisine, juste avant de prendre son petit déjeuner. Ce matin-là, il avait tout le temps devant lui. Il en profita donc pour se raser à l'ancienne, avec de la mousse à raser. La requête d'Irene avait été couronnée de succès. Sebastian devait témoigner dans la journée. Le verdict tomberait peut-être avant la fin de la semaine.

Daniel reposa le rasoir, s'essuya le visage. Les mains sur le bord du lavabo, il scruta son reflet : ses biceps saillaient. Il bomba le torse, retint sa respiration : les abdominaux se dessinèrent sous ses côtes. Son torse était glabre, hormis quelques poils au niveau du sternum et un triangle un peu plus fourni au-dessous du nombril. Il passa la main sur la peau de sa mâchoire, à présent lisse. La course l'avait rasséréné, même s'il n'avait pas complètement chassé le trouble de son esprit.

Cunningham était en train de conclure la vente de la ferme. Daniel n'avait jamais envisagé de la garder et cependant, chaque fois qu'il y pensait, son cœur se serrait de chagrin.

Il se regarda de nouveau dans le miroir, se souvint de la façon dont Minnie lui prenait le menton, entre l'index et le pouce, avant de lui dire qu'il était joli garçon. Il se rappela les photographies qu'il avait balayées du dessus de la cheminée. Et son visage, déformé par la douleur, comprenant qu'après tout ce qu'ils avaient vécu ensemble, elle l'avait tout de même perdu. Elle lui manquait, il fallait bien l'admettre. Au moment où, campé devant elle, il avait juré qu'ils ne se reverraient jamais plus, elle lui manquait déjà. Il avait contracté des prêts, passé ses nuits à travailler dans les bars de

Sheffield, bien décidé à finir ses études sans qu'elle lui verse un sou – bien décidé à se prouver qu'il n'avait pas besoin d'elle. Elle lui avait manqué alors, elle lui manquait encore.

Minnie avait voulu assister à sa remise de diplôme ; il le lui avait interdit. Il ne se l'était jamais avoué jusqu'ici mais ce jour-là, comme les autres, elle lui avait manqué. Il se souvint de l'avoir cherchée des yeux, inquiet, au cas où. Les autres parents étaient tous là, ainsi que les frères et les sœurs. Il avait bu du champagne tout seul avant de continuer avec l'une des serveuses.

Puis il avait commencé à travailler ; Minnie lui était sortie de l'esprit. Le succès n'avait pas tardé. Il avait remboursé ses prêts, acheté l'appartement du Bow.

Il reposa les mains sur le bord du lavabo et baissa la tête jusqu'à ne plus voir que ses yeux marron. Comment avait-il pu lui en vouloir pendant si longtemps, avec une telle intensité ? Il avait du mal à le comprendre. Le repentir ne suffisait pas. Il avait attendu davantage. Il n'avait jamais pris en compte ce qu'elle avait déjà perdu avant de la forcer à renoncer à lui aussi.

Il inspira longuement. Les remords lui pesaient tant qu'il n'avait nulle envie d'affronter une journée à laquelle il s'était, malgré tout, préparé.

Sebastian jouait à ciseaux, papier, caillou dans sa cellule avec le policier de garde. À genoux sur sa couchette, en veston et cravate, il gloussait. Les jurés devraient le voir tel qu'il est, songea Daniel. Non pas un monstre – mais un enfant encore charmé par des enfantillages.

— Danny, vous voulez jouer ? demanda le garçonnet.

— Non, il va falloir qu'on y aille.

Le juge avait répondu positivement à la requête d'Irene, certes, mais il était hors de question que l'enfant puisse comparaître en personne. Impossible de mesurer à l'avance les capacités de Sebastian à témoigner. De surcroît, il fallait tenir compte de quelques impératifs techniques. Sebastian était trop petit pour le box des témoins ; la cour n'aurait pu étudier les expressions de son visage. L'administration judiciaire avait souvent été critiquée, par le passé, pour le peu de considération qu'elle avait envers les très jeunes gens accusés de crimes ; le juge Baron n'avait pas l'intention de tendre le bâton pour se faire battre. La retransmission se ferait côté cour, hors du champ de vision, toutefois, du public.

En se rendant vers la salle 13, Daniel jeta un coup d'œil à son portable. Cunningham lui avait envoyé un message.

Contrats en bonne voie, signature fin de semaine. Rappelez-moi.

Daniel s'arrêta dans le grand couloir qui s'étendait sous ses yeux, fixa les arches de pierre. Pas maintenant. Pas maintenant. Il exhala, pinça les lèvres. Irene surgit à son côté.

Le jeune homme éteignit le téléphone et le glissa dans sa poche.

— Écoute, je veux que tu ne le quittes pas des yeux, ce matin. Au moindre signe de défaillance, nous pouvons arrêter. À toi, il parlera, il me semble, fit-elle.

— Je ne l'accompagne pas. Ils ont une assistante sociale.

— Je sais, mais il y aura de nombreuses pauses. Surveille-le.

— C'est ce que je ferai… Bonne chance, fit Daniel.

— Monsieur le juge, j'appelle à présent à la barre… Sebastian Croll.

Un éclair zébra l'écran ; le visage de Sebastian lui succéda. Les épaules bien droites, il arborait un demi-sourire.

— Sebastian ? l'interpella Philip Baron, qui s'était tourné vers le moniteur.

— Oui, monsieur ?

Daniel se carra dans sa chaise. *Oui, monsieur*. Durant les répétitions, Sebastian n'avait reçu aucun conseil sur la manière de s'adresser au juge. Daniel leva les yeux vers l'auditoire. Les rangées étaient pleines, l'ambiance électrique. La frustration des journalistes, tenus à l'écart de l'écran, était presque tangible. Les cous étaient tendus, les mains crispées sur la balustrade.

— J'ai une question à te poser. Sais-tu ce que signifie « dire la vérité » ?

— Oui, monsieur. C'est lorsqu'on ne ment pas.

— Et sais-tu la différence qu'il y a entre la vérité et le mensonge ?

— Oui, la vérité, c'est ce qui s'est vraiment produit et le mensonge, c'est le contraire.

— Et si tu promets de dire la vérité aujourd'hui, qu'est-ce que cela signifie, à ton avis ?

— Que je ne dois dire que la vérité.

— Parfait, dit Baron à la cour. Il peut prêter serment.

Irene se leva.

— Je veux d'abord que tu nous parles de ta relation avec Ben Stokes. Depuis combien de temps le connaissais-tu ?

— Trois ou quatre ans.

— Et comment décrirais-tu cette relation ? Dirais-tu que vous étiez amis ?

— C'était mon ami, mon voisin et nous étions dans la même école, énonça clairement le garçon.

— Tu jouais souvent avec lui ?

— Ça m'arrivait de temps en temps.

— De temps en temps, ça veut dire quoi ?

Le visage sur l'écran se fit pensif. Seb réfléchissait.

— Sans doute trois fois par mois, à peu près.

— Et que faisiez-vous ensemble ?

— Eh bien, à l'école, on jouait souvent au ballon, ou à chat. En dehors des cours, il venait à la maison ou j'allais chez lui parfois mais la plupart du temps, on jouait dehors.

— Sebastian, as-tu vu Ben le jour où il a disparu ?

— Oui.

— Peux-tu nous dire ce qui s'est passé ?

— Eh bien, comme je l'ai dit à la police, il faisait du vélo dans la rue et je lui ai demandé s'il voulait jouer avec moi. Pendant un moment, on est restés sur le trottoir puis on a décidé d'aller à l'aire de jeu.

— De qui venait la décision ?

— Oh, je crois qu'on était tous les deux d'accord.

Le juge s'interposa, ses bajoues rouges d'irritation.

— Mademoiselle Clarke, n'allez pas si vite. Vous oubliez que je dois prendre tout cela en note !

— Oui, monsieur le juge, désolée. Je me suis laissé quelque peu emporter… Bon, Sebastian, pas si vite, s'il te plaît. As-tu dit à ta mère que vous alliez à l'aire de jeu ?

— Non.

— Et pourquoi ?

— C'est dans le parc, c'est tout près. On serait rentrés avant qu'elle s'aperçoive de quoi que ce soit.

Daniel expira par le nez. Sebastian avait adopté un rythme plus lent, s'arrêtant après chaque phrase pour laisser au juge le temps d'écrire.

— Que s'est-il passé, une fois au parc ? poursuivit Irene après s'être éclairci la voix.

— On a filé à l'aire de jeu. Elle était fermée mais ce n'est pas difficile d'entrer. On a escaladé l'arbre à singes jusqu'en haut. À ce moment-là, en fait, je me suis mis à penser à ma mère. Elle s'était allongée un moment, elle avait un mal de tête. Je me suis dit que j'allais rentrer pour voir comment elle allait...

Daniel vit les épaules d'Irene se détendre. Le garçon était sur les rails.

— Mais le problème, c'est que Ben ne voulait pas que je rentre. Il a commencé à me pousser, à me donner des coups. J'avais peur qu'il me fasse tomber de l'arbre à singe. Il me donnait des coups de poing dans le ventre, me tirait les cheveux, essayait de se battre avec moi. Je lui ai dit d'arrêter mais il a continué. Alors, au bout d'un moment, je lui ai dit que ça n'était plus drôle du tout et que j'allais vraiment rentrer à la maison.

— Et alors ? fit Irene.

— J'allais descendre quand j'ai vu que Ben avait l'air vraiment triste que je le laisse tout seul. Il voulait rester dehors. Il m'a dit qu'il allait sauter de l'arbre à singe. Je l'ai mis au défi, même si je pensais qu'il n'oserait pas. Je crois qu'il voulait seulement m'impressionner. Je suis plus vieux que lui, ajouta Sebastian, un sourire aux lèvres. Il voulait m'empêcher de rentrer chez moi.

— Il a fini par sauter ?

— Oui, et il est mal retombé. Il s'est cogné le nez et le front, il a un peu saigné. Il s'est remis sur le dos et je suis descendu l'aider.

— De quelle manière l'as-tu aidé ?

— En fait, je n'ai pas pu faire grand-chose. J'ai des petites notions de secourisme mais ce n'est pas suffisant. Je me suis penché sur lui et j'ai essayé d'empêcher le sang de couler. Son nez pissait le sang... Il avait la figure toute rouge... Ça ne l'a pas empêché de se mettre en colère contre moi. Il m'a insulté. Je ne sais vraiment pas pourquoi, c'est lui qui a voulu sauter.

— Qu'as-tu fait ensuite ?

— Je l'ai laissé là et je suis parti en lui disant que j'allais raconter à sa mère qu'il m'avait insulté et frappé, mais ça, je ne l'ai pas fait.

Je me suis dit que j'allais peut-être avoir des ennuis parce que je ne m'étais pas laissé faire. Je ne sais pas qui l'a blessé à la tête mais, parfois, je regrette de l'avoir laissé tout seul dans le parc. Peut-être que j'aurais pu faire quelque chose…

— Pourquoi dis-tu cela ? demanda Irene.

Daniel devina au ton de sa question qu'elle redoutait presque la réponse de Sebastian.

Le garçon se servait des déclarations qu'il avait entendues, songea Daniel. Il cherchait une explication pour les traces de sang sur son tee-shirt. Et n'essayait-il pas d'imiter les témoins qui, comme Rankine, avaient exprimé le regret de n'être pas intervenus, ce jour-là ?

— Je ne savais pas que quelqu'un allait l'attaquer. Si nous nous étions raccommodés, si nous étions rentrés ensemble, il ne lui serait peut-être rien arrivé.

Sebastian dévisagea de nouveau la caméra. Daniel retint son souffle. Le demi-sourire s'était effacé de ses lèvres, les yeux verts semblaient pleins de larmes.

— Et quelle heure était-il lorsque tu as laissé Ben tout seul dans l'aire de jeu pour rentrer chez toi ?

— Quand je suis arrivé à la maison, il était dans les trois heures.

— Merci, Sebastian, dit Irene.

Et tout en se rasseyant, elle lança d'abord un regard rassurant à son assistant, Mark Gibbons, installé juste derrière elle, avant de regarder Daniel, un sourcil levé.

Après la pause, Gordon Jones se leva à son tour. Sebastian avait retrouvé son petit sourire. Daniel se pencha, fasciné.

— Sebastian, as-tu écouté les enregistrements de la police qui ont été diffusés au cours du procès – les bandes de tes interrogatoires de garde à vue ?

— Oui, monsieur.

— Je vais t'en lire un extrait. *Nous sommes allés à l'aire de jeu pour escalader les agrès, et là je suis rentré chez moi. Je voulais voir comment maman allait, si elle n'avait pas besoin d'un massage à la tête.* Tu te souviens d'avoir fait cette déclaration à la police ?

Sebastian hocha la tête sans ciller.

— Sebastian ? s'interposa le juge Baron. Je sais que cela peut te sembler bizarre de passer à la télévision, pour ainsi dire… Mais si tu pouvais énoncer tes réponses à haute voix, cela nous serait d'une grande aide. En d'autres termes, si tu...

— Ah, très bien, je comprends. Je ne dois pas faire oui de la tête, je dois parler.

— Exactement, dit Baron, qui adressa à ses notes un vague sourire, approbateur et crispé.

— Sebastian, reprit Jones, tu te souviens d'avoir tenu ces propos aux policiers qui t'interrogeaient ?

— Oui.

— Et ce n'est que plus tard, quand la police t'a expliqué qu'on avait trouvé le sang de Ben sur tes vêtements et tes chaussures et que ce sang était du sang expiré, que tu as modifié tes dires, pour insérer cette histoire de chute et de saignement de nez. Je ne me trompe pas ?

— Au commissariat, répondit l'enfant, j'ai eu très peur.

Ses yeux étaient immenses ; Daniel s'y plongea.

— Ils m'avaient enlevé tous mes vêtements ; je n'avais qu'une combinaison en papier... Et je n'avais pas le droit de revoir ma mère avant de répondre à leurs questions. Ils ne voulaient pas la faire venir. Je n'avais pas les idées très claires. J'avais très très peur, c'est tout.

De nouveau, les yeux démesurés semblèrent s'embuer.

Daniel sourit en son for intérieur. Sebastian allait vaincre Gordon Jones, il en était certain. Les flèches de l'accusation l'atteindraient, certes, mais sans l'abattre. Sebastian s'était souvenu de la réaction outragée de Daniel lorsque la police avait retardé l'arrivée de sa mère au commissariat et l'utilisait à présent à son avantage. Le témoignage de Baird, retourné par Jones, avait fait du tort à la défense, mais Sebastian avait les choses bien en main. Daniel avait défendu des adultes qui étaient loin d'avoir l'agilité intellectuelle du garçon.

— Peur ou pas, tu es en mesure de comprendre que tu as donné une version des faits à la police qui ne tenait pas debout ; et quand tu t'en es rendu compte, tu as changé de discours... Tu as menti. N'ai-je pas raison, Sebastian ?

— Je ne pense pas qu'on puisse dire ça. Je n'ai pas vraiment menti. J'avais peur, je n'avais pas les idées claires, j'ai confondu des choses, j'ai oublié des détails. Tout ce que je voulais, c'était voir ma mère.

— Sebastian, poursuivit Gordon Jones, le sang de Benjamin Stokes a été retrouvé sur ton tee-shirt, sur ton jean et sur tes baskets ; des lambeaux de ta peau ont été prélevés sous les ongles de Ben Stokes ; des fils qui venaient de ton pantalon ont été retrouvés sur la ceinture de celui de Ben, comme si – et je suis certain que tu as entendu ce que le médecin légiste suggérait à ce sujet – tu t'étais assis à califourchon sur Ben. Je vais donc te poser une question : as-tu frappé Ben Stokes au visage à l'aide d'une brique alors que vous étiez dans l'aire de jeu ?

— Non, monsieur.

— L'as-tu frappé au visage, occasionnant de ce fait une fracture de l'orbite et un traumatisme crânien d'une telle ampleur qu'il a causé la mort de Ben ?

— Non, monsieur.

La voix de Sebastian était plus forte, plus insistante, ses yeux ronds, immenses.

— Je crois que tu mens, Sebastian. Reconnais-tu avoir menti à la police ?

— Je n'avais pas les idées claires. Ce n'est pas mentir.

— Et à l'heure qu'il est, tu nous mens, n'est-ce pas ?

— Non, monsieur, non, répéta Sebastian.

La tête de l'enfant se pencha. Une petite main fine masqua son visage, l'index plié sur la paupière, comme pour essuyer une larme.

Pendant un instant, la cour écouta les reniflements du garçonnet, jusqu'à ce que le juge demande à l'assistante sociale qui tenait compagnie à Sebastian s'il fallait faire une pause.

Daniel vit la femme se pencher vers l'enfant, lui frôler le visage. Sebastian secoua la tête, avant de s'écarter.

Jones se mit à feuilleter son classeur. Allait-il continuer à piocher dans les transcriptions des interrogatoires de police ? se demanda Daniel.

L'avocat du Ministère public conserva le silence plus longtemps qu'il n'était nécessaire. Jones était un acteur : les gestes mesurés, il restait sous les projecteurs aussi longtemps qu'il le pouvait, accaparant l'attention des spectateurs.

— Sebastian, es-tu un garçon intelligent ?

— Je crois.

— C'est ce que pensent beaucoup de gens, en tout cas ?

— Je ne sais pas.

— Tes professeurs, par exemple ?

— Je crois.

— Et tes parents ?

— Mes parents, oui.

— Moi aussi, Sebastian, je dirais que tu es intelligent. Oui, un petit garçon très intelligent…

Le compliment fit sourire l'enfant, lèvres closes.

— Tu comprends très bien ce qui se passe ici, n'est-ce pas ? fit Jones, le ton lourd de menace. Tu as très bien compris ce que le docteur a dit des blessures de Benjamin et des traces de sang et d'ADN qu'on a retrouvées sur tes vêtements, n'est-ce pas ?

Sebastian hocha prudemment la tête.

— Oui, ajouta-t-il aussitôt.

— Tu regardes la télévision, Sebastian ?

— Oui.

— Tous les jours ?

— Oui ou presque.

— Combien d'heures par jour, Sebastian ?

— Je ne sais pas. Deux ou trois heures, je pense.

— Quel genre d'émission aimes-tu regarder ?

— Presque tout.

— Aimes-tu les films policiers ?

— Oui, certains.

— Les séries policières où il faut retrouver l'assassin ?

— Oui, parfois, oui.

— Je vois. Sebastian, t'intéresses-tu aux histoires de meurtre ?

— Mais ça intéresse tout le monde, dit le garçon.

Daniel retint son souffle.

— Je veux dire, il y a tellement d'émissions et de séries qui en parlent. Si ça n'intéressait personne, il n'y en aurait pas autant.

Daniel soupira de soulagement.

— As-tu entendu ce que le psychologue a dit il y a quelques jours de ton intérêt malsain… de ta curiosité morbide, disait-il… pour le sang, la mort, les blessures ?

Ces mots, Jones les prononça lentement, jouissant de la violence dramatique avec laquelle leurs voyelles faisaient vibrer la pièce.

— Oui, j'ai bien entendu mais je me suis dit qu'il ne me connaissait vraiment pas. On s'est vu deux fois seulement. Il ne connaît pas mes centres d'intérêt, ce que j'aime ou ce que je n'aime pas. Il ne sait rien de moi.

— Je vois, répéta Jones, comme pour lui-même. Le témoin est un expert qui ne connaît rien... et pourtant, il a émis une opinion sur le syndrome d'Asperger qu'un autre docteur a diagnostiqué chez toi. As-tu un syndrome d'Asperger, Sebastian ?

— Non !

Le visage du petit garçon se rembrunit ; les yeux verts s'assombrirent, les sourcils se froncèrent.

— Sais-tu en quoi cette maladie consiste, Sebastian ?

Tandis que le garçon restait muet, Irene bondit comme un diable hors de sa boîte.

— Monsieur le juge, avec votre permission, le docteur Baird a affirmé que Sebastian ne souffrait pas du syndrome d'Asperger, contrairement à ce que prétendait le psychologue scolaire.

Baron, une moue sur les lèvres, haussa les épaules.

— Oui, monsieur Jones, veuillez reformuler la question.

— Sebastian, puis-je te demander s'il est exact que tu n'as aucun ami ?

— Non, j'ai des amis.

— Je vois. Ce n'est pas l'avis de tes professeurs. Qui sont-ils, ces amis... Ben Stokes ?

— J'ai des amis.

— Je vois, je vois. Nous avons ton dossier scolaire ici. Les rapports disent que tu harcèles les autres élèves et que personne ne veut être ami avec toi parce que tu es méchant.

— Ce n'est *pas vrai.*

Sebastian articula ces deux derniers mots avec une fureur nette et contenue. *Chut,* murmura Daniel, les dents serrées. *Calme-toi, Seb. Tout va bien. Calme-toi.*

Irene se retourna à demi pour lui lancer un regard. Il la rassura d'un signe de tête. Même s'il n'en pensait pas moins.

— Est-il vrai, Sebastian, que lorsque tu te lies d'amitié, cela ne dure *jamais* longtemps ?

— C'est faux.

— Les autres enfants te fuient, Sebastian. Ce n'est pas vrai, peut-être ?

— C'est faux.

Le garçon n'avait pas élevé la voix, mais sa lèvre inférieure s'était retroussée, laissant voir ses dents, blanches, minuscules - des dents de brochet.

— Est-ce également faux de dire que lorsque les autres enfants commencent à te connaître, ils ne veulent plus te fréquenter ?

— Oui, c'est faux !

La cour était fascinée. Sur l'écran vidéo, les pommettes de Sebastian étaient rose vif.

— J'ai dans mon dossier des annotations qui ont été transmises par l'unité spéciale dans laquelle tu es actuellement incarcéré. Elles insistent sur ton incapacité à t'entendre avec les autres enfants et à te faire des amis...

Irene se leva de nouveau.

— Monsieur le juge, je proteste. Mon client est un enfant de onze ans, innocent, incarcéré dans une unité pour mineurs dont il est, et de loin, le plus jeune prisonnier. Les autres sont des adolescents souffrant de graves troubles du comportement. Il est, me semble-t-il, évident - et tout à son honneur - que mon client ne puisse se faire des amis dans un tel contexte.

Jones et Baron, après un bref silence, en convinrent ; Daniel sentit ses muscles se détendre.

— Revenons au meurtre de Ben... puisque tu t'intéresses aux histoires criminelles, Sebastian. Tu avais le sang de Ben sur tes vêtements et sur tes chaussures : quelle impression cela te faisait ?

— Je ne comprends pas.

La question de Jones, pour le moins spéculative, l'avait détourné un instant de sa colère.

— Tu dis que Ben s'est fait mal au nez et qu'il s'est mis à saigner sur tes vêtements et tes chaussures. Quelle impression cela faisait ?

— Ça allait. Ce n'est que du sang. Tout le monde en a dans les veines.

— Je vois. Si bien qu'en rentrant chez toi avec le sang de Ben sur tes vêtements, tu te sentais très bien ?

— Je ne me sentais pas mal. C'est une chose normale.

Le regard de Sebastian était fixé sur le coin supérieur de l'écran, comme s'il était plongé dans le souvenir. Un léger sourire était réapparu sur ses lèvres.

— Et quand Ben s'est fait mal, qu'as-tu ressenti ?

— Mais c'est lui qui avait mal, pas moi. Je n'ai rien senti.

— Et Ben, que ressentait-il, à ton avis ?

— Eh bien, il était tombé, il saignait. Mais ce sont des choses qui arrivent quand on reçoit un coup sur le nez. Oui... il y a des fois où on n'a même pas besoin de taper très fort... On donne juste une petite claque et les gens se mettent à saigner du nez. Le nez, c'est très fragile.

Une douleur vrilla Daniel à l'abdomen. Sebastian paraissait si loin. Prisonnier de son écran, habitant d'une autre dimension, imperméable à tous les efforts consentis pour le sauver. Il était hors d'atteinte, perdu. Les jurés entendaient un enfant dénué de toute empathie discutant de violence gratuite, mais - et Daniel le savait très bien - Sebastian venait de décrire les coups que King Kong infligeait à sa mère.

— Sebastian, est-ce toi qui as fait saigner Ben en le frappant sur le nez ?

Gordon Jones avait parlé si bas que Daniel s'étonna de ce que Sebastian ait pu l'entendre. Si l'enfant avait été présent, l'avocat du Ministère public n'aurait pu se permettre cet effet.

L'enfant secoua la tête.

— Non.

— Le sang... c'est une chose normale... Tout le monde en a dans les veines, répéta Jones. Cela ne te gênait pas d'avoir le sang de Ben sur toi. Cela t'est arrivé avec d'autres gens, Sebastian ?

— Mais oui... avec le mien. Si je me coupe.

— Je vois. Et d'autres gens ?

Le garçon réfléchit un instant, les yeux verts fixant le coin de l'écran, dans l'effort du souvenir.

— Oui, le sang de ma mère... Pas quand je suis né, ce n'est pas ce que je veux dire. Quand on vient au monde, il y a plein de sang, y compris sur le bébé... mais plus tard. C'est arrivé qu'elle se fasse mal et qu'elle saigne, et qu'elle me touche.

— Je vois. As-tu déjà fait saigner quelqu'un ?

Irene se dressa.

— Monsieur le juge, je conteste la pertinence de ces questions.

Baron hocha la tête, se racla bruyamment la gorge.

— Exact. Monsieur Jones, si vous pouviez essayer de ne pas dévier du sujet...

— Très bien, monsieur le juge. Sebastian, je vais te lire un extrait de ton interrogatoire. Tu vas me dire s'il est exact. *Question :*

Sebastian, de qui cela peut-il être le sang ? Tu as une idée ? Réponse : C'est le sang d'un oiseau. Question : Ah ? Tu as fait du mal à un oiseau ? Réponse : Non, mais une fois, j'en ai vu un qui était mort et je l'ai ramassé. Il était encore chaud et son sang était tout collant.

— Monsieur le juge…, commença Irene, de nouveau debout.

Le juge la fit taire d'un geste de la main.

— Je souhaite entendre la réponse, expliqua-t-il, mais je souhaite, monsieur Jones, que vous clarifiiez votre question. Mlle Clarke a raison.

— Oui, monsieur le juge.

Irene se rassit.

— Tu te souviens de ces questions, Sebastian ? demanda Jones.

— Oui.

— Qu'est-ce qui t'a fait croire que le sang sur tes vêtements venait de l'oiseau et non de Ben ?

— Je me suis trompé. L'oiseau, c'était un autre jour.

— Un autre jour ? Je vois. Est-ce toi qui as fait du mal à cet oiseau ?

— Non, dit Sebastian, qui se tut aussitôt, le regard pensif.

Il avait l'air d'un jeune martyr en butte aux persécutions, se dit Daniel. Sebastian se mordilla la lèvre inférieure avant de la libérer avec un petit bruit de succion – on aurait presque dit un baiser.

— Je l'ai un peu aidé…

— Parle-moi un peu de cet oiseau, Sebastian. Qu'as-tu fait pour que son sang se retrouve sur tes vêtements ?

À nouveau les yeux verts fixèrent le plafond ; le grand écran les faisait paraître immenses.

— En fait… c'était un oiseau que j'avais trouvé dans le parc. Un pigeon, je crois. Il avait l'aile cassée. Il tournait tout le temps sur lui-même, parce qu'il ne pouvait plus voler. Il allait forcément mourir. Il allait se faire manger par un renard ou par un chien, ou par un chat. Ou mourir de faim…

— Je comprends. Et donc, qu'as-tu fait ?

Jones, face aux jurés, tournait la tête vers la caméra chaque fois qu'il s'adressait à Sebastian.

— Je lui ai marché sur la tête, pour mettre fin à ses souffrances. Mais il n'est pas mort. Il bougeait encore les griffes.

Comme si les mots ne suffisaient pas, Sebastian leva ses mains devant son visage, doigts recroquevillés, frémissants.

— Alors il a fallu que j'en finisse avec lui.

— Comment as-tu fait ?

— Je lui ai arraché la tête. Après ça... il ne bougeait plus.

Le garçon leva les yeux.

— Mais j'avais du sang sur moi, le sang de l'oiseau, ajouta-t-il en se tournant vers la caméra.

Il se frotta les mains, comme pour les essuyer.

Daniel, lui, croisa les doigts sous la table, très fort. Ses paumes étaient moites.

— Pourquoi as-tu jugé nécessaire de tuer l'oiseau, Sebastian ? souffla Jones, sans regarder l'écran.

— Je vous l'ai déjà dit. De toute façon, il serait mort. Il fallait que j'abrège ses souffrances.

— Pourquoi ne pas l'avoir emmené chez le vétérinaire ? Pourquoi ne voulais-tu pas l'aider ? Pourquoi as-tu décidé de lui arracher la tête ?

— À mon avis, les vétérinaires ne s'occupent pas des pigeons qui ont les ailes cassées, répliqua le garçon d'un ton condescendant, comme s'il parlait à un enfant. Le véto l'aurait tué, lui aussi, mais il se serait servi d'une seringue.

Seringue. Le mot sembla percer la peau de silence qui enveloppait la salle du tribunal. Il y eut un vague brouhaha ; les spectateurs faisaient grincer leurs chaises.

— Qu'as-tu ressenti quand l'oiseau est mort ? poursuivit Jones.

— Il était encore petit et il est mort, c'est vraiment dommage. Mais il valait mieux qu'il ne souffre pas.

— Ben Stokes lui aussi était encore tout petit. Tu as eu du chagrin quand tu as su qu'il était mort ?

Sebastian cligna des paupières, deux fois, trois fois peut-être - inclina la tête vers l'épaule, comme s'il sentait déjà la main de sa mère plonger dans ses cheveux.

— Mais... moi aussi, je suis encore petit. Pourquoi les gens s'intéressent-ils autant à Ben ? Il est mort. Moi, je suis bien là.

Un curieux silence s'était emparé du tribunal.

— Pas d'autres questions pour le témoin, monsieur le juge, fit Jones.

— Mademoiselle Clarke ? reprit Baron.

Daniel, en apnée, la vit se lever. En dépit des déclarations de l'accusé, elle semblait forte, prête à l'assaut.

— Sebastian, articula-t-elle.

Sa voix, claire et nette, tira la cour de sa stupeur. Sebastian se retourna vers la caméra, les paupières battantes.

— Ben Stokes était ton ami. Qu'est-ce qui te plaisait chez lui ?

— Il était drôle... et il arrivait à faire des sauts périlleux arrière. Moi, je ne peux pas, ça me fait mal au cou.

— Vous êtes restés amis pendant presque quatre ans. Pendant tout ce temps, vous êtes-vous battus assez fort pour que l'un des deux se retrouve à l'hôpital, ou doive seulement se faire soigner par les parents ?

— Non, mais ça nous est arrivé de jouer à la lutte et de nous battre pour de bon, mais sans nous faire vraiment mal.

— Je vois. As-tu, le 8 août de cette année, tué Ben Stokes ?

— Non.

Sebastian, le menton sur la poitrine, paraissait serein.

— As-tu, le 8 août de cette année, frappé ton ami Ben Stokes au visage avec une brique, dans l'aire de jeu de Barnard Park ?

— Non !

Les lèvres du garçon formaient un rond ; d'effarement, il avait baissé les yeux.

Daniel sentit l'onde d'énergie qui imprégnait le tribunal changer. Tous – jurés, spectateurs en mezzanine – paraissaient choqués par la brutalité de la question d'Irene. Mais Daniel était fier de sa collègue. Le pigeon blessé pouvait s'effacer des mémoires, à présent.

— Pas d'autre question, monsieur le juge.

La vidéo, muette, grésillait. Sebastian fixa la caméra, les yeux luisants, un léger sourire sur ses lèvres encore très roses. Il se frotta la paupière droite, puis la gauche, avant de lever les yeux. Son visage blanc s'offrit une dernière fois à la contemplation du tribunal – puis l'écran s'éteignit.

Daniel sortit. Il avait besoin de prendre l'air. Il lui faudrait aller voir le garçon dans sa cellule du sous-sol avant la reprise des débats.

Le témoignage de Sebastian l'avait mis à rude épreuve. Il releva le col de son veston et regarda les nuages qui pesaient sur les toits.

Les souvenirs, récents et lointains, se mélangeaient dans son esprit. Il revit le visage immense de Sebastian sur l'écran, entendit le seau de fer tomber avec fracas sur le sol de la basse-cour, le choc de la bêche ; sous ses yeux, Minnie, de nouveau, tomba – trébucha, tomba sur sa mauvaise jambe, une fois qu'il se fut arraché à son étreinte.

Il lui avait fait mal, il s'en rendait compte à présent.

Les souffrances que le mensonge de Minnie lui avait causées lui importaient moins maintenant que la douleur qu'il lui avait infligée. Elle avait toujours agi pour son bien à lui. Il ne l'avait pas compris sur le moment, mais elle l'avait protégé. Il pensa à Minnie à l'agonie, pleine du désir de le revoir une dernière fois et sachant pourtant qu'il ne viendrait pas. Elle était la seule personne qui l'avait vraiment aimé, il en avait l'intime conviction. Il ferma les yeux, se souvint du poids tiède de la main de Minnie sur son front lorsqu'elle lui souhaitait bonne nuit. Même dans ses années de rage, il n'avait jamais douté de son amour. Il se prit à espérer qu'elle ait bien compris qu'il l'aimait, malgré toutes ces années qu'il lui avait refusées – à présent, cependant, il comprenait ce qu'elle avait fait pour lui.

Daniel descendit voir Sebastian, qui, comme la fois précédente, jouait dans sa cellule avec son gardien. L'enfant était volubile, débordant d'énergie. Il se leva sur la couchette, chercha à toucher le plafond. Les questions de Jones ne semblaient pas l'avoir affecté. Il avait déjoué certains pièges et s'était précipité dans d'autres, mais n'en était pas conscient, apparemment.

— Je ne me suis pas trop mal débrouillé ? demanda-t-il en levant vers Daniel un regard aux cils battants.

Ce dernier enfonça ses mains dans ses poches.

— Tu t'en es bien sorti.

Revenu à l'étage, Daniel appela Cunningham.

— Vous serez content d'apprendre que c'est fini, dit Cunningham. Je sais que vous pensiez qu'elle mettrait des siècles à trouver acquéreur, mais ça s'est passé bien plus vite que je ne le pensais. Vous remontez, ou vous préférez que je gère la chose ?

— Vous gérez, fit Daniel sans réfléchir.

Il se passa la main dans les cheveux, s'engouffra dans le couloir.

— Non, attendez, si c'est possible. Je vais peut-être revenir ce week-end. Je voudrais voir la ferme pour la dernière fois - c'est que… En fait, ça vous ennuie d'attendre ?

— Non, pas du tout. Je suis navré que la vente survienne à… à un moment aussi compliqué pour vous.

— Que voulez-vous dire ?

— Je vous ai vu à la télé. Le Tueur d'Angel. Vous suivez l'affaire.

Daniel inspira. Tout le monde avait un avis sur Sebastian. Et les jurés ? Que décideraient-ils ?

10

JONES PARCOURUT SES NOTES avec une expression de triomphe. La matinée devait être réservée aux plaidoiries et l'après-midi aux conclusions du juge. Lequel arriva peu après. La mezzanine se remplit. Daniel s'efforça de ne pas dévisager les journalistes.

Jones disposa son texte sur le pupitre et se tourna vers les jurés, les mains dans les poches, en équilibre sur ses talons. Comme il a l'air content de lui, songea Daniel.

— Vous avez entendu nombre de choses concernant les événements du 8 août dernier. Remettez-les-vous en mémoire… Sous vos yeux, l'accusé a reconnu qu'il avait joué avec le petit Ben Stokes ce jour-là. Un témoin l'a vu se battre avec Ben sur les pelouses du parc, une première fois, puis une seconde fois, plus tard, dans l'aire de jeu – là où le corps de Ben a été découvert.

« Le traumatisme dont Ben a été victime signifie que nous ne pouvons pas déterminer l'heure précise de l'agression, au contraire de celle de la mort, qui est survenue vers six heures de l'après-midi. Cela veut également dire que Ben a pu recevoir le coup qui lui a coûté la vie à n'importe quel moment dans l'après-midi. L'accusé prétend avoir un alibi – que lui fournit sa mère – à compter de trois heures de l'après-midi ; cela dit, elle vous a parlé du cocktail médicamenteux qu'elle a ingurgité ce dimanche 8 août et vous êtes en droit de vous demander si elle est fiable.

« Vous avez également écouté les médecins légistes, lesquels vous ont expliqué la manière dont le sang de la victime a pu se retrouver sur les vêtements de son assaillant. Je vous rappelle que l'accusé avait des traces de griffures sur les bras et des fils provenant du jean de la victime sur son pantalon, ce qui peut donner à penser qu'il est monté à califourchon sur la victime. Position qui aurait permis à l'accusé de faire usage de la pesanteur pour infliger un coup puissant et brutal au visage de sa victime, à la suite duquel le jeune Ben a souffert d'une hémorragie qui lui a été fatale.

« Le médecin légiste a spécifié que les traces de sang qui figuraient sur les vêtements de l'accusé résultaient "d'une attaque brutale dirigée vers le visage ou le nez, au cours de laquelle la victime a aspergé de sang son assaillant".

« Mesdames et messieurs les jurés, ne vous y trompez pas.

Jones se tut un instant, martelant le pupitre de son index. Il se pencha en avant, pour donner du poids à ses dires, fixant les membres du jury sans ciller.

— Ce meurtre-là n'a pas été chose facile. Il n'a jamais été question d'accident, de coup qui part trop vite, de faux pas. Le geste a été violent, l'acte sanglant et commis face à la victime.

« Vous avez entendu l'accusé dire qu'il était fasciné par le meurtre et la mort. Vous avez également entendu les experts certifier que l'accusé souffrait d'un trouble du comportement relevant du syndrome d'Asperger. Une pathologie qui l'incite à la violence. Une pathologie qui rend les relations amicales très compliquées. Mais qui ne l'empêche pas de mentir sur ses propres actes. Et mentir, c'est ce qu'il a fait lorsqu'il a déclaré, sous serment, qu'il n'avait pas tué la victime. Les voisins de la victime ont témoigné. Ils ont raconté comment leurs enfants avaient été harcelés par l'accusé, avant qu'il ne passe à l'étape suivante et assassine sauvagement Benjamin Stokes. L'accusé a menacé les filles des voisins avec un tesson de bouteille ; il a, de fait, harcelé et molesté la victime avant de la tuer, le 8 août dernier.

« Il faut que jeunesse se passe, dit-on : mais le comportement dangereux de ce jeune garçon-là était bien connu dans son quartier. Il a été jugé capable de ce meurtre odieux. Il s'est trouvé sur les lieux du crime : nous en avons des preuves matérielles. Nous savons que l'accusé et la victime se sont battus ; des traces de sang de la victime ont été retrouvées sur les vêtements de l'accusé.

« Sebastian Croll est un individu violent, maladivement fasciné par le meurtre. Et c'est bien un meurtre qu'il a commis le 8 août dernier.

« Je sais qu'une fois que vous aurez pris le temps d'analyser les faits, vous rendrez un jugement clair et net. Sebastian Croll… est coupable.

Daniel visualisait déjà les gros titres : UN ENFANT VIOLENT, MALADIVEMENT FASCINÉ PAR LE MEURTRE. Il se souvint du procès de Tyrel, de la violence supplémentaire infligée par le verdict.

À la pause, Daniel retrouva les Croll. Charlotte tremblait si fort que la peau de son visage frémissait. Il accompagna les parents de Sebastian à la salle d'attente. Kenneth Croll guidait sa femme par le coude. Il lui réclama un café : Charlotte n'arriva pas à introduire les pièces dans le distributeur. Daniel prit les choses en main, porta les gobelets dans le coin où Kenneth avait pris place, vautré dans une chaise, les jambes écartées, les mains croisées sur la nuque.

— Aurons-nous la possibilité de faire appel ? demanda-t-il.

— Nous en discuterons s'il est jugé coupable, rétorqua Daniel.

Un éclair de fureur passa dans le regard de Croll. Daniel ne baissa pas les yeux.

De retour au tribunal, Daniel trouva Irene nerveuse ; c'était la première fois qu'il la voyait dans cet état. Elle ne tenait pas en place, faisait tourner sa montre à son poignet. Impossible de lui parler, bien sûr. Elle lui lança cependant un regard.

— Bonne chance, articula-t-il sans bruit.

Elle eut un sourire et détourna la tête.

Lorsque le juge l'invita à prendre la parole, elle se leva, posa son cahier sur le pupitre. La salle fit silence tandis qu'elle regardait ses notes et passait mentalement ses arguments en revue. Lors du procès de Tyrel, Irene avait répété son plaidoyer devant Daniel la veille au soir. Il se souvint : elle avait ôté ses escarpins, faisait les cent pas sous ses yeux.

Enfin, elle se tourna vers les jurés.

— Sebastian… est un petit garçon.

Plus aucun signe de nervosité dans son maintien, épaules droites, menton levé.

— Sebastian a… onze ans. À dix-huit mois près, il ne comparaîtrait pas devant vous aujourd'hui. Sebastian est un enfant que l'on juge pour meurtre. On l'accuse d'avoir tué un autre enfant, un petit garçon encore plus jeune que lui.

« Le meurtre de Ben est une tragédie qui ne peut que nous briser le cœur… mais ce n'est pas en nous trompant de verdict que nous lui rendrons justice. Surtout si nous condamnons un autre enfant, un innocent.

« Les journaux aiment les histoires qui sortent de l'ordinaire. Je sais que vous avez lu des articles sur le meurtre de Ben dans les journaux, avant de venir siéger ici, avant même de savoir que vous seriez appelés à siéger. Des articles qui parlaient de la décomposition de la société, de la fin du modèle familial… et qui ne reculaient pas devant les mots de monstre, de perversité, de dépravation.

« Mesdames et messieurs les jurés, je dois vous rappeler que ceci n'est pas une histoire. Ce n'est pas la décomposition de la société que vous jugez. Là n'est pas votre rôle. Ce que l'on vous demande, c'est d'examiner les faits, tels qu'ils vous ont été présentés *dans cette salle,* et non pas dans la presse. Ce que l'on vous demande, c'est de considérer les preuves – toutes les preuves et uniquement les preuves – avant de décider de la culpabilité de l'accusé. Ou de son innocence.

« Durant ces journées d'audience, vous avez vu des images terribles et vous avez entendu des témoignages dérangeants. Lorsque l'on est confronté à des actes excessivement violents, il est normal de vouloir trouver les… responsables. Mais ce petit garçon n'est pas responsable de ces actes-là, dont on vous a décrit les conséquences.

« Revenons aux preuves. Quelles sont-elles ?

« Ce crime odieux n'a pas eu de témoin. Personne n'a vu l'attaque dont Ben a été victime. Un témoin a prétendu voir Sebastian et Ben se battre, en plein après-midi, le jour du meurtre, mais son témoignage n'est pas fiable. L'arme du crime a été retrouvée, mais elle ne porte aucune trace qui puisse conduire à un suspect. Ni empreinte digitale, ni ADN sur la brique qui a servi à tuer le petit Ben Stokes. Il a été victime d'un hématome au cerveau, ce qui signifie que nous connaissons à peu près l'heure de sa mort – six heures de l'après-midi – mais pas celle de son agression, pas celle du coup fatal. Sebastian est rentré chez lui vers trois heures de l'après-midi pour ne plus en sortir, bien avant que la disparition de Ben ait été signalée.

« Sebastian reconnaît s'être battu avec Ben plus tôt dans la journée. Il nous a expliqué comment Ben a sauté des agrès, qu'il s'est blessé et qu'il a saigné du nez. On a retrouvé sur les vêtements de Sebastian des taches du sang de Ben, des filaments de ses vêtements : mais pas plus que ce à quoi on peut s'attendre après quelques heures de jeu en extérieur avec deux garçons qui se disputent et un accident de bac à sable. Les experts convoqués par le Ministère public vous ont d'ailleurs dit que si Sebastian avait vraiment tué Ben à coups de brique, il y aurait sans doute eu beaucoup plus de sang sur ses vêtements. Ceux d'entre vous qui ont des enfants comprendront que l'état des vêtements de Sebastian, ce jour-là, est parfaitement compatible avec une séance de jeu un peu agitée.

« Ben a été tué d'une façon très brutale qui, de surcroît, demandait une force considérable. Je sais que vous mettrez en doute l'hypothèse pour le moins ridicule de l'accusation, qui attribue au petit garçon qui a comparu devant vous une force compatible avec cet acte. Nous savons que M. Rankine, le témoin de la bagarre dans le parc, est myope. Cet après-midi-là, ce n'est pas Sebastian qu'il a vu avec Ben dans l'aire de jeu. Mais a-t-il vu quelqu'un qui voulait s'en prendre à ce petit garçon de huit ans ? Il vous l'a dit : il est possible que la personne qu'il a aperçue soit un adulte de petite taille.

Irene tourna une page de son cahier. Elle inspira profondément, déglutit, fit un petit signe de tête aux jurés. Daniel les observait : ils étaient fascinés par Irene, ne pouvaient en détacher le regard – buvaient ses paroles.

— Vous avez également appris que Sebastian est affecté par un léger trouble du comportement que l'on désigne sous le nom de TED-NS – c'est une maladie appartenant au même groupe que le syndrome d'Asperger – et parfois, cela peut conférer à Sebastian une... certaine intensité, contrairement à la plupart des enfants de onze ans que vous connaissez. Cependant, si singulier qu'il puisse vous paraître, vous ne devez pas pour autant oublier les éléments de l'enquête. Sebastian... a eu le courage de vous raconter sa version des faits. Il n'avait pas besoin de témoigner, mais il a voulu le faire, pour que vous entendiez la vérité sur cette journée du 8 août, rapportée avec ses propres mots. Sebastian est certainement un enfant intense, mais ce n'est pas un assassin. Un enfant qui, à l'école, harcèle ses petits camarades, oui, peut-être... Mais pas un assassin.

« Les faits parlent d'eux-mêmes : si Sebastian avait tué Ben, il serait rentré chez lui ce jour-là couvert de sang des pieds à la tête. Il ne serait pas rentré à trois heures pour regarder la télévision avec sa maman. Sebastian est un enfant plutôt petit ; il n'aurait jamais pu manier l'arme du crime avec la force requise pour infliger un coup mortel à Ben. Mais surtout, rien n'indique que Sebastian ait pu manier cette brique et personne ne l'a vu attaquer Ben. On l'a vu, il est vrai, poursuivre Ben dans Barnard Park et se battre avec lui, mais cette altercation paraissait si anodine à l'homme qui les a vus que ce dernier n'a pas ressenti le besoin de séparer dans l'urgence les deux combattants ni de rapporter l'incident à la police. Le témoin du Ministère public est rentré chez lui et s'est installé devant la télévision parce que ce qu'il avait vu n'était pas le premier acte d'un meurtre, mais une dispute très ordinaire entre deux petits garçons – à laquelle, du reste, ils ont mis fin dès que ce témoin le leur a demandé.

« Mais il est une question plus essentielle. Qu'a fait la police pour s'assurer que justice soit faite dans cette affaire ? Je vous le rappelle, M. Rankine a reconnu qu'il avait peut-être vu un adulte vêtu d'un haut blanc ou bleu clair agresser Ben. Et comment a réagi la police ? Elle a fait analyser les vidéos des caméras de surveillance. Il n'y avait rien. Qu'a-t-elle décidé en conséquence ?

Irene tendit les mains vers les jurés, comme pour les mettre à contribution.

— Rien.

Elle haussa les épaules et se pencha sur le pupitre, comme résignée à une telle incurie.

— Manifestement, donc, c'est peut-être un agresseur adulte – un individu vêtu d'un haut blanc ou bleu clair – qui a agressé et assassiné Benjamin, après que Sebastian est rentré chez lui. Cette hypothèse non négligeable – et c'est un témoin de l'accusation qui l'a évoquée – n'a pas reçu l'attention qu'elle méritait. Sommes-nous certains que le jeune Sebastian Croll ait commis ce crime, ou est-il possible que le coupable soit quelqu'un d'autre ?

« En conséquence, vous ne pouvez que vous interroger : peut-on, oui ou non, condamner ce garçon sur des preuves comme celles-là ? Ne pensez plus aux journaux, ne pensez plus aux terribles photographies que vous avez vues, aux choses que vous avez entendues. Il vous faut maintenant considérer les preuves directes :

or, il n'y en a aucune. Aucune preuve que Sebastian ait tué Ben. Les traces de sang sur Sebastian ne correspondent pas à une blessure de ce type. Il n'y a pas d'empreintes sur l'arme du crime. Pas de témoin de l'agression. Vous en viendrez nécessairement à la seule conclusion possible

« L'accusation doit prouver la culpabilité de l'accusé sans aucun doute possible. C'est à l'accusation de collecter des preuves, pas à la défense. L'accusation a-t-elle joué ce rôle jusqu'au bout ? Ou doutez-vous des preuves indirectes qui vous ont été présentées ? L'accusé qui a comparu devant vous n'est pas un criminel endurci, un récidiviste. C'est... un petit garçon.

« Lorsque vous aurez fini de délibérer, je veux, mesdames et messieurs, que vous soyez certains - absolument certains - d'avoir rendu la justice. Je sais que vous analyserez les faits tels qu'ils sont, je sais que vous comprendrez que Sebastian... n'est pas coupable.

« Si vous croyez en l'innocence de Sebastian, vous devez l'acquitter. Si vous pensez qu'il est sans doute innocent, même chose. Même chose encore si vous vous dites qu'il est peut-être innocent, qui sait.

Irene regroupa ses notes sur le pupitre.

— Je vous remercie de votre attention.

Comme il fallait s'y attendre, l'exposé des conclusions du juge prit tout l'après-midi ; après quoi, les jurés se retirèrent pour débattre de leur verdict.

Daniel rentra au bureau, travailla tard puis passa au pub en bas de chez lui, avant la fermeture. Après avoir bu la moitié de sa bière, il envoya un SMS à Irene : *Je pense à demain. Pas sûr d'être d'attaque. Jspr que tu es OK.* Elle ne répondit pas.

Le lendemain était un vendredi. Daniel travailla au cabinet toute la matinée avant de recevoir le coup de fil tant attendu. Le jury avait pris sa décision.

Tous se rassemblèrent dans la salle 13. Les avocats, les familles, les journalistes, les spectateurs. Sebastian s'installa près de Daniel, attendant la décision qui allait déterminer le reste de son existence.

Une fois que tous furent assis, Daniel balaya la salle du regard. Les minutes s'égrenèrent, titubantes, en de futiles procédures. Daniel baissa les yeux vers le petit garçon, remarquant de nouveau la ligne fière du menton, les iris verts, juvéniles, méfiants, pleins d'espoir.

Il posa une main sur l'épaule de Sebastian. Le petit garçon avait l'air si chic, ce matin-là, avec sa chemise toute propre au col trop grand, sa cravate rayée. Sebastian regarda son avocat et lui sourit.

Le juge Baron se redressa sur sa chaise et considéra Sebastian et Daniel par-dessus ses lunettes.

— L'accusé peut rester assis.

Le greffier se redressa.

— Le délégué peut-il se lever ?

Le délégué était une femme d'un certain âge. Elle obtempéra, les mains croisées sur l'estomac.

— Avez-vous établi un verdict qui recueille l'assentiment de tous.

— Oui, dit la déléguée.

Elle s'exprimait avec clarté et distinction.

— Quel est-il ? Jugez-vous l'accusé Sebastian Croll coupable ou non coupable du meurtre de Benjamin Stokes ?

Daniel avait le souffle court. L'air était irrespirable. Pas une seule paire d'yeux dans le prétoire surpeuplé qui ne fût fixée sur les lèvres de la femme, dans l'attente de sa réponse. Quant à Sebastian, il émanait de lui une tension presque palpable.

Le jour où Tyrel avait comparu, Daniel s'était senti irrémédiablement séparé de son jeune client, impuissant. L'impression était encore plus terrible avec Sebastian à son côté, sentant le frôlement du bras de l'enfant, le balancement presque imperceptible de son corps, respirant l'odeur de ses cheveux propres. Il avait beau être tout près de lui, il ne lui était pas plus utile qu'à Tyrel.

Que l'enfant soit reconnu coupable, et le juge n'aurait de choix que de le condamner à la détention dans les prisons de la reine. La durée de la détention de Sebastian ne serait alors pas fixée par des professionnels de la justice, mais par le ministre de l'Intérieur. Le destin de l'enfant ne serait plus soumis à des décisions purement légales : il deviendrait un problème politique ; le ministre, sans doute, prolongerait sa peine pour apaiser la colère du public et des médias.

Daniel pensa aux années que l'enfant passerait dans des unités pour mineurs, avant d'atterrir dans une prison normale. Aux drogues qui lui seraient proposées. Aux amitiés qu'il nouerait et apprendrait à rompre. Au sentiment d'exclusion que lui inspirerait la société. Et bientôt le futur. Il y aurait toujours des barreaux dans son existence. La déléguée des jurés leva les yeux, croisant le regard du greffier qui l'avait interpellée.

Sebastian soupira tout en glissant sa main dans celle de Daniel. Daniel la caressa du pouce, comme Minnie l'aurait fait. Il se souvint des doigts calleux de Minnie frôlant sa peau d'enfant. C'était une réaction d'affection - une émotion qu'elle lui avait enseignée, après tout.

Les épaules d'Irene étaient parfaitement droites. Daniel aurait voulu lui prendre la main, à elle aussi.

— Non coupable.

— Est-ce un verdict unanime ?

— Oui, monsieur.

Il n'y eut pas de cris de joie. Le tribunal titubait sous le choc. Avant que les voix ne s'élèvent à nouveau, étouffées, lancinantes, comme une vague qui s'abat sur le rivage, il y eut un gouffre de silence. Il y eut des sanglots aussi, du côté de la famille de la victime, des protestations, des cris de rage.

Le juge Baron fit taire les clameurs.

— Nous sommes dans un tribunal, pas sur un terrain de football.

— Qu'est-ce que ça veut dire ? demanda Sebastian une fois que les jurés eurent été congédiés.

Le juge était parti, la mezzanine se vidait. Le petit garçon n'avait pas lâché la main de Daniel.

— Ça veut dire que tu rentres avec nous à la maison, mon chéri, dit Charlotte en attirant l'enfant à elle.

Ses paupières frémissaient sur ses iris immenses. Sebastian, fluet, épuisé, se pelotonna contre sa mère. Elle referma les bras sur lui, lui ébouriffa les cheveux.

Juges et avocats étaient sur le départ. Daniel suivit Irene et Mark dans l'immense vestibule d'Old Bailey.

Alors qu'il se dirigeait vers la sortie, Daniel sentit une main puissante s'abattre sur son épaule et le forcer à se retourner. Avant même qu'il puisse ouvrir la bouche, Kenneth King Croll lui avait serré la main et infligé une lourde claque dans le dos. Mark eut également droit à une vigoureuse poignée de main ; quant à Irene, King Kong la secoua gentiment par les épaules et l'embrassa sur les deux joues.

S'arrachant à l'étreinte de Croll, Irene se retourna vers Daniel, un sourire aux lèvres. Daniel aurait voulu la prendre dans ses bras. La présence de leurs clients l'en empêcha.

— Qu'est-ce que tu fais après ? demanda-t-il à Irene, tout en cherchant à croiser son regard.

— Oh, je vais certainement retourner au bureau. Je ne sais pas. Je suis vidée. Peut-être rentrer, quand même. Et toi ? Il va falloir que tu affrontes les ténors de la presse britannique…

— … et que je reste impassible.

— Tu veux que je t'attende, alors ?

— Sûr. Attends-moi, on ira prendre un verre quelque part. Ça va peut-être prendre un moment. Je vais essayer de faire court.

Après le départ d'Irene, Daniel revint vers l'entrée de la salle 13. Les parents de Ben Stokes venaient tout juste de sortir, en compagnie du policier qui leur avait été assigné. Daniel fut envahi par une vague de compassion. Paul tenait Madeline par les épaules – à vrai dire, il semblait plutôt la soutenir. Elle avançait à pas minuscules, la tête baissée, les cheveux rabattus sur le visage. À quelques mètres de Daniel, elle chassa les mèches. Il vit les yeux et le nez rougis, les joues affaissées. Ses yeux étincelèrent ; elle s'écarta de son mari. Daniel fit un pas en arrière : elle allait se jeter sur lui, c'était certain. Mais c'était Charlotte que Madeline visait. L'immense vestibule résonna soudain des cris de Madeline, qui avança une main aux doigts acérés vers la mère de Sebastian.

— C'est un monstre ! hurlait Madeline Stokes. Il a tué mon petit garçon…

Daniel allait prévenir les vigiles lorsque Paul Stokes prit sa femme par le bras. Elle replongea aussitôt dans sa torpeur, laissant son mari la guider vers la sortie.

— Charlotte, ça va aller ?

La mère de Seb avait ouvert son sac à main, fouillait fébrilement son contenu, qui se répandit en partie sur le parquet : une brosse, un miroir de poche, un crayon d'eye-liner, des stylos. Sebastian, souple, pliant les genoux à chaque plongée, se baissa pour les ramasser.

— J'ai... J'ai besoin de..., commença Charlotte.

— Nom de Dieu, espèce de folle, tu vas te calmer ? siffla son mari.

Daniel tendit la main vers Charlotte – trop tard. Les genoux de la jeune femme cédèrent ; elle s'affaissa, lâchant son sac, d'où s'échappèrent enfin les comprimés qu'elle cherchait. Sebastian les ramassa et les apporta au père.

— Tiens, dit-il.

Le visage de Kenneth vira pratiquement au violet : était-ce la gêne ou l'effort qu'il dut fournir pour relever sa femme ?

Un vigile s'approcha : avaient-ils besoin d'aide ?

— Non, ça va très bien, tonna Croll, qui se retourna aussitôt vers Daniel.

— Je peux vous demander de tenir compagnie à Sebastian pendant un moment ? Il faut que je la calme avant qu'on puisse sortir.

Daniel hocha la tête et les regarda s'éloigner. Sebastian avait levé les yeux vers lui, bras collés au corps, menton en l'air, si bien que son petit visage rond était tout entier tourné vers le jeune homme.

— Nous allons nous installer dans cette salle de réunion, cria Daniel à l'attention de Croll.

— On va en avoir pour une vingtaine de minutes.

Daniel consulta sa montre. Le garçon ne l'avait toujours pas quitté des yeux.

— Elle a une crise de panique. Elle ne peut plus respirer, elle devient toute pâle et elle commence à souffler bizarrement...

Sebastian se mit à mimer un accès d'hyperventilation. Il fallut que Daniel le prenne par l'épaule pour qu'il s'arrête, les joues cramoisies, au milieu d'une quinte de toux.

— Viens, fit Daniel en ouvrant la porte de l'une des salles de réunion.

Il salua l'agent de sécurité qui surveillait les accès.

— On va s'installer là et attendre que ta mère se sente mieux.

La porte claqua sur eux, les enfermant dans le cocon de la pièce, laquelle était dépourvue de fenêtre. Daniel se remémora la salle du crématorium où Minnie avait été incinérée. Les bruits d'Old Bailey – talons claquant sur les dalles, avocats bavardant au téléphone, juristes susurrant à l'oreille de leur client – étaient bannis du lieu.

Il y eut un silence tiède et fertile. Le garçon avait les yeux secs ; son pâle visage était pensif. Une expression qui rappela à Daniel leur première rencontre, au commissariat d'Islington.

— Est-ce que vous pensez que la plupart des gens étaient mécontents du verdict ? demanda l'enfant, les yeux fixés sur Daniel.

— Peu importe ce que pensent les autres. Tu as été brillamment défendu, et les jurés t'ont déclaré innocent. Maintenant, tu vas pouvoir reprendre une vie normale.

Sebastian se leva et, contournant la table, se planta près de la chaise de Daniel.

— Je ne voulais pas retourner à Parklands House.

— Bien sûr, dit Daniel, penché sur la table, si bien que son visage était à la hauteur de celui du garçon. Moi non plus, je n'avais aucune envie que tu y remettes les pieds.

Avec un soupir, le petit garçon se pelotonna contre Daniel, le front sur l'épaule du jeune homme. Daniel, qui avait plus d'une fois vu sa mère le consoler, savait quoi faire. Au bout d'un moment, il leva la main, passa les doigts dans les cheveux de l'enfant.

— Ça va aller, murmura Daniel. Tout est fini.

— Vous pensez que je vais aller en enfer ?

— Mais non, Seb.

— Comment le savez-vous ?

— Parce que ça n'existe pas, l'enfer. Enfin, pour ce qui me concerne, je n'y crois pas.

— Mais vous ne savez pas vraiment. Personne ne peut vraiment savoir. Croire, c'est juste penser que les choses sont ou ne sont pas.

— Tu vas sûrement penser que je suis têtu, mais je pense que je sais. Tout ça, pour moi, c'est n'importe quoi.

— Et Ben, il ira au paradis ? Tout le monde dit que c'est un ange.

— Écoute, Seb, je sais que ça a été très dur pour toi – on a parlé de la chose à la télévision, dans les journaux ; tous les gosses incarcérés à Parklands House parlaient de toi... Mais il ne faut pas que tu fasses attention à tout ce galimatias. Ces articles, c'est pour vendre des journaux. Il n'y a pas une once de vérité là-dedans.

— La vérité, répéta Sebastian d'un ton égal. Vous m'aimez bien, Daniel ?

— Oui, répondit ce dernier dans un souffle.

— Si je vous raconte quelque chose, vous m'aimerez encore ?

Daniel hocha la tête, après un instant de réflexion.

— C'est moi qui a frappé Ben au visage avec cette brique.

Daniel, le souffle coupé, regarda le petit garçon. La lumière se reflétait dans ses yeux verts. Un sourire presque imperceptible dansait sur ses lèvres.

— Tu m'as dit que tu étais rentré chez toi...

— C'est bon, dit l'enfant avec un rire franc. Il n'y a plus de souci. Ce n'est plus la peine de vous en faire pour moi.

Daniel acquiesça. Ses abdominaux étaient tendus à se rompre.

— Moi aussi, je vous aime bien. Je pense que vous êtes mon ami. Je suis content que vous ayez pu être mon avocat...

Daniel inclina la tête. Le col de sa chemise lui serrait la gorge.

— Qu'est-ce que ça veut dire... que c'est toi qui as frappé Ben au visage avec... cette brique ?

— Je n'aimais pas la tête qu'il faisait. Je ne voulais plus la voir. Il fallait que je la recouvre. Il n'arrêtait pas de gémir comme un bébé, ce petit morveux, il voulait rentrer chez lui. Je lui ai dit *d'arrêter de pleurnicher*. Je lui ai dit que s'il voulait rentrer, j'allais lui en donner, des *raisons de se plaindre*... Et je lui ai écrasé la tête d'un coup de brique. Là, il n'a plus dit un mot. C'est sûr, il avait arrêté de pleurer. Plus rien.

Les épaules de Daniel s'affaissèrent. Il soupira, desserra sa cravate. Penché sur la table, il plongea les doigts dans sa chevelure.

— Tu aurais dû m'en parler, Sebastian.

Sa voix résonnait dans la pièce, trop sonore.

— Tu aurais dû m'en parler dès le début. On aurait traité l'affaire autrement.

Sebastian, le sourire aux lèvres, se rassit en face de Daniel. Il était tout innocence - longs cils, taches de rousseur et cheveux bien peignés.

— Je me disais que si je vous en parlais, vous ne m'aimeriez plus. Je tenais à votre amitié.

— Sebastian, il ne s'agit pas d'aimer ou de ne pas aimer. Je te l'ai dit dès le début, il fallait que tu me dises tout. La vérité sans fard. Je suis ton avocat... Tu aurais dû m'en parler.

— Eh bien, maintenant, vous êtes au courant, fit Sebastian, la tête penchée sur le côté.

Daniel eut une nausée, une coulée de sueur glaciale dans le dos. Il pressa la langue sur son palais, pour contrôler ses émotions.

— Il faut que j'y aille, maintenant, dit Daniel. On va… retrouver tes parents.

Le garçon le fixait, les yeux levés. Daniel inspira. Que dire à cet enfant ?

Ils retrouvèrent une Charlotte à peu près remise, ployant en tous sens comme un tournesol, les yeux cachés derrière d'immenses lunettes noires. Kenneth la tenait toujours par le coude.

— Merci, Dan, fit Croll tandis que l'enfant changeait de mains.

Une familiarité déplacée qui fit tiquer Daniel.

— Tout va bien, petit ? beugla Croll.

Sebastian se faufila entre ses parents et leur prit les mains. Voir cette famille ainsi réunie donnait mal au cœur à Daniel. Il avait envie de détourner les yeux.

Mais ils eurent bien vite disparu, main dans la main, par les grandes portes d'Old Bailey. Avant d'être doucement dirigé vers la sortie, Sebastian lança un regard à Daniel.

Le jeune homme défit le premier bouton de sa chemise, ôta sa cravate et la fourra dans sa poche. Ses jambes flageolaient. Il avait eu la même sensation en quittant la ferme pour la dernière fois. Ce n'était pas la première fois qu'un client lui mentait. Il ne parvenait pas à comprendre pourquoi ce mensonge l'affectait à ce point.

Campé dans le riche vestibule de la Cour d'assises, il regarda autour de lui. Son échec se drapait d'un curieux soulagement. Quoi qu'il en soit, tout était fini.

Sur le perron, Daniel se livra à l'essaim des journalistes. Il faisait froid, la pluie menaçait et cependant, il sentit la chaleur des flashs. Aveuglé, il ne distinguait plus les visages qui se tournaient vers lui, seulement les micros dans leurs manchons de mousse.

— Nous sommes satisfaits de l'issue du procès. Mon client et sa famille ont hâte de retrouver une vie normale. Nos pensées, en cet instant pénible, sont cependant avec les Stokes.

Daniel se fraya un chemin entre les caméras.

— Quel effet cela fait d'avoir gagné ? Êtes-vous surpris ? beugla l'un des journalistes.

Daniel se tourna vers l'homme, conscient d'être trop près des objectifs. L'émotion qui se lisait sur son visage allait être enregistrée, diffusée, discutée aux informations, plus tard dans la journée.

— On ne peut pas parler de victoire. Un enfant est mort. Mais nous sommes heureux pour notre client que la justice ait pu suivre son cours.

D'autres questions fusèrent, au moment même où les Stokes sortaient à leur tour. Madeline avait retrouvé des couleurs, mais restait visiblement au bord des larmes ; Paul serrait les mâchoires, résolu. Daniel et l'avocat de la Couronne furent délaissés au profit des parents de la victime.

Daniel chercha Irene des yeux, en vain. Sur le trajet du métro, il la vit marcher devant lui. Elle avait l'air accablé, le front baissé.

— Tu n'avais pas dit que tu m'attendrais ? la héla-t-il, en accélérant le pas pour la rattraper.

— Mon Dieu, te voilà. Je ne savais pas où tu étais passé.

Elle chassa une mèche qui lui tombait sur le visage.

— Ça va ? demanda Daniel, croisant son regard las.

— Difficile à dire, répondit-elle avec un curieux sourire. Je me sens bizarre. Ce n'est sans doute que de la fatigue.

— Tu as gagné.

— Nous avons gagné, répliqua-t-elle, une main sur le revers de son costume.

Elle était bien agréable, la pression de la paume d'Irene sur son torse. Il eut le désir fugitif de l'attirer à lui, de l'embrasser.

Il inspira, ouvrit la bouche pour lui rapporter l'aveu de Sebastian puis se ravisa. Elle était la seule personne à laquelle il voulait en parler, la seule qui comprendrait. Oui, il finirait par lui dire : mais pas maintenant. Ils avaient eu assez d'émotions fortes pour la journée, l'un comme l'autre.

— Comment t'en es-tu tiré ?

Elle désigna la foule des journalistes.

— Sans problème. Tu sais comment ça se passe : ils sont déjà passés aux Stokes.

Elle détourna les yeux.

— J'ai le cœur brisé quand je pense à eux. Ils n'ont aucun recours. Leur fils est mort et personne n'a été puni.

Daniel frissonna dans le froid humide de novembre, cherchant à se débarrasser du souvenir des aveux murmurés de Sebastian. Il glissa les mains dans ses poches, leva les yeux vers le ciel sombre.

— Mais voilà, nous formons une bonne équipe.

Leurs regards se croisèrent. Il hocha la tête. Elle reposa une main sur le col de son veston.

Soudain il sentit le poids de la jeune femme se reporter sur lui. Elle se haussa sur la pointe des pieds et lui baisa les lèvres.

Les siennes étaient froides. Daniel sentit les premières gouttes de pluie lui tomber sur le crâne, le visage. Il était trop électrifié pour lui retourner son étreinte, mais resta tout contre elle jusqu'à ce qu'elle recule.

— Désolée, dit-elle en détournant la tête, les joues roses, les cheveux lui balayant les yeux.

La main de Daniel frôla le cou d'Irene, son pouce lui caressa le menton. Qu'allait-il se passer désormais, il n'en avait aucune idée. Mais cela aurait du sens.

Épilogue

DANIEL ARRIVA À BRAMPTON AVEC LA FIN DE LA PLUIE. Soudain, il fut submergé d'une sérénité peu commune. Le procès avait pesé sur son esprit jusqu'à la Cumbrie.

Avait-il jamais cru en l'innocence de Sebastian ? Il n'en était pas certain. À vrai dire, hors du procès, cela n'avait pas eu d'importance. Mais maintenant que l'enfant, libre, avait avoué son crime, Daniel se sentait responsable. Il pensa à Paul et Madeline Stokes, et à leur chagrin qu'aucune condamnation ne pouvait arrimer. Sebastian avait besoin d'un suivi, assurément : mais Daniel ne pouvait plus rien pour lui. Restait à espérer que les experts et autres professionnels qui s'étaient penchés sur son cas comprendraient qu'il fallait l'aider.

Daniel n'aurait pas mieux vécu un verdict de culpabilité. Il connaissait trop bien les unités de détention pour mineurs, les centres fermés et les prisons pour ignorer ce simple fait : les lieux de détention où l'on envoyait, pour les punir et les redresser, des adolescents déjà brisés, aux prises avec des problèmes inextricables, ne faisaient qu'aggraver leur cas.

Dans les rues de Brampton, Sebastian semblait si loin : douloureusement ténu, comme une note de musique difficilement perceptible. L'hiver approchait ; le vent avait libéré les arbres de leurs feuilles. Leurs ramures se découpaient sur le ciel, comme des poumons. Daniel entendit la pluie lécher les pneus tandis qu'il traversait le village. Il inspira profondément, bloqua sa respiration – quelle conversion inattendue aurait eu lieu si Sebastian avait croisé sa Minnie ?

Il essaya de chasser l'enfant de son esprit, se remémora le goût des lèvres d'Irene, la veille au soir, sourit.

Il se gara près de la ferme. La basse-cour avait été nettoyée, le vieux poulailler détruit. La terre du jardin avait été retournée, l'herbe tondue devant la maison. La terre sentait le propre. Il faisait froid : il sortit son trousseau de clefs et, pour la dernière fois, franchit le seuil.

Les choses avaient changé. Il n'y avait presque plus trace de Minnie ici. Les carrelages étaient immaculés, la salle de bains et la cuisine embaumaient l'eau de Javel. Jamais il n'avait vu la vieille cuisinière électrique briller d'un tel éclat. Il passa l'index sur son couvercle blanc, se souvint des plats qu'elle lui préparait autrefois : les tourtes à la viande, les *fish and chips*, les rôtis, les pâtés en croûte.

Les fenêtres avaient été repeintes. Il n'y avait plus rien sur la table de la cuisine, ni dans le réfrigérateur, porte grande ouverte, casiers nettoyés. Il devait rencontrer Cunningham plus tard dans l'après-midi pour la signature des contrats et la remise des clefs. Il se souvint de son premier retour, quelques mois plus tôt, encore habité par la colère – par la douleur aussi, mais il n'avait pas voulu l'admettre. Videz la maison, avait-il demandé alors, faites-la nettoyer. À présent, il aurait voulu revoir ses piles de journaux, ses bocaux remplis de boutons dépareillés, ses vieux vêtements, ses 33 tours sur lesquels il ne fallait pas laisser de marques de doigts – et les animaux qui avaient partagé sa vie alors que lui, Daniel, lui avait tourné le dos.

Une douleur le prit à la gorge. Il ouvrit la porte du salon : la pièce était vide. Disparus, son vieux canapé, sa télévision obsolète et son magnétoscope, ses photographies, ses tableaux, disparu le tabouret sur lequel elle posait ses pieds à la peau cornée, aux ongles épais.

Le plancher avait été éraflé par les pieds du piano ; à l'endroit où le coffre de l'instrument l'avait protégé de la lumière du jour, le bois était plus sombre. Daniel se couvrit les yeux des deux mains. *Je suis désolé, maman*, murmura-t-il dans la ferme déserte, silencieuse, la gorge serrée, tandis que des larmes ruisselaient, brûlantes, sur son visage. *Pardon. Pardon.*

Ses pieds nus pressaient sur les pédales. Elle avait les jambes écartées ; le tissu de sa robe lui tombait entre les cuisses. Elle redressa les épaules, rejeta la tête en arrière avec un grand rire en enfonçant les touches.

— Quand avez-vous appris à jouer ? lui demanda-t-il.

Il était couché sur le divan et la regardait jouer, les mains derrière la tête.

— Quand j'étais petite. Mon père aimait jouer, il nous a donné des cours, à ma sœur et à moi... il nous emmenait souvent au concert... et nous passait des disques ; il fallait rester sans rien dire, bien sagement, à les écouter. Certains des disques que tu vois ici me viennent de lui. Je les écoutais déjà enfant.

Minnie se pencha vers Daniel, la main droite faisant sonner les touches, l'index gauche pressé sur les lèvres.

— Tu veux que je t'apprenne ?

Il fit non de la tête.

— Elle jouait du piano, votre fille ?

Minnie ne répondit pas.

Daniel ne savait toujours presque rien de la petite fille dont il avait voulu voler le papillon ; pourtant, le bibelot le faisait invariablement penser à elle.

— Elle jouait un petit peu, finit par répondre Minnie, qui se remit aussitôt à jouer, très fort, de sorte qu'il en sentait les vibrations à travers les ressorts du canapé. Il en avait des démangeaisons dans le cuir chevelu. Il vit les joues de Minnie s'empourprer, ses yeux s'embrumer de larmes. Puis, comme toujours, elle renversa la tête et partit d'un grand rire. Elle se tourna vers la fenêtre, ses mains puissantes plaquées sur les touches.

— Ah, allez, viens, Danny. Viens près de moi, on va voir ce que tu sais faire.

De nouveau, il secoua la tête.

— Mais je t'ai entendu jouer l'autre fois, tu sais. Tu croyais que j'étais sortie, mais je t'ai entendu essayer de jouer. Le piano ne va pas se casser, hein. Je peux t'apprendre un air, ou tu peux te lancer à ta manière. Peu importe. Ça fait du bien, parfois, de faire un peu de boucan. Oui, ça peut arrêter d'autres bruits dans la tête. Tu verras. Viens t'asseoir là.

Elle se décala sur le long tabouret de piano et tapota le coussin. La bagarre de Daniel avec ses camarades d'école et sa fugue à Newcastle ne dataient que de quinze jours. Son nez lui donnait encore des sensations curieuses. Il s'assit près de Minnie, renifla et regarda les touches. Elle sentait la laine humide et sa hanche était douce et rebondie contre la sienne.

— Tu veux que je t'apprenne un petit air facile, ou tu veux juste faire un peu de bruit ? Moi, les deux me vont.

— Alors, apprenez-moi quelque chose, répondit-il d'une voix calme en plaquant les doigts sur les touches.

Il écouta les sons creux et solitaires qui s'échappaient du piano.

— Parfait. Bien. Regarde le clavier. Il y a des touches blanches et des touches noires. Tu ne remarques rien sur la répartition des touches noires ?

Daniel les effleura du doigt.

— Certaines sont groupées par deux et d'autres par trois.

— Mère de Dieu, tu es vraiment futé, toi. C'est toi qui devrais me donner des cours, vrai !

Elle rit. Daniel, tête levée, lui répondit d'un sourire. Placé comme il l'était, il voyait la brèche dans sa dentition – une prémolaire manquante, en haut.

— Maintenant, écoute bien.

Elle tendit la main vers la partie supérieure du clavier, penchée vers le garçon, de sorte que leurs visages étaient soudain presque collés l'un à l'autre. Elle enfonça les touches puis fit descendre sa main le long du clavier, avant de jouer dans les graves.

— As-tu remarqué la différence de son ? lui demanda-t-elle.

Ses yeux semblables à des billes, dures, translucides, étaient si proches de ceux de Daniel qu'il put voir les cercles bleu foncé de ses iris clairs.

— Ici, le son est grave et là, il est aigu, répondit-il en désignant les extrémités du clavier.

— Exactement ! Les sons les plus aigus dans la partie gauche, les graves dans la partie droite. Tu as ça dans la peau, on dirait ! Bien, on va tenter un duo.

Patiemment, elle fit sonner les touches du haut du clavier, leur donna même des numéros, pour indiquer au garçon l'ordre dans lequel il fallait jouer. Puis elle commença à jouer une mélodie sur les touches basses et lui montra quand jouer, essaya même de l'inciter à utiliser trois de ses doigts en même temps. Il préféra frapper du seul index, prenant du plaisir à entendre la note glaciale qu'il produisait ainsi.

Ils poursuivirent leur petit concert pendant quelques minutes : elle jouant dans les graves et lui donnant des coups de coude dans les côtes et criant : *Maintenant, vas-y* ! avec ses drôles de voyelles irlandaises, chaque fois qu'il fallait à Daniel jouer les notes aiguës qu'elle lui avait montrées. La mélodie, lui dit-elle, s'appelait *Heart and Soul.*

Bientôt, cependant, il se lassa de l'exercice, écrasa le clavier de ses paumes. Boum, boum, boum, touche après touche. N'allait-elle pas se fâcher ? Il ne la connaissait pas si bien que cela. Il la regarda : ses yeux étaient tout étoilés de joie. Elle se mit elle aussi à taper sur ses touches, si bien que les notes graves vinrent se mêler aux piaillements et autres jappements que produisait le garçon. Le boucan fit fuir Blitz du salon. Elle se mit à chanter à tue-tête, des paroles anciennes – peu importait lesquelles ; il lui emboîta le pas jusqu'à en perdre la voix, jusqu'à ce qu'ils en aient tous deux les oreilles qui sifflent et les joues inondées de larmes, tant ils riaient.

Puis ils se turent ; elle le serra contre elle. Fatigué, il se laissa faire. Tandis que les accords refluaient dans ses tympans, il lui vint une pensée, aussi nette, aussi claire que la plus haute note du clavier. Il l'aimait bien, Minnie, il voulait rester chez elle. Pensée qui résonna lentement dans son esprit, qui l'apaisa enfin. Il effleura la lame d'ivoire sur les touches de bois, les doigts encore frémissants du châtiment qu'il leur avait infligé.

Remerciements

Tout d'abord, je voudrais remercier mon éditrice, Emma Beswetherwick, dont le soutien et la créativité ont été constants, et toute l'équipe de Piatkus, à l'enthousiasme sans faille.

Ils sont nombreux, ceux qui m'ont fait don d'un peu de leur temps pour enrichir mes recherches – lesquelles m'ont permis d'assigner à mes personnages des sphères plus crédibles. Je voudrais tout particulièrement remercier Kate Barrie, Lain Cockbain, Jason Cubbon, Jacinta Jones, Eileen Leyden, John Leyden, Sarah Long, Alastair et Juliette MacDonald, Sandra Morrison, Laura Stuart, Sarah Stuart et Scott. A. Ware : ils m'ont fourni de précieuses informations sur à peu près tout, du monde du droit aux accents régionaux, en passant par la musique et à la touche locale. Il me faut distinguer Gerry Considine, qui m'a expliqué le travail d'un avocat spécialiste de droit pénal, ainsi que Liz et Alan Paterson, qui m'ont éclairée sur les problèmes relatifs à l'aide sociale.

Écrire, c'est se condamner à une certaine solitude. Mais auraitelle été aussi créative dans mon cas sans mes nombreux amis, parents et collègues, qui n'ont jamais – au contraire du malheureux auteur – perdu confiance en ce projet. Qu'ils soient donc remerciés, eux aussi ! Paul Ballantyne, Russell Ballantyne, les sœurs Darroch (Mairi, Jane et Val), Marie Kobine, Tim Laver, Helen Leyden, Erin MacLean, Jennifer Markey, Julie Ramsay, Ian Thomson, Gordon Webb.

Ce sont les lecteurs, cependant, qui bouclent la boucle. C'est envers mes tout premiers lecteurs que ma dette est la plus grande. Sans leurs critiques et leurs encouragements, j'aurais sans doute cessé d'écrire. Merci à vous, Kent et Mary Ballantyne, Rita

Balneaves, Mary Fitzgerald-Peltier, Mark Kobine, Phil Mason et Elizabeth McCrone ! Sans vous, ce livre n'aurait pas vu le jour.

J'ai également lu, au cours de mes recherches, *Meurtrière à onze ans*[1] *(The Case of Mary Bell)*, de Gitta Sereny, et *As If*, de Blake Morrison. Je voudrais ici remercier ces deux auteurs des portraits qu'ils tracent d'enfants judiciables – différents, certes, mais aussi émouvants l'un que l'autre.

Last but not least, un immense remerciement à mon merveilleux agent, Nicola Barr – infiniment futée, infiniment fidèle, jamais avare d'encouragements.

1. Publié en français en 1975 chez Denoël.

Collection « Littérature étrangère »

ADAMS Poppy
Le Temps des métamorphoses

ADDERSON Caroline
La Femme assise

AGUÉEV M.
Roman avec cocaïne

ALI Monica
Sept mers et treize rivières
Café Paraíso
En cuisine
La Véritable Histoire de Lady L.

ALLISON Dorothy
Retour à Cayro

ANDERSON Scott
Triage
Moonlight Hotel

ARLT Roberto
Les Sept Fous
Les Lance-Flammes

ARPINO Giovanni
Une âme perdue
Le Pas de l'adieu
Mon frère italien

AUSLANDER Shalom
La Lamentation du prépuce
Attention Dieu méchant
L'Espoir, cette tragédie

BAXTER Charles
Festin d'amour

BENIOFF David
24 heures avant la nuit

BLOOM Amy
Ailleurs, plus loin

BROOKNER Anita
Hôtel du Lac
États seconds
La Vie, quelque part
Une chute très lente
Une trop longue attente
Fêlures
Le Dernier Voyage

BROOKS Geraldine
Le Livre d'Hanna
La Solitude du Dr March
L'Autre Rive du monde

BROWN Clare
Un enfant à soi

CABALLERO Antonio
Un mal sans remède

CAÑÓN James
Dans la ville des veuves intrépides

CASH Wiley
Un pays plus vaste que la terre

CONNELL D. J.
Julian Corkle est un fieffé menteur
Sherry Cracker et les sept voleurs

CONROY Pat
Le Prince des marées
Le Grand Santini

COURTENAY Bryce
La Puissance de l'Ange

CUNNINGHAM Michael
La Maison du bout du monde
Les Heures
De chair et de sang
Le Livre des jours
Crépuscule

DORRESTEIN Renate
Vices cachés
Un cœur de pierre
Sans merci
Le Champ de fraises
Tant qu'il y a de la vie

DOUGHTY Louise
Je trouverai ce que tu aimes

DUNANT Sarah
La Courtisane de Venise
Un cœur insoumis

DUNMORE Helen
Un été vénéneux
Ils iraient jusqu'à la mer
Malgré la douleur
La Faim
Les Petits Avions de Mandelstam
La Maison des orphelins

EDELMAN Gwen
Dernier refuge avant la nuit

ELTON Ben
Nuit grave
Ze Star

FERRARIS Zoë
La Disparue du désert
Les Mystères de Djeddah

FEUCHTWANGER Lion
Le Juif Süss

FITZGERALD Helen
Le Don

FLANAGAN Richard
La Fureur et l'Ennui
Désirer

FREY James
Mille morceaux
Mon ami Leonard

FROMBERG SCHAEFFER Susan
Folie d'une femme séduite

FRY Stephen
L'Hippopotame
Mensonges, mensonges
L'Île du Dr Mallo

GALE Patrick
Chronique d'un été
Une douce obscurité
Tableaux d'une exposition
Jusqu'au dernier jour

GARLAND Alex
Le Coma

GEE Maggie
Ma bonne

GEMMELL Nikki
Les Noces sauvages
Love Song

GILBERT David
Les Normaux
Les Marchands de vanité

GUSTAFSSON Lars
La Mort d'un apiculteur

HAGEN George
La Famille Lament
Les Grandes Espérances du jeune Bedlam

HOMES A. M.
Mauvaise mère

HOSSEINI Khaled
Les Cerfs-Volants de Kaboul

Mille soleils splendides
Les Cerfs-Volants de Kaboul (roman graphique)

HUTCHINS Scott
L'Amour comme hypothèse de travail

JOHNSTON Jennifer
Petite musique des adieux
Ceci n'est pas un roman
De grâce et de vérité
Un Noël en famille

JONES Kaylie
La fille d'un soldat ne pleure jamais
Dépendances

JORDAN Hillary
Mississippi
Écarlate

KAMINER Wladimir
Musique militaire
Voyage à Trulala

KANON Joseph
L'Ultime Trahison
L'Ami allemand
Alibi

KENNEDY Douglas
La Poursuite du bonheur
Rien ne va plus
Une relation dangereuse
L'homme qui voulait vivre sa vie
Les Désarrois de Ned Allen
Les Charmes discrets de la vie conjugale
Piège nuptial
La Femme du Ve
Quitter le monde
Cet instant-là

KLIMKO Hubert
La Maison de Róza
Berceuse pour un pendu
Les Toutes Premières Choses

KNEALE Matthew
Les Passagers anglais
Douce Tamise
Cauchemar nippon
Petits crimes dans un âge d'abondance
Maman, ma sœur, Hermann et moi

KOCH Herman
Le Dîner
Villa avec piscine

LAMB Wally
Le Chant de Dolorès
La Puissance des vaincus
Le Chagrin et la Grâce

LAW Benjamin
Les Lois de la famille

LAWSON Mary
Le Choix des Morrison
L'Autre Côté du pont

LEONI Giulio
La Conjuration du Troisième Ciel
La Conspiration des miroirs
La Croisade des ténèbres

LI YIYUN
Un millier d'années de bonnes prières
Un beau jour de printemps

LISCANO Carlos
La Route d'Ithaque
Le Fourgon des fous
Souvenirs de la guerre récente
L'Écrivain et l'Autre
Le Lecteur inconstant suivi de *Vie du corbeau blanc*

LOTT Tim
Frankie Blue
Lames de fond

Les Secrets amoureux d'un don Juan
L'Affaire Seymour

MADDEN Deirdre
Authenticité

MARCIANO Francesca
L'Africaine
Casa Rossa
La Fin des bonnes manières

MCCANN Colum
Danseur
Les Saisons de la nuit
La Rivière de l'exil
Ailleurs, en ce pays
Le Chant du coyote
Zoli
Et que le vaste monde poursuive sa course folle

MCCOURT Frank
Les Cendres d'Angela
C'est comment l'Amérique ?
Teacher Man, un jeune prof à New York

MCGARRY MORRIS Mary
Mélodie du temps ordinaire
Fiona Range
Un abri en ce monde
Une douloureuse absence
Le Dernier Secret
À la lueur d'une étoile distante

MERCURIO Jed
La Vie sexuelle d'un Américain sans reproche

MILLS Jenni
Le Murmure des pierres

MORTON Brian
Une fenêtre sur l'Hudson
Des liens trop fragiles

MURAKAMI Haruki
Au sud de la frontière, à l'ouest du soleil
Les Amants du Spoutnik
Kafka sur le rivage
Le Passage de la nuit
La Ballade de l'impossible
L'éléphant s'évapore
Saules aveugles, femme endormie
Autoportrait de l'auteur en coureur de fond
Sommeil
1Q84 (Livre 1)
1Q84 (Livre 2)
1Q84 (Livre 3)
Chroniques de l'oiseau à ressort
Underground

MURRAY Paul
Skippy dans les étoiles

NICHOLLS David
Un jour
Pourquoi pas ?
Pour une fois

O'CONNOR Scott
Ce que porte la nuit

O'DELL Tawni
Le Temps de la colère
Retour à Coal Run
Le ciel n'attend pas
Animaux fragiles

O'FARRELL Maggie
Quand tu es parti
La Maîtresse de mon amant
La Distance entre nous
L'Étrange Disparition d'Esme Lennox
Cette main qui a pris la mienne

OWENS Damien
Les Trottoirs de Dublin

PARLAND Henry
Déconstructions

PAYNE David
Le Dragon et le Tigre : confessions d'un taoïste à Wall Street
Le Monde perdu de Joey Madden
Le Phare d'un monde flottant
Wando Passo

PEARS Iain
Le Cercle de la Croix
Le Songe de Scipion
Le Portrait
La Chute de John Stone

PENNEY Stef
La Tendresse des loups
Le Peuple des invisibles

PICKARD Nancy
Mémoire d'une nuit d'orage

PIZZOLATTO Nic
Galveston

POLLEN Bella
L'Été de l'ours

RADULESCU Domnica
Un train pour Trieste

RAVEL Edeet
Dix mille amants
Un mur de lumière

RAYMO Chet
Le Nain astronome
Valentin, une histoire d'amour

ROBERTIS Carolina De
La Montagne invisible

ROLÓN Gabriel
La Maison des belles personnes

ROSEN Jonathan
La Pomme d'Ève

SANSOM C. J.
Dissolution
Les Larmes du diable
Sang royal
Un hiver à Madrid
Prophétie
Corruption

SAVAGE Thomas
Le Pouvoir du chien
La Reine de l'Idaho
Rue du Pacifique

SCHWARTZ Leslie
Perdu dans les bois

SEWELL Kitty
Fleur de glace

SHARPE Tom
Fumiers et Cie
Panique à Porterhouse
Wilt 4
Le Gang des mégères inapprivoisées ou Comment kidnapper un mari quand on n'a rien pour plaire
Wilt 5 – Comment enseigner l'histoire à un ado dégénéré en repoussant les assauts d'une nymphomane alcoolique

SHIPSTEAD Maggie
Plan de table

SHREVE Anita
Le Poids de l'eau
Un seul amour
La Femme du pilote
Nostalgie d'amour
Ultime rencontre
La Maison du bord de mer
L'Objet de son désir
Une lumière sur la neige
Un amour volé

Un mariage en décembre
Le Tumulte des vagues
Une scandaleuse affaire
Un jour après l'autre

SHRIVER Lionel
Il faut qu'on parle de Kevin
La Double Vie d'Irina
Double faute
Tout ça pour quoi

SILVESTRE Edney
Si je ferme les yeux

SMITH Tom Rob
Enfant 44

SOLER Jordi
Les Exilés de la mémoire
La Dernière Heure du dernier jour
La Fête de l'Ours

STEINBERG Janice
Les Belles Promesses

SWARUP Vikas
Les Fabuleuses Aventures d'un Indien malchanceux qui devint milliardaire
Meurtre dans un jardin indien

TOLTZ Steve
Une partie du tout

TSIOLKAS Christos
La Gifle
Jesus Man

ULINICH Anya
La Folle Équipée de Sashenka Goldberg

UNSWORTH Barry
Le Nègre du paradis
La Folie Nelson

VALLEJO Fernando
La Vierge des tueurs
Le Feu secret
La Rambla paralela
Carlitos qui êtes aux cieux

VREELAND Susan
Jeune fille en bleu jacinthe

WATSON Larry
Sonja à la fenêtre

WEBB Katherine
L'Héritage
Pressentiments

WEISGARBER Ann
L'Histoire très ordinaire de Rachel Dupree

WELLS Rebecca
Fleurs de Ya-Ya

WEST Dorothy
Le Mariage

WINGFIELD Jenny
Les Ailes de l'ange

WOLF Jack
Misericordia

ZHANG Xianliang
La mort est une habitude
La moitié de l'homme, c'est la femme

ZWEIG Stefan
Le Monde d'hier. Souvenirs d'un Européen

Composition et mise en pages : FACOMPO, LISIEUX

MIXTE
Papier issu de sources responsables
FSC® C003309
FSC
www.fsc.org